Sebastian Niedlich

UND GOTT SPRACH: ES WERDE JONAS

ROMAN

SCHWARZKOPF & SCHWARZKOPF

INHALT

»Und Gott sah an alles, was er gemacht hatte,
und siehe: Es war sehr gut.«
1. Mose 1.31

»Selbstverständlich war es gut.
Schließlich hab ich es ja gemacht.«
Gott

PROLOG

Nennt mich Gott. Denn das bin ich. Echt jetzt. Ja, DER Gott. Schöpfer von Himmel und Erde. Und Vanilleeis. Und Neuseeland. Schon mal in Neuseeland gewesen? Ist toll da. Da haben sie *Herr der Ringe* gedreht.

Es regt die Leute in Neuseeland unheimlich auf, wenn man ihr Land auf *Herr der Ringe* reduziert. Ernsthaft. Ich weiß das. Denn ich bin Gott. Ich weiß alles.

Na ja, fast alles.

Ich habe da gerade ein paar Leser aufstöhnen gehört. Weil sie dachten: »Moment mal, Gott ist doch aber allmächtig und allwissend! Da will mir doch einer einen Bären aufbinden.« Ein paar andere haben vielleicht wegen der schamlos aus *Moby Dick* geklauten Eröffnung gestöhnt.

Ja, ich bin allmächtig, aber nicht allwissend. Ich könnte allwissend sein, wenn ich wollte. Aber wer würde das schon wollen? Ich will nicht wissen, was in jedem einzelnen Hirn auf der Welt so vor sich geht. Davon würde ich Kopfschmerzen kriegen. Also im übertragenen Sinne, denn eigentlich habe ich ja gar keinen Kopf. Ich bin ja mehr so alles. Der Boden, die Luft, die Bäume, das Meer, die Natur, die Welt, das All … alles.

Halt, halt, werden jetzt vielleicht manche Leser einwenden. Wenn Gott alles ist, wie kann er dann Himmel und Erde erschaffen haben?

Dazu kann ich nur eines sagen: Ihr seid ganz schöne Besserwisser. Und ich mag keine Besserwisser. Ja, ich bin ein liebender Gott, aber wenn mir jemand auf den Geist geht, dann mache ich auch schon mal ganze Städte platt. Oder organisiere eine Sintflut.

Schaut mal ins Alte Testament, da könnt ihr noch was lernen. Also … wo war ich?

Ich weiß natürlich, wo ich war. Ich weiß ja alles. Also, ich könnte alles wissen. Wie auch immer.

Eigentlich wollte ich etwas über diesen Jonas erzählen. Ihr habt von ihm sicherlich schon gehört. Er war ja groß genug in den Medien. Dafür hatte ich quasi gesorgt. Wenn ihr nichts davon gehört habt, dann solltet ihr mal euren Nachrichtenkonsum überdenken. Vermutlich habt ihr dann gar keinen, oder ihr lebt wirklich abgelegen. Aber wenn ihr gar nicht wüsstet, wovon ich spreche, dann hättet ihr doch vermutlich auch dieses Buch gar nicht gekauft. Also gehe ich jetzt einfach davon aus, dass ihr schon davon gehört habt, aber wissen wollt, was wirklich geschah. Habe ich recht? Natürlich habe ich recht.

Dazu muss ich ein wenig ausholen.

Als ich damals das Leben, das Universum und den ganzen Rest erschuf, hatte ich zugegebenermaßen keinen richtigen Plan. Ich hab erst mal drauflos kreiert. Gut, ich hatte insofern einen Plan, dass ich Leben erschaffen wollte. Das Drumherum war aber eher Improvisation, was auch ganz gut so war, denn es war wie Jazz, und Jazz finde ich gut.

Als ich euer Sonnensystem samt Erde und ein paar anderer unwirtlicher Kartoffeln erschaffen hatte, musste ich mich entscheiden, wo ich Leben ansiedeln wollte. Ich hab etwas gebraucht, bis ich den idealen Ort fand. (Irgendwo auf dem Merkur müsste noch ein verkohltes Dinosaurier-Skelett liegen.) Wie unschwer zu erkennen sein sollte, hat sich die Erde als Favorit erwiesen. So ein paar Millionen Jahre ging es etwas hin und her, bis ich den Menschen auf den Plan treten ließ und auf die Idee kam, ihm freien Willen und Intelligenz – soweit man das Intelligenz nennen kann – zu geben.

Dummerweise aber entschieden sich die Menschen, abergläubische, leicht zu beeindruckende, sich gegenseitig belügende und ausnutzende Arschlöcher zu werden.

Ja, ich, GOTT, habe gerade das Wort »Arschloch« benutzt. Kommt drüber hinweg.

Ich habe mir das Treiben auf Erden eine Weile angesehen und dann beschlossen, was dagegen zu unternehmen. Konkret gesagt: Ich habe begonnen, mit den Menschen zu reden und ihnen ein paar Grundsätze an die Hand zu geben. Nun, reden ist vielleicht etwas zu viel gesagt. Ich hab ihnen Zeichen gegeben, die sie interpretieren konnten. Diese Auserwählten nannten sich Propheten und trugen die Grundsätze in die Welt, und manche hielten sich an meine Vorschläge, manche nicht, was aber nicht unbedingt das Problem war. Das Problem war eher, dass die Propheten mich nicht richtig verstanden oder Ergänzungen vornahmen, die ich so nie von mir gegeben hatte. Also musste ich alle paar hundert Jahre den Kurs etwas berichtigen und einen neuen Propheten auswählen. Mittlerweile hatten sich aber um manche von ihnen schon ganze Religionen entwickelt, und sie hatten ihre Jünger derartig im Griff, dass an den für die damaligen Verhältnisse angepassten Inhalten nicht mehr zu rütteln war. Das will mir bis heute nicht in den metaphorischen Kopf. Es gibt Leute, die sich heute noch an 2000 Jahre alte Texte klammern und nach deren Regeln leben, auch wenn sie gar keine Relevanz mehr haben oder offensichtlich falsch sind.

Und weil dem so war und ist, beschloss ich, einen neuen Propheten auszuwählen.

Jonas.

Schöner biblischer Name. Jonas. Wie der Typ mit dem Wal. Obwohl es den nie gegeben hat. Das ist nur so eine Geschichte in der Bibel, die für irgendwas eine Metapher sein soll. Bis heute weiß ich nicht, wofür, und ich bin immerhin allwissend. Oder könnte es sein, wenn ich wollte. Außerdem hört diese Walgeschichte ganz abrupt auf, ohne wirklich ein Ende zu haben. Ganz schlechter Stil. Aber ich schweife schon wieder ab.

Ich habe etliche Leute sagen hören, dass dieser neue Jonas nicht die beste Wahl für einen Propheten war. Allen voran seine Mutter.

Allerdings gibt es Menschen, die auf den ersten Blick nicht sehr vielversprechend erscheinen. Oder sympathisch. In manchen von ihnen steckt aber viel mehr, als sie vielleicht selbst glauben. Bei Jonas habe ich gesehen, was für ein Mensch er tatsächlich ist. Ich wusste, er würde das Richtige tun. Und meiner Meinung nach tat er das auch. Was sich daraus weiter entwickelt, werden die Jahrhunderte zeigen.

Aber ich drücke mich schon wieder kryptisch aus. Das ist eine Marotte von mir.

Ich will erzählen, wie es zu dieser Geschichte kam, und vor allem, wie es Jonas bei alledem erging. Dazu sollte ich etwas vor dem großen Ereignis ansetzen, das Jonas so berühmt gemacht hat. Auch solltet ihr verstehen, was er für ein Mensch war, bevor er Prophet wurde.

Jonas war ein fauler Sack. Er war nicht der faulste Sack auf der Welt, denn es hätte ihn zu viel Mühe gekostet, auf einen der vorderen Plätze zu kommen, also strengte er sich nicht genug an.

Auch hier gilt: Ja, ich, GOTT, habe jemanden als »faulen Sack« bezeichnet. Kommt drüber hinweg.

Er war bereits 33 Jahre alt, was ein gutes Alter für Propheten ist. Nicht zu jung, um nicht für voll genommen zu werden. Nicht zu alt, um mit Senilitätsvorwürfen konfrontiert zu werden.

Sein Brot verdiente er mit der Schriftstellerei, was ein ehrenwerter Beruf ist, aber kaum dazu taugt, eine Familie zu ernähren. Jedenfalls in den meisten Fällen. Das war auch eines der Spannungsfelder mit seiner Freundin Lena, und da gab es noch einige mehr. Aber vielleicht greife ich zu weit vor.

Wo starte ich am besten? Ich gebe zu, dass ich das hier ebenso wenig geplant habe wie die Erschaffung des Universums. Aber im Endeffekt mache ich es schon richtig. Ansonsten lasse ich einen Propheten verkünden, dass schon alles so richtig war. Also … wie fange ich an. Hm … am besten … hier:

KAPITEL 1

EIN MANN NAMENS JONAS

Jonas saß gerade in seinem Verlag und verfluchte die Welt, sich selbst, seinen Agenten und das Verlagshaus. Fluchen war eine seiner Lieblingsbeschäftigungen, und er übte sie eigentlich ständig aus, sei es in Gedanken oder in Worten.

Neben ihm stand ein Berg Bücher, der trotz seiner bescheidenen Versuche, so wenig wie möglich zu seiner Abtragung beizusteuern, nicht kleiner wurde. Den größten Teil von Jonas' Energie verbrauchte der Gedanke, wie er das größtmögliche Trara anzetteln könnte, um nicht mehr – oder genauer gesagt: nie mehr – seine falsche Unterschrift in diese Bücher setzen zu müssen.

Als sein Handy klingelte, war er froh über die Ablenkung.

»Ja?«

Das Handy fiepte, um zu signalisieren, dass es aufgeladen werden wollte. Am anderen Ende war Lena, seine Freundin. »Hi, ich bin gerade in der Pause. Du weißt noch, dass wir heute etwas vorhaben, oder?«

Jonas dachte kurz nach. »Äh …«

»Jonas …«

»Ja, natürlich weiß ich das noch. Denkst du, ich bin blöd?«

Er wusste es nicht mehr so genau und dachte angestrengt nach, wollte das aber nicht zugeben, weil ihm schon so oft Dinge entfallen waren, dass, sollte er Lena noch mal enttäuschen, er es sich selbst nicht verzeihen könnte.

»Also kann ich mich darauf verlassen, dass du mich pünktlich abholst?«, fragte Lena.

»Abholen … genau. Klar.«

»Das klingt nicht so, als hättest du daran gedacht.«

»Doch, sicher. Ich muss erst mal kurz nach Hause, aber dann …«

»Irgendwie habe ich das Gefühl, dass du gar nicht richtig weißt, wovon die Rede ist.«

Markus, zu dem ich später noch etwas sagen werde, beugte sich vor und flüsterte Jonas »Jubiläum« ins Ohr.

Jonas riss die Augen auf. »Heute ist unser Jubiläum, ich soll dich von der Schule abholen, und dann gehen wir schön essen und so weiter, et cetera pp.«

Lena schnaubte ins Telefon. »Das klingt ja so, als würdest du dich richtig darauf freuen.«

»Tue ich auch, tue ich auch!«, sagte er betont enthusiastisch, um seinen Patzer wettzumachen. In Gedanken trat er sich selbst. »Keine Panik. Alles gut.«

Das Handy fiepte erneut.

»Ich habe einfach nur keinen Bock, hier nach Schulschluss auf dich zu warten, weil du vergessen hast, dass du mich abholen wolltest. Das hatten wir schon, falls du dich erinnerst. Zweimal.«

»Hm …«, murmelte er schuldbewusst, während er nach einer guten Entschuldigung suchte.

Lena wartete einen Moment, bevor sie weitersprach. »Wir können es auch gleich lassen, wenn dir so wenig daran liegt. Ich hätte mich jedenfalls darüber gefreut, mal wieder ordentlich auszugehen. Und etwas Romantik täte unserer Beziehung auch gut.«

Jonas seufzte. »Ja, du hast ja recht.«

Er dachte nach. Die Konversation ging eindeutig zu negativ in seine Richtung, aber leider stimmte, was Lena sagte. In ihrer Beziehung war definitiv er derjenige, der etwas an sich arbeiten musste, und er wusste das. Ab und an versuchte er aufmerksamer zu sein, aber dann machte ihm seine Schusseligkeit wieder einen Strich durch die Rechnung. Er hatte sich auch vorgenommen, mehr im Haushalt zu helfen, aber wenn er sich dann einmal aufgerafft hatte, etwas zu schreiben, blieb der Haushalt eben meistens auf der Strecke. Um von sich abzulenken, suchte er nun krampfhaft nach etwas, das er ihr vorwerfen konnte. Was schwierig genug war, denn sie hatte nicht viele Macken.

»Weißt du, was unserer Beziehung auch guttun würde?«

Markus drehte sich zu ihm um.

»Was?

»Wenn du endlich mal mit dem Stricken aufhören könntest.«

Markus schüttelte den Kopf, und Jonas schaute ihn an wie ein Verurteilter, der wusste, dass er schuldig war.

»Aber das hilft mir bei der Stressbewältigung!«, protestierte sie.

»Aber dann strick doch mal was anderes als diesen Schal.«

»Den mache ich für dich!«

»Der ist mittlerweile vier Meter lang! Wie soll ich den denn tragen?«

Markus verdrehte die Augen.

»Also kann ich mich jetzt darauf verlassen, dass du mich nachher abholst?«, fragte Lena erneut.

»Ja, klar.«

»Ich liebe dich«, sagte sie.

»Ich muss jetzt hier weitermachen, damit ich nicht zu spät komme.« Er schickte noch ein »Ich liebe dich auch« hinterher, war aber nicht sicher, ob Lena das wirklich mitbekommen hatte, bevor sie auflegte. Er wandte sich an Markus. »Danke.«

»Du wusstest nicht mehr, dass heute euer Jubiläum ist?«

»Mir geht halt eine Menge im Kopf herum.«

»Offensichtlich nicht die wichtigen Sachen.«

Jonas war genervt. Als wäre es nicht genug, dass er all diese Bücher signieren musste. Er breitete die Arme aus und zeigte auf den Stapel vor sich. »Kannst du mir mal erklären, weswegen ich diese Scheiße machen muss statt irgendein Lakai des Verlags, dem sie einen Euro zwanzig die Stunde bezahlen?«, blökte er und steckte seine schmerzende Schreibhand in die Achselhöhle.

»Die Lakaien des Verlags sind eben nicht Janine Czerny, Jonas. Und wenn du mit ›Lakaien‹ die Praktikanten meinst, die übrigens sehr gute Arbeit leisten und dabei helfen, dass du und ich ein Auskommen haben, dann solltest du vielleicht deine Wortwahl noch einmal überdenken.« Markus nahm den Stift, den Jonas zuvor mit einer theatralischen Geste hingeschmissen hatte, und hielt ihn ihm demonstrativ unter die Nase.

»Aber es ist doch völlig wurst, ob ich das signiere oder sonst wer. Das merkt doch kein Schwein.« Er hatte wirklich keine Lust, weiter als jemand zu unterschreiben, der er nicht war.

»Dann hättest du vor Jahren, als die ersten Autogrammwünsche kamen, nicht damit anfangen sollen. Wenn das jetzt irgendwer macht, dann stimmt doch das Schriftbild nicht mehr, und es kommt raus, dass Janine Czerny gar nicht existiert.«

Jonas stellte das nicht zufrieden. »Wäre das so schlimm? Ist es nicht egal, ob die Welt weiß, dass Janine Czerny nur ein Pseudonym ist?«

Markus schaute ihn durchdringend an. »Schlimm wäre es vermutlich nicht, aber mit den signierten Büchern kurbeln wir den Verkauf an. Das könnten wir dann vergessen, es sei denn, du wärst bereit zuzugeben, dass du hinter dem Pseudonym steckst, damit wir dem Autor beziehungsweise der Autorin ein Gesicht geben können.«

»Niemals!«

Jonas hatte Prinzipien. Eines davon war, dass niemals, unter keinen Umständen, herauskommen sollte, dass er hinter dem Pseudonym »Janine Czerny« steckte. Seine Befürchtung war, dass es seiner wirklichen literarischen Karriere irgendwann im Weg stehen würde. Janine Czerny war der Job, die leichte Kost für zwischendurch, Jonas Carstens war der ernstzunehmende Schriftsteller. Dummerweise hatte sich der ernstzunehmende Schriftsteller als zu faul und untalentiert für seine Art von Literatur herausgestellt, weswegen er vor Jahren das Angebot des Verlags angenommen hatte, romantischen Kitsch zu schreiben. Das Buch, das er damals angeboten hatte, fanden sie nicht so gut, aber die Liebesgeschichte darin hatte sie zumindest so weit überzeugt, dass sie ihm vorschlugen, diesen Stil weiter auszubauen. Er war jung, und Markus konnte ihn überzeugen, dass er das Geld brauchte. So wurde er zu Janine Czerny, erst in einer E-Book-Reihe für Liebesgeschichten, die schließlich so gut liefen, dass sie auch gedruckt zu Bestsellern wurden. Sicher, die Geschichten gewannen keine Preise, aber offenbar traf er bei seinen Leserinnen einen Nerv, indem er aus weiblicher Perspektive über die Unzulänglichkeiten ihrer männlichen Liebschaften schrieb – deren Vorlage immer er selbst gewesen war. Nun sollte man annehmen, dass er daraus vielleicht etwas über sich selbst gelernt hatte, aber faszinierenderweise war Jonas sich selbst gegenüber äußerst beratungsresistent. Und weil die Czerny-Bücher so gut liefen und seinen Lebensunterhalt ermöglichten, rückten die »normalen« Bücher, die er schreiben wollte, immer weiter in den Hintergrund.

Widerwillig pflückte er Markus den Stift aus den Fingern, schlug das nächste Buch auf und schrieb ein weiteres »J. Czerny« auf die erste leere Seite hinter dem Buchdeckel.

»Wenigstens hatte ich die Weitsicht, damals den kurzen Namen zu wählen«, nuschelte er in seinen Bart.

Markus hatte sich mittlerweile vors Fenster gestellt und nutzte es als Spiegel, um sicherzustellen, dass seine Haare auch gut saßen. Aber er hätte sich keine Sorgen machen müssen. Seine Frisur war derartig streng nach hinten gegelt, dass selbst Gordon Gekko aus *Wall Street* neidisch geworden wäre. Und genau das war auch die Absicht, die Markus damit verfolgte. In seiner Jugend hatte er den Film gesehen, und für ihn war Gordon Gekko der Inbegriff des Erfolgs, also machte er alles so, wie es die von Michael Douglas verkörperte Figur gemacht hätte. Mit Ausnahme der Aktiendeals, natürlich. Und dem Insider-Handel. Aber die »Gier ist gut«-Mentalität, die Gekko im Film predigte, hatte er sich zu Herzen genommen. Seine eigene Karriere als Broker hatte das zwar nicht befördert, aber als er begonnen hatte, für Jonas gute Verträge auszuhandeln, war es ihm doch noch zugutegekommen.

Jonas hatte ihn mehrmals darauf aufmerksam gemacht, dass seine Haarpracht seit ungefähr dreißig Jahren aus der Mode war – und das, obwohl sein eigener Geschmack nicht weniger fragwürdig war.

Nachdem er Ende der neunziger Jahre *The Big Lebowski* gesehen hatte, fand er sich ein wenig in dem faulen Sack wieder und beschloss, dass er genauso aussehen müsste. Seitdem hatte er schulterlange Haare, die er gelegentlich zu einem Zopf zusammenband, und einen Bart. Er fand später heraus, dass dieser Bart »Henriquatre« hieß, aber weil ihm das zu gestelzt klang, ließ er es gedanklich bei »Um den Mund«-Bart. Seine damalige Freundin hatte diese Entwicklung mit »Rasier dich endlich und geh zum Friseur, oder du kannst dir eine andere suchen!« quittiert. Daraufhin war er einige Jahre solo, hatte aber wieder eine Anekdote für einen Frauenroman von Janine Czerny.

»Gibt's für den Scheiß eigentlich keine Maschinen? Politiker und Schauspieler haben doch Maschinen, die für sie unterschreiben, oder?«, fragte er, während er ein weiteres Buch weglegte.

»Unterschriftenautomaten«, sagte Markus, ohne den Blick von sich selbst im Fenster abzuwenden. »Die gehen allerdings nur bei Papier oder Fotos. Nicht bei Büchern.«

»Scheiße.«

»Dein Wortschatz ist für jemanden mit literarischen Ambitionen relativ beschränkt, Jonas.«

»Literarische Ambitionen? Ich hatte ein paar Bestseller. Na ja, Janine Czerny hatte die. Aber *Der Wind in den Datteln* war doch auch schon was.«

Der Wind in den Datteln war das einzige Buch, auf dessen Umschlag auch tatsächlich der Name Jonas Carstens stand. Es handelte von einem niederländischen Tulpenhändler, der sich im Osmanischen Reich in eine Prinzessin verliebte und mit ihr über Indien nach China flüchtete und dabei Rassenschranken, Religionen und Diarrhö zu überwinden lernte. Ja, der Roman war so prätentiös, wie es den Anschein hat.

»*Der Wind in den Datteln* hat sich aber leider nicht so verkauft, wie wir gehofft hatten. Übrigens möchte ich dich noch mal daran erinnern, dass ich dir von dem Titel abgeraten habe.« Markus wandte sich ihm wieder zu.

Jonas seufzte nur, setzte erneut eine Unterschrift in einen Frauenroman und legte ihn auf den fertigen Stapel.

»Wo wir gerade von deinen Büchern reden, Jonas, was macht denn dein neuer Roman?«

Man sollte meinen, dass es kaum möglich gewesen wäre, aber Jonas sank noch tiefer in seinen Stuhl. »Der wächst und gedeiht.«

Markus war skeptisch. »Cool. Kannst du mir schon irgendwas darüber erzählen?«

»Ich glaube, dafür wäre es noch zu früh.«

»Na komm, irgendwas kannst du mir doch erzählen. Um was geht es?«, fragte sein Agent ernsthaft neugierig.

»Also, da ist diese Frau …«

»Ja?«

»… und dieser Mann …«

»Ja?«

»… und diese Umstände …«

»Welche Umstände?«

»Daran arbeite ich noch.«

»Klingt, als könntest du daraus einen Czerny-Roman machen.«

Jonas stöhnte, legte den Stift beiseite und spreizte seine Finger. »Nenn diesen Schund hier nicht Romane.«

»Der Schund zahlt deine Rechnungen. Und meine auch. Jonas, dir ist schon klar, weswegen wir das hier machen, oder nicht?«

»Um mich zu ärgern?«

»Nein, um deine Karriere anzukurbeln. Du brauchst dringend wieder einen Hit, sonst ist Essig mit Janine Czerny. Und mit Jonas Carstens erst recht.«

Er wusste, dass Markus recht hatte, aber ihn plagten andere Sorgen. Ihm war durchaus aufgefallen, dass Lena in letzter Zeit mehr und mehr dazu tendierte, Dinge zu kritisieren. Dinge, die ihm Ex-Freundinnen in der Vergangenheit auch schon vorgehalten hatten. Zum Beispiel seine standhafte Weigerung, jegliche Art von Blumen zu verschenken. Er hatte eine recht pragmatische Sicht: Die Blumen hielten ein paar Tage, dann waren sie tot und wurden weggeschmissen. Im schlimmsten Fall müffelten sie einem noch die Bude voll. Er fand es wesentlich angebrachter, das Geld in dauerhaftere Dinge zu investieren. Einer Freundin hatte er mal eine Bratpfanne geschenkt. Seine Interpretation des Geschenks war: Du kochst gern, also schenke ich dir etwas, was du gebrauchen kannst, zumal deine andere Pfanne kaputt ist. Ihre Interpretation des Geschenks war: Mach mir was zu essen, und deine Küchenutensilien sind Mist. Es war das letzte Geschenk, das er ihr gemacht hatte.

Bei Lena waren seine letzten Geschenke ebenfalls nicht gut angekommen. Und seine fehlende Mitarbeit im Haushalt. Und seine Schusseligkeit, die ihm auch schon mal als Lieblosigkeit ausgelegt wurde. Tatsache jedoch war: Bei seinen bisherigen Freundinnen war ihm das irgendwie egal, bei Lena nicht. Weswegen er versuchte, sich zu bessern.

»Ich muss heute zeitig los. Lena und ich haben heute Jubiläum, worauf du mich ja hingewiesen hast, und ich will nicht zu spät kommen.«

»So wie sonst, meinst du«, warf Markus lapidar hin.

Jonas stöhnte bloß.

»Eigentlich ein Wunder, dass sie noch mit dir zusammen ist«, ergänzte Markus.

»Genau deswegen will ich ja auch heute nicht zu spät kommen.«

»Hast du ihr denn irgendwas Schönes gekauft, oder gibt es wieder ein Zeitschriften-Abo?«

»Das Zeitschriften-Abo war zumindest praktisch!«

Zu Jonas' Verteidigung: Das Zeitschriften-Abo war wirklich praktisch. Lena hätte das Magazin ohnehin monatlich gekauft.

»Aber wenig romantisch.« Da hatte Markus allerdings recht. »Ich hoffe, du holst nachher wenigstens noch Blumen.«

Jonas nickte nur und murmelte irgendwas von rausgeschmissenem Geld in seinen Bart.

»Hör auf zu meckern«, sagte Markus.

Als er den Bücherstapel endlich abgearbeitet hatte, ließ er sich von Markus in die Jacke helfen, was der nur mit einem Augenrollen quittierte, wusste er doch, dass Jonas mit den Schmerzen in seiner Schreibhand deutlich übertrieb. Es war aber jene Art von Geplänkel, das ihre Freundschaft bereits seit vielen Jahren auszeichnete.

Auch wenn die beiden ab und an den Eindruck machten, als wären sie Brüder, kannten sie sich erst seit der Oberstufe, als Markus Rudzinskis Familie in die Stadt gezogen war und er an Jonas' Schule kam. Jonas unterstützte ihn in einigen Fächern, in denen Markus nicht so gut klarkam, dafür half Markus ihm dabei, etwas mehr aus sich herauszugehen. So verschaffte er ihm seine erste Freundin, auch wenn die Beziehung nicht lange hielt. Dann studierten sie gemeinsam Betriebswirtschaft – Markus, weil er dachte, dass er so am schnellsten reich werden würde, Jonas, weil er keine Ahnung hatte, was er sonst tun sollte und so wenigstens mit Markus abhängen konnte. Aber er merkte schnell, dass das Studium nichts für ihn war und ihn das Schreiben einfach mehr interessierte. Markus studierte weiter und kümmerte sich nebenbei um Jonas' ersten Vertrag.

Markus war es auch, der ihn mit Lena zusammenbrachte, nachdem er sie in einem Café gesehen hatte, wie sie mit ihrer Freundin Waris wenig begeistert Billard spielte. Er hoffte, mit den beiden Frauen ein Doppeldate auszumachen, wobei er hauptsächlich mit Lena liebäugelte. Aber die hatte Markus' Womanizer-Qualitäten schnell durchschaut und fand den auf süße Art rumnörgelnden Jonas lustiger, weswegen die Personenkonstellation schließlich anders ausfiel als von Markus geplant.

Auf dem Weg zum Fahrstuhl kamen sie jetzt am Büro des Verlagsleiters vorbei und somit auch an der Sekretärin, die Markus jedes Mal schöne Augen machte. Jonas war das Ritual der beiden inzwischen geläufig, aber er fragte sich trotzdem, warum Markus die Frauen derartig beeindruckte, während er selbst so wenig Erfolg bei ihnen hatte.

Dass es an seiner Flucherei und Nörgelei liegen könnte, kam ihm in diesem Moment mal wieder nicht in den Sinn.

Auch dieses Mal taxierte die Sekretärin ihn nur marginal und abschätzig, ehe ihr Mund zu einem breiten Lächeln zerfloss, als Markus hinter ihm auftauchte. Es war eine Moneypenny-und-Bond-Situation.

Ja, ich, GOTT, habe alle James-Bond-Filme gesehen.

Jonas bemerkte, dass Markus mal wieder seine Chancen auslotete. Bisher hatte die Sekretärin ihm noch widerstanden, aber sicherlich war es nur eine Frage der Zeit. Sein Freund hatte das Talent, früher oder später alles zu bekommen, was er wollte.

»Lass uns morgen quatschen, und dir und Lena einen schönen Abend. Und besorg Blumen!«, rief Markus ihm noch hinterher, bevor er sich vermeintlich weltmännisch an den Tisch lehnte und lächelte, als hätte ihm jemand das Grinsen ins Gesicht gemeißelt.

Ich muss betonen, dass das, was jetzt folgte, in keinster Weise von mir beeinflusst und lediglich das Produkt eines unglücklichen Zufalls war. Mir eröffnete es allerdings einen Weg in Jonas' Leben.

Er tippte mit verkrampfter Hand auf den Knopf des Aufzugs, und als sich nur wenige Momente später die Tür öffnete, trat er ein. Kurz bevor die Tür sich schloss, kam ein stämmiger Typ in Latzhose herein. Jonas verzog die Nase, denn sein Mitfahrer roch wie ein verwesendes Kamel in einer Jauchegrube.

Mancher Leser mag sich unter diesem Vergleich nichts Konkretes vorstellen können, aber ich, der ich die biblischen Zeiten miterlebt habe, in der so manches Kamel in einer Jauchegrube verendet ist, kann versichern, dass der Vergleich durchaus angemessen ist.

Zu allem Überfluss fing der Mann in der Latzhose an zu popeln und schnippte, offenbar ohne jegliche Zweifel oder Scham, seinen Fang mit den Fingern gegen die Tür.

Jonas und er standen an den entgegengesetzten Enden der Kabine, als der Aufzug plötzlich ruckte und stehen blieb.

»Was 'n nu?«, fragte Jonas.

Der Mann machte nur »Hm.«

»Sind wir etwa steckengeblieben?«

»Yup«, sagte der Mann.

»Scheiße.«

»Yup.«

Jonas schaute den anderen an, der mit verschränkten Armen direkt vor dem Schaltbrett stand. »Könnten Sie vielleicht den Knopf drücken, um Hilfe zu holen?«

»Nö.«

Jonas fluchte innerlich, weil er sich schon wieder zu spät kommen sah. Er trat selbst ans Schaltbrett und kramte sein Handy hervor, um Lena anzurufen. Als er den Notknopf drückte und mehrmals »Hallo« brüllte, fiepte das Handy, blinkte ein letztes Mal auf und schaltete sich ab, bevor er ihre Nummer aufrufen konnte. Er biss sich auf die Lippe, versuchte aber ruhig zu bleiben.

»Da meldet sich keiner«, sagte der andere und zeigte auf den Notruf-Knopf.

»Warum nicht?«

»Weil ich der Techniker bin, der sich darum kümmern müsste.«

KAPITEL 2

DIE PROBLEME DES HERRN C.

Jonas fummelte den Schlüssel ins Schloss und warf sich gegen die Tür, die wie immer klemmte.

Besagte Tür war die zu seinem Haus, und sie klemmte, weil beim Bau des Hauses an den Materialien gespart worden war, weswegen die Tür sich verzogen hatte. Lena hatte ihn mehrmals gebeten, sich darum zu kümmern, und er hatte mehrmals bekräftigt, dass er das schon tun würde und sie ihn nicht alle sechs Monate daran zu erinnern brauchte.

Erst beim dritten Anlauf schoss er durch die Tür und konnte sich, um nicht lang hinzufallen, gerade noch an der Kommode festhalten, die mehrere Zentimeter weit verrutschte. Er rückte sie wieder zurecht.

Das Haus war merkwürdig ruhig. Er machte das Licht an und rief: »Schatz, ich bin daheim!« Aber niemand antwortete. Er ging die Treppen nach oben zum Schlafzimmer, auch dort war sie nicht zu finden. Also ging er wieder hinunter und bemerkte die Gläser mit den brennenden Teelichtern darin auf dem Wohnzimmertisch, drapiert um einen Briefumschlag, auf dem in schöner weiblicher Handschrift »Jonas« stand.

Nichts Gutes ahnend, öffnete er den Umschlag und nahm den Brief heraus.

Jonas,
ich kann das einfach nicht mehr. Nachdem ich heute wieder auf Dich gewartet habe, ohne eine Nachricht von Dir zu erhalten, habe ich endlich eingesehen, dass es mit uns beiden einfach nicht funktioniert. Die Entscheidung fällt mir nicht leicht, aber sie geht mir schon seit einer

*Weile durch den Kopf. Ich liebe Dich, und eigentlich bist Du ein net-
ter Kerl, aber offenbar kannst du mir einfach keine Aufmerksamkeit
entgegenbringen. Oder hast Du gemerkt, dass ich letzte Woche beim
Friseur war? Oder dass ich die Küche renoviert habe? Ich wette, Dir
ist nicht mal aufgefallen, dass alle meine Sachen aus dem Schlaf- und
Badezimmer verschwunden sind. Ich würde mich fast wundern, wenn
du diesen Brief bemerkt hättest. Heute war übrigens unser Jubiläum,
aber ich nehme an, dass Du auch das vergessen hast, obwohl wir
vorhin noch darüber gesprochen haben.*

*Ich werde für ein paar Tage wegfahren, um mich zu sammeln und
mir darüber klar zu werden, wie es weitergeht und wo ich wohnen
werde. Bitte lass mich in der Zeit in Ruhe. Kontaktiere mich nicht. Ich
will von Dir nichts hören oder sehen. Wenn Du mich anrufst, werde
ich Dich ignorieren. Vielleicht sprechen wir nächste Woche, aber ich
weiß noch nicht, ob ich dazu in der Lage sein werde.*

*Aber wahrscheinlich wirst Du mich ohnehin nicht anrufen und es
einfach aussitzen, wie es Deine Art ist.*

Du machst es einem echt nicht einfach, Dich zu lieben.

Lena

*P.S. Wenn Du das in einem deiner Bücher verwendest, werde ich de-
finitiv nie wieder mit Dir reden!*

An dieser Stelle muss ich noch einmal einhaken.

Jonas war eigentlich ein netter Kerl, weswegen ich ihn auch als
Propheten ausgesucht hatte. Aber Lena hatte, was die angesproche-
nen Dinge anging, völlig recht. Allerdings lag darin keine Absicht
von ihm. Wie ich schon erwähnte, war Jonas einfach schusselig und
oft in Gedanken versunken. Damit passt er übrigens ganz wunderbar in die Prophetenreihe vor ihm. Abraham war so schusselig, dass
ich ihm fünfmal sagen musste, wohin er eigentlich zu gehen hatte.
Moses war derartig neben der Spur, dass er mit seinem Volk vierzig
Jahre lang durch die Wüste wanderte. Und glaubt mir, man braucht
keine vierzig Jahre vom Nil bis an den Jordan. Nur wenn man zu

Fuß den Umweg über Wladiwostok nimmt. Moses hat es trotzdem fertiggebracht. Die eigentliche Leistung war, dass er das Volk bei Laune halten konnte, und das auch noch in der Wüste. Ich weiß auch nicht, weshalb die ganzen Propheten so merkwürdig sind.

Jedenfalls saß Jonas nun auf der Couch und wusste nicht, was er tun sollte. Er starrte auf den Brief, aber als der Inhalt sich auch beim zweiten Lesen nicht änderte, starrte er stattdessen den ausgeschalteten Fernseher an. Als auch das keinen Einfluss auf seine Gemütslage nahm, beschloss er, Lenas Anweisungen zu ignorieren, sie auf dem Handy anzurufen und von seinem Pech zu künden. Schließlich konnte er nichts dafür, dass das Handy den Geist aufgegeben hatte und er zweieinhalb Stunden im Fahrstuhl festgesteckt war. Sie klickte ihn nach kurzem Klingeln weg. Also versuchte er es erneut. Und wieder. Und wieder. Und wieder. Und jedes Mal drückte sie ihn weg.

Er vergaß die Zeit. Die Handbewegung, mit der er immer wieder Lenas Nummer wählte, lief schon automatisch ab, als das Telefon plötzlich klingelte. Er grunzte einen unverständlichen Laut in den Hörer.

»Hallo?«, tönte die Stimme seiner Mutter aus dem Gerät.

»Hm.«

»Bist du das, Jonas? Ich kann mich doch gar nicht verwählt haben. Die Nummer ist abgespeichert.«

»Ja, Mutter. Ich bin's.«

»Warum meldest du dich denn nicht ordentlich?«

»Lena hat mich verlassen.«

»Das wurde ja auch Zeit.«

Jonas sprach stumpf weiter. »Dabei konnte ich diesmal wirklich gar nichts … Moment. Was hast du gesagt?«

»Ich habe gesagt, dass es an der Zeit war. So wie du sie behandelt hast.«

»Was soll das denn heißen?«

»Das arme Mädchen musste sich ausgerechnet in dich verlieben. Dabei habe ich sie gewarnt, dass du irgendwann alles nur noch als gegeben hinnehmen würdest. So geht man nicht mit Frauen um, Jonas.«

»Das klingt ja so, als hätte ich sie misshandelt! Gottverdammte Scheiße, ich habe ihr doch nie irgendwas angetan!«

»Benutze den Namen des Herrn nicht zum Fluchen!«, ermahnte ihn seine Mutter.

Irgendwer fand mal, dass es nicht in Ordnung wäre, mich, GOTT, oder meine Namen beim Fluchen zu benutzen. Ich finde das eher schmeichelhaft. »Gottverdammt« ist ein tolles, starkes Wort. Wenn ich irgendwen verdamme, dann kann der sich aber wirklich auf was gefasst machen.

»Tut mir leid, dass ich deinen imaginären Freund damit verletze, wenn ich ihn zum Fluchen gebrauche.«

Imaginär? Nun ja …

»Genau dieser Sarkasmus ist es, mit dem du Lena vergrault hast. Und nur weil du nicht an Gott glaubst, heißt das nicht, dass er nicht an dich glaubt.«

Jonas seufzte. »Wenn er an mich glaubt, dann kann er ja Lena dazu bringen, zu mir zurückzukommen.«

»Gott hält sich nicht mit solchen Kleinigkeiten auf. Das hast du dir alles selbst zuzuschreiben.«

Jonas rieb sich die Stirn. »Ich höre das immer wieder gern, Mutter.«

»Aber anscheinend lernst du ja nichts daraus.«

»Ich hab aufgehört, etwas von dir lernen zu wollen, als ich bemerkte, dass die Naturwissenschaften recht haben und du nicht.« Er verdrehte die Augen.

»Wer da recht hat und wer nicht, wirst du schon noch sehen. Und hör auf, mit den Augen zu rollen.«

»Was? Woher weißt …«

»Du tust das immer, wenn es um dieses Thema geht. Und wieder hast du es geschafft, dass es nur um dich geht. Lena hat lange genug gebraucht, das zu verstehen, als ich es ihr erklärt habe.«

Jonas stutzte. »Du hast ihr was erklärt?«

»Wie egoistisch du bist.«

»Ich bin was? Das ist doch kompletter Quatsch. Ich bin überhaupt nicht … Moment mal. Du hast ihr das erklärt? Hast du etwa was damit zu tun, dass sie mich verlassen hat?«

Seine Mutter stockte einen Moment. »Es könnte sein, dass ich ihr nahegelegt habe, eure Beziehung zu überdenken.«

»Was … was mischst du dich da überhaupt ein?«

»Ich mag Lena eben«, sagte sie.

»Ich auch, stell dir vor.«

»Warum zeigst du es ihr dann nicht?«

»Weil sie weiß ich wohin ist und ich nicht mit ihr sprechen kann, darum!«

»Es ging auch nicht um jetzt, sondern darum, dass du das generell hättest machen sollen. Sie jetzt dauernd anzurufen und zu nerven wird dir dabei auch nicht helfen. Du hättest mit ihr das Sakrament der Ehe eingehen sollen und …«

»Ach, komm mir nicht wieder damit … Moment mal. Woher weißt du von meinen Anrufen? Ist Lena etwa bei dir?«

»Äh …«

»Ich komme vorbei«, sagte er und sprang von der Couch.

»Nein, Jonas, sie will dich nicht …«, schaffte seine Mutter noch zu sagen, aber da hatte er bereits die rote Taste des Telefons gedrückt und stürzte Richtung Tür.

***

Wolken türmten sich am Himmel, als er ins Freie trat und die Haustür mit einem kräftigen Ruck hinter sich zuzog. Und, ja, ich muss zugeben, dass ich mit den Wolken durchaus etwas zu tun hatte. Zum einen mag ich die Hollywood-Schule der »Kerl rennt durch den Regen zu seiner Angebeteten«-Szenen, und zum anderen wollte ich Jonas sein initiales Wunder verschaffen. Aber ich greife schon wieder vor.

Während er sich im Gehen die Jacke überstreifte, klingelte sein Handy. Er fummelte es etwas umständlich aus der Hose und sah Gudruns Nummer auf dem Display, was ihn gleich dazu motivierte, den Anruf zu ignorieren.

Am Gehweg vor der Doppelhaushälfte, in der er wohnte, stand sein Ford Fiesta, der beschlossen hatte, an diesem Tag noch nicht auseinanderzufallen. Aber als er versuchte, den Wagen zu starten, war dieser der Auffassung, nicht anspringen zu müssen. Die Flut von Kraftausdrücken, die daraufhin aus Jonas' Mund quoll, möchte ich hier nicht wiedergeben.

Nein, ich hatte mit dem Auto nichts zu tun. Es war ohnehin dabei, den Weg alles Irdischen zu gehen.

Hinter Jonas' Fiesta hielt der Mercedes seines Nachbarn Herbert Finkel, der gerade von der Arbeit kam und neben seinem nahezu neuwertigen Familienwagen wie ein Troll anmutete. Tatsächlich hatte Jonas Herbert noch nie ohne die versifften Cordhosen gesehen, die er auch jetzt wieder trug. Das Hemd, von dem man gerade noch erahnen konnte, dass es beim Kauf wohl weiß gewesen war, hatte einen Spaghetti-Fleck mitten auf dem Bauch. Herbert stellte es wahrscheinlich abends vor dem Zubettgehen neben den Nachttisch.

Er war eigentlich ein Nachbar, wie man ihn sich wünschen würde, wenn man denn auf Messies als Nachbar steht. Messies, wohlgemerkt, nicht Messiasse. (In der Tat ist »Messiasse« die korrekte Schreibweise für »Messias« in der Pluralform. Was haben sich die Menschen dabei nur gedacht?)

Herbert hatte den Vorteil, immer hilfsbereit zu sein. Dummerweise sah er aber nicht nur aus wie ein Troll, er hatte auch das handwerkliche Geschick eines Trolls. Bei ihrem Einzug hatte er Hilfe bei der Befestigung der Lampen angeboten, und es war ihm gelungen, gleich zwei davon kaputt zu machen. Auch seine Frau Gesine war stets sehr hilfsbereit und neigte dazu, Essen in Kantinen-Dimensionen zuzubereiten, das sie dann den Nachbarn ungefragt aufdrängte. Zunächst fanden Lena und Jonas das auch nett. Tatsächlich hatte

Gesine früher in einer Kantine gearbeitet, aber Jonas war sich nicht sicher, ob sie einfach in Frührente gegangen war oder ob man sie rausgeschmissen hatte, weil wirklich jedes Essen, das sie ihnen bisher angeboten hatte, versalzen war.

Jonas fand ihre Hilfsbereitschaft bemerkenswert, allerdings war sie oft wenig förderlich, weswegen er in der Regel lieber darauf verzichtete. Tatsächlich hätte es ihn gefreut, wenn er mit ihnen nicht auf gutnachbarschaftliche Beziehungen hätte machen müssen, aber Lena fand die beiden irgendwie putzig, und er hatte keine Lust, einen Streit mit ihr vom Zaun zu brechen. So ertrug er monatelang stoisch, dass Herbert ihn jedes Mal vollquasselte, wenn er samstags zum Briefkasten ging. Selbst wenn er zu unterschiedlichen Uhrzeiten ging, kam Herbert aus dem Haus und redete so lange auf ihn ein, bis er das Gefühl hatte, ihm würde Blut aus den Ohren laufen. Allein sein Harmoniebedürfnis und Lena hatten ihn bisher davon abgehalten, ausfallend gegenüber Herbert Finkel zu werden.

Als Herbert jetzt ans Fahrerfenster klopfte, während Jonas gerade laut brüllend an seinem Lenkrad rüttelte, mäßigte er sich. Leicht verschämt kurbelte er das Fenster herunter und sah in das Gesicht des Nachbarn, der seine übliche Mischung aus unbewegter Verwirrung und Weltfremdheit zur Schau stellte.

»Ist alles in Ordnung?«, fragte Herbert und kratzte sich hinter dem Ohr.

»Nein. Nein, nichts ist in Ordnung«, antwortete Jonas. »Lena ist weg, und ich will zu ihr fahren, aber diese SCHEISSKARRE springt nicht an.«

»Ist denn genug Benzin im Tank?«

»Natürlich ist genug Benzin im Tank«, erwiderte Jonas etwas genervt, blinzelte aber trotzdem zur Tankanzeige, um sich nicht völlig zu blamieren.

»Na dann«, sagte Herbert.

Jonas war sich nicht wirklich sicher, wie er darauf reagieren sollte. »Ja, vielen Dank auch für die Hilfe.«

»Gern geschehen«, sagte Herbert, ohne den Sarkasmus zu bemerken.

Es fing an zu tröpfeln. Jonas zog den Hebel unter dem Steuer, um die Motorhaube zu öffnen. Herbert stand noch immer unbewegt neben dem Auto und achtete auf jede Bewegung, was Jonas beunruhigend fand, weil das in der Regel bedeutete, dass der andere jetzt gleich ein Gespräch beginnen würde.

»Ist noch irgendwas?«, fragte er, während er die Motorhaube befestigte.

»Soll ich dir ein paar Schnittchen rausbringen?«

»Nein, danke, ich brauche keine Schnittchen.«

»Gesine könnte bestimmt noch ein paar machen.«

»Danke, aber wirklich nicht.«

»Ich meine ja nur, falls das hier länger dauert.«

Jonas spürte, wie in ihm langsam die Wut aufkochte. »Ich will einfach nur zu Lena.«

»Vielleicht will die ein paar Schnittchen? Hat sie denn schon was gegessen?«, fragte Herbert.

»Falls ich sie heute noch sehen sollte, könnte ich sie ja fragen. Aber wenn ich hier nicht wegkomme, wird das wohl nichts«, erwiderte Jonas.

»Aber wenn du sie erst hinterher fragst, willst du dann erst noch mal herkommen und die Schnittchen holen?«

»Ich will gar keine Schnittchen!«

»Du brauchst nicht laut zu werden.«

Jonas überlegte, ob er Herbert auf den Motorblock werfen und ihm die Haube auf den Kopf knallen sollte, aber er entschied sich dagegen.

»Es fängt an zu regnen«, sagte Herbert und schaute besorgt zu seinem Auto hinüber.

»Kein Scheiß, Sherlock«, murmelte Jonas, während er planlos an irgendwelchen Kabeln zog.

»Vielleicht sollten wir lieber reingehen.«

Jonas verdrehte die Augen. »Dann mach das doch.«

»Ich glaube, das wird ein ziemlicher Sturm. Vielleicht sollte ich mein Auto lieber abdecken, was meinst du?«

»Was auch immer, Herbert.«

»Kannst du mir vielleicht schnell dabei helfen? So unter Nachbarn?« Er brach in dieses nasale Kichern aus, das Jonas noch nie gefallen hatte.

Allerdings brachte es ihn auf eine Idee.

»Herbert, sag mal, wir sind doch gute Nachbarn, oder? Also, wir helfen uns gegenseitig, oder?« Er versuchte, ganz ruhig und lässig zu klingen.

»Ja?«, fragte Herbert zögerlich.

»Ich würde mich darum kümmern, dass dein Auto schön eingepackt wird, wenn du es mir für heute Abend ausleihen könntest.«

Herberts Augen weiteten sich. »Also, ich weiß wirklich nicht, ob ich …«

»Schau mal, ich muss unbedingt zu Lena, und mein …«

»Ich glaube nicht, dass mein Auto bei dem Wetter …«

»Aber ich würde mich darum kümmern, und außerdem sind wir ja gute Nachbarn und …«

»Apropos, willst du mit reinkommen? Gesine könnte uns ein paar Schnittchen machen.«

Jonas ballte die Faust um ein Kabel im Bestreben, seine Wut nicht an Herbert auszulassen. Stattdessen gab das Kabel nach und rutschte aus der Fassung.

»Scheiße!«

Herbert trat heran und schaute zu, wie Jonas versuchte, das Kabel wieder an die richtige Stelle zu setzen.

»Vielleicht sollte sich das mal jemand anschauen«, sagte er ohne jede Ironie in der Stimme.

»Verpiss dich, Herbert!«, fuhr Jonas ihn an.

Sein Nachbar schaute entsetzt. »Also, ich muss doch sehr bitten!«

»Entschuldige bitte, aber hau einfach ab, okay?«

»Du kriegst heute definitiv keine Schnittchen!« Herbert trottete davon.

Jonas hatte das Kabel irgendwie wieder dorthin bekommen, wo es hingehörte, und setzte sich hinters Steuer, um zu checken, ob der Wagen jetzt zumindest versuchen würde zu starten. Er drehte gerade den Schlüssel und hörte erneut das Stottern des Motors, als er aus dem Augenwinkel sah, wie Herbert auf dem Absatz kehrtmachte und mit der unbeholfenen Wildheit eines narkoleptischen Trolls zum Auto zurückschlurfte, um gegen den Kotflügel zu treten. Mit einem Ruck sprang das Auto an, und beide wechselten verwirrte Blicke.

»Danke!«, rief Jonas.

»Gern geschehen«, sagte Herbert, während Jonas ausstieg und die Motorhaube schloss. Herbert schien über sich selbst verwundert zu sein, denn er stand einfach nur da, starrte auf den Kotflügel und kratzte sich am Kopf. »Also, ich weiß auch nicht, was mich da … ich glaube, ich habe …«

Er wollte Jonas auf die Beule, die er hinterlassen hatte, hinweisen, aber der war bereits wieder in den Wagen gesprungen, hatte den Gang eingelegt und fuhr mit quietschenden Reifen davon.

***

Der Regen peitschte gegen die Frontscheibe, die Scheibenwischer kamen kaum hinterher. Jonas kniff die Augen zusammen, als er in die Straße im Stadtteil Haselhorst einbog, in der seine Mutter wohnte. Es gelang ihm tatsächlich, einen Parkplatz zu finden, dennoch musste er zwei Minuten durch den Platzregen rennen, um zur Eingangstür zu gelangen und den Klingelknopf zu drücken. Natürlich gehörte das alles bereits zu meinem Plan.

»Wer ist da?«, tönte es aus dem kleinen Lautsprecher.

»Dein Sohn«, sagte Jonas genervt.

»Lena will dich nicht sehen.«

Er rollte mit den Augen. »Falls es dir nicht aufgefallen sein sollte: Es gießt in Strömen, und ich bin völlig durchweicht.«

»Dann hättest du nicht kommen sollen.«

»Lass mich bitte mit Lena sprechen.«

»Sie will nicht!«, rief seine Mutter.

»Nein, *du* willst nicht, dass ich mit ihr spreche. Keine Ahnung, warum du dich gegen deinen Sohn stellst, aber ich habe jetzt langsam genug davon.«

»Dann kannst du ja dort draußen noch ein wenig im Regen stehen bleiben«, kam es aus dem Lautsprecher, ehe er verstummte.

Jonas rief mehrmals sinnlos »Hallo?« hinein.

Ein Blitz zog über den Himmel, und das Grollen und Tosen des Donners schallte verdächtig nah durch die Straße. (Ich erwähnte ja bereits, dass ich einen Hang zur Dramatik habe.) Jonas blickte sich um, weil es immer ungemütlicher wurde, aber gerade als ein zweiter Blitz irgendwo krachend in einer Nebenstraße niederging, hatte er eine Idee und zog seinen Schlüsselbund hervor. Er hoffte, dass der Zweitschlüssel für die Wohnung seiner Mutter dran war, aber wie ihm dann einfiel, lag der in einer Schublade in der Küche. Er klingelte erneut.

»Ich habe dir gesagt, dass du mich für eine Weile in Ruhe lassen sollst. Was ist daran so schwer zu verstehen?« Jetzt war es Lenas Stimme, die aus den Ritzen des Lautsprechers drang.

»Lena? Bitte, lass uns miteinander reden.«

»Das tun wir gerade.«

»Ich hole mir hier unten den Tod.«

»Dann steig ins Auto und fahr wieder nach Hause.«

Jonas meinte, ein leichtes Schluchzen vernommen zu haben. »Das geht nicht. Nicht ohne dich.«

Für einen Moment war es erneut taghell und krachte ordentlich. Jonas zuckte zusammen und drückte sich noch näher an die Tür, was ihm aber auch nicht mehr Schutz bot.

»Wirklich?«, tönte es überrascht aus dem Lautsprecher.

»Was wirklich?«, fragte Jonas und sah sich ängstlich um.

»Brauchst du mich wirklich?«

»Ja, ich glaube, irgendwer muss das Auto treten, sonst springt es nicht mehr an.«

Sie schnaubte. »Du weißt genau, wie man mit einer Frau umzugehen hat, nicht wahr, Jonas? Leb wohl.«

»Lena! Warte! Was habe ich denn jetzt schon wieder falsch gemacht?« Jonas raufte sich die Haare und bedachte seine letzten Worte. Als er bemerkte, wie sie vermutlich angekommen waren, hätte er sich für so viel Gedankenlosigkeit in den Hintern treten können.

»Ich hatte gehofft, dass du vielleicht merken würdest, dass du ohne mich nicht leben kannst, aber selbst jetzt denkst du nur an deine eigenen Probleme. Außerdem hast du es nicht mal geschafft, rechtzeitig zu kommen. Du hast eine Stunde für einen Zwanzig-Minuten-Weg gebraucht. Was war los? Musstest du erst noch eine Folge irgendeiner Serie zu Ende schauen?«

Jonas war mittlerweile bis auf die Knochen durchweicht. »Aber ich kann doch gar nichts dafür. Das Auto sprang nicht an und …«

»Immer hast du irgendwelche Ausreden und nie die richtigen Worte für mich übrig. Lass mich in Ruhe. Ich muss nachdenken. Und du auch, offensichtlich.«

»Lena, warte! Hallo? Hallo?«

Es meldete sich niemand mehr, auch nicht, als er noch mehrere Male die Klingel drückte. Schließlich stellte er sich an die Straße und rief laut nach oben, in die ungefähre Richtung der Wohnung seiner Mutter, dass er gleich mit dem Schlüssel zurückkommen würde.

Er sprintete durch den Regen zurück zum Auto und nahm dabei fast jede Pfütze auf dem Weg mit. Mittlerweile war es ihm auch egal. Viel nasser konnte er nicht mehr werden. Er fluchte innerlich, weil er gleich hätte daran denken sollen, den Zweitschlüssel mitzunehmen.

Er kam schlitternd zum Stehen, als er plötzlich in ein Gewirr von Ästen rannte. Vor ihm auf der Straße lag ein umgestürzter Baum. In Gedanken sagte er sich, dass der Typ, dem das Auto da unter dem Baum gehörte, sich bei Begutachtung des Schadens bestimmt in den Arsch beißen würde. Zwei Sekunden später merkte er, dass er derjenige war, der sich jetzt in den Arsch beißen würde, wenn auch nicht buchstäblich. (Glücklicherweise habe ich dafür gesorgt, dass die Menschen zu solch abstoßenden Verrenkungen nicht in der Lage sind.) Der Baum hatte sich ziemlich zentral einmal quer über den Fiesta gelegt. Die Fenster waren zerbrochen und das Metall des Dachs und der Mittelsäule wie eine Ziehharmonika zusammengefaltet. Jonas sprang wie Rumpelstilzchen um das Auto herum und rief: »Scheiße! Scheiße! Scheiße!«

Ich war zufrieden mit meiner Arbeit. Aber das Wichtigste sollte ja erst noch kommen.

Er nahm an, dass seine Mutter oder Lena ihn auch nicht in die Wohnung lassen würden, um die Feuerwehr, den ADAC oder eine Service-Hotline anzurufen. Ohnehin war er so aufgewühlt, dass er sich bei Lena nur noch unbeliebter machen würde. Also konnte er nur hoffen, an der nächsten Kreuzung ein Taxi zu ergattern.

Die Kirche an der Ecke hatte schon bessere Zeiten gesehen. Viele Kirchen bitten um Spenden, damit sie ihren Dachstuhl oder die Kirchenglocken oder sonst irgendetwas erneuern können. Mehr als einmal hatte Jonas den Eindruck gehabt, dass sich die Pfarrer und Bischöfe mit dem gespendeten Geld eher einen lustigen Abend machten, als es in den Wiederaufbau der Kirchen zu stecken. Unter uns gesagt: So falsch lag er damit nicht. Und grundsätzlich: Ich mache mir rein gar nichts aus Geld.

Im Fall der Kirche, vor der sich Jonas nun während des schwersten Unwetters seit zehn Jahren wiederfand und auf welches ich sehr stolz war, war es aber so, dass sie wirklich einer Erneuerung des Dachs bedurft hätte. Speziell die Halterung des Kreuzes, das sich auf dem kleinen Turm befand, hatte den Kampf gegen die Korrosion schon vor einiger Zeit verloren. Aber noch hielt es sich tapfer und trotzte dem Sturm, als Jonas die Straße hinuntersah, um nach einem Taxi Ausschau zu halten.

Tatsächlich raste eines die Straße hinunter, aber der Fahrer mit Migrationshintergrund war damit beschäftigt, lautstark die anatolisch anmutende Melodie mitzusingen, die derartig aus den überforderten Boxen dröhnte, dass Jonas sie dreißig Meter entfernt noch hörte. Das Taxi fuhr trotz seiner Bemühungen, auf sich aufmerksam zu machen, vorbei.

Das zweite Taxi, das er oben an der Kreuzung erspähte, fuhr zwar etwas gemächlicher, dafür aber mitten durch den Querverkehr, ohne jegliche Notiz davon zu nehmen. Hinter dem Fahrer, dessen Brille auf gute zwanzig Dioptrien schließen ließ, befanden sich Passagiere auf der Rückbank, die sich eng umschlungen hielten. Dem Ausdruck auf ihren Gesichtern nach zu urteilen, wohl eher aus Panik als aus romantischen Gründen.

Das dritte Taxi wurde von einem übergewichtigen Deutschen gelenkt, der beim Anblick des völlig durchnässten Jonas Angst um seine Sitze bekam. Jonas, der bemerkt hatte, dass der Fahrer ihn bemerkt hatte, sprang halb auf die Straße und ruderte mit den Armen, um ihn zum Halten zu zwingen. Seine Belohnung war jedoch nur eine Dusche aus einer riesigen Pfütze, durch die das Auto hindurchfuhr.

Hatte es vorher noch einen trockenen Fleck an seinem Körper gegeben, so war der nun auch nass. Jonas kam sich vor wie das Ding aus dem Sumpf, und seine Laune hatte den absoluten Tiefpunkt erreicht. Er brüllte laut »Scheiße« in die Dunkelheit und wandte sich von der Straße ab.

Sein Blick blieb an der Kirche hängen und wanderte nach oben zum Kreuz. Und da platzte es irgendwie aus ihm heraus.

»Weißt du, ich glaube ja gar nicht an dich, aber falls es dich doch geben sollte, frage ich mich, ob du mich irgendwie verarschen willst. Was soll das? Habe ich dir irgendwas getan? So viel Scheiße kann doch an einem Tag gar nicht passieren. Das blöde Signieren, die Sache im Fahrstuhl, Lena und jetzt auch noch das. Wenn du irgendwas gegen mich hast, dann komm doch runter und sag's mir ins Gesicht, du Arschloch!«

Ich hätte natürlich etwas direkter antworten können. Ich hätte ihm sagen können, dass ich nur zum Teil etwas damit zu tun hatte und der Rest schlichtweg Pech war. Aber er war nun mal genau dort, wo ich ihn haben wollte. Also fiel meine Antwort etwas … physikalischer aus.

Ich ließ einen gewaltigen Blitz durch den Himmel ziehen. Er schlug in das Kreuz ein, und die Befestigung, die sich bisher tapfer gegen den Verfall gewehrt hatte, gab endgültig nach. Der Lärm war ohrenbetäubend, und als Jonas, der beim Einschlag zusammengezuckt war und sich die Augen zugehalten hatte, wieder nach oben sah, konnte er beobachten, wie das Kreuz langsam in seine Richtung kippte und schließlich vom Turm fiel. Wegen des besseren Effekts hätte ich es gern in Zeitlupe fallen lassen, aber da die Erdbeschleunigung nun mal so ist, wie ich sie damals festgelegt habe, fiel das Ding mit 9,81 m/s². Das ist ja auch schon was.

Jonas zögerte einen Moment zu lange. Natürlich ging ihm das Wort »Scheiße« durch den Kopf, aber er kam nicht mehr dazu, es auszusprechen. Dann lag er auch schon ausgestreckt unter dem Kreuz auf dem Gehweg und war tot.

KAPITEL 3

ZURÜCK VON DEN TOTEN

Seine erste Empfindung, als er aufwachte, war die von Kälte. Er konnte fast keinen Muskel bewegen, so kalt war es. Zudem war es dunkel, und irgendetwas klebte ihm vor dem Gesicht. (Natürlich weiß ich, was ihm da vor dem Gesicht klebte. Ich will lediglich, dass es für euch Leser spannender ist. Das nur am Rande, falls ihr euch über den Schreibstil wundert.)

Zitternd versuchte Jonas, sich aufzurichten, knallte aber mit dem Kopf gegen etwas Metallisches. »Au! Scheiße, verdammte!«

Langsam, aber sicher begann sich Panik in seinen Eingeweiden auszubreiten. Hektisch kratzte er an seinem Kokon und fand irgendwo eine Stelle, an der er die seltsame Plastikhülle aufreißen konnte.

Außerhalb der schützenden Hülle kam es ihm noch kälter vor, und seine Lunge begann bereits zu schmerzen. Sehen konnte er kaum etwas. Vom Fußende her kam ein entfernter Lichtschimmer, weswegen er sich bemühte, seinen Körper in diese Richtung zu bewegen.

Er fiel schließlich von der Metallbahre auf den nackten, gekachelten Boden und zitterte wie nie zuvor in seinem Leben. Erst jetzt wurde ihm bewusst, dass er nackt war … und sich in einer Leichenhalle befand.

»Was zum Teufel …?«, entfuhr es ihm zähneklappernd, als er sich umschaute. Er war von der mittleren dreier Ebenen voller Leichen gefallen, die entlang der Wand gestapelt waren. Jeder Atemstoß, den er abgab, bildete kleine Wölkchen vor seinem Mund. Er rappelte sich auf und nahm die zerrissene Hülle, um sie sich um die Schultern zu legen, aber sie half kaum gegen die Kälte.

Das Licht fiel durch ein kleines, in eine Metalltür eingelassenes Fenster. Die Tür wies keine Klinke oder Knauf auf. Alles, was er durch das Fenster erkennen konnte, war ein schwach beleuchteter Flur. Er hämmerte wild an die Tür und rief laut um Hilfe, während er von einem Fuß auf den anderen hüpfte, weil der Boden so kalt war.

Tatsächlich ging kurz darauf ein junger, bärtiger Kerl an der Tür vorbei und schaute verdutzt in das Gesicht, das ihn da durch das kleine Fenster anbrüllte. Jonas hatte das Gefühl, dass der Groschen bei dem Mann in Zehntelpfennigen fiel, denn er machte keine Anstalten, die Tür zu öffnen, sondern verschwand einfach aus seinem Sichtfeld. Jonas wusste nicht, was er noch tun konnte. Er war überzeugt, dass er hier von Verrückten festgehalten wurde – was seine Panik nur steigerte.

Er überlegte fieberhaft, was für Optionen ihm blieben, als der Mann mit einem Kollegen im Schlepptau wieder zur Tür kam. Jonas brüllte erneut und schlug mit der Hand gegen das Fenster. Dieses Mal hatten sie ein Einsehen. Mit einem Klicken ging die Tür auf.

Jonas stand halbnackt vor ihnen und zog sich die Hülle vor seinen Schritt. Die beiden Typen in den roten Pullovern starrten ihn von oben bis unten an.

»Komm da raus, du perverses Schwein!«, brüllte der Bärtige und riss ihn am Arm aus der tiefgekühlten Halle, um ihn an die gegenüberliegende Wand zu schleudern.

»Aua! Verdammt!«, schrie Jonas und versuchte mit aller Macht, nicht die Folie zu verlieren.

Der andere Typ hatte mittlerweile die Kühltür geschlossen und kam nun ebenfalls auf ihn zu, während der Bärtige ihm den linken Arm auf den Rücken drehte.

»Hey, was soll denn das? Vorsicht, ja?«, rief Jonas, als der zweite Bursche seinen rechten Arm greifen wollte. »Sie können mich ja von hier wegbringen, aber ich hätte mich gern so weit bedeckt, dass ... AU!«

Die Folie rutschte weg, als die beiden Typen ihn praktisch hoch-hoben und durch den Flur trugen. Jonas versuchte krampfhaft, seine Beine so zu verschränken, dass keine wichtigen Teile für die Allgemeinheit sichtbar waren.

»Können wir vielleicht erst mal darüber reden?«, fragte er, aber die beiden ließen sich nicht beirren. Sie hatten die Aufmerksamkeit von anderen Mitarbeitern des Hauses geweckt, die zuschauten, wie Jonas in ein Zimmer gesperrt wurde, das sie kurz darauf abschlossen.

»Könnte mir mal einer verraten, was zum Teufel hier los ist?«, rief er, während er an der Tür rüttelte, aber weder bewegte sie sich, noch war von draußen irgendetwas zu vernehmen.

Ihm war noch immer kalt. Nicht so kalt wie in der Kühlhalle, aber genug, dass es unangenehm war, und er taute nur sehr langsam auf. Er hatte immer noch nicht realisiert, wo er sich befand. Für einen Moment dachte er, dass er unter Drogen gesetzt und entführt worden war, aber ihm fiel kein stichhaltiger Grund ein, warum jemand ausgerechnet ihn entführen sollte. Daraufhin überlegte er, ob er vielleicht in Guantanamo eingekerkert war, aber er war weder Terrorist, noch hatte er jemals irgendwelche antiamerikanischen Tendenzen gezeigt. Er hatte zwar hin und wieder überlegt, wie es wohl wäre, wenn er Herbert Finkel in die Luft sprengen würde, aber das hatte er eigentlich für sich behalten. Wenn er sich recht erinnerte, war das einzige Verbrechen, das er jemals begangen hatte, der Download einer Céline-Dion-CD von einer fragwürdigen Seite im Internet, weil seine Mutter die gern haben wollte. Da er aber der Meinung war, dass er diese »Künstlerin« in keiner Form unterstützen könne, entschloss er sich guten Gewissens, das Gesetz zu brechen, und brannte seiner Mutter die CD, welche sie dummerweise gleich bei der Geburtstagsfeier spielte, was wiederum zu einem lautstarken Streit führte. Seine damalige Freundin hatte für seine Mutter Partei ergriffen, weswegen es zu einer weiteren heftigen Diskussion kam, in deren Zuge die Freundin zu einer Ex wurde und er über eine weitere Anekdote für einen Czerny-Roman verfügte.

Ihm fiel ein, dass Céline Dion aus Kanada stammte, was der Vermutung, dass er sich in Guantanamo befand, irgendwie widersprach. Zudem redeten die beiden Typen, die ihn in den Raum geworfen hatten, ohne Zweifel Deutsch, was einer weiteren Vermutung – Entführung durch Außerirdische – die Grundlage entzog. Für einen Sekundenbruchteil überlegte er, ob er das Opfer dunkler Machenschaften eines Pharmakonzerns war, der an ihm wissenschaftliche Experimente durchführte. Er fand, dass dies eine recht einleuchtende Erklärung war für die anderen Menschen in der Halle, in der er aufgewacht war. Sie wurden für Experimente in künstlichen Cryo-Schlaf versetzt!

Während er sich eine bizarre Geschichte nach der anderen ausdachte, um der ganzen Angelegenheit einen Sinn abzuringen, traf die Polizei ein. Zwei Beamte, ein Mann und eine Frau, traten in den Raum, um ihn abzuholen.

»Und wohin soll es bitte schön gehen?«, fragte Jonas, der sich noch nicht ganz sicher war, ob es sich nicht vielleicht doch um Aliens handelte.

»Aufs Revier«, sagte der Polizist.

»Ich wäre ja geneigt mitzukommen, wenn ich was zum Anziehen hätte«, stellte er übertrieben deutlich fest.

Man reichte ihm eine Decke, die er sich um den Bauch wickelte, während die Polizistin kicherte.

»Hey, da, wo ich aufgewacht bin, war es arschkalt!«, sagte er zur Entschuldigung und schaute an sich herunter.

***

Zwei Stunden später saß er immer noch im Vernehmungszimmer der Polizei. Seine schlimmsten Vorurteile über die Freunde und Helfer wurden bestätigt, als ihm immer und immer wieder dieselben Fragen gestellt wurden. Allein seinen Namen hatte er ihnen schon gefühlte 200 Mal genannt. Seine Geduld war erschöpft, und der Trainingsanzug, den man ihm überlassen hatte, reizte seine Haut, so dass er sich ständig irgendwo kratzen musste.

»Was haben Sie nackt in der Leichenhalle getrieben?«, fragte ihn einer der Beamten erneut.

Jonas fand, dass die Formulierung schon gewisse Dinge implizierte, von denen er nie angenommen hatte, jemals damit in Verbindung gebracht zu werden. Und er war mittlerweile so genervt, dass er nur noch patzige Antworten gab. »Ich wollte 'ne Tüte Fritten kaufen und hab mich im Regal geirrt.«

Der Polizist stöhnte. »Wir können das auch die ganze Nacht machen.«

»Da hat mir Ihre Frau was anderes erzählt.«

»Erkennen Sie denn gar nicht den Ernst der Situation, in der Sie sich befinden?«

Jonas schaute ihn nur genervt an.

»Vielleicht sollten wir einen Psychologen hinzuziehen«, sagte der Polizist zu einem Kollegen.

»Das wäre schön. Wenn der dann mit diesen Tintenklecks-Bildern kommt, könnte ich ihm sagen, dass ich darin lauter kleine Hundewelpen mit Kettensägen sehe.«

Der Polizist verdrehte die Augen. In diesem Moment ging die Tür zum Vernehmungszimmer auf, und ein weiterer Beamter kam herein, mit einer Person im Schlepptau.

»Mutter?«, fragte Jonas, als seine Mutter völlig entgeistert vor ihm stand.

»Oh mein Gott!«, sagte sie und schlug die Hände vor den Mund, bevor sie auf ihn zustürzte und ihn umarmte. »Ich dachte, ich hätte dich verloren!«

»Grnmpfplm«, machte Jonas mit dem Gesicht in Gudruns Jacke. Er brauchte einen Moment, um sich daraus zu befreien und sie verwirrt anzuschauen. Doch bevor er etwas sagen konnte, sah er Lenas langen roten Haarschopf neben ihr auftauchen. Sie hatte wie Gudrun Tränen in den Augen.

Der ganze Ärger, der sich in ihm angestaut hatte, verpuffte in dem Moment, als Lena ihn schluchzend umarmte. »Jonas! Ich dachte, ich sehe dich nie wieder. Ich bin so froh, dass du wieder da bist.«

»Du hast *mich* doch verlassen«, sagte er verwirrt.

»Ja, aber …«, setzte Lena an, doch Gudrun unterbrach sie.

»Jonas, du warst tot!«, rief sie und faltete die Hände vor ihrer Brust.

Er schaute sich im Raum um, als würde er nach der versteckten Kamera suchen. »Hab schon mehr gelacht. Ernsthaft, kann mir mal einer erzählen, was genau zum Teufel eigentlich los ist?«

Einer der Polizisten räusperte sich. »Wir haben Ihre Geschichte zunächst nicht geglaubt …«

»Ach was.«

»… aber wer hätte das auch schon erwartet. Sie wurden vor einigen Tagen als Leiche eingeliefert.«

»Äh, wie bitte?«

»Sie sind, Moment …«, der Polizist schaute auf sein Klemmbrett, »… vor zwei Tagen tot und ziemlich, nun ja, zerschmettert ins Leichenschauhaus gebracht worden.«

»Das ist ja nun ganz offensichtlich Blödsinn«, entgegnete Jonas und sah im Augenwinkel seine Mutter den Kopf schütteln.

»Jonas«, sagte Lena schließlich, »wir waren beide dort, um dich zu identifizieren. Es war schrecklich, aber das warst eindeutig du. Ich habe mir solche Vorwürfe gemacht. Wenn ich dich nur reingelassen hätte …«

»Welches Datum ist heute? Erster April? Leute, ich sitze hier, wie kann ich dann tot gewesen sein? »

Der Polizist wurschtelte am Klemmbrett herum und hielt Jonas schließlich eine Fotografie vor die Nase.

»Was soll das sein?«, fragte er. »Ist das der Eintopf Ihrer Mutter vom letzten Wochenende?«

»Das sind Sie, nachdem sie eingeliefert wurden.«

Jonas schaute etwas genauer hin und erkannte auf dem Foto Teile, die eindeutig menschlich waren. Ein Finger, ein Ohr. Er verzog das Gesicht. Dann sah er die Überreste einer Jacke, und das machte ihn in der Tat stutzig.

»Wenn ich so zermatscht war, dann war das mit der Identifizierung doch sicher ein Problem, oder?«

Der Polizist zeigte ihm seinen blutbeschmierten Ausweis, den sie in dem Matsch, der von ihm übrig geblieben war, gefunden hatten.

Jonas wusste nicht mehr, was er denken sollte. »Aber ich sitze ja nun hier. Das tut man ja eher nicht, nachdem eine Kirchturmspitze auf einen gefallen ist.«

Während er das sagte, begann er sich zu erinnern.

»Ach du Scheiße. Die Kirchturmspitze …«

Alles kam langsam zurück. Wie er gen Himmel brüllte, wie der Blitz den Kirchturm traf, wie das Ding herunterfiel. Und wie er plötzlich gar nichts mehr spürte. Er war völlig baff. Alle anderen im Raum starrten ihn an. »Lag ich ziemlich mittig in der Leichenhalle?«, sagte er und schaute den Beamten mit dem Klemmbrett an. Der nickte nur.

»Ein Wunder ist geschehen!«, deklamierte seine Mutter und reckte die Hände in die Höhe. Sie hatte völlig recht, aber die Nummer mit den Händen ließ sie doch sonderbar aussehen.

»Na toll, ich bin ein Zombie«, sagte Jonas.

KAPITEL 4

NACH DEM TOD IST'S
AUCH NICHT EINFACHER

In den folgenden Stunden wusste niemand bei der Polizei so recht etwas mit ihm anzufangen. Alle Unterlagen, die sie hatten, deuteten darauf hin, dass der Typ, der unglücklich gekleidet im Vernehmungszimmer saß, vor kurzem von den Toten auferstanden war. Tatsächlich war sein Ableben bereits so weit im System verankert, dass es noch etliche Behördengänge brauchen würde, bis er wieder als lebendig angesehen werden durfte. Aber da es Sonntag war und man für den Moment ohnehin nichts machen konnte, schickte man ihn nach Hause.

Lena fuhr das Auto und schielte ab und an zu ihm herüber, wie er stumm aus dem Fenster blickte. Seine Mutter saß auf dem Rücksitz und lächelte so breit, dass selbst Lena das Gefühl hatte, sie stünde kurz vor der Debilität.

»Gott hat meinen Sohn zurückgesandt!«, platzte es wieder aus ihr heraus.

Jonas schaute nur kurz zu Lena und rollte mit den Augen. »Oh, verdammt, jetzt geht es los.«

»Mein starker Glaube hat dafür gesorgt, dass Er mich erhört hat. Lobet den Herrn!« Sie faltete die Hände vor der Brust und schloss ins Gebet vertieft die Augen.

Ich möchte hiermit ein für alle Mal klarstellen: Jonas wurde definitiv nicht wegen ihres starken Glaubens wiedererweckt. Tatsächlich hatte ich eher darüber nachgedacht, ob ich Gudrun von einem Blitz erschlagen lassen sollte. Aber dann habe ich mir die Idee für Jonas aufgespart. Was soll ich sagen? Ich wiederhole mich nicht gern.

»Dafür gibt es bestimmt eine völlig rationale Erklärung, Mutter. Also hör bitte auf mit den Lobpreisungen.«

»Dass du es immer noch nicht glaubst, nach dem, was dir widerfahren ist«, entgegnete Gudrun und rückte ihre Brille zurecht.

»Tut mir leid, ich sehe das eher wissenschaftlich.«

Lena drehte sich zu ihm um. »Aber du musst doch zugeben, dass es merkwürdig ist, wie du, na ja, zermatscht dort lagst und nun quasi wie neu durch die Gegend läufst.«

»Ich hab nicht gesagt, dass ich eine Erklärung habe, ich sage nur, dass es bestimmt eine gibt«, sagte er und ergänzte: »Wie habt ihr mich übrigens identifiziert? Ich gehe mal davon aus, dass ihr mich trotz des Ausweises noch identifizieren musstet.«

»Das Muttermal auf deinem Hintern«, sagte Gudrun. »Die Tatsache, dass Lena das identifizieren konnte, obwohl ihr nicht verheiratet seid, fand ich etwas unangenehm.«

»Mama, wir wohnen seit zwei Jahren zusammen. Was hast du denn gedacht, was wir tun, wenn wir allein sind?«

»Fernsehen.«

»Auch, aber nicht nur.«

»Ich will davon nichts mehr hören«, sagte Gudrun.

Jonas kratzte sich an der Stirn. »Du weißt schon, dass wir uns im einundzwanzigsten Jahrhundert befinden, oder?«

»Deswegen muss es trotzdem nicht zugehen wie in Sodom und Gomorra. Wenn ihr Kinder haben wollt, dann heiratet gefälligst vorher.«

Jonas raufte sich die Haare, Lena blickte kurz zu ihm herüber und zuckte mit den Schultern.

Jonas verdrehte die Augen. »Ich habe wirklich keine Lust, mit dir über ein normales Liebesleben zu streiten, Mutter.«

»Normal?«, entfuhr es Lena, was er mit einem verwirrten Blick kommentierte.

»Ich habe ebenfalls kein Interesse, über eure sündigen Taten zu reden«, entgegnete Gudrun. »Ihr solltet wissen, was sich gehört.«

»Ich bedaure meine Wiederauferstehung schon jetzt.«

»Wir sollten deine Rückkehr als das sehen, was sie ist: Gottes Wille!«, rief Gudrun.

»Du nervst, Mama!«, rief Jonas und sprach dabei auch mir aus dem metaphorischen Herzen. Und das, obwohl sie technisch gesehen mit ihrer Vermutung völlig richtiglag.

»Ich wünschte, Gott hätte dir auch Weisheit gegeben, als er dich zurückgeschickt hat.«

»Vielleicht hat er mich ja zurückgeschickt, damit ich dir sagen kann, dass du nervst«, warf er über die Schulter in Richtung Rücksitz. Gudrun schwieg und verschränkte die Arme vor der Brust.

Als sie endlich vor Jonas' Haus hielten, wunderte er sich, dass sie nicht erst bei Gudrun in Haselhorst vorbeigefahren waren.

»Ich bringe sie nach Hause. Du ruh dich erst mal aus«, sagte Lena und lächelte.

»Wenn ich das richtig mitbekommen habe, habe ich mich gerade über zwei Tage ausgeruht.«

»Du weißt schon, was ich meine.«

»Aber du kommst doch nachher wieder zurück, oder?«

Lena seufzte und schwieg einen Moment, bevor sie antwortete. »Nur weil du wieder lebst, heißt das nicht, dass plötzlich alles gut ist zwischen uns.«

»Wenigstens eine Person hier ist vernünftig«, kam es vom Rücksitz.

»Aber …«, wollte Jonas einwerfen, doch Lena brachte ihn mit einem Kuss zum Schweigen.

Als sie sich wieder zurücklehnte, konnte er nicht umhin, das zu kommentieren. »Irgendwie kriege ich hier unterschiedliche Signale.«

Lena lächelte. »Ich bin wirklich froh, dass du nicht tot bist und ich dich wiederhabe, aber gleichzeitig bin ich immer noch sauer auf dich.«

»Ich weiß ja nicht mal, auf was genau du sauer bist!«

»Lass uns morgen darüber reden. Schlaf dich aus. Ich rufe dich an«, sagte sie weich, aber bestimmt.

»Gute Nacht.« Er stieg aus, drehte sich noch einmal zu seiner Mutter, die weiter auf dem Rücksitz schmollte, und ergänzte: »Nacht.«

**

Als Jonas gerade die Haustür mit der Schulter aufstieß, über seine Situation nachdachte und zu dem Schluss kam, dass er wirklich am besten erst mal ins Bett gehen sollte, saß einer der Polizisten, die bei seiner Vernehmung dabei gewesen waren, am Telefon und berichtete seiner Schwester in Bielefeld, was sich heute bei der Arbeit zugetragen hatte. Die Schwester wollte nicht recht glauben, was er da erzählte, lauschte jedoch mit zunehmendem Interesse. Zumal ihr Bruder darauf bestand, dass sie es keinesfalls weitererzählen dürfe. Dummerweise, oder sollte ich sagen glücklicherweise, saß ihr Mann daneben und hörte fast jedes Wort mit. Der war Journalist bei einem Lokalblatt, äußerst links eingestellt und hatte seinen Schwager von der Polizei noch nie leiden können. Die Möglichkeit, ihm eventuell eins auszuwischen, kam gelegen, zumal er gerade über Instant Messenger mit einem Studienkumpel verbunden war, seines Zeichens Redakteur bei einem namhaften Hamburger Magazin. Als dieser von seinem Freund tröpfchenweise die Informationen übermittelt bekam, die jener gerade bei seiner Frau mithörte, machte er sich Notizen, die er, nachdem der Chat beendet war, wiederum an einen Kollegen in Berlin weitergab.

Zu dem Zeitpunkt lag Jonas bereits im Bett und starrte an die Decke. Er hatte eine Vorahnung, dass bald irgendetwas Schlimmes passieren würde.

KAPITEL 5

EIN NATURTALENT

Als Jonas erwachte, fühlte er sich, als hätte jemand Rollrasen in seinem Mund ausgelegt und ihn mit Fäusten ins Gesicht geschlagen. Das Türklingeln hatte ihn geweckt. Der Wecker neben seinem Bett zeigte 8.13 Uhr, und er murmelte etwas von »mitten in der Nacht«. Mühsam erhob er sich, stieg in die Hausschlappen und griff nach seinem Bademantel, den er sich im Gehen überstreifte. Mit halb geöffneten Augen polterte er die Treppe hinunter.

Manche Leute vermuten, dass ich auch beim nächsten Event in seinem Leben meine Hände im Spiel gehabt hätte, aber ich kann wieder nur betonen, dass es reiner Zufall war. Im Halbschlaf rutschte er auf einer der Treppenstufen aus, fiel vornüber und versuchte, sich mit der rechten Hand an der Kommode zu fangen. Er erwischte allerdings nur die Ecke, die sich genau in die Mitte der Handfläche bohrte und dort für eine Schürfwunde sorgte. Jetzt war er hellwach und wieder am Fluchen.

Es klingelte erneut. Er rappelte sich auf und rüttelte an der Tür, bis sie aufsprang. Dann erschrak er fürchterlich.

Vor seiner Tür stand eine Meute Reporter, einige mit Kameramännern. Auf der Straße war der Wagen eines TV-Senders geparkt. Der Journalist direkt vor ihm fragte, ob er Jonas Carstens sei.

»Ja, schon«, antwortete er vorsichtig.

»Wir haben gehört, dass Sie zwei Tage tot waren und gestern wiederauferstanden sind.«

»Äh …«

»Sie sollen von einer Kirchturmspitze erschlagen worden und dann gestern im Leichenschauhaus in der Turmstraße wieder aufgewacht sein.«

»Na ja, also, so weit stimmt das wohl.«

»Wir würden gern mit Ihnen ein Exklusiv-Interview ...«, fing der Reporter an, wurde aber sofort von seinen Kollegen unterbrochen, die sich ebenfalls um irgendwelche Exklusiv-Rechte bemühten. Sie drängten nach vorn und redeten auf ihn ein.

In seinem Kopf klingelten sämtliche Alarmglocken. Er versuchte, die Tür wieder zu schließen, um die Reporter draußen zu halten, aber einer von ihnen hatte den Fuß zwischen Tür und Rahmen gestellt und wollte partout nicht aufgeben.

»Sie schulden es unseren Lesern ...«, »Sie schulden es der Allgemeinheit ...«, »Unsere Zuschauer wüssten gern ...«, waren einige der Phrasen, die ihm an den Kopf geworfen wurden, während er versuchte, den Leuten klarzumachen, dass er nicht interviewt werden wollte.

Aber irgendwie gab es an der Tür eine Patt-Situation. Er bekam sie nicht zu, sie bekamen sie nicht auf. Also ließ er einfach los und trat einen Schritt zurück.

Die Reporter purzelten übereinander in die Diele, während Jonas einfach nur dastand.

»Ihr seid wirklich die Koryphäen eures Fachs, was?«

»Kory-was?«, sagte einer der Typen mit Fotoapparat.

»Danke für die Bestätigung. Und jetzt raus hier!«

Die Reporter murrten, als sie sich aufrappelten, aber Jonas wollte nichts hören und drängte einen nach dem anderen zur Tür hinaus. Einer der Fotografen wollte zumindest noch ein Bild machen, aber Jonas winkte ab und hielt die rechte Hand hoch, um sein Gesicht zu bedecken. Kaum hatte er sie erhoben, zogen die Reporter hörbar die Luft ein.

Die Fotografen klickten drauflos, die anderen zogen sofort ihre Handys aus den Hosentaschen. Jonas wusste nicht, was er nun wieder angestellt hatte, und starrte auf seine Hand, die offenbar zu dieser Reaktion geführt hatte. Auf der Handfläche entdeckte er einen großen roten Fleck, genau in der Mitte. Er verstand immer noch nicht, was daran so besonders sein sollte, verstand aber immerhin, dass er jetzt die Tür wieder schließen konnte und so schnell wie möglich telefonieren musste.

***

Markus hatte zwei Tage lang – und das am Wochenende – mit keiner Frau geschlafen. Jonas' Tod hatte ihn doch ziemlich mitgenommen, so dass er einfach nicht in Stimmung war. Seine Haupteinnahmequelle war versiegt, ganz abgesehen davon natürlich, dass sein Freund tot war. Aber dann kam Jonas' Anruf, der ihm nicht nur mitteilte, dass er von den Toten wiederauferstanden war, sondern dass er von Reportern belagert wurde, die sich plötzlich zu vermehren schienen. Markus machte sich allerlei Gedanken darüber, was seinem Freund da bloß widerfahren war, gleichzeitig spürte er das Kribbeln im Nacken, das immer dann auftrat, wenn es Geld zu verdienen gab. Normalerweise fühlte es sich an, als würde ihm eine Fliege über den Nacken laufen. Jetzt war es eher so, als würde ein vier Zentner schwerer Gorilla-Silberrücken versuchen, ihn zärtlich zu kraulen.

Als er bei Jonas ankam und in den kleinen Vorgarten trat, wandten sich gleich mehrere Reporter an ihn, ob er ihnen Auskunft erteilen könnte. Aber er verwies darauf, dass er sich erst mit seinem Klienten kurzschließen wollte. Im Nachbargarten stand Herbert Finkel etwas unsicher und starrte wie ein Reh im Scheinwerferlicht in die Linsen der Fotografen. Er machte »Pssst!« in Markus' Richtung und fragte: »Wissen Sie, was das hier soll?«

»Die wollen etwas von Herrn Carstens«, sagte Markus.

»Gehen die auch wieder weg?«

»Hoffentlich nicht so bald.«

»Oh«, machte Herbert.

Markus zuckte bloß mit den Schultern.

»Meinen Sie, dass die ein paar Schnittchen wollen? Oder Erbsensuppe? Gesine hat gerade welche …«, sagte Herbert, aber Markus war bereits in der Eingangstür verschwunden.

»Gott sei Dank bist du endlich da«, stöhnte Jonas, als er ihn ins Haus zog.

Markus schaute ihn von oben bis unten an, umarmte ihn und hielt ihn lange fest.

»Ach du meine Güte!«, sagte Jonas. »Was ist denn mit dir los? So herzlich hast du mich ja in den letzten fünfzehn Jahren nicht begrüßt.«

»Ich freue mich einfach, dass es dir gutgeht. Als Lena mich anrief, um mir zu sagen, dass du tot bist, dachte ich natürlich, dass es für immer wäre.«

Er umarmte ihn gleich noch einmal, und Jonas legte die Stirn in Falten, weil er solche Emotionen von Markus gar nicht gewohnt war.

»Wie sich herausgestellt hat, ist tot sein offenbar zu langweilig für mich. Und … könntest du das vielleicht lassen?«

Markus löste sich aus der Umarmung und sah ihn noch einmal von oben bis unten an. »Wie?«, sagte er lediglich und ließ die Frage so im Raum stehen.

»Ja, wenn ich das wüsste.«

»Du hast nicht einen Kratzer! Lena meinte, du seist zerquetscht worden.«

Jonas erinnerte sich an das Foto, das man nach seiner Einlieferung gemacht hatte. Er verzog das Gesicht und nickte lediglich zur Bestätigung.

»Kannst du das öfter machen? Ich meine, stell dir mal vor, wir könnten damit in Las Vegas …«

»Markus, ich bin kein Magier. Ich hab keine Ahnung, was da passiert ist!«

Markus grübelte. »Wie auch immer, wenn ich so darüber nachdenke, könnte das sehr lukrativ werden! Wenn wir es richtig angehen.«

»Markus, ich will die einfach nur loswerden. Kannst du sie nicht irgendwie abwimmeln?«

»Lass uns doch zumindest ein bisschen Werbung in eigener Sache machen. Vielleicht verkaufen sich die Romane dann besser.«

Jonas biss sich auf die Unterlippe. »Ich will nicht, dass der Name Janine Czerny fällt.«

»Mann, das ist eine Riesengelegenheit, Jonas!«

»Ich sagte nein!«

Markus verzog enttäuscht das Gesicht. »Und was soll ich denen sagen? Kann ich wenigstens *Der Wind in den Datteln* erwähnen?«

»Wenn es sein muss. Auf jeden Fall sag ihnen, dass sie nichts über die Wiederauferstehung schreiben sollen.«

Markus seufzte. »Wie sind die überhaupt darauf gekommen?«

»Ich würde mal denken, dass irgendwer von der Polizei gequatscht hat. Aber merkwürdigerweise sind sie richtig ausgerastet, als ich mein Gesicht verdecken wollte.« Er machte dieselbe Handbewegung wie zuvor bei den Journalisten, und Markus sah, was sie gesehen hatten.

»Jonas …«

»Was?«

»Deine Hand.«

»Ja?«

»Fällt dir nichts auf?«

»Da ist der rote Fleck, den ich seit vorhin habe, als ich gestolpert bin.«

»Und der erinnert dich an nichts?«

»Ich weiß nicht, worauf du hinauswillst.«

Markus schüttelte den Kopf. »Junge, das sieht aus, als hättest du Stigmata.«

Jonas blickte noch immer drein, als verstünde er nur Bahnhof.

»Der Fleck sieht aus wie die Wunden, die Jesus am Kreuz bekam.«

»Ja, und? Was hat das mit mir zu tun?«

»Für jemanden, der so intelligent ist wie du, hast du wirklich eine mächtig lange Leitung. Die Typen da draußen haben von der

Wiederauferstehung gehört, die Hand gesehen und eins und eins zusammengezählt.«

»Nun red doch nicht die ganze Zeit um den heißen Brei herum!«

»Jonas, die halten dich für den wiederauferstandenen Jesus!«

Jonas fiel die Kinnlade runter. »Bullshit.«

Markus zuckte als Antwort nur mit den Schultern.

In dem Moment klingelte das Telefon. Jonas nahm es aus dem Ladegerät. »Carstens.«

Lenas Stimme. »Jonas, du meine Güte, was ist denn bei dir los?«

»Was meinst du?«

»Wir haben gerade den Fernseher eingeschaltet und sehen das Haus in einem Nachrichtenbeitrag.«

»Scheiße.«

»Und auf einem Privatsender war auch was darüber. Irgendeiner sprach davon, dass du der wiederauferstandene Jesus wärst. Was hast du denen denn erzählt?«

Er rieb sich die Stirn. »Gar nichts habe ich denen erzählt. Aber hoffentlich kann Markus das gleich klären.«

»Deine Mutter will unbedingt zu dir kommen, aber ich habe ihr abgeraten.«

»Um Himmels willen, bitte bleibt so weit weg wie möglich. Die sollen nicht auch noch euch da mit reinziehen.«

»Das habe ich mir auch gedacht«, sagte Lena.

In diesem Moment hörte er im Hintergrund die Türklingel seiner Mutter schellen. Gudruns ferne Stimme verkündete, dass sie zur Tür gehen wolle. Kurz darauf wurden die Hintergrundgeräusche im Telefonhörer lauter, und Jonas vernahm, wie ein Haufen Fragen auf seine Mutter einprasselten.

»Jonas«, sagte Lena, »die Reporter sind jetzt auch hier.«

»Ich … ich …«, stammelte er. »Ich kümmere mich darum. Lasst sie nicht rein!«

Ohne sich zu verabschieden, legte er auf und flehte Markus an, die Reporter dazu zu bringen, sich zu verziehen.

Der seufzte zwar, nickte aber und ging nach draußen.

Jonas beobachtete durch die Vorhänge des Küchenfensters, wie Markus vor den Kameras selbstsicher sein Statement abgab. Das hatte er schon immer an ihm bewundert. Er schien wenig zu fürchten. Auf irgendeine Weise schaffte er es immer, die Leute für sich einzunehmen. Auf vielen Partys, die sie zusammen besucht hatten, hatte sich in kurzer Zeit eine Traube um ihn gebildet, die ihm an den Lippen hing. Wenn hingegen Jonas etwas sagte, schienen die Leute eher wegzuhören. Komischerweise verhielt es sich beim geschriebenen Wort genau andersherum. Markus hatte da nie den wirklichen Dreh gefunden, während es für Jonas zum Broterwerb geworden war. Manchmal hatte er den Eindruck, dass Markus zumindest in Fragen des Auftretens und des Geschäftsgebarens seine bessere Hälfte war.

Leider machte es aber jetzt den Eindruck, als ob die Reporter ihm nicht ganz so aus den Händen fraßen, wie es die Leute sonst taten. Immer wieder prasselten Fragen auf ihn ein, und die weit ausholenden Gesten, mit denen er seine Gesprächspartner in der Regel einzunehmen versuchte, wirkten diesmal nicht. Die Reporter gaben sich mit seinen Antworten nicht zufrieden. Und dann erschienen auch noch mehrere Polizeiwagen.

Um es ganz klar zu sagen: Ja, damit hatte ich wirklich wieder etwas zu tun. Denn nicht Markus sollte vor die Journalisten treten, sondern Jonas.

Markus nutzte die Gelegenheit, um wieder ins Haus zu gehen. Jonas konnte sehen, dass er einen gestressten Eindruck machte. Er ignorierte auch Herbert Finkel, der durch den Garten spazierte, eine Platte mit belegten Stullen auf der Hand.

»Du musst da irgendwie raus und selbst etwas zu ihnen sagen«, erklärte Markus, als er wieder drinnen war.

»Ich will mit denen nichts zu tun haben.«

»Die werden nicht abhauen, solange sie kein ordentliches Statement von dir haben. Ich konnte zwar ein paar Fragen zu deiner Person beantworten, aber zufriedengestellt hat sie das nicht.«

»Ich weiß doch gar nicht, was ich sagen soll!«

»Vielleicht ist das ja genau das, was sie erkennen müssen.«

»Wie meinst du das?«

»Schau mal, wenn du vor sie trittst, rumstammelst, irgendwelchen Quatsch sagst und so weiter, dann werden sie schon sehen, dass von dir nichts zu erwarten ist. Anders gesagt: Sei einfach du selbst.«

»Na toll.«

Markus zuckte mit den Schultern. »Et is, wie et is.«

»Und dafür bekommst du fünfzehn Prozent? Vielleicht sollte ich mich doch mal nach einem anderen Agenten und Manager umsehen.«

»Ich möchte noch mal klarstellen, dass ich bislang nicht der Agent des wiederauferstandenen Christus war.«

»Bin ich doch auch gar nicht!«

»Sag das nicht mir, sondern denen.« Er nickte mit dem Kopf in Richtung Tür.

Jonas seufzte.

»Du packst das schon, Jonas.«

Er seufzte noch einmal, dann ging er zur Tür, rüttelte an ihr, bis sie aufging, und trat hinaus.

Er fühlte sich gar nicht wohl, als er über die Steinplatten durch den Vorgarten ging. Jeder Schritt kam ihm vor wie zehn. Aber es beruhigte ihn, dass Markus nur ein paar Meter hinter ihm war. Falls die Situation völlig außer Kontrolle geraten sollte, könnte er vielleicht noch etwas richten. Es half auch nicht, dass ihn alle anstarrten und Herbert Finkel breit grinsend winkte, während einige der Polizisten und Journalisten Schnittchen von seinem Tablett nahmen.

Hinter der Gartentür blieb Jonas stehen und räusperte sich. »Ja, dann ... los.«

Er hatte etwas Mühe, die Fragen, die auf ihn einprasselten, auseinanderzuhalten. Zunächst war er total geschockt und winkte schnell ab, damit die Reporter Ruhe gaben. Dummerweise benutzte er wieder die rechte Hand dafür. Blitzlicht schlug ihm entgegen.

»Wenn Sie bitte alle einen Moment innehalten würden, wäre ich Ihnen sehr dankbar«, sagte er. »Damit nicht alles komplett durcheinandergeht, würde ich vorschlagen, dass wir der Reihe nach vorgehen. Wir fangen da links an, jeder hat eine Frage, und wir gehen durch, bis wir dann ganz rechts angekommen sind. Danach würde ich Sie bitten, alle zu gehen, denn ich schätze, meine Nachbarn haben nicht viel Freude an dem ganzen Zirkus hier. Ist das für Sie in Ordnung?«

Zu seiner großen Überraschung nickten praktisch alle Journalisten simultan. Noch mehr verwunderte ihn allerdings, dass er so viele zusammenhängende Sätze hatte bilden können. Er hatte immer noch ein flaues Gefühl im Magen, aber auch die vage Hoffnung, dass er diesen Tag überstehen würde.

Er deutete auf den Reporter, der am weitesten links stand und gerade dabei war, die letzten Reste einer Stulle in seinen Mund zu stopfen.

»Hmmm Cammstens, kmmt Smm …«, sagte der Reporter.

»Mein Nachbar bringt Ihnen vielleicht noch Kaffee, wenn Sie das vor Ihrer Frage runterspülen wollen.«

Die Meute lachte. Der Reporter wurde rot im Gesicht und nutzte die kurze Pause, um den Rest herunterzuschlucken.

»Herr Carstens, Quellen haben uns erzählt, dass Sie tot gewesen und wiederauferstanden sind. Ist das korrekt?«

»Das ist so weit korrekt, wobei mich wirklich Ihre Quellen interessieren, denn auf das hier hätte ich gern verzichtet«, sagte Jonas, und ein Gemurmel ging durch die Menge. Der Reporter schien aber auf die implizierte Frage nicht antworten zu wollen. Jonas zeigte auf den nächsten.

»Können Sie sich erklären, warum ausgerechnet Sie wiederauferstanden sind?«

»Ich habe keinen blassen Schimmer. Wenn mir das irgendwer erklären könnte, fände ich das echt klasse.« Er zeigte auf die nächste Frau in der Reihe.

»Wie sind Sie gestorben?«

»Eine Kirchturmspitze ist auf mich gefallen.«

Ein Murmeln ging durch die Reihen. Ein, zwei Reporter musterten ihn von oben bis unten, was er unbehaglich zur Kenntnis nahm. Er deutete auf den nächsten Reporter.

»Wie haben Sie den Tod empfunden?«

Jonas stutzte. »Nun, ich war tot. Und plötzlich wachte ich wieder auf. Und der Nächste bitte.«

»Und Sie haben gar nichts gespürt? Kein Licht gesehen?«

»Nein. Ich wachte einfach nur auf, wiederhergestellt.«

Er zeigte auf den nächsten Reporter, der ebenfalls eine Frage zum Leben nach dem Tod hatte. Auch diesem sagte er, dass er dazu nichts beitragen könne, genau wie dem nächsten und dem darauf, bis er sich schließlich fragte, ob sie überhaupt noch andere Fragen hatten.

»Manche sagen, dass Sie der auferstandene Jesus sind. Ist das korrekt?«

Jonas lachte. »Manche? Wer? Vermutlich weil ich diese Wunde an der Hand habe.« Er hielt die rechte Hand hoch, so dass alle die Handfläche sehen konnten. »Ich bin hingefallen und habe mir etwas Haut abgeschürft. Sehen Sie, auf der anderen Seite habe ich nichts dergleichen.« Er hielt die andere Hand hoch. »Und wenn ich mich recht erinnere, hat Jesus nicht so am Kreuz gehangen.« Er hielt den rechten Arm hoch, als wäre er nur an diesem festgenagelt, und verzog das Gesicht, als wäre er bewusstlos oder tot. Sein linker Arm baumelte an der Seite herab.

Blitzlichter der Kameras flammten auf, und überall wurde gelacht. Jonas fühlte sich erleichtert. Er glaubte, ihnen den Wind aus den Segeln genommen zu haben und dass nun niemand mehr behaupten würde, er sei der auferstandene Jesus. Alles in allem war er ziemlich stolz auf sich, und auch Markus lächelte und nickte anerkennend.

»Ihr, wie ich annehme, Agent teilte uns mit, dass Sie der Jonas Carstens sind, der *Der Wind in den Datteln* geschrieben hat.«

»Ja«, sagte Jonas beiläufig.

»Meine Frage: Haben Sie noch andere Bücher geschrieben? Denn, mit Verlaub, soweit ich mich erinnern kann, war *Der Wind in den Datteln* kein Buch, dem viel Erfolg beschieden war.«

»Das haben Sie schön gesagt. Tatsächlich freue ich mich darüber, dass Sie sich überhaupt daran erinnern.«

Die Journalisten lachten erneut. Jonas freute sich. Alles schien viel besser zu laufen, als er es erwartet hatte.

»Sie haben die Frage nicht beantwortet«, sagte der Journalist.

»Ihrem geschulten journalistischen Auge beziehungsweise Ohr entgeht auch nichts, was?« Wieder lachte die Menge.

»Die Frage ist aber immer noch nicht beantwortet.«

»Ja, ist ja gut. Ich schreibe unter Pseudonym und habe da bisher ganz gut verdient. Vielen Dank, dass Sie sich so für mein Wohlergehen interessieren.«

Erneutes Gelächter. Jonas zeigte auf den nächsten Reporter.

»Könnten Sie uns sagen, unter welchem Pseudonym Sie geschrieben haben?«

»Nein«, sagte Jonas wie aus der Pistole geschossen und zeigte auf den nächsten Reporter, aber der vorherige gab keine Ruhe.

»Könnten Sie das etwas näher ausführen?«

»Nein, darauf habe ich keine Lust. Ich habe ja aus gutem Grund unter Pseudonym geschrieben.«

Der Journalist verzog das Gesicht und überließ die nächste Frage dem Kollegen neben sich.

Es ging eine Weile so weiter. Man fragte ihn, wie seine Familie darauf reagiert hatte. Was er in Zukunft vorhabe. Ob er ein Buch über seine Erlebnisse schreiben wolle. Seine Antworten gingen alle in dieselbe Richtung, obwohl er es, zu Markus' Überraschung, diplomatischer formulierte: Lasst mich und meine Familie in Ruhe, ich will nichts mehr davon hören, und alles wird gut.

Als die meisten Fragen durch waren, atmete Jonas auf. Er hatte komplett die Lust verloren, wollte nur noch zurück ins Haus und möglichst schnell mit Lena telefonieren. Dann stellte der Letzte in der Reihe seine Frage.

»Gibt es irgendwas, das Sie der Welt noch mitteilen wollen?«

Jonas kratzte sich am Kopf. »Der Welt? Ja, stellt euch alle nicht so blöd an und hört mit den Kriegen auf. Und jetzt verschwindet endlich.«

Für einen Moment herrschte unangenehme Stille in der Straße. Dann fingen alle an zu lachen. Jonas machte noch einmal den »Toten Jesus am Kreuz, der nur mit einer Hand festgenagelt war«, wobei er die Hand zum Winken benutzte. Das gab noch einmal einen Lacher. Dann gingen er und Markus zurück ins Haus.

»Das hast du super gemacht«, flüsterte Markus, während Jonas die Tür mit der Schulter aufstieß.

»Danke, aber ich glaube, ich brauche jetzt erst mal einen Tee für die Nerven.«

Der Anfang war gemacht.

KAPITEL 6

DER HEILAND
IM MORGENMANTEL

In der Tat räumten die Journalisten und Fernsehteams in kürzester Zeit die Straße. Hin und wieder lugte Jonas aus dem Küchenfenster, um zu sehen, ob die Luft rein war. Als der letzte Wagen davonfuhr und auch die Polizei sich verabschiedete, atmete er auf.

Lena berichtete ihm am Telefon, dass sie und Gudrun die Reporter hatten abwimmeln können, allerdings hatten einige durch den Briefschlitz in der Tür Visitenkarten eingeworfen. Jonas versuchte sie zu überreden, wieder nach Hause zu kommen, aber sie hatte Angst, dass auf dem Weg Fotografen lauerten. Außerdem wollte sie Gudrun Beistand leisten, die das Ganze für eine Prüfung Gottes hielt. Jonas war zwar nicht begeistert, dass er sie weiterhin nicht zu Gesicht bekommen würde, konnte das allerdings verstehen. Er fragte Markus, ob er dableiben würde, damit sie zusammen einen Film-Marathon machen konnten, aber der hatte ein Date mit der Sekretärin vom Verlag und das Gefühl, dass er ohne die Meute vor dem Haus ohnehin nicht gebraucht wurde.

So fand sich Jonas an seinem ersten Tag nach der Wiederauferstehung allein daheim in seinem Sessel wieder und schaute fern. Aber eine innere Unruhe packte ihn, weswegen er an den Bücherschrank trat und sich umsah. In der untersten rechten Ecke fand er die verstaubte Bibel, die er damals beim Einzug in seine erste Wohnung von Gudrun geschenkt bekommen hatte. Seitdem hatte er sie genau zweimal angefasst: einmal, um sie in den Umzugskarton zu legen, und ein weiteres Mal, um sie aus dem Umzugskarton in das Regal zu stellen. Er ging ins Wohnzimmer, machte es sich erneut im Sessel bequem und begann, im Neuen Testament zu lesen. Es dauerte nicht lange, bis er anfing zu gähnen und hin und her zu blättern. Und weil die Geschichte von Jesus viermal erzählt wird, schlief er irgendwann darüber ein.

Den ganzen Tag sah er keine Nachrichtensendung, schaute nicht einmal ins Internet und bekam nichts davon mit, was sich in den Medien ereignete – weder am Abend oder in der Nacht noch am darauffolgenden Morgen. Und dort passierte einiges. Abgesehen von den üblichen Nachrichten über Kriege, Straftaten, Politiker, die bei ihren Doktorarbeiten geschummelt hatten, Musikern, die Drogenprobleme hatten, und C-Promis, die in der vorletzten Runde aus einer Casting-Show geflogen waren, wurde über den seltsamen Schriftsteller berichtet, der von den Toten zurückgekehrt war. Für einige Medien war es nur eine Behauptung, die bislang nicht bewiesen werden konnte. Andere – wie zum Beispiel die Zeitungen mit den großen Überschriften und wenig Text – waren reißerischer in ihrer Aussage. »Jesus zurück?« war eine der vielen Schlagzeilen, bei denen die Leser gern mal das Fragezeichen überlasen. Hier und dort wurde sogar Jonas' Bild gezeigt, wie er den »Toten Jesus am Kreuz, der nur mit einer Hand festgenagelt war« gab. Fernsehsender zeigten Aufnahmen von der »Pressekonferenz« in seinem Vorgarten.

Die Medien hatten eigentlich nicht mit einer großen Sache gerechnet. Fernseh- und Zeitungsredakteure dachten, sie hätten einen guten Aufhänger für den Tag, eventuell auch für die zwei oder drei folgenden, aber ihre Beiträge bewegten viele Zuschauer im Innersten.

Jonas merkte freilich nichts davon. Er träumte von Lena, die ihn, auf einem weißen Einhorn reitend, vor der Pressemeute rettete und mit ihm über einen Regenbogen in die Zukunft galoppierte, während das Tier in tiefem Bariton *My Way* sang. Selbst im Schlaf fand er das merkwürdig, sabberte aber wohlig in das Kissen auf seiner Couch und versäumte dadurch, was sich vor dem Haus zutrug.

Er erwachte kurz nach zehn Uhr, als es an der Tür klingelte, und schaute etwas angewidert drein, weil ihm die nasse Ecke des Kissens an der Wange kleben blieb. Durch das verwinkelte Liegen auf der Couch tat ihm der Rücken weh. Er streckte sich und rollte seinen Kopf in den Nacken, während er zur Tür ging und durch die Gegensprechanlage fragte, wer da wäre.

»Wir wollen mit dir über Jesus sprechen!«, sagte eine männliche Stimme ganz enthusiastisch.

»Verpisst euch«, sagte Jonas entschieden weniger enthusiastisch.

Er gähnte und ging in die Küche, um sich einen Morgenkaffee zu machen. Während er im Halbschlaf umrührte, warf er einen Blick aus dem Fenster. Dort hatte sich vor dem Gartenzaun eine Gruppe von etwa fünfzig Leuten eingefunden und hielt Schilder hoch, auf denen Dinge standen wie »Jesus errette uns!« oder »Willkommen zurück!«. Einige Nachzügler kämpften sich durch die Reihen und machten sich daran, über den Zaun zu steigen.

»Scheiße«, sagte er, wobei ihm die Kaffeetasse aus der Hand glitt und auf dem Boden zerschellte. Der frisch gebrühte Kaffee spritzte in alle Richtungen, auch über seine bequeme Hose, die er immer zum Gammeln auf der Couch trug.

Er stieg aus der Hose, griff sich seinen Bademantel und stürmte aus der Tür, um die Leute, die im Begriff waren, seinen Vorgarten zu betreten, aufzuhalten. Kaum war er aus der Tür, schallte ihm eine Mischung aus Geschrei, fröhlichem Juchzen und Applaus entgegen. Er war völlig perplex und bemerkte zu spät den Mann, der über den Zaun gesprungen war und auf ihn zueilte.

»Halt! Das ist Privatgelände!«, rief Jonas, kurz bevor der Mann ihn erreicht hatte, aber der griff bereits nach seiner Hand und begann, den Handrücken zu küssen.

Erschrocken zog Jonas die Hand zurück. »Bitte hören Sie auf damit!«

Aber der Bursche ging gleich dazu über, seine Füße zu küssen. Er ließ sich nicht davon abbringen, und einige andere Leute nahmen sich ein Beispiel an ihm, sprangen ebenfalls über den Zaun und zertrampelten die Pflanzen. Jonas wollte protestieren, bekam es dann aber mit der Angst zu tun, rannte zurück ins Haus und sperrte die Tür ab.

Die Polizei holte etwa zehn Minuten nach seinem Anruf die Leute vom Grundstück. Die Situation verbesserte sich aber nur geringfügig, denn die Menschen blieben auf der Straße stehen. Und es sah so aus, als würden es immer mehr. Mittlerweile waren auch wieder Reporter von Zeitschriften, Radio und Fernsehen anwesend, um über den Auflauf vor seinem Haus zu berichten.

Jonas rief Lena an. »Hier ist alles voller Reporter.«

»Hier auch«, sagte sie, war aber kaum zu verstehen, weil das Gebrüll der Journalisten so sehr im Hörer hallte.

»Oh Gott, oh Gott«, sagte Jonas – und hätte sich am liebsten auf die Zunge gebissen, dass ihm ausgerechnet dieser Stoßseufzer rausgerutscht war.

»Deine Mutter ist der Meinung, dass sie sich nach deiner gestrigen Pressekonferenz jetzt ebenfalls an die Reporter wenden sollte, um zu berichten, dass sie die Mutter des Heilands ist.«

Jonas riss die Augen auf. »Bitte halt sie unbedingt davon ab!«

»Rate mal, was ich die ganze Zeit versuche. Hast du schon Markus erreicht?«

»Nein, das wollte ich gleich machen. Erst mal wollte ich hören, wie es euch geht.«

Lena wirkte überrascht. »Den Umständen entsprechend, würde ich sagen.«

»Ich vermisse dich.«

Nun war sie eindeutig überrascht. »Das … ja … gut.« Die Nebengeräusche auf ihrer Seite wurden lauter. »Tut mir leid«, sagte sie, »wir hören uns später.« Dann legte sie auf.

Jonas wählte Markus' Nummer.

»Jonas? Entschuldige, ich stehe gerade etwas neben mir. Das war ein interessantes Date.«

»Ach? Wie lief es denn?«, fragte Jonas, obwohl er eigentlich lieber gleich zur Sache gekommen wäre.

»Läuft noch.«

Jonas schaute auf die Uhr. »Es ist bald Mittag!«

»Nun, sagen wir, dass es gestern etwas später wurde.«

»Schön für dich, aber du musst dringend herkommen und die Leute abwimmeln!«

»Was ist denn überhaupt los?«

»Hier ist eine Meute von Leuten vor meinem Haus, die mich für Jesus halten!«

»Nee, das war gestern.«

»Heute auch.«

»Oh«, sagte Markus.

»Oh?«

»Das ist ja nicht so schön.«

Jonas war verdattert. »Scheiße ist das! Die zertreten mir die ganzen Pflanzen.«

»Tu doch nicht so, als würden dich die Pflanzen interessieren. Du weißt ja nicht mal, wie die Dinger heißen.«

»Sie sind grün. Und buschig.«

»Siehst du.«

»Das ist doch auch völlig egal, ich will meine Ruhe!«, raunzte er ins Telefon. »Jedes Mal, wenn ich nur die Tür aufmache, fangen sie gleich an zu brüllen.«

»Ernsthaft?«

»Hör mal«, sagte Jonas, rüttelte an der Tür und steckte den Kopf heraus. Die Menge fing an zu jubeln. Kaum hatte er die Tür wieder zugeschlagen, hörten sie auf.

»Oh!«, sagte Markus.

»Oh?« Jonas steckte noch einmal den Kopf hinaus, woraufhin erneut Jubel ausbrach, den er mit seinem Rückzug abrupt beendete. »Was soll ich denn jetzt machen?«

»Ich hab keine Ahnung, aber ich glaube nicht, dass ich dir da eine große Hilfe sein kann.«

»Aber wer, wenn nicht du?« Jonas klang zunehmend verzweifelt.

»Meinst du denn, dass die auf mich hören? Ich bin dein Freund. Und Agent Schrägstrich Manager. Aber Wunder vollbringen kann ich nicht!«

»Ich doch auch nicht!«

»Na, dann zeig es ihnen doch!«

Jonas stutzte. »Wie meinst du das denn jetzt?«

»Jesus hat doch andauernd irgendwelchen coolen Mist gemacht. Wasser in Wein verwandelt, Blinde geheilt … solchen Kram halt, oder?«

»Ja, schon, aber ich kann so was doch nicht.«

»Herrgott, bist du schwer von Begriff. Genau darum geht es doch. Du musst denen zeigen, dass du nichts dergleichen kannst. Schnapp dir irgendeinen Krüppel und sag dem, dass er wieder laufen kann oder so was. Wenn er dann auf die Fresse fällt, bist du die Leute los.«

»Ich glaube nicht, dass ›Krüppel‹ der politisch korrekte Terminus ist.«

»Du hast mich nach meinem Rat gefragt. Da hast du ihn. Ist mir momentan egal, ob das politisch korrekt war oder nicht.«

Jonas seufzte.

»Was?«, fragte Markus.

»Danke.«

»Gern geschehen. Ich hoffe für dich, dass es klappt. Allerdings sähe ich es immer noch lieber, wenn du daraus etwas Kapital schlagen würdest.«

»Ich will einfach nur meine Ruhe, Markus.«

Der seufzte. »Kann ich verstehen.«

»Viel Spaß noch mit deinem Date.«

»Ruf mich an, wenn ich trotzdem irgendwas tun kann.«

Jonas legte auf und sah zum Küchenfenster hinaus. Die Meute schien sich in der kurzen Zeit des Telefonats noch einmal vergrößert zu haben. Bei dem Gedanken, schon wieder vor so einer Menge zu sprechen, drehte sich ihm der Magen um. Der knurrte ohnehin, weil er noch nichts gegessen hatte. Er überlegte hin und her, aber eine bessere Idee als Markus hatte er auch nicht. Also ging er hinaus.

Sofort schlug ihm Jubel entgegen, und verunsichert ging er über die Steinplatten bis zur Gartentür. Er ließ den Blick schweifen. Etliche Leute hatten Transparente oder Schilder mitgebracht, die sie hochhielten. Es waren zum Teil die bereits erwähnten (»Jesus errette uns«, »Willkommen zurück!«), manche eher apokalyptisch anmutende (»Das Ende ist nah!«, »Das Jüngste Gericht folgt!«), allgemeine Aufforderungen (»Bring *Firefly* zurück!«, »Rette die Wale!«) bis zu humoristischen Plakaten (»Um was geht's hier eigentlich?«, »Meine Arme werden lahm!«). Das Publikum selbst ließ sich in wenige Kategorien einteilen, die sich praktischerweise alle irgendwie zusammenrotteten und mit den Plakaten korrespondierten. Da waren die Jesus-Freaks, also die Leute, die tatsächlich der Meinung waren, dass er die Reinkarnation von Jesus war. Die meisten davon hatten diesen Glanz in den Augen und waren ganz verzückt, wenn sie einen Blick auf ihn erhaschen konnten. Dann gab es die Gruppe, die Jonas innerlich als Doomsday Squad bezeichnete und deren Vertreter alle ein wenig aussahen, als würden sie nicht ganz richtig ticken. Es gab außerdem die Umweltschutzgruppe, die ganz normalen Schaulustigen, die Komiker und eine kleine Ecke mit Leuten, die einfach nur grimmig schauten, sobald er sich sehen ließ. Und natürlich die Journalisten, denen es irgendwie gelungen war, ganz nach vorn an den Zaun zu kommen. Die Polizeibeamten, die versuchten, die Menge im Zaum zu halten, sahen schon sehr genervt aus. Alle Blicke richteten sich auf ihn, als er knapp außerhalb der Reichweite irgendwelcher Arme stehen blieb. Ganz geheuer war ihm das alles nicht.

»Äh … hi«, sagte er unsicher, als er vor die Menge trat.

Es war mucksmäuschenstill. Nur ein Scherzkeks rief: »Ausziehen!«, hielt aber den Mund, als niemand darauf einging.

»Ich, äh, bin ziemlich erstaunt über euer zahlreiches Erscheinen.« Leises Gemurmel in der Menge. »Als gestern lauter Journalisten hier vor meinem Haus standen, habe ich denen bereits erklärt, dass ich nicht der bin, für den mich offenbar viele halten.«

Eine ältere Frau, die direkt am Zaun stand und etwas verwirrt aussah, spuckte in seine Richtung. »Du bist ein falscher Prophet!«

Die Leute um sie herum schubsten sie und machten ihr klar, dass sie den Mund halten sollte. Jonas war über die Feindseligkeit in ihrer Stimme erstaunt.

»Du hast nicht konkret abgestritten, Jesus zu sein!«, rief jemand aus der Menge. Vereinzelt waren ein paar zustimmende Laute zu hören.

»Doch, habe ich. Wirklich.« Verneinendes Gemurmel aus der Menge. »Ich habe sogar den hier gemacht«, sagte Jonas und vollführte noch einmal den »Toten Jesus am Kreuz, der nur mit einer Hand festgenagelt war«.

Diesmal gab es kein Gelächter. Tatsächlich war es weiterhin gespenstisch ruhig für eine derartig große Menge. Das flaue Gefühl in seinem knurrenden Magen wurde stärker.

»Okay, gut, für die, die es immer noch nicht begriffen haben: Ich bin nicht Jesus, der Messias, Mohammed, Buddha, Thor oder sonst irgendeine Gottheit, Prophet, was auch immer. Ich bin einfach nur ein Schriftsteller, der seine Ruhe haben will. Obwohl ich zugeben muss, dass es ziemlich cool wäre, Thor zu sein. Mit dem Hammer und so.«

Er tat so, als würde er den Hammer Mjölnir schwingen, brach aber die Bewegung ab, als er in überwiegend verständnislose Gesichter schaute.

Weiteres Gemurmel kam aus der Menge, und Jonas erkannte, dass einige Leute dabei waren, zu gehen. Er nahm das erleichtert zur Kenntnis, aber die meisten wollten sich partout nicht vom Fleck rühren.

»Zeig uns ein Wunder!«, rief irgendein Unbelehrbarer. Ein paar Stimmen fielen mit ein.

Jonas rollte mit den Augen. »Wisst ihr, genau das war der Punkt, als ich sagte, dass ich keine Gottheit oder so was bin. Ich kann weder Wunder bewirken noch übers Wasser wandeln oder das Wasser teilen. Ich kann nur Wasser lassen.«

»Zeig es uns!«, rief jemand aus der Menge.

Jonas schaute verdutzt. »Ich soll euch zeigen, wie ich Wasser lasse?«

»Na ja …«

Er beschloss, darauf nicht weiter einzugehen. »Bitte, ich kann euch wirklich nicht helfen. Wenn ihr nach Bestätigung eures Glaubens sucht, geht in die Kirchen, Moscheen, Tempel. Ich kann euch dabei nicht helfen. Herrgott, ich bin Atheist«, sagte er, um dann erst zu realisieren, was er da gesagt hatte. »Okay, vielleicht nicht die beste Wortwahl, aber glaubt mir, ich bin nicht der, nach dem ihr sucht.«

Wieder erhob sich Gemurmel in der Menge, und ein paar weitere Leute verschwanden. Dummerweise kamen aber immer wieder neue hinzu, so dass sich die Menge vor dem Gartenzaun kaum verkleinerte.

»Ich bitte euch zu gehen«, sagte Jonas. »Meine Nachbarn haben an diesem Menschenauflauf bestimmt keinen Spaß. Besonders nicht an den Leuten, die auf ihre Autos klettern.«

Einige Männer und Frauen, die auf den Dächern von Autos gestanden hatten, um über die Menge hinwegsehen zu können, kletterten wieder herunter, andere kamen durch diesen Hinweis erst auf die Idee, genau das zu tun.

Jonas seufzte. Es gab offenbar nichts, womit er die Leute überzeugen konnte. Da bildete sich eine kleine Gasse, durch die ein Rollstuhl fuhr. Der Mann, der darin saß, hatte offenbar schon bessere Tage gesehen. Er war nicht direkt ein Penner, aber viel fehlte auch nicht mehr.

»Hier, bei mir kannste ein Wunder bewirken«, sagte der Rollstuhlfahrer mit dem strubbeligen Vollbart.

Jonas war sich nicht ganz sicher, was für ein Wunder er hier vollbringen sollte. Die Tatsache, dass der Mann im Rollstuhl saß, schien nur eines seiner vielen Probleme zu sein, zu denen zweifellos auch Körperhygiene gehörte.

»Ich meine es ernst. Keine Wunder. Also hinterher keine Beschwerden bitte«, sagte Jonas.

Der Rollstuhlfahrer nickte. »Ja, ick hab eh nix zu verlier'n. Hab nur jedacht, kann ja nüscht schaden, wa?« Er klopfte auf seine Beine und machte Jonas klar, welches Wunder er von ihm erwartete.

Es war ihm nicht wohl bei der Sache. Aber aller Augen starrten ihn gebannt an, und irgendwie fühlte er sich unter Zugzwang gesetzt. Leute drückten und schoben sich vorwärts, um besser sehen zu können.

Er schaute in die Menge. Manche beteten, manche schauten skeptisch, aber gespannt. Ein paar blickten ihn flehend an, dass er endlich weitermachen solle. Schließlich zuckte er mit den Schultern, stellte sich vor den Rollstuhlfahrer und sagte: »Steh auf und wandle.« Die Menge sog hörbar den Atem ein.

Der Rollstuhlfahrer rutschte etwas in seinem Sitz hin und her, aber dabei blieb es. »Ja, dit war ja für'n Arsch.«

»Hab ich ja gesagt«, erwiderte Jonas.

Ein kollektiver Seufzer der Enttäuschung lief durch die Menge, bis irgendwo einer schrie: »Fass ihn dabei an!«. Einige waren offenbar derselben Meinung, und in kürzester Zeit erschallte ein Chor von »Fass ihn an! Fass ihn an!«-Rufen, der Jonas noch mehr auf den Magen schlug. Die Meute wollte ihm einfach keinen Ausweg lassen. Noch näher heranzutreten schien ihm deswegen auch keine gute Idee zu sein. Dennoch wollte er alles getan haben, um den Narren, die seine Straße verstopften, zu zeigen, dass es an ihm nichts zu bewundern gab.

Er trat an den Zaun, ignorierte seinen Magen und legte eine Hand auf die Schulter des Rollstuhlfahrers. »Steh auf und wandle!«

Der Behinderte rührte sich nicht. Jonas war erleichtert und schaute sich um. Er deutete mit ausgestecktem Arm auf den Mann und drehte sich um, um den Reportern und Zuschauern zu zeigen, dass es nicht geklappt hatte.

Dann stand der Rollstuhlfahrer auf.

»Whoa!«, entfuhr es dem Ex-Behinderten, der jetzt ein kleines Tänzchen vor dem Gartenzaun hinlegte. »Wie geil ist das denn?«

Die Menge fing an zu jubeln, und die Menschen stürmten auf das Gartentor zu. Jonas riss den Kopf herum und sah jetzt erst den Rollstuhlfahrer bei seinem Tänzchen. Er blieb mit offenem Mund stehen, der Blick entsetzt. Die Leute, die sich weiter vorn befanden, streckten ihre Arme aus in der Hoffnung, von ihm berührt zu werden, aber er war wie erstarrt. Die Polizisten, die versuchten, die Ordnung aufrechtzuerhalten, machten dicke Backen, weil sie schlichtweg zu wenige waren, um den Mob zu bändigen. Irgendwo konnte Jonas die Alte »Falscher Prophet! Falscher Prophet!« schreien hören.

Einer der Polizisten, der kurz davorstand, auf den Zaun gedrückt zu werden, drehte sich mühevoll um und brüllte Jonas an: »Tun Sie doch irgendetwas! Sagen Sie was!«

Jonas löste sich aus seiner Starre. »RUHE JETZT!«, brüllte er aus voller Kehle.

Die Menge verstummte. Es war ziemlich beeindruckend.

Diese Alle-Augen-auf-ihn-Situation drohte zur Gewohnheit zu werden. Der Ex-Rollstuhlfahrer grinste immer noch. Und irgendwie missfiel Jonas dieses Grinsen. Lag darin etwas Falsches? Er war sich nicht sicher. Er war sich aber ziemlich sicher, dass er nicht dazu in der Lage war, Leute nur durch Handauflegen zu heilen. Andererseits hatte er sich bis vor kurzem auch für ganz normal sterblich gehalten. Trotzdem kam es ihm vor, als ob ihn der Rollstuhlfahrer nach Strich und Faden verarschte. Und er konnte es gar nicht leiden, verarscht zu werden.

»Ihr alle glaubt, einem Wunder beigewohnt zu haben«, sagte er und fragte sich, warum er so geschwollen sprach. »Doch was habt ihr wirklich gesehen? Ein Mann kam in einem Rollstuhl und stand, nachdem ich ihn angefasst hatte, daraus auf.«

Vereinzelt hörte er Gemurmel wie »Na ja, das ist ja auch ein Wunder, oder etwa nicht?« oder »Ich schätze, es wäre cooler gewesen, wenn er dabei gesungen hätte«. Aus einer Ecke hörte er eine unbedarfte ältere Dame fragen, ob es hier irgendwas umsonst gäbe.

»Kannte jemand von euch diesen Mann«, er zeigte auf den Rollstuhlfahrer, »bevor er zu mir kam? Können wir ganz sicher sein, dass er tatsächlich auf den Rollstuhl angewiesen war?«

Erneut erhob sich Gemurmel. Die Zweifel waren gesät. Der Rollstuhlfahrer lachte nicht mehr.

»Du«, sagte Jonas und zeigte auf den Ex-Gehbehinderten, »hast doch sicher deinen Behindertenausweis dabei.«

»Ach, so was habe ich doch gar nicht«, sagte der Mann – und sprach plötzlich nicht mehr mit Berliner Akzent.

In dem Moment war sich Jonas absolut sicher, dass er lediglich vorgegeben hatte, behindert zu sein. Er überlegte, ob er ihn öffentlich als Schwindler entlarven sollte, aber jemand schrie über alle hinweg: »Zeig uns noch ein Wunder!«, und kurz darauf stimmte die ganze Meute mit ein. Jonas war völlig perplex über die Gleichgültigkeit der Masse. Der unglaubwürdige Rollstuhlfahrer zwängte sich durch die Menge weiter nach hinten, und Jonas hatte ihn schon nach kurzer Zeit aus den Augen verloren. Der Rollstuhl stand noch vor dem Zaun.

»Zeig uns noch ein Wunder!«, brüllten sie weiter, als sich erneut eine Gasse bildete. Diesmal war es eine Frau um die vierzig, die ein kleines Mädchen von vielleicht acht Jahren vor sich herschob. Das Mädchen trug eine Sonnenbrille, und es war unschwer zu erkennen, dass es blind war.

Der Stein in Jonas' Magen war jetzt noch größer als beim Rollstuhlfahrer. Ein blindes Kind war ein ganz anderes Kaliber, zumal der Rollstuhlfahrer ihm den Eindruck vermittelt hatte, es käme nicht darauf an, ob das Wunder klappte oder nicht. Dem blinden

Kind sagen zu müssen, dass er ihm nicht helfen konnte, wäre um einiges problematischer.

Jonas winkte mit den Armen, um der Menge zu signalisieren, dass sie ruhig sein sollte. Erstaunlicherweise gehorchten alle, aber die Handys, Kameras und Fotoapparate, welche die ganze Szenerie filmten, blieben weiter auf ihn gerichtet. Er fühlte sich ausgesprochen schlecht, als er sich dem Mädchen am Zaun näherte, dennoch imponierte ihm, dass er die Menge derart manipulieren konnte.

»Na, was fehlt dir denn?«, fragte er und beugte sich zu ihr hinunter.

»Ich hab Kopfläuse«, antwortete das Mädchen trocken.

Jonas war verdattert.

»Eigentlich dachte ich, dass man gleich sieht, dass ich blind bin«, sagte sie.

Jonas hätte sich wegen seiner blöden Frage am liebsten selbst geohrfeigt.

Die Mutter schaltete sich ein. »Sie wurde vor ein paar Jahren krank und ist seitdem blind. Vielleicht können Sie sie heilen, wie Sie es mit dem Rollstuhlfahrer getan haben.«

Jonas seufzte. »Der Rollstuhlfahrer war ein Betrüger.«

Die Mutter sackte in sich zusammen. »Aber ich dachte …«

Er schüttelte den Kopf. »Ich muss Ihnen leider sagen, dass ich keine heilenden Fähigkeiten habe. Das hier ist alles ein großes Missverständnis.«

Das kleine Mädchen mit der Sonnenbrille schaute stur geradeaus. Wobei »schauen« hier vielleicht das falsche Wort ist. »Ist schon gut, Mama. Es geht doch auch so.«

Doch der Mutter ging es offenbar gar nicht gut. Sie heulte wie ein Schlosshund.

»Was ist mit deiner Mutter?«, fragte Jonas das Mädchen.

»Die heult, weil ich in Bildender Kunst eine Sechs habe. Stellst du eigentlich immer so blöde Fragen?«

Jonas schluckte. »Du bist nicht auf den Mund gefallen. Und deine Krankheit nimmst du auch ziemlich gelassen.«

»Wenn man nichts dran ändern kann, warum sollte ich mich dann darüber aufregen?«, sagte sie, und Jonas kam nicht umhin, ihre Einstellung zu bewundern. »Und wenn einen die Leute immer so dämliche Sachen fragen, gewöhnt man sich daran, dämliche Antworten zu geben.«

»Wie heißt du denn?«

»Anne«, sagte die Kleine.

»Anne, kannst du vielleicht deine Brille abnehmen?«

Das Mädchen legte den Kopf schief, tat dann aber, worum Jonas gebeten hatte. Ihre Augen waren trüb und starrten ins Leere. Trotzdem fühlte er den Zwang, sie zu testen. Er tat so, als würde er ihr mit der Faust ins Gesicht schlagen und machte dabei allerlei Fratzen. Anne zuckte nicht einmal zurück.

Es gab keinen Zweifel, dass das Kind wirklich blind war, und Jonas war sich darüber im Klaren, dass er gerade auf mehreren Videos so aussah, als wäre er im Begriff, ein kleines Mädchen zu schlagen und sich darüber lustig zu machen. Er lächelte blöd und richtete sich auf, während etliche Handys und Kameras weiter nach vorn drängten, um den bestmöglichen Ausschnitt zu haben. Am liebsten hätte Jonas ihnen die Geräte aus der Hand gerissen, zwang sich aber, ruhig zu bleiben.

»Bist du fertig damit, mir vor dem Gesicht rumzufuchteln?«, fragte die Kleine.

Er legte ihr eine Hand auf die Schulter. »Anne, ich wünsche mir wirklich, dass du nicht mehr blind bist.« Er nahm die Hand wieder weg und stand auf. »Aber leider bin ich nun mal kein Wunderheiler. Es tut mir leid.«

Er wollte sich gerade an die mucksmäuschenstille Menge wenden und sie erneut bitten zu gehen. Die ältere Frau rief wieder »Falscher Prophet!«, er schüttelte nur ungläubig den Kopf. Einige der Zuschauer sahen enttäuscht aus.

Dann hörte er Annes Stimme.

»Du hast aber komische Sachen an, um vor all den Leuten zu sprechen. Du trägst ja einen Bademantel.«

Die Menge atmete kollektiv ein.

»Was ist?«, fragte Jonas, und der Stein, der ihm im Magen lag, war mit einem Mal in Rotation übergegangen.

Annes Mutter hielt sie in den Armen. Noch immer weinte sie. Oder schon wieder. Aber diesmal vor Freude. Die Leute um sie herum tuschelten. Das Murmeln lief durch die Menge und pflanzte sich fort. Jonas verstand nur das Wort »Augen« und wurde unruhig.

Da drehte sich Anne zu ihm um und lächelte. Die Trübheit war aus ihrem Blick gewichen, und sie schaute ihn direkt an, auch als er sich erneut zu ihr hinunterbeugte.

»Danke!«, sagte die Kleine und umarmte ihn in Hüfthöhe.

Der Stein in Jonas' Bauch schien genug Fahrt aufgenommen zu haben, um ein kleines Kraftwerk zu betreiben. Dann beschloss er, hinauf ins Gehirn zu rasen.

Jonas taumelte zurück. Er konnte nicht glauben, dass er das wirklich getan haben sollte. Sein Körper konnte sich im Moment nicht entscheiden, ob er ohnmächtig werden oder weglaufen sollte.

Nachdem die Menge zunächst ruhig und in Ehrfurcht verharrt war, brandete auf einmal Jubel auf. Leute applaudierten, schrien, warfen Jonas Kusshände zu. Die Polizisten hatten alle Hände voll zu tun, die Menge im Zaum zu halten, während er hinter dem Zaun stand und alles zu verarbeiten versuchte.

Er hatte noch nie so viel Liebe verspürt, wie ihm jetzt entgegenströmte, zumindest nicht von so vielen Menschen auf einmal. Abgesehen von der älteren Frau, die noch immer geifernd am Zaun ihren Satz vom falschen Propheten schrie, schlug ihm nichts als Sympathie entgegen. Und er ertappte sich dabei, dass ihm die plötzliche Aufmerksamkeit gefiel.

Verschwunden war das schlechte Gefühl im Magen, die Zweifel, die ihn während seiner ganzen Schriftstellerkarriere begleitet hatten. Das hier … das war der Moment, den er sich insgeheim gewünscht hatte. Nur etwas fehlte, und es wurde ihm nun schmerzlich bewusst: Lena war nicht hier, um den Moment mit ihm zu teilen.

Während er solchen Gedanken nachhing und sich im Licht seiner plötzlichen Popularität sonnte, gelang es der älteren Frau, eine Lücke zu nutzen. Sie sprang über den Zaun und rannte mit wirrem Blick auf ihn zu.

»Falscher Prophet! Falscher Prophet! Du bist vom Teufel gesandt!« In ihren Augen funkelte der Wahnsinn, und in ihrer Hand blitzte ein Messer auf. Sie sprang ihn an und stach ihm in die Schulter. Jonas merkte noch, wie er nach hinten fiel und mit dem Kopf auf die Platten des Wegs schlug. Dann wurde er bewusstlos.

KAPITEL 7

DAS WORT GOTTES I

Vielleicht sollte ich an dieser Stelle noch einmal einhaken.

Wie ihr euch denken könnt, war das einer der wichtigsten Punkte in Jonas' Geschichte. Etliche Zweifler, die nicht so recht an die Sache mit der Wiederauferstehung glaubten, wurden durch die Heilung des Kindes überzeugt. Das hat auch alles ganz gut geklappt, aber natürlich gibt es immer irgendwelche Leute, die anderen den Spaß verderben wollen und aus Prinzip dagegenhalten. Ihr wisst schon, welche Art von Leuten ich meine. Die Art, die während der Vorstellung eines Zauberers lauthals ruft, dass der Trick blöd ist und irgendwas mit Spiegeln zu tun hat. Die Art, die bei actionlastigen Science-Fiction-Filmen deklamiert, dass es im Weltraum keine Geräusche gibt.

Klugscheißer eben.

Ja, ich, GOTT, habe gerade manche Menschen Klugscheißer genannt. Kommt drüber hinweg.

Und dann gibt es da noch die Leute, die grundsätzlich von allem denken, dass es des Teufels ist. Ihr wisst auch, wen ich damit meine. Diese Leute, die nur das akzeptieren, was ihnen in den Kram passt, und die jede Argumentation, die nicht ihrem Zweck dient, ablehnen.

Arschlöcher eben.

Es sollte wohl offensichtlich sein, das Jonas nicht alle Menschen auf der Erde überzeugt hatte, aber der Grundstein war gelegt. Dank dieser tollen Erfindung von euch, die sich Internet nennt, ging seine Geschichte auch wirklich sofort um die Welt. Da konnte kein Lauffeuer mithalten, das könnt ihr mir glauben, denn ich habe schon das ein oder andere Lauffeuer gesehen – und verursacht.

Die Heilung, die Jonas bewirkt hatte, ging also hinaus in die Welt, weil abgesehen von ein paar Fernsehaufnahmen auch viele Leute dagestanden hatten, die das Ganze mit ihren Handys filmten. 93,287 % davon filmten es hochkant, wofür ich sie am liebsten ins Schwarze Loch im Zentrum der Milchstraße geworfen hätte. Man kann so ein Telefon drehen und hat etwas mehr von der Szene drauf. Videos im Hochkantformat! Das ist ja so, als würde man durch einen Türspalt blicken. Wie ein Spanner! Im Geiste erstellte ich eine Liste von Leuten, denen in Kürze ein »Unfall« passieren würde. Schicksalsschlag nennt man so etwas wohl. Ich persönlich nenne es göttliche Gerechtigkeit. Obwohl ... vielleicht ist das etwas übertrieben. Aber die Liste behalte ich vorsichtshalber.

Ich schweife schon wieder ab. Die Videos von der Heilung, hochkant aufgenommen oder auch nicht, wurden online gestellt und hatten binnen weniger Stunden Millionen von Klicks. Diskussionen entbrannten in den Kommentarbereichen der Videos. Einigen der Kommentatoren sollten wohl auch »Unfälle« zustoßen. Aber spätestens jetzt merkte die Welt auf.

Und Jonas war mal wieder außer Gefecht. Der Junge neigte wirklich dazu, wichtige Dinge zu verschlafen ...

KAPITEL 8

EINE FRAGE DES GLAUBENS

Jonas hörte das Summen einer defekten Leuchtstoffröhre, noch bevor er die Augen aufschlug. Sein Kopf schmerzte und war eingewickelt. Generell fühlte er sich nicht wirklich gut.

»Scheiße.«

»Er ist wach«, hörte er Markus' vertraute Stimme.

»Und offenbar noch er selbst, Gott sei Dank«, kam es aus einer anderen Ecke von Lena.

Markus stellte sich ans Bett. »Mein lieber Schwan, du stellst ja Sachen an.«

Lena trat ebenfalls an ihn heran, woraufhin Jonas versuchte, sich etwas aufzurichten. Aber er fiel mit verzerrtem Gesicht zurück ins Kissen. »Jonas, geht's dir gut?«

Er stieß einen Schwall Luft aus. »Ich habe das Gefühl, als wäre ich gerade auf dem Marktplatz gefoltert worden.«

»Nun, für eine Hexe wird dich vermutlich niemand halten. Außer vielleicht die Tante, die dich angegriffen hat. Aber diese Heiland-Sache … das wird wohl noch schwierig … aber lukrativ!«, sagte Markus mit einem leicht verklärten Lächeln auf dem Gesicht.

»Was ist passiert?«, fragte Jonas.

»Du warst für ein paar Stunden außer Gefecht«, erklärte Markus und zog sich einen Stuhl ans Bett.

»Du hast das Mädchen geheilt, und dann ist eine Verrückte auf dich losgegangen und hat dich mit einem Messer attackiert«, ergänzte Lena, setzte sich aufs Bett und nahm seine Hand. Jonas schaute genauer hin, um zu ermitteln, ob er das hier träumte.

Markus fuhr fort. »Genau so war das. Ich habe die Videos auf YouTube gesehen.«

»Es gibt Videos auf YouTube?«

»Schöne neue Welt«, stellte Lena fest.

»Als wir gehört haben, was geschehen ist, haben wir uns sofort auf den Weg hierher gemacht«, sagte Markus.

»Glücklicherweise hat deine Mutter dafür gesorgt, dass die uns überhaupt reingelassen haben«, fügte Lena hinzu und drückte seine Hand ein wenig fester.

Jonas schaute sich um. »Wo ist sie überhaupt?«

»Deine Mutter?«, fragte Lena. »Sie wollte sich noch um irgendetwas kümmern und dann wieder herkommen.«

»Das kann ja nichts Gutes sein«, sagte Jonas.

In diesem Moment trat ein Arzt durch die Tür und kam mit bestimmtem Schritt aufs Bett zu. Lena rutschte herunter und stellte sich zu Markus.

»Ah, der Herr Carstens. Wie geht es Ihnen?«

»Ich fühle mich wie tot und wiederauferstanden.«

Der Arzt lachte. »Zumindest haben Sie Ihren Humor nicht verloren.«

Jonas wollte sich am Kopf kratzen, aber der Verband verhinderte das. »Was ist eigentlich genau passiert?«, fragte er.

»Haben wir dir doch gerade erklärt«, sagte Markus. »Ich glaube, sein Kopf hat doch mehr abbekommen, als ihm guttut.«

»Vielen Dank, dass du denkst, ich wäre bescheuert oder so was.«

»Sie haben sich nur ein wenig den Kopf angeschlagen, als Sie hingefallen sind. Keine große Sache, aber so eine Kopfwunde blutet halt immer ziemlich stark. Sie werden bald wieder auf den Beinen sein. Die Stichwunde an Ihrer Schulter ist kaum der Rede wert. Zum Glück war Ihre Angreiferin nur mit einem kleinen Brötchenmesser bewaffnet.«

Jonas verzog trotzdem das Gesicht, als er versuchte, die Schulter zu bewegen. »Hat man die Frau festgenommen?«

Markus nickte. »Ein paar Polizisten haben sie überwältigt und in Gewahrsam genommen, bevor sie dir noch mehr antun konnte.«

»Trotzdem waren einige aus der Meute drauf und dran, sie umzubringen. Beinahe wäre es zu Lynchjustiz gekommen«, sagte Lena.

»Dann heißt das, dass ich bald wieder in meinen Setzkasten gehen und mich von Leuten anstarren lassen kann?«, fragte Jonas den Arzt.

Der lachte. »Sie sind doch gerade erst angekommen. Ruhen Sie sich doch erst mal aus. Auch wenn es vermutlich nichts ist, wollen wir Sie doch wenigstens noch ein wenig beobachten. Ein paar Kollegen würden auch gern noch ein paar Tests mit Ihnen machen.«

»Wegen des Kopfs? Ich dachte, dass es nicht so schlimm ist?«, sagte Lena.

»Nein, aber wann haben wir schon mal die Möglichkeit, einen Menschen zu untersuchen, der wiederauferstanden ist? Das ist ja eine einmalige Gelegenheit. Und ich denke ...«, er wandte sich wieder Jonas zu, »... Sie schulden es der Wissenschaft und vielleicht auch sich selbst, dass wir darüber etwas mehr erfahren.«

»Was genau wollen Sie denn mit mir machen?«

»Das müsste man noch gemeinsam erörtern, aber ich denke, ein Blick mit dem MRT könnte nicht schaden. Vielleicht ein paar Gewebeproben ...«

»Gewebeproben?«

»Keine Panik, das ist alles halb so wild. Wir würden Sie vielleicht nur für ein bis zwei Wochen ...«

»Ein bis zwei Wochen? Sie wollen mich als Versuchskaninchen dabehalten? Für ein bis zwei Wochen?«

»So würde ich das nicht ausdrücken. Sehen Sie es mehr als wissenschaftlichen Beitrag.«

Lena ließ Jonas' Hand los und schob den Arzt ruhig, aber bestimmt in Richtung Ausgang. »Wir wollen ihm doch noch etwas Ruhe gönnen, richtig?«

»Äh, ja, korrekt, ich ...«, sagte er über Lenas Schulter hinweg, »... werde Sie dann mal wieder allein lassen und schaue morgen früh noch mal nach Ihnen. Meine Kollegen freuen sich auch sehr über die Zusammenarbeit. Übrigens haben wir die Reporter ausgesperrt, und die Polizei bewacht die Eingänge. Sie sollten also Ihre Ruhe haben und in Sicherheit sein.«

»Vielen Dank!«, rief ihm Jonas hinterher, bevor Lena die Tür schloss.

»Ich mag das überhaupt nicht«, sagte sie. »Du hast schon genug durchgemacht.«

Jonas lächelte sie an.

»Ich werde mich schon darum kümmern«, sagte Markus.

Jonas schaute sich im Raum um. Unterhalb der Zimmerdecke hing ein Fernseher an der Wand.

»Könntet ihr die Fernbedienung für das Ding suchen, damit ich schauen kann, ob ich schon wieder im Fernsehen bin?«

Lena fand sie in dem Wagen neben dem Bett, zögerte aber, sie ihm zu geben.

»Was?«, fragte Jonas.

»Du bist ganz bestimmt im Fernsehen«, sagte sie.

»Wegen dem Mädchen?«

»Wegen *des* Mädchens.«

Jonas verdrehte die Augen. »Schlimm?«

»Schlimm«, sagte diesmal Markus. »Aber auch gut!«, fügte er eilig hinzu, ehe Lena ihn unterbrach.

»Darüber müssen wir jetzt nicht reden.«

»Nun schaltet das Ding schon an. Ich liege hier gut gepolstert, falls es mich umhauen sollte.«

»Ich will nur nicht, dass du dich aufregst«, erwiderte Lena.

»Ich rege mich auf, wenn nicht gleich einer den Scheißkasten einschaltet, damit ich die Nachrichten sehen kann.«

»Wortwahl, Jonas. Wortwahl«, sagte Markus.

Lena machte ein Gesicht, als hätte Jonas sie gerade als Rhinozeros bezeichnet, drückte aber den Einschaltknopf.

»Mein Gott, entschuldige bitte. Aber ist es nicht verständlich, dass ich in meiner Situation fluche?«, fragte er theatralisch.

Im Fernsehen lief ein Bericht über den Trubel vor seinem Haus und wie er ohnmächtig von Rettungskräften in einen Wagen verladen wurde. Eine Sprecherin erläuterte, dass Ärzte um sein Leben kämpften. Markus grinste, Jonas hob die Brauen, und Lena schaute besorgt.

Fotos seiner Attentäterin waren zu sehen. Laut Nachrichten war sie in Untersuchungshaft. Ein paar Augenzeugen kamen zu Wort.

»Die Alte war total verrückt, Mann«, sagte ein dicklicher Jugendlicher in die Kamera. »Die wollte den echt kaltmachen, aber ein paar von uns sind dazwischengegangen …«

Es wurden Videos gesendet, die ganz offensichtlich von Handys stammten und zeigten, wie Zuschauer die verrückte Frau vom bewusstlosen Jonas wegzogen. Der dickliche Jugendliche war darauf nicht zu sehen.

Kurz darauf wurde Herbert Finkel vor die Kamera gezogen. Sein Name war eingeblendet mit dem Hinweis darunter, dass er ein »Nachbar und Freund« sei.

»Freund?«, fragte Lena.

Jonas hob hilflos die Arme und ließ sie gleich wieder fallen.

»Ich konnte das alles sehen«, sagte Herbert und blickte konsequent an der Kamera vorbei. »Aus meinem Garten hab ich ja einen sehr guten Blick. Als diese Frau über den Zaun sprang, hatte ich gerade ein paar Schnittchen verteilt. Möchten Sie übrigens eins?« Abrupt schalteten sie zurück ins Studio.

Der Moderator erläuterte, dass Jonas mittlerweile in ein nahe liegendes Krankenhaus gebracht worden war, nannte den Namen der Klinik aber nicht. Stattdessen verlas er die Bitte der Polizei, nicht das Krankenhaus zu belagern. Unterlegt wurde das Ganze mit Aufnahmen des Klinikums samt den Menschenmassen davor, was im Sinne der Geheimhaltung wenig hilfreich war.

Zugegebenermaßen hatte ich natürlich auf eine große Medienwirkung gehofft, die Qualität der Nachrichtensendungen ließ allerdings arg zu wünschen übrig. Aber was beschwere ich mich, frühere Propheten waren größtenteils von Mundpropaganda abhängig. Wichtig ist nur, dass vieles aufgebauscht wurde. Und dass Jonas nun berühmt war, wirklich berühmt.

»Wenn du das siehst, meinst du nicht, dass ich allen Grund dazu habe, etwas ungehalten zu sein?«, sagte er und zeigte auf den Fernseher.

»Das klingt schon besser«, meinte Lena und griff wieder nach seiner Hand.

»Ruhig jetzt!«, zischte Markus.

Im Fernsehen wurde gerade das Cover von *Der Wind in den Datteln* gezeigt. Das Buch war innerhalb des letzten Tages bei Online-Händlern und Buchgeschäften komplett ausverkauft, und der Verlag druckte gerade eine Neuauflage.

»Exzellent!«, rief Markus.

»Mein Leben geht den Bach runter, und du findest das exzellent? Du klingst wie Mr. Burns.«

»Du verkaufst Bücher, Jonas. Du verdienst Geld. Und damit auch ich. Das ist eine gute Nachricht.«

»Ich warte immer noch auf den Teil, wo einer kommt und ›April, April‹ ruft.«

»Mein Gott, nun freu dich doch wenigstens darüber, dass etwas Geld dabei herumkommt«, sagte Markus. »Es lief ja nun wirklich eher mau in letzter Zeit.«

»Ja, erst verlässt mich meine Freundin …«, sagte er und starrte auf seine Hand, die Lenas umschlossen hielt, »… oder so, dann fällt mir ein Kirchturm auf den Kopf, eine Irre attackiert mich mit 'nem Messer …«

Lena ließ seine Hand los und verschränkte die Arme vor der Brust. »Immerhin bin ich doch hier, oder? Aber vielleicht sollte ich das noch mal überdenken.«

»Entschuldige, aber ich mag den Rummel um meine Person einfach nicht.«

»Jonas«, sagte Markus. »Stell dir doch nur mal vor, wie viel Kohle jetzt reinkommt. Wahrscheinlich wird man *Der Wind in den Datteln* verfilmen wollen, und dann gibt es noch einmal richtig Knete. Wir könnten Merchandising machen! T-Shirts, Hosen, Rucksäcke, Kopfkissenbezüge …«

Jonas runzelte die Stirn. »Wovon redest du denn da überhaupt?«

»Geld!«

»Geld ist im Moment mein geringstes Problem!« Er deutete auf den Fernseher, in dem gerade Bilder vom Krankenhaus gezeigt wurden, davor der Menschenauflauf. »Die könnten auch gleich eine große Leuchtreklame auf dem Dach anbringen, auf der ›Da liegt er‹ steht.«

»Ich hoffe nur, dass deine Mutter durchkommt. Ich mache mir Vorwürfe, dass ich nicht mit ihr gegangen bin.« Lena sah besorgt aus.

»Viel mehr Sorgen mache ich mir, dass sie den Reportern irgendwas von ihrem religiösen Quatsch erzählt. Nachher hält sie sich auch noch für die Mutter Gottes oder so. Auf die Scheiße habe ich echt keinen Bock.«

»Deine Mutter kennt dich doch. Die hält dich nicht für einen Gott, das kann ich dir versichern«, sagte Lena. »Ich übrigens auch nicht.«

»Ich schätze, das ist eine Anspielung auf deine Qualitäten im Bett«, schob Markus nach und unterdrückte ein Grinsen.

Jonas schaute ihn ausdruckslos an.

»Aber im Ernst, wir müssen über den Vorfall reden«, warf Lena ein.

Markus nickte.

»Darüber, dass ich von einer Verrückten angefallen wurde?«

»Auch«, sagte Markus.

»Darüber, dass ich ein kleines Kind von seiner Blindheit befreit habe?«

Lena und Markus nickten erneut.

»War nicht mit Absicht.«

»Du kannst darüber Witze machen, aber es ist ein ernstes Thema«, sagte Lena.

»Mal ehrlich, das kann doch nur ein schlechter Scherz gewesen sein, oder? Der Rollstuhlfahrer war ganz offensichtlich nicht wirklich behindert. Vermutlich wollte er nur aus irgendeinem Grund ins Fernsehen.«

»Jonas, das Mädchen war tatsächlich blind. Sie haben es bereits in den Nachrichten bestätigt«, entgegnete Markus.

»Aber ... aber ... Blödsinn!«, stotterte Jonas.

»Ich denke, dass du dich vielleicht an den Gedanken gewöhnen musst, dass du wirklich übernatürliche Fähigkeiten hast. Meine Güte, du warst tot und bist wiederauferstanden!«, sagte Lena.

Markus stützte sich auf das Bettende und spielte an seinem Handy. »Lüg dir nicht in die eigene Tasche. Auf den Videos habe ich gesehen, wie du rückwärts durch den Garten getaumelt bist, bevor ... bevor diese Frau ... weil du ganz genau wusstest, dass das Mädchen wirklich blind war.«

Jonas brummte. Natürlich hatte Markus recht. Er hatte dem Kind tief in die Augen geblickt und war von dessen Krankheit vollkommen überzeugt. Nur wollte er partout nicht an die Konsequenzen denken, die entstehen würden, wenn er wirklich so etwas wie göttliche Kräfte entwickelt hatte. Er bezweifelte, dass er jemals wieder eine ruhige Minute haben würde.

Markus blickte auf sein Handy. »Ich muss mal kurz raus. Bin gleich wieder da.«

Die beiden sahen ihm hinterher, Jonas' Blick schwenkte aber schnell wieder zu Lena.

»Heißt das jetzt eigentlich, dass du wieder zurückkommst?«

Sie sagte einen Moment nichts, dann erwiderte sie seufzend: »Du kannst immer so furchtbar romantische Sachen sagen.«

»Was habe ich denn jetzt wieder falsch gemacht?«

»Ich will nicht darüber diskutieren. Sag mir lieber, was mit dir los ist.«

Jonas zuckte mit den Schultern. »Ich schätze, ich bin ein Gott. Nicht DER Gott, aber ein Gott.«

»Wenn das stimmt, dann wird nichts mehr sein, wie es war.«

»Das befürchte ich auch«, antwortete Jonas. »Eigentlich sollte man ja annehmen, dass sich mit meinen göttlichen Fähigkeiten da irgendwas machen ließe, aber leider habe ich nicht mal eine Ahnung, was ich überhaupt zu tun vermag, geschweige denn, warum. Ehrlich gesagt weiß ich auch gar nicht, ob ich das wissen will.«

»Du willst nicht wissen, warum dir das zugestoßen ist und was du eventuell alles vollbringen kannst?«

Jonas schüttelte den Kopf, ließ es aber schnell wieder sein, weil es weh tat. »Eigentlich wollte ich nur, dass du zu mir zurückkommst.«

Lena blieb der Mund offen stehen.

»Habe ich schon wieder was Falsches gesagt?«

»Nein, aber du hast, vielleicht unbewusst, gerade das Romantischste gesagt, was ich von dir in fünf Jahren Beziehung gehört habe.«

Jonas schaute etwas verunsichert. »Also … heißt das jetzt, dass du zurückkommst?«

»Wir werden sehen.«

»Gottverdammt.«

Lena lächelte. »Vielleicht solltest du in nächster Zeit davon absehen, solche Wörter zu benutzen.«

»Wegen dem Gott-Kram und so?«

»Ja, wegen dem Gott-Kram.«

»Aber wenn die Leute mich für den verdammten Jesus halten, dann werde ich verdammt noch mal die Sachen auch so sagen dürfen, wie ich sie meine.«

»Du sollst nicht immer fluchen und dabei den Namen des Herrn beschmutzen!«, rief Gudrun, die gerade durch die Tür trat. Sie hatte einen Mann im Schlepptau.

»Ach du je, die Inquisition ist da«, sagte Jonas.

Lena ging Gudrun entgegen und umarmte sie. »Gott sei Dank, ich hatte schon befürchtet, dass du von den Reportern unten aufgehalten wirst.«

Gudrun lächelte und rückte ihre Brille zurecht. »Die haben uns kaum bemerkt, weil dieser nette Arzt sie abgelenkt hat.«

Jonas verdrehte ein wenig die Augen, bevor seine Mutter sich zu ihm beugte und ihn ebenfalls unbeholfen umarmte.

»Aua, Kopf, Mutter!«

»Kaum ist er Jesus, will er seine Mutter nicht mehr umarmen«, sagte sie vorwurfsvoll und schaute dabei den Mann an, der mit ihr gekommen war.

»Nein, das hat nur was mit dir zu tun. Und dürfte ich fragen, wen du da mitgebracht hast?« Jonas blickte zu dem Besucher, der neben seiner Mutter stand. Nebenbei schaltete er den Fernseher aus und warf die Fernbedienung auf den Beistelltisch.

Gudrun stellte ihn vor. »Jonas, das ist Pfarrer Dohrenkamp. Pfarrer Dohrenkamp, mein jüngst wiederauferstandener Sohn.«

Der Pfarrer, ein langer Schlaks mit Brille, der eher einem Computernerd ähnelte als einem Geistlichen, schien sich über den Umgang zwischen Mutter und Sohn zu wundern. Er hielt Jonas die Hand hin, der sie ergriff und schüttelte.

»Freut mich außerordentlich, Sie kennenzulernen«, sagte der Pfarrer mit leicht verunsicherter Stimme.

»Ich kann das leider so nicht unbedingt zurückgeben, weil ich vermute, dass meine Frau Mutter will, dass ich irgendwelche religiösen Ratschläge von Ihnen annehme. Kleine Vorwarnung: Ich hab nicht so den Draht zu Gott.«

»Ihre Mutter hat mir schon gesagt, dass Sie eigentlich Atheist sind.«

»Uneigentlich auch.«

Pfarrer Dohrenkamp wirkte etwas konsterniert, fing sich aber gleich wieder. »Ihre Mutter hat mir auch gesagt, dass Sie eventuell einen etwas eigenwilligen Humor haben.«

»Ich wette, dass sie das in viel ausschmückenderen Worten getan hat.«

Der junge Priester lächelte. Jonas konnte nicht umhin, eine leichte Sympathie für den Mann zu empfinden, der jünger als er selbst zu sein schien.

»Könnte übrigens sein, dass ich Sie gerade von irgendwelchen Krankheiten geheilt habe, als ich Sie angefasst habe. Aber so genau weiß ich das nicht.«

Seine Mutter schaltete sich ein. »Ich habe Pfarrer Dohrenkamp mitgebracht, weil du offenbar von Gott gesegnet bist und ich dachte, dass du dich mit einem seiner Leute unterhalten solltest. Also, bitte sei nicht so unfreundlich.«

»Ich bin doch gar nicht unfreundlich. Ich wollte nur klarstellen, dass ich nicht in seinem Team spiele. Außerdem … ›einer seiner Leute‹? Das klingt, als wäre er Vollstrecker bei der Mafia.«

Gudrun wollte sich gerade aufregen, aber der Pfarrer nahm ihren Arm und tätschelte ihn beruhigend.

»Ist schon gut, Frau Carstens.«

»Ich kann immer noch nicht glauben, dass er Jesus ist«, sagte Gudrun. »Gerade er … Danke, Gott, dass du meinen Sohn auf den rechten Pfad gebracht hast. Meine Gebete wurden erhört …«

»ICH BIN NICHT JESUS!«, rief Jonas. »Scheiße noch eins.«

Gudrun seufzte. Lena lächelte hinter vorgehaltener Hand.

»Was denn nun schon wieder?«, fragte Jonas.

»Wortwahl, hätte Markus gesagt«, meinte Lena.

Der Pfarrer versuchte, die Gemüter zu beruhigen. »Vielleicht kann ich mich einfach mal einen Moment allein mit Herrn Carstens unterhalten. Ein wenig Abstand würde Ihnen vermutlich guttun.«

Der letzte Satz ging in Richtung Gudrun. Die nickte nur. Lena ergriff ihren Arm und ging mit ihr hinaus. Jonas schaute den beiden nach. »Geht die Ihnen auch so auf die Nerven wie mir?«, fragte er den Pfarrer.

Dohrenkamp lächelte diplomatisch und sah zu Boden. »Also«, sagte er mit ruhiger Stimme, »Sie sind nicht Jesus?«

Jonas schüttelte den Kopf, zuckte aber kurz zusammen, weil der immer noch weh tat. »Nein, tut mir leid. Ich bin einfach nur Jonas Carstens und vermutlich genauso überfragt wie Sie, was diese ganze Geschichte angeht.«

»Ich gebe zu, dass es mich etwas beruhigt, dass Sie nicht Jesus sind.«

»Schön, dann sind wir ja einer Meinung.«

»Bei einer Begegnung mit dem echten Jesus hätte ich wohl auch ziemlich weiche Knie. Er ist ja quasi mein Chef.«

»Ja, und auch noch ein Chef, der einem vierundzwanzig Stunden am Tag über die Schulter schaut.«

»Und überall hängen Bilder von ihm!«, ergänzte der Pfarrer.

Beide lachten.

»Ich glaube, Sie sind der erste Geistliche, der mir sympathisch ist«, sagte Jonas.

»Vielen Dank. Vielleicht sollten Sie mehr von uns kennenlernen.«

»Die, die ich bisher über meine Mutter kennengelernt habe, schienen nicht Ihren Humor zu teilen. Ich sehe ja ein, dass Ihr Beruf für Sie ein ernstes Thema ist, aber deswegen kann man trotzdem ab und an mal einen Witz machen.«

»Da stimme ich Ihnen zu.« Der Pfarrer sammelte sich, bevor er weitersprach. »Nun, haben Sie eine Idee, was Ihnen widerfahren ist?«

Jonas setzte an, den Kopf zu schütteln, besann sich aber eines Besseren. »Nein, ehrlich gesagt bin ich genauso erstaunt wie alle anderen.«

»Vielleicht sollte ich Ihnen etwas beichten, bevor wir uns weiter unterhalten«, sagte Dohrenkamp.

»Nicht vergessen, ich bin nicht Jesus, Herr Pfarrer.«

»Diethard reicht völlig aus.«

»Diethard?«

»Diethard.«

»Keine leichte Kindheit gehabt, was?«

Der Pfarrer zuckte mit den Schultern.

»Ja, und ich bin Jonas.«

»Gut, Jonas, ich schätze, dass ich dir etwas beichten muss, bevor wir fortfahren.«

»Absolution erteile ich nicht.«

»Außerdem will ich mich entschuldigen.«

»Es wird immer spannender«, sagte Jonas.

»Also, diese Kirchturmspitze, die, nun, für deinen Tod gesorgt hat, ist die von meiner Kirche.«

Jonas war nun doch ein wenig baff. »Meine Mutter schleppt ausgerechnet den Pfarrer an, dessen Kirche mich quasi mein Leben gekostet hat?«

Dohrenkamp nickte.

»Okay«, sagte Jonas.

»Okay?«

»Na ja, was soll ich sagen? Ist ja nichts weiter passiert, wenn man so will.«

»Du bist gestorben!«

»Und wiederauferstanden, ja. Ziemlich praktisch, wenn man mal darüber nachdenkt.«

»Ich wollte das nur geklärt wissen, bevor wir uns weiter unterhalten. Damit sozusagen nichts zwischen uns steht.«

»Abgesehen von einem wichtigen Teil deiner Kirche.«

»Ja, genau«, sagte der Pfarrer nervös.

Jonas grinste. »Ich mache nur Spaß. Du kannst ja nichts dafür, dass das Mistding auf mich gekracht ist. Oder etwa doch?«

Der Pfarrer schüttelte den Kopf, obwohl er sich schon etwas schuldig fühlte, denn immerhin hatte sich die Renovierung des Kirchturms verzögert, weil er sich lieber eine Luxus-Badewanne in seine Wohnung hatte einbauen lassen.

»Dann ist ja alles so weit gut«, sagte Jonas.

»Fein«, sagte Diethard Dohrenkamp. »Haben Sie ... hast du, meine ich, irgendeine Erinnerung daran, was geschehen ist, nachdem das Kreuz auf dich gefallen ist?«

»Ich bin in einem kalten Raum in der Leichenhalle aufgewacht.«

»Und dazwischen?«

»Nichts.« Jonas legte eine dramatische Pause ein. »Enttäuscht?«

Dohrenkamp verzog das Gesicht. »Schon.«

»Tut mir leid, dass ich nicht mit Geschichten von Engeln in nicht nur sauber, sondern rein gewaschenen Kleidern dienen kann. Ich war einfach ... weg.«

»Haben Sie ... hast du den Eindruck, dich irgendwie verändert zu haben, seitdem du, nun, auferstanden bist?«

»Neuerdings heile ich in meinem Garten Kinder von Blindheit. Man soll's kaum glauben, aber das hat sich vorher eher selten ergeben.«

Pfarrer Dohrenkamp lächelte. »Die Frage war etwas unglücklich gestellt. Ich meinte vielmehr, ob du den Eindruck hast, irgendwie erleuchtet worden zu sein.«

»Nun«, fuhr Jonas fort, »ich fühle mich nicht schlauer als vorher. Nur wesentlich unentspannter. Meine Meinung bezüglich Gott und all dem Kram hat sich auch nicht geändert. Also ... nein, denke ich.«

»Aber wie erklärst du dir die Sache mit dem Kind?«

»Gar nicht.«

»Gar nicht?«

»Es gibt dafür mit Sicherheit eine Erklärung, aber ich habe sie nicht.«

»Aber das ist doch eine Gabe, die man durchaus göttlich nennen könnte.«

Jonas seufzte. »Das mag ja sein. Nur sind Leute schnell dabei, irgendetwas Ungewöhnliches gleich Gott, dem Teufel, Aliens oder sonst wem zuzuschreiben. Ich habe keine Ahnung, was passiert ist.

Vielleicht bin ich einfach nur eine Laune der Natur. Und ich habe nicht vor, eine Zirkusnummer zu werden oder den ganzen Tag irgendwelche Menschen zu heilen. Wenn ich das gewollt hätte, wäre ich Arzt geworden.«

»Du bist der Meinung, dass du diese Gabe der Menschheit vorenthalten kannst?«

»Ich bin der Meinung, dass ich ein Recht darauf habe, zu tun, was ich will, solange ich niemandem damit auf den Sack gehe. Was umgekehrt natürlich auch gilt. Momentan scheint das andersherum leider nicht zu funktionieren. Momentan gehen mir alle auf den Sack. Inklusive meiner Mutter.«

»Das ist eine sehr egoistische Sicht der Dinge«, sagte der Pfarrer. »Ich weiß nicht so recht, was ich davon halten soll.«

»Ist es egoistisch, wenn ich mir ein ruhiges Leben mit meiner Freundin wünsche?«

»Wenn man so eine Gabe hat, wie du sie erhalten hast – ja.«

»Diese Gabe, wie du es ausdrückst, ist mir einfach verliehen worden, ohne dass ich gefragt wurde, ob ich sie überhaupt will. Ich kann gut und gern auf den ganzen Rummel verzichten. Und die Bittsteller, die vermutlich noch kommen werden, verursachen mir jetzt schon Kopfschmerzen. Physisch attackiert zu werden stand auch nicht auf meiner Wunschliste.« Jonas rieb sich die Schläfe.

Pfarrer Dohrenkamp dachte nach.

»Was?«, fragte Jonas.

»Wenn man in der Lage ist, Gutes zu tun, sollte man das auch tun. Das Selbst sollte dahinter zurückstehen.«

»Deswegen geben die Kirchen auch so wenig für vergoldete Altäre aus, sondern alles den Armen und Bedürftigen.«

»Ich habe nicht gesagt, dass die Kirche ohne Fehl ist.«

»Und ich habe nicht gesagt, dass sie alles falsch macht. Aber wer im Glashaus sitzt, sollte lieber im Keller kacken.«

Der Pfarrer hob kurz die Augenbrauen. »Du hast wirklich eine Tendenz dazu, dich sehr deutlich auszudrücken.«

»Um den heißen Brei zu reden ist nicht so mein Ding.«

»Wie auch immer«, fuhr der Pfarrer fort, »dir muss doch klar sein, dass die Leute zu dir aufschauen werden, egal, ob du es willst oder nicht. Nur weil du darauf keine Lust hast, wird die Welt dich nicht einfach vergessen.« Er hatte mittlerweile einen etwas erhitzten Tonfall angenommen.

Jonas entging das nicht. »Das habe ich leider nach den Ereignissen der letzten Tage auch schon befürchtet. Und dabei bin ich wirklich der Letzte, dem die Leute folgen sollten. Da brauchst du bloß meine Freundin oder noch besser meine Mutter zu fragen.«

»Diese nervige Schachtel wird mir noch eine ganze Weile damit in den Ohren liegen, dass sie einen von Gott Gesandten in die Welt gesetzt hat.«

Jonas horchte auf. »Wie hast du meine Mutter gerade genannt?«

Der Pfarrer stockte einen Moment.

»Meine Mutter mag eine nervige Schachtel sein, aber du hast kein Recht, sie so zu nennen.«

»Aber du selbst nennst sie doch so. Oder viel schlimmere Dinge.«

»Ich bin aber auch ihr Sohn und nicht irgendein Typ, der sagt, Jesus sei auf Raptoren nach Jerusalem geritten, und anderen Kirchturmspitzen auf den Kopf fallen lässt.«

Der Pfarrer verzog das Gesicht. »So etwas habe ich nie behauptet, und für den Kirchturm hatte ich mich entschuldigt.«

Jonas zuckte mit den Schultern.

»Wenn ich dich nicht überzeugen kann, könnte dich dann vielleicht ein Gespräch mit höher gestellten Leuten der Kirche inspirieren?«, fragte der Geistliche.

»Selbst wenn der Papst persönlich antanzen würde, und das meine ich durchaus buchstäblich, wäre das für mich kein Argument. Für irgendeine Kirche mache ich mich mit Sicherheit nicht zum Hampelmann. Schon gar nicht, während von ihr Leute ausgenutzt, Kinder geschändet und Homosexuelle unterdrückt werden. Und Spendengelder für Bedürftige irgendwo versickern.«

Dohrenkamp krallte sich am Stuhl fest und versuchte Ruhe zu bewahren. »Das sind haltlose Verallgemeinerungen, und ich verbitte mir das.«

»Und ich verbitte mir eine Einmischung in meine Angelegenheiten seitens der Kirche.«

KAPITEL 9

EINE FRAGE DER SICHERHEIT

Nachdem sie das Zimmer verlassen hatten, ließen sich Gudrun und Lena ein paar Meter entfernt in einer Sitzecke nieder. Gudrun saß auf einem Plastikstuhl, Lena stand vor dem Kaffeeautomaten und warf Geld ein. Beide fragten sich, über was Jonas und Dohrenkamp wohl gerade sprachen.

»Ich hoffe, der Pfarrer macht ihm klar, was für eine wichtige Aufgabe auf ihn zukommt«, sagte Gudrun.

Lena, die damit beschäftigt war, gegen den Automaten zu treten, damit der ihr das Restgeld herausgab, glaubte allerdings nicht, dass der Priester irgendwas bei Jonas ausrichten würde. Dafür wären seine Überzeugungen viel zu fest, sagte sie.

»Aber der Junge hat doch nun den Beweis, dass es Gott gibt«, entgegnete Gudrun entschieden.

»Nein, hat er nicht. Und ich würde ihm da zustimmen.« Sie trat noch einmal gegen den Automaten, verschwappte aber lediglich den Kaffee.

»Er hat jemanden geheilt!«, rief Gudrun.

Lena setzte sich neben sie und legte ihr beruhigend die freie Hand auf den Oberarm. »Das stimmt wohl, aber woran das wirklich lag, müssen wir erst noch klären.«

Gudrun setzte an, etwas zu sagen, aber Lena unterbrach sie.

»Ich kann allerdings sehr gut nachvollziehen, warum du so denkst. Und wahrscheinlich die meisten dort draußen ebenfalls. Mir graut es etwas vor der Zukunft, muss ich zugeben.«

»Ach, Jonas wird alles richten!«

»Dein Sohn wurde attackiert!«

»Ja, gut, aber das Ganze kann ihm doch nichts anhaben.«

»Wir sind in einem Krankenhaus, Gudrun, weil dein Sohn sich bei dem Angriff ernsthaft verletzt hat.«

»Er wird sich schon selbst heilen.«

Lena konnte nicht so recht glauben, was sie da hörte. Gudrun war zwar eine nette Frau, aber ihre Ansichten waren schon ziemlich schräg.

»Außerdem wird Markus jemanden finden, der sich um Jonas' Sicherheit kümmert.«

»Und um meine hoffentlich auch«, murmelte Lena.

»Was war das?«

»Nichts. Ich hoffe nur, dass die Reporter nicht auch noch mich in die Mangel nehmen.«

»Ach, Liebes, was sollte da schon Schlimmes passieren?«

»Nun, es gäbe schon einige Dinge, die die Öffentlichkeit nicht wissen muss.«

»Die da wären?«

Lena lächelte. »Du gehörst in dem Fall zur Öffentlichkeit.«

Gudrun schaute skeptisch. »Es ist doch wohl nichts Unanständiges?«

Lena seufzte. »Jetzt hoffe ich erst mal nur, dass dein Pfarrer und Jonas sich da drin nicht die Köpfe einschlagen.« Kurz darauf ergänzte sie: »Ich wünschte, ich hätte daran gedacht, mein Strickzeug mitzubringen.«

In dem Moment lief Markus an ihnen vorbei Richtung Krankenzimmer. Er sah so aus, als wüsste er nicht, ob er lachen oder weinen sollte.

»Markus!«, rief Lena, um auf sich aufmerksam zu machen.

Er drehte auf dem Absatz um.

»Was ziehst du für ein Gesicht?«, fragte sie.

»Sie haben es herausgefunden.«

»Was herausgefunden?«, fragte Gudrun gereizt.

»Janine Czerny. Sie haben herausgefunden, dass Jonas Janine Czerny ist.«

Lenas Augen weiteten sich. »Das wird ihm nicht gefallen.«

»Mein Sohn ist Janine Czerny?«, fragte Gudrun.

»Ganz genau. Das wird ihm gar nicht gefallen«, sagte Markus. »Der Programmleiter des Verlags war gerade am Telefon. Offenbar haben irgendwelche Reporter ein paar Nachforschungen angestellt und eins und eins zusammengezählt. Ich meine, wir waren zwar vorsichtig, aber so vorsichtig nun auch wieder nicht. Man muss kein Sherlock sein, um das herauszufinden.«

»Jonas? Janine Czerny?«, fragte Gudrun.

»Seit das bekannt geworden ist, werden überall die Bücher aufgekauft, was finanziell gesehen natürlich gut für uns ist. Wenn Jonas das allerdings hört ...«

»Ich weiß«, sagte Lena.

»Janine Czerny?«, fragte Gudrun. »*Tundra der Lust* ist von Jonas? *Leise Töne in der Nacht* ist von Jonas?«

Lena nickte.

Markus kratzte sich am Hals. »Von dem Titel hatte ich ihm auch abgeraten.«

»Ach du meine Güte«, rief Gudrun. »Ich wusste gar nicht, dass Jonas so talentiert ist.«

»Du hast diese Bücher gelesen?«, fragte Lena.

Gudrun zögerte. »Äh, ja.«

»Du liest solche Liebesromane, aber machst mir Vorhaltungen wegen irgendwelcher Unanständigkeiten?«

Gudrun kam nicht mehr dazu, zu antworten. Eine Tür knallte.

Dann ging das Gebrüll los.

»Du bist der mit Abstand egoistischste Mensch, den ich kenne!«

Gudrun, Markus und Lena sahen sich an und sagten gleichzeitig: »Der Pfarrer?«

»Ich hab dich nicht gebeten, mir mit deiner Agenda auf den Sack zu gehen!«

Gudrun, Markus und Lena nickten und sagten gleichzeitig: »Jonas.«

Sie blickten um die Ecke. Der Pfarrer stand mit ausgestrecktem Arm vor der offenen Tür.

»Ich hätte nicht gedacht, dass ich das mal zu jemandem sagen würde, aber ich hoffe, du wirst gekreuzigt!«

Aus dem Zimmer rief Jonas: »Und ich hoffe, dir fällt der Rest deiner Kirche auf den Schädel.«

Der Pfarrer ging aufgebracht den Gang hinunter. Als er Gudrun und die anderen erblickte, blieb er kurz stehen, schaute Gudrun durchdringend an, schnaubte kurz und rauschte davon. Gudrun sah ihm mit auf- und zuschnappendem Mund hinterher. Markus und Lena grinsten gequält und gingen zum Krankenzimmer.

Dort lag Jonas immer noch im Bett und versuchte, mit einem Arm die Fernbedienung des Fernsehers zu erreichen.

»Du weißt wirklich, wie man sich Freunde macht, was?«, sagte Lena mit vorwurfsvollem Blick.

»Was kann ich dafür, wenn der Typ so ein Arsch ist?«

»Was war denn los?«, fragte Markus und zog sich einen Stuhl heran, während Lena auf dem Platz nahm, auf dem der Pfarrer gesessen hatte.

Jonas überlegte kurz, bevor er antwortete. Sein Blick ging zur Tür, schwenkte aber gleich wieder zu Markus. »Er war der Meinung, dass ich eine Verpflichtung gegenüber der Welt hätte. Einen Scheißdreck hab ich. Außerdem hat er ein paar unschöne Dinge über meine Mutter gesagt.« Etwas kleinlaut schob er hinterher: »Und ich über die Kirche und Mutter Teresa.«

Markus und Lena wechselten einen Blick. Jonas hatte endlich die Fernbedienung erreicht.

»Blödes Ding« murmelte er, aber Markus unterbrach ihn, als er den Fernseher einschalten wollte.

»Warte. Bevor du die Nachrichten schaust, sollten wir miteinander reden.«

Jonas seufzte, wohlwissend, dass einem solchen Satz selten etwas Gutes folgte.

»Sie wissen von Janine Czerny.«

Lena formte mit ihren Lippen das Wort »Scheiße«, bevor Jonas es aussprechen konnte.

»Mist. Fuck. Kacke. Scheißdreck«, sagte er dann.

»Ich weiß nicht, wo der Junge das mit der Flucherei her hat. Von mir jedenfalls nicht. Das kommt bestimmt aus diesen heidnischen Hollywood-Filmen.« Gudrun war ebenfalls eingetreten.

Markus stand von seinem Platz auf, damit sie sich setzen konnte. Jonas stöhnte.

»Jetzt, wo du der Auserwählte bist, solltest du dich wirklich zusammenreißen. Außerdem musst du Dohrenkamp aus der Kirche werfen. Was der da von sich gegeben hat!«

Markus warf leise ein, dass er sich eher frage, was Jonas von sich gegeben hatte, dass der Pfarrer sich so hatte aufregen können. Sonst seien diese Leute doch die Ruhe in Person.

»Mutter, ich bin nicht Gott. Ich kann niemanden aus der Kirche schmeißen.«

»Dann streng dich gefälligst etwas mehr an.«

Jonas schaute seine Mutter an, als wäre ihr Hirn gerade durch eine Banane ersetzt worden.

Eine Krankenschwester stand plötzlich in der Tür, mit zwei Blumensträußen im Arm. »Entschuldigen Sie bitte, aber die wurden für Sie abgegeben.«

Jonas schaute fragend in die Runde. Markus zuckte nur mit den Schultern, Lena schüttelte den Kopf, und Gudrun rückte ihre Brille zurecht.

»So weit kommt es noch, dass ich dir Blumen besorge«, sagte Gudrun. »Wenn ich nur mal welche von dir bekommen würde.«

»Ich glaube, die Blumen sind von Ihren Fans«, sagte die Krankenschwester.

»Ich habe Fans?«

»Die Leute, die vor dem Krankenhaus warten«, sagte Lena gereizt.

»Tatsächlich sind noch viel mehr gekommen. Soll ich die alle ins Zimmer bringen? Aber ich fürchte, der Platz reicht gar nicht«, sagte die Krankenschwester.

Diesmal zuckte Jonas mit den Schultern.

Lena seufzte und wandte sich an die Schwester. »Ja, bitte, vielen Dank. So viele, wie eben reinpassen.«

Sie stellte die Blumen auf das Fensterbrett und lächelte Jonas an, bevor sie wieder ging.

Jonas grinste breit, besann sich aber eines Besseren, als Lena das mit einer hochgezogenen Braue quittierte.

»Also, äh, wie gehen wir jetzt vor?«, fragte er schließlich.

Markus, Lena und Gudrun waren von so viel Tatendrang überrascht.

»Na ja«, sagte Markus, »mal sehen. Ich habe noch keinen Plan.«

»Dann lass dir was einfallen«, sagte Jonas.

»Okay.«

Schweigen.

»Irgendwie habe ich einen Riesenaufstand von dir erwartet«, sagte Lena schließlich.

»Dito«, meinte Markus.

»Was soll ich mich jetzt aufregen? Das werde ich wahrscheinlich noch früh genug müssen.«

»Das ist bereits der göttliche Funke, der meinen Sohn beruhigt«, sagte Gudrun stolz.

»Ja, deswegen hat er gerade auch einen Pfarrer aus dem Zimmer vertrieben«, murmelte Markus.

In der Tat hatte ich damit nichts zu tun. Und ich würde wirklich gern wissen, was Gudrun mit »göttlicher Funke« meinte. Mir fallen nur die Funken ein, die ich gebraucht habe, um Sodom und Gomorra anzuzünden.

Die Krankenschwester kam erneut herein, drei weitere Blumensträuße im Arm. »Ich stelle die nur kurz ab.«

Lena schaute ihr skeptisch hinterher. Jonas nutzte die Gelegenheit, um den Fernseher einzuschalten. Tatsächlich wurde gerade darüber gesprochen, dass er Janine Czerny war. Sein Gesicht nahm einen Ausdruck an, der einer Mischung aus Verzweiflung und plötzlicher Inkontinenz verdächtig nahe kam.

»Da die Katze jetzt aus dem Sack ist, bin ich dafür, dass wir daraus ordentlich Kapital schlagen«, sagte Markus.

»Nein, das passiert sowieso. Stattdessen schließe ich mich bei mir daheim ein und warte, bis all das vorüber ist«, sagte Jonas.

»Das wird vermutlich nicht klappen.« Markus deutete auf den Fernseher, in dem die Menschenmassen vor Jonas' Haus zu sehen waren.

Die Reporter berichteten, wie sehr die Polizisten damit zu kämpfen hatten, die Meute unter Kontrolle zu halten. Einige Souvenirjäger hatten sich bereits ausgiebig an den Latten des Gartenzauns bedient. Der Rest des Gartens sah aus wie Jericho, nachdem Josua dort hindurchgezogen war. Büsche, Blumen und dergleichen waren ausgerissen und der Gehweg von Steinen befreit. An der Tür zum Haus waren die Plünderer jedoch gescheitert.

Einige der Gartenreliquien wurden kurz darauf in den einschlägigen Auktionshäusern im Internet versteigert, allerdings hatte ich mich kurzfristig dazu entschlossen, die Händler zu verfluchen. Ein Privileg, das ich schon immer sehr genossen habe. Zwar haben die Verkäufer ihre Taler bekommen, hatten aber wenig Gelegenheit, sie auszugeben, da sie zu sehr von intestinalen Krämpfen gepeinigt wurden. Ach, lustig war's.

Immer wieder war auf den Bildern vom Vorgarten auch Herbert Finkel zu erkennen, dessen Versuche, eine Gasse vor seinem Haus freizuhalten, gänzlich fehlschlugen.

»Großartig«, stöhnte Jonas. »Dabei könnte ich doch ein Hochstapler sein. Ich meine, ja, ich habe dieses verdammte Kind geheilt und bin von den Toten auferstanden, aber das ist ja nun kein großes Ding.«

Lena hob eine Augenbraue.

»Na ja, gut, schon, aber ist denn keiner da, der das Ganze in Frage stellt?«

Markus deutete nur stumm auf den Fernseher.

Dort kamen gerade einige Prominente zu Wort. Eine junge Sängerin, die eher damit Furore machte, sexuelle Akte auf der Bühne zu simulieren, als tatsächlich hörbare Musik zu produzieren, outete sich als Fan von Jonas.

»Toll, zwanzigjährige Mädels mit Schacke sind jetzt meine Fans.«

Die Sängerin wurde kurz darauf von einem älteren Schockrocker abgelöst, der recht eloquent darlegte, dass man doch zunächst mal Skepsis walten lassen sollte, solange man nichts Genaueres wusste.

»Konnte den Typen nie leiden, aber er spricht mir aus der Seele«, meinte Jonas.

Er zappte sich durch die Kanäle. Auf einem anderen Sender kamen ein paar Wissenschaftler zu Wort. Während der eine das Ganze kategorisch als Schwindel abtat, wollte der andere Experimente an Jonas durchführen, bis man Näheres wusste. Lena zog zischend die Luft ein, als er davon sprach, gegebenenfalls Gewebeproben entnehmen zu wollen.

»Der will mich aufschneiden?«

»Klingt fast so«, sagte Markus.

»So ein unverschämter Kerl. Diese gottlosen Wissenschaftler taugen doch eh alle nichts«, ereiferte sich Gudrun.

»Gottlose Wissenschaftler haben aber auch dafür gesorgt, dass du wieder Zähne hast, mit denen du deinen merkwürdigen, zerkochten Fisch essen kannst«, warf Jonas ein.

»Ist das Kritik an meiner Kochkunst?«

Lena meinte: »Für mich klingt es, als würdest du den Typen, der dich aufschneiden will, in Schutz nehmen.«

Jonas schüttelte den Kopf, verfluchte seine Unachtsamkeit innerlich jedoch gleich wieder, als ihn erneut Schmerzwellen durchzogen. »Ich meinte ja nur, dass Wissenschaftler durchaus etwas taugen. Der da vielleicht nicht, aber andere schon.«

Ein weiterer Mann im Fernsehen wurde als Experte in Sachen Jonas Carstens vorgestellt.

Jonas, Lena und Markus wechselten verwirrte Blicke, Gudrun schmollte.

Auf die Frage, was denn Jonas' Botschaft an die Menschheit sei, antwortete der vermeintliche Experte mit breitem Lächeln: »Ich denke, dass er eindeutig eine Rückbesinnung auf die alten Traditionen und die kirchlichen Werte fordert. In seinen Büchern findet sich immer ein Paar, das für den Rest seines Lebens zusammenbleibt und kirchlich heiratet. Das Rollenbild der Frau ist auch deutlich altmodisch gehalten, obwohl altmodisch in diesem Zusammenhang vielleicht der falsche Ausdruck ist. Sagen wir lieber, dass eine Rückkehr zu den etablierten Werten des vorvergangenen Jahrhunderts durchaus in seinem Interesse liegt, einer Zeit, als Männer und Frauen noch ihre festen Rollenverteilungen hatten und es dadurch weniger Probleme in der Gesellschaft gab.«

Alle Blicke richteten sich auf Jonas, der mit offenem Mund auf den Fernseher starrte.

»Das ist natürlich eine Interpretation«, sagte Lena mit grimmigem Blick auf den Bildschirm.

»Das ist doch … also … ich habe doch nie … was zum Teufel ist das für ein Spinner?« Jonas wurde laut.

»Beruhige dich«, sagte Lena, aber er pumpte sich gerade erst auf.

»Frauen lesen nun mal gern Liebesgeschichten, wo sich zwei treffen und dann glücklich und zufrieden bis ans Ende ihrer Tage leben! Ich hab das doch nur des Geldes wegen getan. Das heißt doch nicht, dass alle Frauen hinter den Herd sollen.«

»Das Schlechteste wäre es ja nicht«, sagte Gudrun.

»Gemessen an deinen Kochkünsten fürchte ich aber schon.«

»Aber trotzdem hast du dich zu einem prächtigen Mann entwickelt.«

Jonas war erstaunt. »Das war ja fast so was wie ein Kompliment. Mir wird ganz warm ums Herz. Vielleicht ziehe ich wieder bei dir ein.«

»Du nimmst mich nicht ernst«, sagte Gudrun.

»Wer dafür ist, dass wieder Verhältnisse wie vor dem Ersten Weltkrieg herrschen, den kann ich auch nicht ernst nehmen.«

Markus griff sich die Fernbedienung und schaltete den Fernseher aus.

»Hey, ich wollte das sehen!«, rief Jonas.

»Du sollst dich schonen und nicht so aufregen«, sagte Markus. »Wie du also sehen kannst, gibt es genügend Kritiker und Zweifler.«

»So viele Zweifler habe ich bis jetzt nicht gesehen.«

»Die, die dich attackiert hat, reichte nicht?«, fragte Lena.

Jonas zuckte mit den Schultern.

Markus setzte seine Ausführungen fort. »Im Internet wird noch ausgiebiger diskutiert. Trotzdem sieht es so aus, dass die meisten Leute bereits von dir überzeugt sind. Die eigentliche Frage ist jetzt, wie wir das zu Geld machen können.«

»Die einzige Frage, die wir jetzt zu klären haben, wäre, wie ich wieder nach Hause komme. Wenn ich das richtig sehe, steht da bald kein Stein mehr auf dem anderen.«

»Mit dem Geld könnten wir dir dann ein großes Haus mit Sicherheitsmaßnahmen kaufen.«

»Von welchem Geld? Du müsstest doch am besten wissen, dass ich nicht John Grisham oder Stephen King bin. Scheiße, ich bin nicht mal Rosamunde Pilcher.«

»Du bist aber Jonas Carstens, ein potenzieller Messias. Und ein wiederauferstandener noch dazu.«

»Sehe ich aus wie Dagobert Duck? Selbst wenn du mir jetzt mit der Knete kommst, die wir durch Neuauflagen und dergleichen verdienen, dauert es noch mindestens ein halbes Jahr, bis das Geld da ist. Außerdem will ich mich nicht in einem fremden Haus verbarrikadieren und wie ein Gefangener leben.«

»Darf ich daran erinnern, dass du von einer Verrückten angegriffen wurdest? Das kann doch jederzeit wieder passieren!«, warf Lena ein.

»Das ist aber mein Zuhause. Unser Zuhause. Zumindest bisher.«

Jonas schaute Lena erwartungsvoll an, die wusste aber nicht recht, was sie sagen sollte.

»Du könntest erst mal in ein Hotel …«, sagte Markus, aber Jonas war auch davon wenig begeistert.

»Für ein halbes Jahr? Ich kann mir keine zwei Wochen leisten. Das ist mein Heim. Mein Zuhause. Ich sollte mich nicht irgendwo in einem Hotel verstecken müssen. Das Heim eines Menschen ist sein Zufluchtsort.«

Lena beugte sich vor. »Jonas, die Leute werden nicht einfach so abhauen.«

»Dann muss die Polizei eben dafür sorgen. Dafür ist sie ja schließlich da.«

»Darüber kann man streiten«, sagte Markus.

»Also, ich finde auch, dass Jonas bei seinen Jüngern sein und sich nicht vor ihnen verstecken sollte, immerhin wurde er von Gott auserwählt …«

»Mutter!« Jonas unterbrach Gudrun. Alle starrten sie einen Moment an. »Nach diesem Kommentar dürfte ich eigentlich schon aus Prinzip nicht nach Hause gehen«, erklärte er.

Gudrun verschränkte ärgerlich die Arme vor dem Körper und wollte gerade anfangen zu zetern, als Lena ihr mit den Händen andeutete, sich zu beruhigen. Dann erschien wieder die Krankenschwester, mit jeder Menge weiteren Blumensträußen im Arm.

»Wie viel von diesem Grünzeug kommt denn noch?«, fragte Jonas. »Wir versuchen hier gerade, etwas zu diskutieren.«

»Ich kann auch später wiederkommen.«

»Danke«, sagte Jonas.

»Ich stelle nur noch schnell die hier ab.«

Die Krankenschwester schlüpfte an Lena und Markus vorbei zum Fenster und stellte die Blumen neben die anderen.

Lena beobachtete Jonas, wie er der hübschen Krankenschwester nachstarrte und dabei etwas lockerer wurde. Als er ihren Blick bemerkte, wandte er sich schnell ab und schaute wieder ernst.

»Wo waren wir?«, fragte Markus.

»Ich will nach Hause.«

»Halleluja!«, sagte Gudrun.

Jonas stöhnte.

»Wenn du das wirklich durchziehen willst, müssen wir dich aber irgendwie schützen«, sagte Markus.

»Wären Landminen eine Option?«, fragte Jonas. »Gibt's die im Baumarkt?«

»Ich kümmere mich darum«, sagte Markus.

»Was, um Landminen?«, wollte Gudrun wissen.

Jonas patschte sich mit der Hand an die Stirn.

»Um die Sicherheit. Die Landminen lassen wir weg, würde ich sagen«, fügte Markus hinzu. »Bis ich alles vorbereitet habe, solltest du aber nicht nach Hause gehen.«

»Scheiß drauf.«

Lena seufzte, Gudrun hob eine Augenbraue.

»Wenn ich irgendwas nicht gern mache, dann ist es, grundlos Zeit im Krankenhaus zu verbringen. Im Bett liegen kann ich auch daheim. Und hier wollen nur Ärzte irgendwelche Versuche mit mir machen.«

»Du hast dir den Kopf angeschlagen!«, rief Lena. »Du brauchst Ruhe! Und, entschuldige, wenn ich mich wiederhole, aber DU WURDEST ANGEGRIFFEN!«

»Wenn ich Ruhe brauche, solltest du mich vielleicht nicht anbrüllen.«

Lena schmollte und kratzte sich am Arm. Jonas wusste, dass sie das immer tat, wenn sie sich Sorgen machte.

»Markus wird sich schon um alles kümmern, richtig?«, sagte Jonas.

Markus nickte.

»Dann wird das mit der Ruhe daheim schon klappen.«

Markus tippte sich mit zwei Fingern an die Stirn, drehte sich um und war drauf und dran zu gehen, als Lena sich ihm in den Weg stellte.

»Bitte bestärke ihn nicht noch darin, nach Hause zu gehen.«

»Was soll ich machen? Ich bin nur sein Agent Schrägstrich Manager. Wenn er irgendwas will, versuche ich das für ihn zu arrangieren.«

»Du bist aber auch sein Freund«, insistierte Lena.

Jonas verdrehte die Augen. »Ich bin übrigens hier, in Hörweite und dazu in der Lage, selbst zu entscheiden, ob ich nach Hause will oder nicht.«

Lena ließ die Schultern hängen. Markus nutzte die Gelegenheit, um zu verschwinden.

»Ich halte das für keine gute Idee«, sagte Lena schließlich.

»Also kann ich davon ausgehen, dass du nicht mit mir nach Hause willst? In unser Zuhause?«

»Nein«, sagte sie kurz angebunden.

Gudrun schaute zwischen den beiden hin und her. »Soll ich draußen warten?«

»Du hast recht. Am besten verschwindet ihr einfach beide. Wenn ihr euch von mir fernhaltet, habt ihr eventuell Ruhe vor den Reportern.«

»Wenn du das so willst«, sagte Lena.

Jonas nickte nur.

Schweigend nahm Lena ihre Tasche.

Jonas bemerkte, dass er vielleicht etwas zu harsch war. »Lena, warte, so war das nicht gemeint. Lena …«

Aber sie war schon aus der Tür, als er seufzend zurück ins Bett fiel. Gudrun nahm ihren Kram und beugte sich übers Bett, um ihn auf die Stirn zu küssen.

»Aua, Mama, Kopf!«

Sie folgte Lena ohne ein weiteres Wort. Jonas war allein mit dem Fernseher.

»Scheiße.«

KAPITEL 10

MITBEWOHNER UND MITSTREITER

Am nächsten Morgen kam eine übergewichtige Schwester ins Zimmer gerannt und rief etwas, das entfernt wie »Gutnmorgen-wiegehtsunsdennheutegibtgleichfrühstück« klang, während sie die Vorhänge aufriss und dabei fast ein paar der Blumensträuße umwarf, die dort standen. Jonas, der die halbe Nacht ferngesehen hatte und noch nicht über die Masse an Genesungswunschkarten und Blumen hinweg war, drehte sich auf die Seite und zog die Bettdecke über den Kopf. Aber das Summen der defekten Leucht-stoffröhre genügte schon, um ihn wach zu halten.

Der Arzt, der bereits am Tag zuvor mit ihm gesprochen hatte, kam mit ein paar Kollegen im Schlepptau, um sich noch einmal seine Wunde anzusehen.

»Herr Carstens, wie geht es uns denn heute?«

»Ich fühle mich prima, aber meine hellseherischen Fähigkeiten sind beschränkt, deswegen kann ich nicht für uns beide sprechen. Was soll denn der Aufstand hier?«

Der Arzt lächelte und nickte, während er den Verband von Jonas' Kopf wickelte. »Meine Kollegen wollten auch einen Blick auf Sie werfen und Sie vielleicht davon überzeugen, noch ein wenig bei uns zu bleiben.«

Die anderen Ärzte standen herum und tuschelten, während ihr Kollege sich die Wunde ansah und Jonas mitteilte, dass er ledig-lich ein Pflaster brauchte. Jonas bedankte sich und sagte, dass er dann hoffe, so schnell wie möglich entlassen zu werden. Die Ärzte wechselten besorgte Blicke.

»Herr Carstens«, sagte einer, der sich nicht näher vorstellte, des-sen Namensschild aber verriet, dass er Cornelius hieß. »Vielleicht sollten Sie wegen des Kopfs lieber noch eine zweite Meinung einholen.«

Jonas zog eine Augenbraue hoch. »Entschuldigen Sie meine Skepsis, aber kann es sein, dass ich plötzlich eine sehr viel schwerere Wunde am Kopf habe, damit ich etwas länger hier bleiben soll?«

Die Ärzte tuschelten erneut, besonders Dr. Cornelius und der Stationsarzt, wobei Letzterer deutlich machte, dass er wegen seines hippokratischen Eids nicht lügen dürfe. Das führte zu weiterem Getuschel zwischen den anwesenden Ärzten.

»Leute!«, sagte Jonas und wurde lauter, als sie nicht auf ihn hörten. »Leute!«

Alle Köpfe drehten sich zu ihm herum.

»Kann ich nun nach Hause gehen oder nicht?«

Die Ärzte steckten wieder die Köpfe zusammen, Jonas fing einzelne Gesprächsfetzen auf, und seine Kinnlade klappte immer weiter nach unten.

»… sollten den einfach ruhigstellen.«

»Also, wenn wir ihn in ein MRI kriegen könnten, dann müssten wir ihn vielleicht nicht gleich aufschneiden …«

»Könnte nicht ein Psychologe dafür sorgen, dass er hier bleiben muss?«

Einer der Ärzte beschwerte sich, dass sich seine Kollegen wie Nazis aufführten, weswegen es beinahe zu einem Faustkampf unter den Halbgöttern in Weiß gekommen wäre.

»Leute!«, sagte Jonas erneut und musste wieder lauter werden. »Leute! Hört doch mal.«

Wieder drehten sich alle Köpfe zu ihm.

»Sie können auch einfach mit mir reden, ja? Ich will ja selbst wissen, was mit mir los ist, aber wenn Sie sich aufführen wie verrückte Wissenschaftler aus einem Fünfziger-Jahre-Film, bringt uns das alle nicht weiter.«

Einem der Ärzte entfuhr ein hochbezahltes »Häh?«.

Doktor Cornelius sah sich kurz um, und ein paar Kollegen nickten ihm zu. »Was schlagen Sie denn vor?«

»Sie können gern eine allgemeine Untersuchung meines Körpers machen. Abklopfen, ins Ohr schauen oder was weiß ich. Aber in so eine Röhre möchte ich nicht gefahren werden. Oder geröntgt oder aufgeschnitten werden. Von mir aus können Sie mir auch etwas Blut abnehmen …«

Sofort tuschelten die Ärzte wieder.

»Leute!«, rief Jonas, und sie drehten sich wieder zu ihm. »Ich rede hier von einer normalen Blutuntersuchung, nicht von mehreren Litern.«

Ein paar der Ärzte murrten, aber schließlich einigten sie sich darauf, dass das erst mal ausreichen müsste. So führte der Stationsarzt nur die üblichen Tests durch, um zu sehen, ob mit ihm alles in Ordnung war. Jonas ließ es murrend und ohne große Lust über sich ergehen, bekam dann aber das Okay zu gehen. Die Entlassung wurde noch für den Vormittag angeordnet.

***

Markus war die Nacht nicht untätig und hatte hier und da Gefallen eingefordert. Er war durch zwei volle Akkuladungen seines Handys gegangen und äußerst müde, hatte aber einen Wagen organisiert und etliche Telefonate mit Fernsehsendern und Journalisten geführt. Alle wollten Exklusiv-Interviews, für die sie gut zahlen würden, aber davon musste er Jonas erst überzeugen.

Lena und Gudrun waren am Abend in Gudruns Wohnung zurückgekehrt und versuchten, die Journalisten, so gut es ging, zu ignorieren. Zunächst hatte Gudrun sich damit gebrüstet, Jonas' Mutter zu sein, und sich in der Aufmerksamkeit der Reporter gesonnt. Aber als sie langsam merkte, dass es ihnen weniger um sie ging als wirklich nur um Jonas, machte sie ihrer Enttäuschung Luft und nannte ihn einen »ungezogenen Jungen«. Diese Formulierung sollte später in ein paar weniger seriösen Blättern und aus dem Zusammenhang gerissen Erwähnung finden.

Lena hatte sie so schnell wie möglich in die Wohnung gezogen, bevor sie noch mehr Merkwürdigkeiten von sich geben konnte. Fragen, die an sie selbst gerichtet waren, wie zum Beispiel »Wer sind Sie denn eigentlich?«, ignorierte sie.

Sie hatte in der Nacht kaum ein Auge zugetan. Sie sorgte sich um Jonas, der ohne große Schutzmaßnahmen wieder nach Hause wollte, obwohl dort der Trubel und eventuell weitere Angreifer auf ihn warteten. Andererseits vermisste sie das Haus, das auch ihr Heim war. Vor allem aber vermisste sie Jonas – obwohl sie sich natürlich auch über ihn ärgerte. Tief in ihrem Innern befürchtete sie, dass er durch all die Aufmerksamkeit, die auf ihn gerichtet war, ihr nun noch weniger Beachtung schenken würde. Der Plan, ihn zu zwingen, sich zu ändern, indem sie ihn für eine Weile verließ, war bisher nicht aufgegangen und hatte eher dafür gesorgt, dass sich eine Katastrophe an die nächste reihte. Zumindest empfand sie das so. Sicher, Jonas hatte sich geändert, aber sie hatte auf einen besseren Menschen gehofft, nicht gleich auf einen, der Wunder bewirkte.

Ich, GOTT, fand, dass es so weit ziemlich gut lief. Aber ich sehe ein, dass aus ihrem Blickwinkel einer Fortsetzung der Beziehung zu Jonas einiges im Wege stand. Zumal sie als seine Freundin früher oder später ebenfalls ins Blickfeld der Medien rücken würde. Die Klatschblätter würden in ihrer Vergangenheit stöbern und auf Dinge stoßen, die sie in keinem guten Licht erscheinen ließen.

***

Noch aber war Jonas das Hauptziel der Journalisten. Und der wartete im Krankenhaus darauf, dass Markus ihn endlich abholen kam. Ein paar Polizisten waren vor Ort, um die Presseleute und Zuschauer davon abzuhalten, ihm zu sehr auf die Pelle zu rücken und den laufenden Betrieb des Krankenhauses zu stören. Das klappte nur bedingt, da für Krankenwagen kaum ein Durchkommen war. Jonas fühlte sich schuldig, weil er indirekt dafür verantwortlich war, dass Leute auf ihre Behandlung warten mussten. Ein Grund mehr für ihn, so schnell wie möglich zu verschwinden. Am liebsten wäre er zum Hinterausgang raus, aber da es so etwas schlichtweg nicht gab, musste er irgendwann wohl oder übel durch die Meute.

Die Krankenschwestern, die mittlerweile auffällig oft in sein Zimmer kamen, um Blumen abzugeben oder irgendwelche Schränke zu kontrollieren, tuschelten, als er ihnen sagte, dass sie die Blumen behalten könnten. Überall sahen ihm die Leute hinterher, als er sich nach unten zum Ausgang bewegte. Im Flur, der nach draußen führte, wartete er auf eine Nachricht von Markus und starrte durch eine Glasscheibe die Leute im Warteraum an.

Dort wartete eine türkischstämmige Familie, deren jüngstes Kind, ein Mädchen von vielleicht drei Jahren, weinte und dessen Fuß irgendwie merkwürdig aussah. Ein Mann im Anzug saß ihnen gegenüber und starrte sie genervt an. Eine Frau, die Jonas auf Anfang achtzig schätzte, hustete kraftlos. Ein anderer Mann, vielleicht Mitte zwanzig, hielt sich den Arm.

Während er in den Raum sah, bewegten sich langsam alle Gesichter in seine Richtung. Jonas realisierte, dass nun nicht mehr er der Beobachter war, sondern der Fisch hinter dem Glas, auf den alle Augen gerichtet waren. Das schmeichelte seinem Ego, machte ihm aber auch Angst.

Der Mann im Anzug stand auf und kam direkt auf ihn zu.

»Sie ... Sie sind doch der Typ aus dem Fernsehen, nicht wahr? Der, der die Leute heilt?«

Jonas überlegte, ob er weglaufen sollte oder nicht, weil der andere ihm nicht ganz geheuer war. Trotzdem sagte er: »Ja, scheint so.«

Der Mann musterte ihn von oben bis unten, fast so, als wäre es unter seiner Würde, mit ihm zu reden. »Ich hab keinen Bock, mit denen da drin zu hocken, bis die hier endlich aus der Hüfte kommen.«

Jonas zuckte mit den Schultern und zeigte zögerlich mit dem Finger in Richtung Ausgang.

»Sie verstehen nicht«, sagte der Mann. »Ich will, dass Sie mich heilen. Jetzt gleich.« Er tippte mit einem Fuß auf den Boden, als würde er gleich die Geduld verlieren.

Jonas runzelte die Stirn. »Nö.«

»Wie jetzt?«

»Nein.«

»Sie wollen mich nicht heilen?«

»Drücke ich mich so undeutlich aus?«

»Ah, verstehe«, sagte der Kerl und kramte aus der Hose sein Portemonnaie hervor. »Wie viel?«

Jonas war gekränkt. Sah er so aus, als hätte er es nötig, sich von irgendwem bezahlen zu lassen? »Stecken Sie das wieder weg.«

»Nun sagen Sie endlich Ihren Preis. Meine Zeit ist zu kostbar, um mich mit solchem Volk da drin abzugeben.«

Jonas' Augen verengten sich zu Schlitzen. »Was genau meinen Sie damit?«

»Ach, ich verstehe. Sie sind einer von diesen Toleranten.« Der Mann seufzte. »Ja, wir sind alle gleich, alles ist super, buhuhu. Hier, wenn Sie wollen, geben ich Ihnen gleich noch etwas mehr, damit Sie denen da drin auch helfen können, nur habe ich wirklich keine Zeit dafür.« Er wedelte mit ein paar 100-Euro-Scheinen.

Jonas schüttelte den Kopf. »Nein.«

Der Mann verdrehte die Augen und holte zwei 500-Euro-Scheine hervor. »Reicht das jetzt?«

Jonas stand kurz vorm Platzen, aber er atmete tief durch und beruhigte sich. »Was genau fehlt Ihnen denn eigentlich?«

Der Mann, der ihm immer noch die Scheine hinhielt, wurde rot. »Ich ... äh ... scheine mir da was eingefangen zu haben.«

Jonas konnte sich schon denken, was der sich eingefangen hatte, und dachte kurz darüber nach, ob er beim Heilen eigentlich die entsprechende Stelle anfassen musste. Er wollte sich gar nicht ausmalen, wie es aussehen würde, wenn er den Kerl dort berühren musste, wo er vermutete. Aber bei dem blinden Mädchen war das ja auch nicht nötig gewesen.

Eine Krankenschwester kam und rief einen türkischen Namen auf. Offenbar war das kleine Mädchen an der Reihe.

»Entschuldigen Sie mich bitte«, sagte Jonas zu dem Mann, der noch immer mit dem Geld in der Hand dastand. Er ging in den Warteraum, wo die Familie gerade aufstehen wollte, legte dem Mädchen die Hand auf den Kopf und sagte: »Du bist geheilt.« Dann ging er zu der alten Frau, sagte: »Weg mit dem Gekröchel«, und schließlich zu dem Mittzwanziger und verkündete: »Heile, heile Gänschen«. Dann ging er wieder hinaus.

Das Mädchen hatte aufgehört zu weinen. Die alte Frau hustete nicht mehr und lächelte selig. Der Mann, der sich den Arm gehalten hatte, wirbelte plötzlich damit herum. Alle im Warteraum begannen zu jubeln und sich zu bedanken.

»Ich glaube, Ihr nächster Patient ist der da«, sagte Jonas zur Krankenschwester, die mit offenem Mund dastand, während er auf den Mann mit dem Geld in der Hand zeigte. »Allerdings kann der auch noch etwas warten. Er muss sich noch über einige Dinge in seinem Leben klar werden.«

Der Mann im Anzug verfiel in Schnappatmung, aber Jonas winkte ihm nur kurz zu, als er sah, wie sich die Tür zum Ausgang öffnete und Markus ihm auf dem Gang entgegenkam. Ihn flankierten zwei Männer, von denen der linke ihn um einen, der andere ihn sogar um zwei Köpfe überragte. Alle drei trugen Anzüge, aber nur Markus sah aus, als würde er sich darin wohl fühlen. Bei den anderen beiden schien alles nur zu spannen.

»Jonas! Schön, dich heil und munter zu sehen«, sagte Markus strahlend, wurde aber abgelenkt durch die Leute, die aus dem Warteraum kamen und Jonas hinterherwinkten.

»Wenn du mit solchen Floskeln ankommst, willst du wieder irgendwas.«

Für den Bruchteil einer Sekunde zuckte Markus' Lächeln, und Jonas war klar, dass er recht hatte. »Aber ich freue mich auch, dich zu sehen. Wer sind deine Freunde?«

»Das sind Sigo«, Markus zeigte auf den glatzköpfigen Kraftprotz zu seiner Linken, der lediglich nickte, »… und Dimitri.«

Der Mann rechts von Markus war einfach nur als imposant zu bezeichnen. Selbst die Stoppelhaare auf seinem Kopf schienen in der Lage zu sein, jemanden ungespitzt in den Boden zu rammen.

»Dmitri, nicht Dimitri«, korrigierte der Riese und wackelte mit seinem Zeigefinger, der die Größe einer Bratwurst hatte. Dann hielt er Jonas seine Pranke hin.

»Hallo«, sagte Dmitri, wobei es mehr nach »Challo« klang. »Bin sehr erfreut.«

Jonas gab ihm die Hand, die in der tellergroßen Fleischpfanne zu verschwinden schien.

»Mann, wenn Sie anderen so Angst machen wie mir, brauche ich mich wohl um nichts mehr zu sorgen«, witzelte er.

»Warum sagst du das? Ich bin doch ganz lieb.« Dmitri schaute ihn mit Unschuldsmiene an.

»War ja gar nicht so gemeint. Schon gut. Ich meine ja bloß, dass Sie groß sind. Und Ehrfurcht einflößend.«

»Ehrfurcht …«

»… einflößend«, ergänzte Jonas.

»Du meinst, dass Leute haben Respekt vor mir?«

»Genau das meine ich.«

»Das ist gut. Gut«, sagte Dmitri und lächelte.

Jonas tat schon der Nacken weh, weil er die ganze Zeit zu ihm hochsehen musste. »Okay«, sagte er, weil ihm schlicht nichts Besseres einfiel.

»Wir haben draußen eine Limousine, mit der wir dich nach Hause fahren«, sagte Markus und setzte sich in Bewegung.

Noch ehe Jonas etwas sagen konnte, hatten ihn Sigo und Dmitri in die Mitte genommen und schoben ihn sanft in Richtung Ausgang.

»Eine Limousine?«

Jonas hoffte auf eine Erklärung, aber Markus blieb sie ihm schuldig. Als sich die Tür öffnete, schlugen ihnen Blitzlichtgewitter und ein Sturm von Fragen entgegen.

Reporter aus aller Herren Länder waren anwesend. Einige hielten ihm Mikros hin in der Hoffnung, ein paar Worte zu ergattern, andere drehten sich zu den Kameras, um in ihrer jeweiligen Sprache den Zuschauern zu erklären, dass er gerade aus dem Krankenhaus kam, weil die Bilder das offenbar nicht deutlich genug machten.

Es waren aber nicht nur Reporter anwesend. Hinter den Medienvertretern hatten sich jubelnde Massen mit Transparenten und Plakaten versammelt, die ihm gute Besserung wünschten oder ihn um Lösungen für Probleme der Welt baten. »Jonas, schaff den Hunger in der Welt ab!« stand auf einem Schild, auf einem anderen »Peace in the Middle-East!«.

Letzteres ist natürlich totaler Humbug. Die Situation ist dort so verfahren, dass nicht mal ich das wieder hinkriegen könnte.

Etliche Schaulustige hielten ihre Handys hoch. Ja, auch diesmal waren wieder welche dabei, die hochkant filmten. Jeder versuchte sich nach vorn zu drängen, aber Polizisten geboten der Menge Einhalt und ließen eine schmale Gasse frei, durch die das merkwürdige Quartett zum Auto gelangen konnte. Jonas duckte sich unwillkürlich zwischen den beiden Muskelpaketen. Hier und da gab es Rufe wie »Erlöser!« oder »Jesus!«.

Etwas beiseitegedrängt und deswegen weiter hinten, machte eine kleine Gruppe erstaunlich viel Lärm. Statt Jubel und Frohsinn zu verbreiten, trugen sie grimmige Gesichter zur Schau. Als Jonas in Sichtweite kam, brüllten sie »Falscher Prophet!« und »Teufel!« und schwenkten Bilder mit Jonas' durchgestrichenem Konterfei. Auf ihren Transparenten stand der ein oder andere unpassende Bibelvers.

Aber er nahm diese Gruppe nur am Rande wahr. Seine Bodyguards drängten ihn immer weiter, bis er am Ende der Gasse eine schwarze Limousine erreichte, in die er, auf sanften Druck seiner übergroßen Begleiter, einstieg.

Als Dmitri die Tür schloss, fand sich Jonas zwischen den beiden Bodyguards eingekeilt wieder.

»Jungs, ich will ja nicht meckern, aber ich hatte eigentlich nicht vor, als Pressblume zu enden.«

Markus signalisierte Sigo, dass er sich zu ihm auf die andere Seite des Innenraums setzen sollte, so dass Jonas Platz zum Atmen hatte.

»Ich werde nie wieder irgendwelche Hollywood-Schauspieler beneiden«, sagte Jonas atemlos.

Markus klopfte an das kleine Fenster, das den Gastraum vom Fahrer trennte. Kurz darauf setzte sich der Wagen gemächlich in Bewegung.

»Und?«, fragte Jonas.

»Und was?«, fragte Markus.

Er starrte ihn mit weiten Augen an und breitete die Arme aus, zumindest so weit es Dmitris Masse zuließ.

»Der Wagen?«, fragte Markus, und Jonas nickte. »Ich habe gedacht, dass es angemessener wäre, als mit meinem Auto zu kommen. Außerdem haben wir so die Möglichkeit, uns zu besprechen.«

»Aber musste es gleich ein fahrbarer Ballsaal sein? Ich meine, hier fehlt ja nur noch der Kronleuchter.«

»Du magst vielleicht kein großes Interesse daran haben, endlich Geld zu verdienen, aber als Manager und Agent eines der angesagtesten Schriftsteller weltweit, der von vielen auch noch als Reinkarnation von Jesus angesehen wird, möchte ich doch die Gelegenheit nutzen, so zu reisen, wie es mir und dir zusteht.«

Markus hatte sich nach vorn gebeugt und sein Geschäftslächeln aufgesetzt. Jonas durchschaute ihn, aber böse konnte er ihm deswegen nicht sein.

»Du wolltest doch nur mal wie Gordon Gekko durch die Gegend fahren.«

Markus versuchte sein Geschäftsgesicht beizubehalten, aber das aufgesetzte Lächeln wurde nun zu einem echten. »Du kennst mich einfach zu gut.«

Jonas lächelte ebenfalls. Insgeheim war er froh, nicht in einem Mittelklassewagen, auch noch mit Markus als Fahrer, nach Hause zu kommen. Trotzdem nagte etwas an ihm.

»Und wer bezahlt das Ganze?«

Markus biss sich auf die Unterlippe. »Erst mal ich, aber ich hoffe, dass wir das mit deinen Gewinnen verrechnen können.« Erwartungsvoll schaute er ihn an.

Nach kurzem Zögern seufzte Jonas und nickte. Markus ließ sich erleichtert in den Sitz zurückfallen.

Jonas schaute aus den Fenstern ringsherum und sah, dass sie verfolgt wurden von Autos, aus denen zum Teil Objektive ragten.

»Ich hoffe, wir müssen nicht durch einen Tunnel und Lady Di imitieren.«

Markus räusperte sich. »Wir haben einen kompetenten Fahrer. Du solltest also sicher sein.« Es klang aber eher nach Hoffnung als nach Tatsache.

»Und wie soll das jetzt mit meinen Gorillas hier weiterlaufen?«, fragte Jonas.

Sigo, Dmitri und Markus sahen ihn mit großen Augen an.

»*Sicherheitsleute,* Jonas. Wortwahl«, sagte er zu sich selbst. »Entschuldigung.«

»Sie sind dafür da, dich zu beschützen, wie du dir vielleicht schon gedacht hast. Mindestens einer von ihnen bleibt immer in deiner Nähe. Du kannst sie auch gern zum Einkaufen schicken.«

Jonas schoss unwillkürlich durch den Kopf, wie es wohl aussehen würde, wenn er Dmitri wegen Klopapier und Marmelade in den Supermarkt schickte.

»Ich soll nicht mal mehr selbst einkaufen gehen?«

»Jonas, du erinnerst dich schon noch daran, wie diese Verrückte dich mit dem Messer angegriffen hat, oder?«

»Aber dann wäre ich ja praktisch eingesperrt.«

»So darfst du das nicht sehen. Sieh es als Urlaub daheim mit all-inclusive-Service!« Markus lächelte.

»So könnte man auch Gefängnisse beschreiben. Allerdings mit mehr Analsex.«

Dmitri taxierte ihn von der Seite.

»Ich meine ja nur«, sagte Jonas. »Und was ist mit der Polizei?«

»Die hat genug zu tun, weil die Nachbarn ebenfalls geschützt werden müssen.«

»Herbert muss nur vor sich selbst geschützt werden.«

»Wer?«, fragte Markus.

»Mein Nachbar. Der aus der anderen Haushälfte.«

»Der mit den Schnittchen?«

»Der mit den Schnittchen.«

»Wie auch immer, ich würde dich bitten, alles andere mir zu überlassen. Bleib einfach daheim und ruh dich aus.«

»Und starre die Decke an.«

»Was ist eigentlich dein Problem? Seit Jahren bist du am liebsten in deinen eigenen vier Wänden, schaust irgendwelche Filme oder spielst mit deiner Konsole. Faulenzen war bisher deine Hauptbeschäftigung, wenn du nicht mal gerade wieder ein Buch schreiben musstest. Warum willst du das plötzlich ändern?«

»Wenn man erst mal etwas nicht darf …«

»Jonas, hast du überhaupt eine Vorstellung, was bei dir daheim los ist? Oder überall sonst? Es gibt Leute, die verehren dich als Gott. Andere denken, dass du der Teufel bist, und würden dich am liebsten umbringen. Du kannst nicht einfach so rausgehen. Zumindest nicht ohne deine Bodyguards. Aber selbst davon würde ich dir abraten.«

Schweigen. Dann fragte Jonas mit leichter Verzweiflung in der Stimme: »Leute wollen mich umbringen?«

»Ja, und sonderbarerweise liegt es nicht daran, dass sie *Der Wind in den Datteln* gelesen haben.«

»Hey, ich dachte, du mochtest das Buch!«

»Ich habe es toleriert.«

»Toleriert?«

»Du warst so darauf versessen, dieses Buch zu schreiben, dass ich dir das nicht kaputt machen wollte. Zumal du sonst eher dazu neigst, gar nichts zu machen. Aber, nein, ich habe es nicht gemocht.«

»Na toll.«

»Lena hat es übrigens auch nicht gemocht.«

»Was?«

»Jonas, es hat einen Grund, weswegen so wenig Exemplare davon verkauft und die meisten zerschreddert und zu Klopapier verarbeitet wurden.«

Jonas murmelte etwas von »Perlen vor die Säue« und schaute eingeschnappt aus dem Fenster.

Markus seufzte. »Wie du meinst. Können wir dann wenigstens darüber reden, dass ich jede Menge Anfragen bezüglich eines TV-Auftritts habe? Für den würdest du auch bezahlt werden.«

»Du hast mir doch gerade gesagt, dass ich nicht aus dem Haus gehen soll.«

»Du kannst ja aus dem Haus gehen, aber dann mit deinen neuen besten Freunden hier!«

Jonas verdrehte die Augen.

»Das kannst du dir gleich sparen!«, rief Markus.

»Was?«

»Das Augengerolle.«

»Warum habe ich das Gefühl, dass alle möglichen Leute mir in letzter Zeit sagen wollen, was ich zu tun habe?«

»Weil sie es besser wissen als du. Und deswegen bin ich auch der Meinung, dass du diese Fernsehinterviews machen solltest. Ich habe die halbe Nacht mit Fernsehsendern aus allen Ecken der Welt telefoniert. Alle möchten Exklusiv-Interviews mit dir und wollen dafür fürstlich bezahlen.«

»Göttlich sollen sie bezahlen«, scherzte Jonas.

»Ja, auch das würden sie tun.«

»Ich weiß nicht. Ich habe wirklich keine Lust auf den Rummel.«
In Wirklichkeit genoss er die Aufmerksamkeit, hatte aber zugleich Angst davor.

Markus beugte sich vor und schaute ihn intensiv an. »Göttlich, Jonas.«

»Was genau heißt das?«

»Siebenstellig.«

»Vor dem Komma?«

»Vor dem Komma.«

»Das sind dann …« Jonas grübelte.

»Millionen.«

»Millionen?«

»Millionen.«

»'ne Million ist 'ne Menge.«

»Nicht eine. Mehrere.«

Jonas zog die Augenbrauen hoch und pfiff.

»Kann ich deiner Reaktion entnehmen, dass du es zumindest in Betracht ziehst?«

Jonas zögerte. »Das ist verlockend, aber wenn ich das tue, wird es nur noch mehr Aufmerksamkeit auf mich lenken.«

»Jonas, noch mehr Aufmerksamkeit, als du schon hast, kannst du kaum bekommen! Zumindest kriegst du so Geld für die Unannehmlichkeiten. Allerdings müssten wir dann etwas an deiner Ausdrucksweise feilen.«

»Scheiße, was stimmt denn an meiner Ausdrucksweise nicht?«

»Quod erat demonstrandum.«

»Ich hab schon mal gesagt, dass ich mich nicht verstellen werde.«

»Du sollst dich auch gar nicht verstellen, aber wenn du nicht in jedem zweiten Satz einen Fäkalausdruck unterbringen würdest, wäre das schon mal ein Anfang. Auch wenn Lena das seltsamerweise nicht zu stören scheint.«

»Lena will doch trotzdem nicht mehr mit mir zusammen sein.«

»Glaubst du das allen Ernstes?«

»Sie hat es mir gesagt.«

»Jonas, glaubst du wirklich, sie kümmert sich um deine Mutter und sorgt sich um dich, wenn du ihr nichts mehr bedeutest?«

»Aber warum trennt sie sich dann?«

»Weil du manchmal ein ganz schönes Arschloch sein kannst.«

Sigo und Dmitri sahen sich an. Als Jonas es bemerkte, blickten sie schnell in entgegengesetzte Richtungen.

»Der Tag wird immer besser. Vielen Dank auch!«, sagte Jonas.

»Ist doch wahr. Du kannst froh sein, dass sie es überhaupt so lange mit dir ausgehalten hat. Wirklich um sie gekümmert hast du dich ja nicht. Deine Vorstellung von einer funktionierenden Beziehung ist es, möglichst wenig im Haushalt zu tun und auch alles andere deiner Freundin zu überlassen. Der größte Witz daran ist, dass sie immer noch in dich verknallt ist und du es nicht mal bemerkt hast.«

»Ich höre dir gar nicht mehr zu.«

»Ja, das ist noch so eine Spezialität von dir. Du musst mir aber zuhören, denn wir haben Geschäftliches zu besprechen.«

»Vielleicht wäre es dann eine gute Idee, deinen Klienten nicht als Arschloch zu bezeichnen.« Er schaute kurz zu den beiden Muskelpaketen hinüber, die demonstrativ aus dem Fenster sahen. »Außerdem habe ich wenig Lust, etwas zu besprechen, wenn wir nicht allein sind.«

Markus seufzte. »Du verstehst es immer noch nicht. Die sind von jetzt an rund um die Uhr bei dir.«

»Na, ich hoffe, ich kann wenigstens allein kacken gehen.«

Markus resignierte. »Es ist echt hoffnungslos. Irgendwann wird das auch Lena erkennen.«

»Wenn ich eins nicht gebrauchen kann, dann sind es Beziehungstipps von einem, dessen Beziehungen meistens nicht mal eine Nacht halten.«

Sie schwiegen sich eine Weile an.

Dann sagte Markus: »Okay, ich halte mich da raus. Trotzdem müssen wir darüber reden, welches Fernsehinterview du machst.«

»Gar keins.«

»Jonas!«

»Ich will das nicht! Ich mag den Rummel um meine Person nicht.«

Markus krallte sich am Haltegriff fest und starrte angestrengt nach draußen. Dann schloss er kurz die Augen und wandte sich ihm wieder zu. »Hör auf, immer so verdammt passiv zu sein!«

Jonas wusste gar nicht, wie ihm geschah. So hatte er Markus noch nie erlebt.

»Immer versuchst du, alles auszusitzen! So geht das im Leben aber nicht! Es wird sich nicht alles plötzlich wieder richten, nur weil du beschließt, dass du am liebsten gar nichts machst. Auch deine Beziehung läuft nicht so. Lena ist immer noch verliebt in dich, und du sitzt einfach nur rum und kämpfst nicht um sie.«

»Aber ich bin doch zu ihr hin …«, sagte Jonas kleinlaut, aber Markus hatte sich in Rage geredet und ließ ihn nicht mehr zu Wort kommen.

»Soweit ich das gehört habe, hast du dich an dem Abend, an dem du gestorben bist, nicht gerade mit Ruhm bekleckert. Statt auf Lena einzugehen, hast du sie gebeten, das Auto anzutreten oder so etwas in der Art.«

»Nun …«

»Ich habe bis heute nicht verstanden, weswegen sie sich damals für dich entschieden hat und nicht für mich.«

»Sie wusste, dass ich nicht nur an einer Nacht interessiert war. Außerdem war ich lustiger.«

Markus schaute ihn verärgert an und sammelte sich einen Moment. »Trotzdem hast du dir seitdem nahezu keine Mühe mit ihr gegeben.«

»Sie weiß doch, dass ich sie liebe.«

»Weiß sie das?«

Jonas rollte mit den Augen.

»Ich sagte dir, dass du damit aufhören sollst. Das ist keine schöne Angewohnheit.«

»Okay.«

»Das grundsätzliche Problem mit dir ist, dass du dich einfach um nichts kümmern willst. Deswegen schreibst du auch unter Pseudonym. So musst du dich niemandem erklären. Und jetzt, wo das Geheimnis raus ist, hast du das Gefühl, dass du dich dazu äußern musst, schiebst es aber auf die lange Bank, weil du davon ausgehst, dass alle anderen es einfach vergessen werden. Aber das wird nicht passieren, Jonas. Nicht nach der Nummer mit der Wiederauferstehung und dem geheilten Kind. Die Leute wollen etwas von dir, und du solltest ihnen etwas von dir geben.«

»Aber wenn ich ihnen etwas von mir gebe, wer sagt dann, dass sie dann nicht alles wollen?«

»Ist das deine Meinung über die Menschen, die auf eine Nachricht von dir hoffen, oder ist das deine Meinung über deine Beziehung?«

Jonas brauchte einen Moment, das zu verarbeiten.

Markus lehnte sich zurück. »Okay, ich werde dir was sagen. Ich gebe dir noch ein, zwei Tage Bedenkzeit. Eventuell kommen ja noch bessere Angebote herein. Ansonsten lasse ich dir einen Ausdruck von den Leuten da, die sich gern mit dir unterhalten wollen. Ich möchte, dass du mindestens in einer dieser Sendungen auftrittst.«

Jonas machte den Mund auf, um etwas zu sagen, aber Markus unterbrach ihn gleich wieder.

»Nicht nur, um etwas Geld zu machen, das wir, nebenbei bemerkt, gut gebrauchen könnten, sondern auch, damit du einem noch größeren Publikum sagen kannst, was du bist oder eben auch nicht bist. Um mehr bitte ich dich nicht. Ein Interview, damit auch ich mal meine Rechnungen bezahlen kann. Danach werde ich alles andere ablehnen, wenn du das willst. Aber ich denke, du bist es den Leuten, mir und auch dir selbst schuldig.«

»Du bist schon der Zweite, der mir sagt, dass ich irgendwem etwas schuldig bin.«

»Jonas.«

»Ist ja gut. Gib mir die verkack ... die blöde Liste, und ich schaue mal rein.«

»Danke.«

Jonas bemerkte, wie der große Russe mit erhobenen Augenbrauen zwischen ihm und Markus hin und her sah, bevor er sich wieder der Landschaft widmete. Den Rest der Fahrt schwiegen sich alle im Auto an. Es dauerte ohnehin nicht mehr lange. Das Biest von einem Wagen quälte sich um die Ecke in Jonas' kleine, bis vor kurzem unscheinbare Straße. Und dann gab es kein Durchkommen mehr.

Eine Wand von Leuten stand vor der Limousine und bewegte sich kein Stück. Es fiel schwer, durch die Wagenfenster überhaupt etwas zu sehen. Der Fahrer hupte, aber die Leute reagierten zunächst nicht, bis irgendwer »Da ist er! Er ist da drin!« rief und das Auto in kürzester Zeit umstellt war. Es wurde ans Fenster geklopft, aufs Dach gehämmert, ein Mann stellte sich sogar auf die Motorhaube, damit seine Freundin ein Foto von ihm machen konnte. Ein paar andere Schaulustige zogen ihn allerdings gleich wieder runter und schubsten ihn aus dem Sichtfeld.

»Was zum Teufel ist hier los?«, entfuhr es Jonas.

Ein Polizist schaffte es zum Wagen und erklärte dem Fahrer, dass es kein Durchkommen gab. Der wiederum verwies ihn an Markus, der hinten das Fenster herunterließ und ihm erklärte, wer im Auto saß. Jonas, peinlich berührt, dass es wegen ihm so einen Aufstand gab, winkte unbeholfen mit der Hand, was den Polizisten für einen Moment erbleichen ließ. Kurz darauf hatte er seine Kollegen dazu gebracht, dem Wagen eine Gasse zu bahnen, die bis zum Eingangstor des Gartens ging.

Es waren zwar nicht Tausende von Schaulustigen, aber immerhin Hunderte. Vereinzelt ergaben sich Lücken in der Menge, so dass Jonas einen Blick auf die Umgebung erhaschen konnte. Seine Bewunderer und auch ein paar Gegner hatten es sich auf den Autos der Nachbarn gemütlich gemacht. Selbst der ein oder andere Mannschaftswagen der Polizei musste als Aussichtspunkt herhalten, sehr zum Leidwesen der Polizisten, die versuchten, die Leute herunterzuscheuchen.

Langsam schob sich die Limousine durch den gewundenen Parcours, der sich hinter ihnen gleich wieder schloss.

»Vielleicht hätte ich doch ins Hotel gehen sollen«, sagte Jonas und schluckte eine Panikattacke herunter.

Als der Wagen vor seinem Gartentor zum Stehen kam, pellten sich zunächst die Bodyguards aus dem Wagen, um ihn dann in die Mitte zu nehmen. Zügig schritten sie in Richtung Haus, wobei die Leute um sie herum die Arme ausstreckten und Jonas zu berühren versuchten. Er wollte so vielen wie möglich ausweichen, die beiden Hünen schoben ihn konsequent weiter. Jubel- und vereinzelte Buhrufe erreichten ihn, viele Leute riefen: »Heile uns!« Irgendwo in der Menge stimmten welche *Kumbaya My Lord* an.

Er atmete das erste Mal richtig auf, als sie den Zaun passiert hatten, oder zumindest das, was davon noch übrig war. Ein kurzer Seitenblick bestätigte ihm den Zustand seines Gartens, den er schon im Fernsehen gesehen hatte.

Herbert Finkel stand in seinem eigenen Vorgarten und starrte unbeholfen zur Menge herüber. Er schien zunehmend verzweifelter zu werden. Als er Jonas sah, setzte er sein leicht idiotisches Lächeln auf und winkte ihm zu. Jonas versuchte, freundlich zu schauen, und winkte zurück. Dann fiel ihm ein, dass er seine Fans und Bewunderer nicht einfach so stehenlassen sollte, drehte sich an der Haustür um, hob den Arm und lächelte freundlich.

Als er an der Eingangstür rüttelte, lief Herbert gerade mit hängenden Schultern zurück ins Haus.

Die Haustür wollte trotz des Rüttelns partout nicht aufgehen. Irgendwann bot Dmitri sich an und drückte sie mit einem gekonnten Stoß auf.

»Bitteschon«, sagte er in seinem merkwürdigen Akzent und bedeutete Sigo mit der Hand, dass er zunächst einmal schauen sollte, ob die Luft rein war.

»Ist das wirklich nötig?«, fragte Jonas, als Sigo durch die Tür trat.

»Vorsicht ist Mutter von Porzellankarton«, sagte Dmitri und lächelte.

Kurz darauf konnte Jonas endlich wieder sein eigenes Heim betreten, auch wenn es ihm mit den Bodyguards und vor allem ohne Lena wenig heimelig erschien.

»Kann ich dir irgendwas besorgen? Brauchst du irgendwas?«

»Meine Ruhe«, sagte Jonas fast geistesabwesend.

Markus wandte sich leicht genervt ab und fragte die Bodyguards, ob sie irgendwas benötigten. Dann verabschiedete er sich und sagte, dass er am nächsten Tag wiederkommen würde. »Und bleib so lange daheim! Vielleicht schreibst du was.«

»Ich soll bei dem Tohuwabohu auch noch schreiben?«

»Ach, mach doch, was du willst. Aber gib mir wegen des Interviews Bescheid.«

»Ja doch.«

Markus ging, und Jonas blieb mit den beiden Riesen, die ihn einfach nur anstarrten, allein zurück.

»Habt ihr euch ein Buch oder so was mitgebracht?«

Sie zuckten mit den Schultern und sahen ihn erwartungsvoll an wie zwei dressierte Dackel, die auf den nächsten Befehl warteten.

»Na, das wird ja prima.«

KAPITEL 11

AM ANFANG WAR DAS WORT

Nachdem Jonas ihnen die Xbox angeschaltet hatte, verzog er sich in sein Arbeitszimmer, um irgendwas aufs Papier zu bringen. Oder besser gesagt, auf den Bildschirm. Der Cursor der Textverarbeitung blinkte anklagend auf der weißen Seite, während er gedankenversunken durchs Fenster in den hinteren Garten starrte. Zumindest dort war es noch ruhig, aber er befürchtete, dass auch hinter diesen Büschen irgendwelche Paparazzi hocken könnten. Seine Gedanken schweiften ab zu Lena. Er fragte sich, welche Auswirkungen das Ganze auf sie haben würde. Und ob sie jemals zu ihm zurückkommen würde. Die letzten Tage, in denen sie nicht daheim war, hatte er zwar irgendwie allein meistern können, aber die kleinen Aufmerksamkeiten, die sie ihm schenkte, wenn er gerade eine Ablenkung brauchte, fehlten ihm. Sei es ein Kuss, um ihn zu bestärken, oder ein Stück Schokolade, wenn er ein paar Seiten geschafft hatte.

Er wurde aus seinen Gedanken gerissen, als das Telefon seines Hausanschlusses klingelte. Er griff nach dem Hörer und meldete sich. »Carstens.«

Klick. Aufgelegt.

Er stutzte, legte das Teil weg und versuchte sich wieder auf den Bildschirm zu konzentrieren.

Es klingelte ein zweites Mal.

»Carstens.«

»Jonas Carstens?«, fragte die Stimme.

»Ja«, sagte er. »Wer ist denn da?«

»Wir werden dich kriegen. Und wenn wir dich kriegen, werden wir dich leiden lassen.«

Klick. Aufgelegt.

Jonas starrte das Telefon in seiner Hand an. »Freaks«, sagte er und legte es wieder beiseite.

Er überlegte einen Moment und wollte gerade anfangen zu tippen, als es erneut klingelte. Er griff hastig nach dem Handteil und blökte hinein. »Waaaaas?«

»Äh«, kam es vom anderen Ende.

»Wer ist da?«

»Hier ist das Demoskopische Institut zur Meinungsforschung. Ich wollte mich an Sie wenden und wissen, ob Sie eventuell einen Moment Zeit haben, damit ich Ihnen ein paar Fragen stellen kann.«

Jonas seufzte. »Entschuldigen Sie bitte, wenn ich gerade etwas laut war, aber mich hat kurz vorher so ein Arsch ...« Er dachte an Markus' Worte und entschied sich, den Satz umzuformulieren. »Mich hat kurz vorher so ein Scherzkeks angerufen, und ich dachte, der sei das schon wieder.«

»Nein, ich bin vom Demoskopischen Institut für Meinungsforschung.«

»Das sagten Sie bereits.«

»Das Demoskopische Institut für Meinungsforschung wüsste gern, ob Sie einen Moment Zeit haben ...«

»Entschuldigen Sie bitte«, sagte Jonas.

»Ja?«

»Gibt es das wirklich, dieses Institut?«

»Demoskopische Institut.«

»Genau. Ich meine, ist das ein Witz?«

»Wir vom Demoskopischen Institut für Meinungsforschung haben keinerlei Humor, von dem wir wüssten.«

»Ja, scheint so. Ich finde es nur merkwürdig, weil es so klingt wie die Abteilung für Redundanz-Abteilung, wissen Sie, was ich meine?«

»Das Demoskopische ...«

»Institut, ja, ich weiß.«

»… Institut für …«

»Meinungsforschung. Ja, schon klar. Sie müssen das nicht immer wiederholen.«

Stille am anderen Ende der Leitung.

»Hallo?«, fragte Jonas.

»Das Demoskopische Institut für Meinungsforschung ist sich keiner Abteilung für Redundanz bewusst.«

»So meinte ich das nicht. Ich finde nur, dass der Name Ihres Instituts …«

»Des Demoskopischen Instituts …«

»Ja, doch. Das habe ich schon mitbekommen. Ich will ja nur sagen, dass der Name redundant ist.«

Stille am anderen Ende.

»Hallo?«, fragte Jonas.

»Der Name ist nicht redundant«, sagte die Stimme. »Er dient dazu, das Institut …«

Jonas legte auf und schüttelte den Kopf. »Idioten«, murmelte er vor sich hin, während er sich wieder dem Bildschirm zuwandte. Aber das Telefon machte ihm erneut einen Strich durch die Rechnung.

»Ja?«

»Guten Tag, Herr Carstens. Ich arbeite im Auftrag einer namhaften Managementfirma und wollte mit Ihnen über eine beiderseitig profitable Geschäftsbeziehung sprechen.«

»Ich habe einen Manager, sein Name ist Markus Rudzinski. Vielleicht sprechen Sie am besten mit ihm.«

»Ich glaube, Sie missverstehen mich. Es geht vielmehr darum, dass ich Ihnen anbiete, Ihnen als Manager zur Verfügung zu stehen.«

»Wie ich bereits sagte, ich habe schon einen Manager.«

»Mit Verlaub, Herr Carstens, keinen sehr guten.«

Jonas lehnte sich zurück und schloss die Augen. »Und was verleitet Sie zu dieser Annahme?«

»Nun, ich bin ein ziemlich guter Manager und kann das beurteilen.«

»Und ich soll Ihnen einfach so glauben? Ich kenne Sie nicht. Sie haben sich nicht einmal vorgestellt. Warum sollte ich mich mit Ihnen also überhaupt auseinandersetzen?«

»Das mit der Vorstellung bitte ich zu entschuldigen. Mein Name …«

»Interessiert mich nicht.«

Für einen Moment war es ruhig in der Leitung. »Wenn Ihr Manager etwas taugen würde, hätte er dafür gesorgt, dass Sie eine geheime Telefonnummer bekommen.«

»Der Gedanke ist mir nach den ganzen tollen Anrufen heute auch schon gekommen.«

»Könnten wir uns wenigstens …«

Jonas drückte den Aus-Knopf und stand auf. Kurz darauf klingelte es erneut. Er ignorierte es, ging in den Flur und warf einen Blick auf die beiden Bodyguards im Wohnzimmer, die vor dem Fernseher saßen und auf irgendwelche Leute in einer Wüstenstadt schossen.

Sigo bemerkte ihn und brüllte über den Gefechtslärm: »Hey, ich glaube, da ruft jemand an!«

»Kein Scheiß, Sherlock«, sagte Jonas und ging in die Hocke.

Die TAE-Dose befand sich kurz vor dem Wohnzimmer im Flur. Er rüttelte an dem schwarzen Kabel, und als er es endlich aus dem Sockel gelöst hatte, hörte das Klingeln auf.

»Vielen Dank«, sagte Dmitri.

»Klar«, murmelte Jonas.

Ein Blick aus dem Küchenfenster zeigte ihm, dass dort immer noch alles voll war mit Leuten. Durch die Ritzen drangen religiöse Gesänge. Offenbar war da ein ganzer Kirchenchor aufmarschiert und versuchte, wenig bekannte geistliche Lieder zu singen, während eine andere Gruppe lautstark ihr *Kumbaya My Lord* samt Gitarrenunterstützung anstimmte. Sigo machte drüben im Wohnzimmer den Gefechtslärm lauter. Jonas seufzte und ließ sich auf einen Stuhl fallen.

»Besser nicht gucken raus«, sagte Dmitri, der sich, offenbar die Kakophonie vor dem Garten ausnutzend, angeschlichen hatte und nun den Türrahmen der Küche fast zur Gänze ausfüllte.

»Wieso?«, fragte Jonas.

»Nicht sicher. Weiß man nicht, ob irgendwer mit Gewehr schießt.«

Jonas schnellte zurück. »Du meinst, da sind Leute, die mich hier drin erschießen würden?«

»Ich weiß nicht. Möglich. Wir sind, wie sagt man, engagiert?«

Jonas schüttelte halb den Kopf, halb nickte er, unsicher, was der Russe ihm da sagen wollte.

»Wir sind engagiert, um zu verhindern. Aber ob notwendig?« Dmitri hob die Schultern, was ein wenig den Eindruck machte, als ob sich ein Berg bewegen würde. »Wäre mir lieber, wenn du nicht rausguckst.«

»Soll ich jetzt nur noch hier drinhocken? Ich muss doch auch mal an den Briefkasten und eventuell irgendwelche Rechnungen bezahlen. Vielleicht klaut ja irgendein Idiot meine Briefe. Woher soll ich das denn wissen? Obwohl, vielleicht bezahlen die ja dann auch gleich die Rechnungen, das wäre mir schon recht.«

Dmitri stand noch immer in der Tür und sah nicht so aus, als ob er irgendwas davon verstanden hätte.

»Meinst du, ich soll gehen, schauen nach Post?«

»Das wäre nett.«

Jonas nahm den Zweitschlüssel des Briefkastens aus einer Küchenschublade und legte ihn dem Riesen in die Hand. Der Schlüssel sah darin so klein aus, dass Jonas befürchtete, er könnte auf ewig in einer Falte der Hand verschwinden, als sich die Finger darum schlossen. Dann drehte sich Dmitri um und ging zur Tür.

»Du musst daran rütteln!«, rief ihm Jonas nach, aber der Russe hatte sie schon mit einem Ruck geöffnet.

Jonas überlegte, ob er nachschauen sollte, aber die Vorstellung, dass irgendeiner von den Leuten da draußen auf ihn schießen könnte, ließ ihn ins Wohnzimmer gehen und sich auf der Couch zusammenkauern – wo Sigo gerade tatsächlich auf irgendwelche Leute schoss.

Als Dmitri mit den Briefen zurückkam, händigte er sie Jonas nicht aus.

»Warum nicht?«, fragte Jonas.

»Vielleicht Bombe«, sagte der Riese.

»Eine Bombe? Mann, du bist ein Quell der Freude für mich. Du meinst echt, irgendwer könnte mich in die Luft sprengen?«

»Religiöse Menschen sehr merkwürdig.«

»Mann …«, murmelte Jonas und beobachtete Dmitri, wie er am anderen Ende des Zimmers jeden einzelnen Brief öffnete. Sigo schaute ab und an mal rüber, achtete aber ansonsten gar nicht auf ihn.

»Du hast Kleid gekauft?«, fragte Dmitri, nachdem er eine Rechnung geöffnet hatte.

»Nicht für mich. Für meine Freundin«, sagte Jonas und grübelte im nächsten Moment, warum er sich vor einem wildfremden Mann, der seine Privatpost durchsuchte, erklären musste.

Nachdem keiner der Briefe, die größtenteils Werbung enthielten, hochgegangen war, reichte Dmitri sie Jonas, der sie ganz vorsichtig anfasste.

»Du hast Angst?«

Jonas hob die Augenbrauen. »Na ja, bis vor zehn Minuten hatte ich auch nicht das Gefühl, dass mich gleich jeder umbringen könnte.«

»Muss gar nichts sein. Ist nur besser vorsichtig sein.«

»Sehr beruhigend.« Jonas starrte immer noch skeptisch auf die Briefe in seiner Hand.

»Die sind okay. Du hast noch immer Angst?«

»Na ja, sterben tut ja keiner gern, oder? Und ich hab das ja auch schon irgendwie hinter mir.«

Dmitri zog die Mundwinkel nach unten. »Und wie war das?«

»Der Tod, meinst du?«

Dmitri nickte.

»Ehrlich gesagt, ich hab gar nichts mitbekommen. Ich sah diese Kirchturmspitze auf mich zukommen, danach war einfach nichts weiter.«

Dmitris Mundwinkel gingen noch weiter nach unten.

»Enttäuscht?«, fragte Jonas.

»Vielleicht ein bisschen.«

»Bist du denn gläubig?«

Dmitri schien über die Frage nachzudenken, denn er antwortete nicht sofort. Schließlich sagte er: »Ich weiß nicht. Vielleicht ein bisschen.«

»Kann man ein wenig gläubig sein? Ich dachte, es geht nur entweder oder.«

»Bin mit Kirche aufgewachsen. Orthodox. Du weißt, was orthodox ist?«

»Diese russische Kirche halt.«

»Ist wie Kirche hier, nur ein wenig anders.«

Jonas musste lachen. »Ist nicht alles irgendwie gleich und doch ein wenig anders?«

Dmitri schaute ihn verwirrt an.

»Schon gut«, sagte Jonas.

»Ich habe eine Frage«, sagte Dmitri.

»Okay. Nämlich?«

»Warum du willst nicht machen Interview mit Fernsehen?«

Jetzt dachte Jonas nach. »Ich schätze, dass ich einfach nicht gut in diesen Dingen bin. Also vor vielen Leuten zu sprechen. Außerdem befürchte ich, dass alles noch viel schlimmer wird, wenn ich im Fernsehen auftrete.«

»Aber in Studio nur ein paar Leute.«

»Aber an den Fernsehern …«

»Ist doch egal. Du musst nur sprechen vor ein paar Menschen. Nicht allen.«

Jonas war erstaunt, wie einleuchtend das klang. »Danke, Dmitri.« »Gern.«

Der Riese begab sich wieder auf die Couch und setzte sich neben Sigo. Jonas hatte den Eindruck, dass Sigo dabei ein Stück angehoben wurde, während Dmitris Couchende wegsackte.

Jonas hielt immer noch die Briefe in der Hand. Zwei Möbelhäuser boten ihm Coupons für billige Mittagessen an, was ihn überlegen ließ, warum Leute in einem Möbelhaus essen sollten. Ein Pizzalieferant schickte seine Speisekarte, die die neue Kreation ›Pizza mit Kartoffeln, Ananas und Barbecue-Sauce‹ anpries. Ehrlich, Leute, da kommt es einem doch hoch.

Zwei Briefe stammten von Banken, die ihm supergünstige Kredite anboten. Es waren überwiegend total belanglose Schreiben. Ein kleiner Stapel Fanpost und Autogrammwünsche hatten sich auch eingeschlichen, was ein absolutes Novum für ihn war. Trotzdem schoss ihm plötzlich ein beunruhigender Gedanke durch den Kopf. Wenn er jetzt schon nicht mehr einfach seine tägliche Post lesen konnte, was würde passieren, wenn er tatsächlich das von Markus gewünschte TV-Interview geben würde? Wenn noch mehr Leute glauben würden, er wäre entweder der Messias oder das genaue Gegenteil.

In ihm sträubte sich alles, so einem Interview zuzustimmen. Aber natürlich wäre es auch eine Plattform, um noch mehr Leuten klarzumachen, dass er weder das eine noch das andere war. Außerdem hatte er es Markus versprochen. Und so faul er auch war, er war nicht faul genug, ein Versprechen zu brechen.

Er saß einfach nur da und starrte in die Luft, als ihn ein lauter Piepton aus seinen Gedanken riss. Sigo stoppte das Spiel und griff nach seinem Handy, das er auf dem Wohnzimmertisch hatte liegen lassen. Er las erst etwas und tippte dann drauflos.

»Ist auf Arbeit. Du solltest nicht tippen auf Handy auf Arbeit«, sagte der massige Russe neben ihm.

»Alter, wir sitzen hier und spielen auf der Konsole. Ist das etwa besser? Hier passiert doch sowieso nüscht.«

Jonas horchte auf. »Dein Kollege scheint mein Risiko deutlich geringer einzustufen als du, Dmitri.«

»Ist junger Mann. Nicht viel Ahnung von Job.«

Dmitri wollte Sigo das Handy wegnehmen, aber der sah die Bewegung kommen und hielt das Telefon außer Reichweite.

»Alter, mein Handy fasst du nicht an.«

»Dann mach aus.«

»Okay, aber vorher muss ich noch was machen.« Er wandte sich zu Jonas um. »Wäre es möglich, dass ich ein Foto von uns beiden knipse?«

Jonas war perplex. »Äh, okay.«

Dmitri schüttelte den Kopf. »Das nicht professionell.«

»Alter, Videospiele«, sagte Sigo.

Jonas stellte sich neben Sigo und lächelte in die Handykamera, während Sigo einen Arm um ihn legte und mit der anderen Hand den Auslöser drückte. Es blitzte plötzlich, und Jonas tanzten bunte Flecken vor den Augen.

»War der Blitz wirklich nötig?«

»Das Bild ist für meine Cousine. Die ist gerade in einem Forum, wo sie Ihre Schriften analysieren. Die fällt glatt um, wenn ich ihr das Bild schicke.«

»Aha ... äh, Moment, was?«

»Die ist ein Fan von Ihnen. Sie wird ausflippen!«

»Die machen *was* in dem Forum?«

Sigo stutzte. »Analysieren Ihre Texte. Die Romane. Suchen versteckte Weisheiten und so.«

»Ach du meine Güte!« Jonas rannte ins Arbeitszimmer.

»Was hast du gesagt, dass Reaktion so stark?«

»Keine Ahnung. Spielen wir jetzt weiter, oder was?«

Jonas musste nicht lange suchen, um zu finden, was Sigo angedeutet hatte. Im Internet waren binnen kürzester Zeit etliche Seiten aus dem Boden geschossen, die sich mit seinen Büchern, oder vielmehr denen von Janine Czerny, auseinandersetzten.

»Aus dem Boden geschossen« meine ich natürlich nur im übertragenen Sinn. Mir erscheint das Internet ja eher wie ein Fass *ohne* Boden. Die ganzen Sünden, die täglich wegen des Internets begangen werden, wage ich gar nicht aufzuzählen.

In den Foren beispielsweise blühte der Handel mit Kopien von Jonas' Büchern. Einige der älteren Czerny-Romane waren nicht mehr zu bekommen, und *Der Wind in den Datteln* war zu großen Teilen eingestampft worden. Leute, die Exemplare im Schrank stehen hatten, boten diese zu exorbitanten Preisen an, welche manche Personen durchaus zu zahlen bereit waren. Andere hatten damit begonnen, die Romane abzutippen oder mit Erkennungssoftware einzuscannen, um die Texte Stück für Stück ins Internet zu stellen. Leute lasen und kommentierten zum Teil in Echtzeit und boten ihm einen ganz neuen Einblick in sein Werk. Aber im Gegensatz zu anderen Autoren, die sich in Leserunden mit ihren Fans unterhalten konnten, war er hier nur Zuschauer und musste mit ansehen, wie seine Bücher systematisch missverstanden wurden. Alles hatte plötzlich einen religiösen Unterton bekommen, den er nie beabsichtigt hatte.

Natürlich gab es etliche Personen, die gegen diese Überinterpretation argumentierten, aber deren Kommentare wurden von anderen Nutzern konsequent schlecht bewertet. Nachdem Jonas sich etwas eingelesen und immer mehr die Haare gerauft hatte, erkannte er, dass es sich jedes Mal um dieselben Nutzer handelte, die das Wort an sich rissen und vorgaben, die einzig richtige Interpretation zu liefern. Über ihre Profile, die mit sagenhaft schlechten Zitaten aus seinen Büchern gepflastert waren, gelangte er auf eine Website, die ihn schlichtweg entsetzte.

Die selbsternannten »Zeugen von Jonas« waren überzeugt davon, dass er der wiedergeborene Christus war. Auf ihrer Website wurde ebenfalls über seine Texte diskutiert, dabei aber Bezug auf die Bibel genommen. Jonas, der in seinen Büchern nie eine religiöse Aussage hatte treffen wollen, wurde immer bleicher.

Jahre zuvor hatte er ein Buch mit dem Titel *Leise Töne in der Nacht* geschrieben. Wie Markus schon einmal angedeutet hatte, war der Titel nicht unbedingt glücklich gewählt, da die Assoziationen, die er weckte, nichts mit einer Liebesgeschichte zu tun hatten. Es war eine Janine-Czerny-Schnulze über ein Musikstudentenpärchen, das sich in einer WG kennen- und lieben lernt. Der Mann hat einen Unfall, ausgelöst von der eifersüchtigen Mitbewohnerin der beiden, und verliert dabei beide Arme.

Auf der Website diskutierten die Mitglieder darüber, ob die Tatsache, dass der Mann die Arme und seinen Lebenswillen verliert, aber durch die Liebe und Fürsorge seiner Freundin wieder zum Tubaspielen zurückfindet, ein Gleichnis sei. Die Frau, die ausgerechnet Maria hieß, wurde als Kirche interpretiert und der armlose Tubaspieler als aus der Kirche ausgetretene Menschen.

Sein Buch *Tundra der Lust,* das von einer Linguistik-Studentin handelt, die sich in Sibirien in ihren Hausverwalter verliebt, sahen die »Zeugen von Jonas« als Aufruf zur Rückkehr zu alten Kirchenwerten, weil das Haus irgendwann abbrennt und sie beide in einer Jurte unterkommen müssen. Die Jurte wurde als ursprüngliche und reine Version der Kirche gedeutet. Der erhebliche Anteil an Sexszenen mit sadomasochistischem Einschlag, die Jonas nur eingefügt hatte, weil er glaubte, das Buch ließe sich dadurch besser verkaufen, bot offenbar keinen Anlass zur Interpretation.

Im Grunde wusste er nicht, ob er lachen oder weinen sollte. Ich persönlich habe mich für Ersteres entschieden. Aber ich muss da immer etwas aufpassen, sonst sorgt mein Lachen dafür, dass irgendwo was kaputtgeht. Götterprobleme, ich sage es euch.

Jonas war von den Überlegungen dieser merkwürdigen Gruppe, die behauptete, in seinem Namen zu handeln, überhaupt nicht begeistert. Kurz überlegte er, ob er einen Account anlegen sollte, um mit den Leuten online zu diskutieren, aber zum einen hätte das bedeutet, dass er diesen Verrückten seine E-Mail-Adresse publik machen müsste, und zum anderen, dass er ihnen überhaupt Aufmerksamkeit geschenkt hätte. Er besann sich eines Besseren, zumal er schon Erfahrungen in einschlägigen Internetforen gesammelt hatte, wo über diverse Fan-Fictions von bekannten Buchreihen gepostet wurde. Nach ein, zwei normalen Kommentaren driftete die Diskussion meist in eine Richtung, in der sich unterschiedliche Nutzer der sexuellen Interaktion mit ihren Müttern beschuldigten. Er fand es zwar recht unwahrscheinlich, dass genau das in diesem Forum passieren sollte – die Beschuldigungen, nicht die sexuelle Interaktion –, aber zu einem Äquivalent würde es sicherlich kommen. Grundsätzlich war die Wahrscheinlichkeit, dass es sich bei den Individuen in Internetdiskussionsforen um Menschen mit dem durchschnittlichen Intellekt einer Fruchtfliege handelte, groß.

Er sah eigentlich nur eine Möglichkeit, wie er dem Ganzen einen Riegel vorschieben konnte. Er musste einem der Interviews zustimmen und es nutzen, um Leute wie die »Zeugen von Jonas« zurechtzuweisen.

KAPITEL 12

DER PROPHET IN DER MASKE

Er saß auf dem Stuhl in der Maske, Markus stand neben ihm und brüllte in sein Handy.

»Wenn Sie mit Jonas Carstens sprechen wollen, müssen Sie erst mal mit mir sprechen. Und vor allem nicht in diesem Ton!« Er legte auf.

Jonas, dem gerade von einer kaugummikauenden Endzwanzigerin, die anscheinend hoffte, als Teenager durchzugehen, Make-up ins Gesicht geschmiert wurde, blickte seinen Freund im Spiegel an.

»Nicht bewegen«, sagte die Make-up-Tante in einer gelangweilten Stimme, die an Fingernagel auf Tafel erinnerte.

»Ich habe mich doch gar nicht bewegt. Ich habe nur …«

Die Visagistin unterbrach ihn. »Nicht bewegen.«

Jonas verdrehte die Augen.

»Nicht bewegen.«

Markus raufte sich die Haare. »Und dabei soll man freundlich bleiben.«

Jonas wollte ansetzen, etwas zu sagen, aber die Frau warf ihm einen Blick im Spiegel zu und schüttelte den Kopf.

Dmitri, der an der Wand lehnte und dabei ein wenig den Kopf einziehen musste, fragte, was denn los sei, während Sigo an seinem Handy spielte.

»Seit Jonas seinen Telefonanschluss daheim aus der Wand gezogen hat, rufen mich alle möglichen Leute an, die ihn von mir abwerben wollen. Was ist das denn für eine Art?«

»Vielleicht sind sie besser als du«, sagte Jonas scherzhaft.

»Nicht bewegen«, meinte die Visagistin gelangweilt.

»Herrgott!«

»Fertig«, sagte sie endlich und packte ihre Sachen in die dafür vorgesehenen Koffer und Ablagebereiche am Spiegel.

»Darf ich mich jetzt wieder bewegen?«, fragte Jonas, aber zur Antwort bekam er nur einen gelangweilten Blick und eine wenig enthusiastische Handbewegung, die ihm zeigte, dass er gehen konnte.

»Das Interview hat noch gar nicht angefangen, und ich hab schon miese Laune«, sagte er, während er aufstand und an seinem Anzug zuppelte. »Und dann soll ich auch noch so einen Mist tragen.«

Markus seufzte, Sigo und Dmitri sahen sich einfach nur an.

Ein Regieassistent, der die ganze Zeit an der Tür gewartet hatte, sprach in das Mikro an seinem Headset und bedeutete ihnen, ihm zu folgen. Markus schob Jonas vor sich her, die beiden Bodyguards folgten.

Die ganze Umgebung hatte eher etwas von einer ehemaligen Fabrikhalle als einem Fernsehstudio. Es ging vorbei an kahlen Betonwänden, durch einen kleinen dunklen Tunnel, bis sie sich hinter der Bühne befanden, deren Rückwand sie von den Zuschauern trennte.

Markus bemerkte Jonas' Nervosität. »Du schaffst das schon.«

»Ja«, sagte Jonas geistesabwesend, während er sich eingebildete Schuppen von der Schulter klopfte.

»Alle lieben dich. Sei einfach du selbst.«

»Von wegen, alle lieben mich. Die Make-up-Tante liebt mich nicht. Und diese Leute, die behaupten, ich wäre der Teufel, auch nicht.«

Markus lächelte. »Aber das sind Spinner. Du bist doch nicht der Teufel, oder?«

Dmitri sah ihn merkwürdig an.

»Ich bin nicht der Teufel. Aber ich bin auch nicht der Messias. Insofern ist die eine Gruppe nicht besser als die andere.«

»Zumindest ist die eine Gruppe dir wohlgesinnt.«

»Mal sehen, ob das nach heute Abend auch noch so ist.« Er überprüfte noch einmal den Sitz seines Anzugs. »Warum habe ich eigentlich so ein Ding an? Ich dachte, ich soll mich nicht verstellen.«

»Eine Frage. Was würde Lena vorschlagen, zu so einem Anlass zu tragen?«

Jonas schaute ihn an, seufzte und nickte. Markus lächelte breit.

»Zumindest hast du wieder bessere Laune«, bemerkte Jonas.

Am anderen Ende der Bühnenrückwand beobachtete er den Moderator, der in Kürze das Interview mit ihm führen würde. Er scheuchte ein paar junge Assistentinnen herum und nippte an einem Pappbecher, den er dann halbvoll auf den Boden warf.

»Soll ich den Kaffee etwa heiß trinken, du dumme Kuh?«, blökte er die Frau an, die ihm das Getränk gebracht hatte. Dann sah er zu Jonas herüber und setzte ein gekünsteltes Lächeln auf.

»Warum musste es ausgerechnet dieses Arschloch sein? Es gibt doch so viele Leute im Fernsehen, warum muss mich ausgerechnet der interviewen?«, murmelte Jonas.

»War die Entscheidung des Senders. Die dachten wohl, dass er am besten international zu präsentieren sei.«

Das erinnerte Jonas nur noch mehr daran, dass er in Kürze live vor dem halben Erdball sprechen würde. Sein Magen rotierte um die eigene Achse.

Der Moderator kam schwungvoll angeschritten, was seine blonde Föhnwelle wippen ließ, und streckte schon einen halben Kilometer vorher seinen Arm fürs Händeschütteln aus. Zögernd nahm Jonas die feuchte Hand entgegen und lächelte gezwungen – aber erst, nachdem Markus ihm den Ellbogen in die Seite gerammt hatte.

Anstatt Jonas zu begrüßen, ranzte der Moderator jedoch erst mal den Regieassistenten an, ob er nichts Besseres zu tun habe, als wie Falschgeld herumzustehen. Der junge Mann huschte mit hängendem Kopf davon, und der Moderator widmete sich wieder Jonas.

»Ich freue mich außerordentlich, mit Ihnen zusammenzuarbeiten.« Er schien seine Hand gar nicht mehr loslassen zu wollen.

»Ja, ich kann es auch kaum erwarten, dass das hier vorbei ist«, sagte Jonas unbedacht, aber der Moderator schien ihn gar nicht zu hören.

Markus streckte ebenfalls die Hand aus, wurde aber vollkommen ignoriert.

»Also, wir sehen uns dann gleich nach meiner Anmoderation«, sagte der Fernsehmann, schüttelte Jonas ein letztes Mal die Hand und ging dann so schnell, wie er gekommen war.

»Freundlicher Kerl«, grummelte Markus und ließ die Hand sinken.

»Keine Ahnung, was das war, aber besser fühle ich mich jetzt nicht«, meinte Jonas und beobachtete weiter den Moderator. Der las gerade einer weiteren Assistentin die Leviten, wobei sein Haar verstörend wippte.

Markus legte ihm den Arm um die Schulter. »Du packst das schon.«

Markus' Handy begann zu klingeln mit der Melodie von *This Must Be The Place* von den Talking Heads.

»Stell mal einen anderen Klingelton ein«, sagte Jonas. »Du magst das Lied nicht mal. Das ist da nur drauf, weil es aus *Wall Street* stammt.«

Markus zuckte mit den Schultern und nahm den Anruf entgegen. »Hey, hab mich schon gefragt, ob ihr euch noch meldet. Soll ich euch weiterreichen? Ja, er steht direkt neben mir.«

Jonas schaute skeptisch, als Markus ihm das Handy gab.

»Hallo?«

»Ich hoffe, dass du im Fernsehen nicht irgendeinen Quatsch von dir gibst«, sagte seine Mutter am anderen Ende der Leitung.

Jonas stöhnte und verdrehte die Augen.

»Und hör auf, mit den Augen zu rollen.«

»Hast du nur angerufen, um mich vor dem Auftritt zu nerven, oder wolltest du mir Glück oder so wünschen?«

»Ja, das auch. Aber vor allem wollte ich dir sagen, dass du etwas Nettes über die Kirche von dir geben sollst.«

Jonas stöhnte. »Ich wüsste nicht, warum. Außerdem ist eine Kirchturmspitze auf mich gefallen, falls du dich erinnerst.«

»Was habe ich bei deiner Erziehung nur falsch gemacht?«

»Dafür habe ich jetzt echt keine Zeit, Mutter.« Er hörte irgend-ein Gewurschtel am anderen Ende der Leitung. »Hallo?«, fragte er.

»Jonas? Ich bin's.«

»Lena! Schön, dich zu hören.«

»Deine Mutter schmollt.«

»Dachte ich mir schon. Aber die beruhigt sich wieder. Wie geht es dir?«

»Mir wäre viel wohler, wenn diese ganzen Paparazzi vor der Tür verschwinden würden.«

Jonas seufzte. »Irgendwie vermute ich, dass das nach heute Abend vielleicht nicht besser wird.«

»War das nicht der Grund, das Interview überhaupt zu machen?«

»Das Interview wird quasi weltweit übertragen. Was, meinst du, wird passieren? Plötzlich interessiert sich keiner mehr für mich? Nein, ich hoffe, ich kann ein paar Missverständnisse aufklären. Mehr will ich gar nicht erwarten.«

Nun seufzte Lena. »Also wird unser Haus nie wieder frei von diesen Schmarotzern sein?«

Jonas horchte auf. »Unser Haus?«

»Du weißt, was ich meine.«

»Ich weiß nur, dass ich es gern hätte, wenn du wieder zurück-kommst.«

»Hast du es immer noch nicht verstanden, Jonas? Du sagst das jetzt so einfach, aber ich hatte in den letzten Monaten nicht das Gefühl, dass du es ernst meinst.«

Der Regieassistent, der sich offenbar hinter irgendwelchen Kisten versteckt hatte, gestikulierte ihnen vom anderen Ende des Raums zu, dass sie sich bereithalten sollten. Markus winkte zurück und nickte.

»Was soll das denn heißen?«, sprach Jonas ins Telefon.

»Du warst immer abwesend. Du hast mich zwar zur Kenntnis genommen, aber ich kam mir manchmal vor wie ein Möbelstück.

Und auch jetzt weiß ich nicht, ob du mich nur aus Bequemlichkeit vermisst, weil ich einfach immer da war, oder weil du mich wirklich liebst.«

Markus lehnte sich zu Jonas herüber. »Wir müssen langsam.«

»Aber das tue ich doch!«, rief er ins Telefon und wischte Markus beiseite.

»Dann sag mir das ab und an. Und zeige es auch in deinem Verhalten.«

»Was genau hat dir denn nicht gepasst?«, fragte er, während Markus erneut an seinem Ärmel zupfte.

»Jonas, genau solche Töne sind es, die unsere Beziehung so schwierig bis unmöglich machen. Viel Glück bei deinem Auftritt.«

»Warte doch mal, ich …«, brachte er noch hervor, aber sie hatte schon aufgelegt.

Der Regieassistent fuchtelte jetzt wild mit den Armen, und Markus nahm Jonas am Arm und zog ihn mit sich.

»Du bist jetzt dran«, sagte er. »Geh da rein und mach alle glücklich, dann verdienen wir mit dem Merchandise ein Vermögen.«

»Merchandise?«, fragte Jonas geistig halb abwesend, aber da hatte der Regieassistent ihn schon Markus abgenommen und zum Bühneneingang gezogen. Er wurde am Rand hinter einem Vorhang abgestellt, von wo er auf der Bühne zwei rote Sessel und einen kleinen Tisch sah, auf dem Wassergläser standen. Plötzlich ging das Licht auf der Bühne aus. Er ließ den Blick schweifen. Abseits der Bühne leuchteten die Anzeigen für die Notausgänge, und er konnte die Masse an Leuten erahnen, die dort auf den Rängen saßen und zum Teil Transparente mitgebracht hatten, deren Aufschriften er im Dunkeln aber nicht lesen konnte. Gegenüber, am Rand der Bühne, stand der Moderator und verzog das Gesicht zur Auflockerung zu diversen Fratzen. Jonas fand, dass er dadurch noch bescheuerter aussah.

Ihm selbst wurde immer mulmiger. Und dann trat der Moderator auf die Bühne, wurde von einem grellen Spot begrüßt und begann seine Ansage.

KAPITEL 13

DIE SHOW MUSS WEITERGEHEN

Lena saß mit einigen Wollknäueln und dem Schal, an dem sie bereits seit einem halben Jahr strickte, auf Gudruns Couch und starrte vor sich hin. Sie hatte den Fernseher auf den öffentlich-rechtlichen Sender gestellt, auf dem das Interview ausgestrahlt wurde, und schreckte erst aus ihren Gedanken, als die Melodie der Talkshow, die der blonde Typ moderierte, erklang. Natürlich flog wie immer sein Nachname, der auch der Name der Show war, ins Bild, ehe kurz darauf sein grinsendes Gesicht erschien.

»Geht es los?«, brüllte Gudrun aus der Küche.

»Ja«, rief Lena und stellte den Fernseher lauter.

Gudrun kam mit einer Schale voller Kekse herein und stellte sie auf den Couchtisch. »Ich kann noch gar nicht glauben, dass mein Bengel gleich im Fernsehen ist.«

Lena sagte nichts, schaute nur besorgt auf den Bildschirm, wo der Moderator gerade alle zugeschalteten Länder begrüßte. Es folgte ein Schwenk durchs Publikum, bevor Jonas angekündigt wurde.

»Hoffentlich sagt er nichts Dämliches«, meinte Gudrun und griff nach einem Keks.

»Ja, das hoffe ich auch«, murmelte Lena mehr zu sich selbst.

Jonas kam auf die Bühne. Er hatte einen Anzug an und seine langen Haare zu einem Zopf gebunden. Außerdem war er rasiert, bis auf den Bart um den Mund natürlich.

Ich muss zugeben, dass ich in Jonas wirklich ein ganz besonderes Exemplar eines Propheten gefunden hatte. Er sah mit Abstand am besten aus von all denen, die ich mal für die ein oder andere Aufgabe vorgesehen hatte, aber vor ein paar tausend Jahren war es auch noch nicht so sehr aufs Äußere angekommen. Irgendwie sahen da alle wie Ziegenhirten aus. Oder Tischler. Wenn es da hieß »Zieh dich mal ordentlich für einen Auftritt an«, dann bedeutete das: »Nimm den Kaftan, der am wenigsten dreckig ist.«

»Schick sieht er aus«, sagte Gudrun, »aber ich wünschte, er würde endlich diese Hippie-Haare abschneiden.«

Das Publikum kreischte, als Jonas und der Moderator sich auf der Bühne die Hand gaben. Jonas winkte etwas unbeholfen in die Kamera und zum Publikum, das daraufhin noch mehr johlte. Eine Frau schwenkte ein Banner, auf dem »Heirate mich, Erlöser« stand. Eine andere hatte ein Shirt mit dem Schriftzug »Jonas, ich will ein Kind von dir« an.

Zugegeben, das hatte ich bei anderen Propheten noch nicht gesehen. Einer wurde mal von einer Frau gefragt, ob er am Abend Lust hätte auf einen Spaziergang durch den Olivenhain. Obwohl, wenn ich es mir recht überlege, hatte die Frage einen sehr zweideutigen Unterton gehabt …

Lena bemerkte, dass sich Jonas nicht sehr wohl fühlte. Offenbar war der Stuhl unbequem, denn er rutschte hin und her, und dann erwähnte der Moderator noch einmal, dass die Ausstrahlung weltweit erfolgte.

Das Interview begann zunächst mit eher belanglosen Fragen.

»Wie fühlen Sie sich?«

»Aufgeregt.«

»Ihr erstes Mal im Fernsehen?«

»Ja.«

»Das ist bestimmt sehr aufregend für Sie.«

»Wie ich gerade schon sagte.«

Gudrun verzog das Gesicht und schaute Lena an, die die Stirn runzelte und die Stricknadeln fest umklammert hielt.

Es folgten Fragen über seine Schriftstellerkarriere, seine Bücher, seine Entscheidung, als Janine Czerny zu schreiben statt unter seinem eigenen Namen. Das Publikum begann auf den Sitzen zu rutschen, Jonas hingegen wurde mit jeder blöden Frage ruhiger.

»Aber wollen wir nicht länger um den heißen Brei herumreden«, sagte der Moderator. »Wir sind ja heute hier, weil mit Ihnen etwas ganz Einzigartiges passiert ist, das die Menschen auf der ganzen Welt bewegt hat.«

»Mir ist ein Kirchturm auf den Kopf gefallen«, sagte Jonas, und das Publikum kicherte.

Der Moderator lächelte anbiedernd und rückte näher. »Ich meine die Tatsache, dass Sie das überlebt haben und nun hier bei uns sind.«

»Ich glaube eher, wir sind hier, weil ich das eben nicht überlebt habe und jetzt trotzdem hier sitze.«

»Richtig, richtig«, sagte der Moderator und nestelte an seiner Krawatte herum. »Wie genau kam es zu diesem spektakulären Vorfall?«

»Na ja«, sagte Jonas, »an dem Abend hatte mich gerade meine Freundin verlassen, und ich … »

Das Publikum im Studio machte »Ooooooooooooooooooh«.

Gudrun schaute zu Lena, die ihr Gesicht in den Händen vergrub und »Sie werden mich so hassen« murmelte.

»… und ich versuchte, sie zurückzugewinnen …«

Noch mehr »Ooooooooh« aus dem Publikum.

»… aber das half nichts …«

»Ooooooooooooooh!«

»Und als ich nach Hause fahren wollte, fiel mir dann der halbe Kirchturm auf den Kopf.«

Der Moderator beugte sich vor, die Chance auf einen großen Coup witternd. »Also war Ihre Ex-Freundin schuld daran, dass Sie …«

»Nein, um Himmels willen! Das war nur eine unglückliche Verkettung von Zufällen.«

Das Publikum begann zu murmeln. Auf dem Couchtisch klingelte das Telefon. Gudrun wollte gerade danach greifen, aber Lena war schneller.

Markus war dran. »Soll ich dir vorsichtshalber ein paar Body-guards besorgen?«, fragte er.

»Oh Gott. Meinst du, es wird so schlimm?«

»Er hat sich nicht gerade glücklich ausgedrückt.«

»Ich gebe dem Moderator mehr Schuld als ihm«, sagte Lena.

»Da hast du wohl recht, trotzdem ist es mir sehr wichtig, dich in Sicherheit zu wissen, Lena.«

»Danke, Markus. Oh, es geht weiter!«

Sie legte auf, als der Moderator Jonas fragte, welche Erinnerung er an den Unfall hatte. Jonas antwortete wahrheitsgemäß, dass er sich an nichts erinnern könne, bis er in der Pathologie wieder aufwachte und für einen Nekrophilen gehalten wurde. Das hatte im Publikum sowohl Lacher als auch ein paar entsetzte Gesichter zur Folge.

Dann schilderte er, wie seine Ex-Freundin und seine Mutter ihn zweifelsfrei identifiziert hatten.

»Die Umstände Ihres Todes – und ob das wirklich alles so ge-schehen ist – werden von Zweiflern, besonders im Internet, in Frage gestellt«, sagte der Moderator.

»Kann ich denen nicht verübeln. Wenn es mir nicht selbst pas-siert wäre, würde ich das auch nicht glauben.«

»Aber«, setzte der Moderator nach, »da wäre noch die Tatsache, dass Sie ein blindes Mädchen geheilt haben – ein spektakulärer Vorfall, der sich wissenschaftlich nicht erklären lässt. Sie haben ein Wunder vollbracht! Sind Sie der neue Messias?«

Das Publikum applaudierte. Jonas lächelte verhalten in die Ka-mera, nicht sicher, wie er mit der Situation umgehen sollte.

»Er tut mir so leid«, sagte Lena.

»Ach was, er ist der Sohn Gottes, er schafft das schon«, meinte Gudrun.

»Sohn Gottes?«

»Na, er ist doch offenbar von Gott geschickt.«

»Aber er ist doch der Sohn deines verstorbenen Mannes, oder etwa nicht?«

Gudrun wischte die Bemerkung mit einer Handbewegung beiseite. Lena war sich nicht sicher, was sie von dieser Reaktion halten sollte. So langsam wurde ihr Gudrun doch suspekt.

»Soll das heißen, dass er nicht der Sohn deines Mannes ist?«

»Natürlich ist er das«, sagte Gudrun. »Obwohl … ein kleines Wunder war es schon.«

»Inwiefern?«

»Na ja, Jakob und ich haben nur einmal beieinandergelegen.«

Lena stutzte. »Wie? Ihr hattet nur einmal Sex?«

»Wir hatten doch auch nur ein Kind.«

»Ja, aber … also …«

»Und wir wollten nicht mehr Kinder.«

»Ja, aber … deswegen kann man doch … das heißt doch nicht, dass … also zwischendurch … das hat dein Mann auch so gesehen?«

»Ach, wäre es nach ihm gegangen, hätten wir sicherlich mehr Kinder gehabt. Aber er ist ja dann auch schon sehr früh von uns gegangen. Gott hab ihn selig.«

Im Fernsehen suchte Jonas noch nach einer Antwort. »Ehrlich gesagt, ich weiß nicht so genau, was mit dem blinden Mädchen passiert ist.«

Der Moderator hakte nach. »Sie wurde doch geheilt, oder? Nachweislich war das Kind, bevor Sie es berührt haben, blind. Durch diese Tat hat sich alles geändert! Sie haben damit das Fundament unserer rationalen Gesellschaft erschüttert. Für viele Leute ist seitdem klar: Sie sind der zurückgekehrte Jesus!«

Jonas beugte sich vor. »Also, auch wenn ich das bereits klargestellt habe, ich bin nicht Jesus. Oder sonst irgendwer. Ich bin Jonas Carstens, geboren und aufgewachsen in Berlin. Ich habe nichts mit irgendwelchen Gottheiten oder dem Teufel oder sonst wem zu tun. Ich kann mit diesem ganzen Kirchenkram nichts anfangen.«

Gemurmel im Publikum.

Gudrun schnaubte und verschränkte die Arme vor der Brust. Lena schaute gebannt auf den Bildschirm.

Jonas hob beschwichtigend die Hände. »Vielleicht darf ich das etwas näher erläutern«, sagte er, und das allgemeine Tuscheln im Publikum ebbte ab.

»Ich weiß wirklich nicht, was mit mir passiert ist und warum. Es hat keine göttliche Stimme zu mir gesprochen, die mir gesagt hat, was zu tun ist.«

»Hatten Sie vielleicht einen Traum, der Ihnen auf kryptische Art und Weise etwas sagen wollte? Meinen Sie, Gott spricht auf andere Weise zu Ihnen als bei Moses und dem brennenden Busch?«

Jonas sah den Moderator an, als hätte er einen betrunkenen Landschaftsgärtner vor sich, der gerade versuchte, einem bengalischen Tiger einen Zungenkuss zu geben.

Wundert euch nicht über den Vergleich. Ich habe schon mal einen betrunkenen Landschaftsgärtner gesehen, der versucht hat, einem bengalischen Tiger einen Zungenkuss zu geben, und mein Gesichtsausdruck war exakt derselbe wie der von Jonas gerade. Der Gesichtsausdruck des Tigers war lustiger, der des Landschaftsgärtners danach nicht mehr definierbar.

Jonas schüttelte den Kopf. »Nein, ich hatte keinen kryptischen Traum. Alles, was ich sagen will, ist: Seht mich nicht als den Heiland oder den großen Problemlöser. Das kann ich nicht leisten. Ich kann noch nicht einmal alle auf der Welt heilen, denn offenbar muss ich dafür die Leute anfassen.«

Da hat er recht. Das habe ich extra so eingerichtet. Die Leute sollen ja auch hören, was er zu sagen hat. So ein kollektives »Ihr seid alle geheilt«, und dann sind alle geheilt, wäre wenig zielführend, finde ich. Plötzlich wären irgendwelche Leute, die gar nicht mitbekommen haben, dass er sie heilen will, geheilt und würden sagen »Oh, mein Klumpfuß ist plötzlich in Ordnung, das ist ja ein Ding!«. So weit kommt es noch.

»Darum ist es mir auch nicht möglich, jeden zu heilen, der das vielleicht möchte. Und es nützt auch nichts, wenn sich die Leute vor meinem Haus versammeln. Ich kann nicht allen helfen, aber es gibt

Leute, die ihr Bestes geben, das zu tun. Die machen das beruflich. Ich spreche von Ärzten, Krankenschwestern und Pflegern. Also wenn ihr ernsthafte medizinische Probleme habt, wendet euch an die Allgemeinärzte, Krankenhäuser, was auch immer. Lasst euch helfen und vertraut nicht darauf, dass irgendwer nur die Hand auflegt und alles wieder gut ist.«

»Aber Ärzte vollbringen keine Wunder – wie Sie es tun!«

Das Publikum sprang auf die Worte des Moderators an und applaudierte. Jonas sah ihn wortlos an. Er hatte das Gefühl, hier nur der Stichwortgeber zu sein.

»Sind Sie der Meinung«, fuhr der Moderator fort, »dass die Menschen, die versuchen, aus Ihren Büchern Regeln für ihr Leben abzuleiten, von den etablierten Kirchen enttäuscht sind?«

»Ganz ehrlich, ich weiß es nicht. Eigentlich hatte ich ja immer den Eindruck, dass gar nicht mehr so viele Leute religiös sind, aber dann ist irgendwo ein evangelischer Kirchentag oder der Papst kommt, und plötzlich scheint alle Welt irgendeinem Glauben anzuhängen. Selbst im Fernsehen gibt es Sender, die sich nur mit Religion beschäftigen. Von den ganzen Fanatikern in Nahost und in den USA will ich gar nicht reden. Inwiefern man da von Desillusionierung sprechen kann, weiß ich nicht. Auf jeden Fall habe ich den Eindruck, dass die Leute jemanden haben wollen, zu dem sie aufschauen können und der sie, wie auch immer, leitet. Und nun scheint es so, als hätten sie sich dafür mich ausgesucht.«

»Und Sie möchten gar kein spiritueller Führer sein?«

Jonas lächelte. »Nein, das will ich nicht. Als spiritueller Führer wird man schnell missverstanden, und am Ende fliegt einem der ganze Mist um die Ohren. Außerdem benutzen Leute Religion gern als Mittel zur Unterdrückung und Durchsetzung ihrer eigenen Agenda. Ich habe so etwas nicht vor. Die Interpretationen meiner Bücher, die durchs Netz schwirren, sind haarsträubend. Ich distanziere mich ausdrücklich davon. Alles, was ich mit den Romanen machen wollte, war unterhalten. Nicht mehr und nicht weniger.«

»Aber wäre es denn so schlimm, wenn die Leute daraus etwas Gutes für sich entnehmen könnten?«

»Nur leider tun sie das ja nicht. Stattdessen interpretieren sie es als ›Kehrt zur Kirche zurück‹ oder ›Frauen an den Herd‹. Es werden einfach Deutungen herbeigeredet, die nie meine Intention waren. Ganz abgesehen davon, dass sie rückständig und sexistisch sind. Ich meine, ›Frauen an den Herd‹? Die haben noch nie etwas von meiner Mutter gekostet.«

Das Publikum lachte, während Gudrun zu Hause die Augen aufriss.

»Aber Sie müssen doch zugeben, dass Gott sicher irgendetwas gewollt hat, als er Sie dazu auserkoren hat, wiederaufzuerstehen.«

Jonas runzelte die Stirn. »Was genau möchten Sie jetzt hören? Ich habe doch bereits gesagt, dass ich keine Nachrichten von Gott oder einer anderen Entität bekommen habe. Dass ich von Gott wiedererweckt wurde, interpretieren nur Sie und einige andere so. Vielleicht waren es ja auch Aliens. Wer weiß?«

»Sie meinen, Sie haben eine Nachricht von Außerirdischen für uns?«

Jonas rollte mit den Augen. In Großaufnahme. »Nein. Ich kann nur wiederholen, dass ich nicht weiß, was geschehen ist. Sie sind ja offenbar religiös …«

»Selbstverständlich«, antwortete der Moderator.

»Warum selbst- … egal. Ich vermute, Sie gehören einer christlichen Kirche an.«

»Ja, natürlich.«

»Was glauben Sie? Bin ich von Gott geschickt worden? Und wenn ja, würden Sie dann auf das hören, was ich Ihnen sage?«

Der Moderator schaute nervös in die Kamera und schien auf Anweisungen seines Regisseurs zu warten. Aber der – und auch die anderen Mitarbeiter – waren zu sehr damit beschäftigt, fasziniert auf die Bildschirme zu starren. Nach einer kleinen Unendlichkeit nickte der Moderator.

»Sie halten mich also für den wiedergeborenen Christus?«, fragte Jonas.

Der Moderator nickte wieder unbestimmt, was ein halbes Ja oder auch ein halbes Nein bedeuten konnte. Im Publikum war es mucksmäuschenstill. Und ihr könnt mir glauben, dass es auch überall sonst so war, denn wem könnt ihr schon glauben, wenn nicht mir.

Lena krallte sich weiter an ihren Stricknadeln fest, Gudrun saß vornübergebeugt auf der Kante der Couch. Jonas sah nervös aus, aber Lena wusste, dass ihm etwas auf der Seele brannte, was er loswerden musste.

»Wenn ich Ihnen also sagen würde, dass Sie ein Arschloch sind, würden Sie mir glauben, oder? Denn genau das sind Sie nämlich«, meinte Jonas.

Das Publikum, die Kameraleute, die Leute vor den Fernsehern, Gudrun und Lena zogen gleichermaßen zischend die Luft ein.

Der Moderator sank immer mehr in seinem Sessel zusammen. Der Seitenblick in die Kamera und hoch zur Regie half ihm nicht. Er schaute Jonas an und nickte.

»Nun, da Sie mir offenbar glauben, was meinen Sie, wie Sie nun weiter vorgehen sollten?«

»Mich bei Ihnen entschuldigen?«, fragte der Moderator.

»Bei mir?« Jonas schüttelte den Kopf. »Nein, aber bei denjenigen, denen gegenüber Sie sich wie ein Arschloch verhalten haben. Wie zum Beispiel bei den beiden Assistenten, die Sie vorhin hinter der Bühne beschimpft haben.«

Der Moderator lächelte nervös und fasste sich an den Knopf im Ohr, durch den er gerade Regieanweisungen bekam.

»Hiermit«, sagte er in die Kamera, »entschuldige ich mich bei den Assistenten, die ich vorhin gekränkt haben könnte.«

»Herrgott!«, sagte Jonas und hätte sich kurz darauf am liebsten selbst auf den Mund gehauen. »Muss ich Sie erst anfassen und von Ihrem Arschloch-Dasein befreien?« Er beugte sich vor, nahm eine Hand des Moderators und sagte: »Du bist geheilt!« Danach warf er theatralisch die Arme in die Höhe, was vielleicht etwas zu viel Show war.

Kurz darauf stand der Moderator auf, sagte »Entschuldigen Sie mich bitte« in die Kamera, ging hinter die Bühne und kam nicht mehr zurück.

Im Zuschauerraum erhob sich Gemurmel.

Jonas saß auf seinem Sessel und schaute dem Moderator hinterher, bis er bemerkte, dass nun wirklich alle Kameras auf ihn gerichtet waren. Er lächelte verlegen. »Ich, äh, nun ... vielleicht mache ich einfach allein weiter.«

Das Publikum klatschte.

Im Gudruns Wohnzimmer hielten die beiden Frauen sich vor Schreck die Hände vor den Mund.

Jonas drehte seinen Sessel herum, um frontal zum Publikum zu sitzen, und die Kameraleute versuchten, sich dementsprechend neu auszurichten. Er nutzte die Gelegenheit, seine Krawatte ein Stück weit zu lockern, bevor er direkt in die Kamera sprach.

»Für alle die, die wirklich nach so etwas wie Rat oder einem Leitfaden für ihr Leben suchen und dabei aus unerfindlichen Gründen auf mich hören wollen, habe ich nur wenige Worte. Dabei verstehe ich wirklich nicht, warum man auf mich hören sollte, denn ich habe in meinem Leben selbst genug Fehler gemacht. Deswegen möchte auch ich mich öffentlich bei allen entschuldigen, denen gegenüber ich mich scheiße verhalten habe.«

»Entschuldigung angenommen«, sagte Gudrun in den Fernseher. Lena schaute sie skeptisch von der Seite an.

»Allen würde es viel besser gehen, wenn sie sich an die goldene Regel halten würden, an diese jahrtausendealte Regel, die auch in fast allen Weltreligionen vorkommt, die nur alle immer zu überlesen scheinen. Man braucht keine Zehn Gebote, man braucht keine Bibel, man braucht keinen Koran, keine Thora, kein altes Schriftstück, das einem sagt, wie man sich zu verhalten hat. Es gibt nur eine Regel ...« Er blickte direkt in die Kamera, die seinen ernsten

Blick in Haushalte weltweit übertrug. Das Publikum schwieg ehrfürchtig und voller Spannung. Auch Lena und Gudrun beugten sich nach vorn in der Erwartung, was nun kommen würde.

»Sei kein Arschloch.«

Im Zuschauerraum und hinter der Bühne war es immer noch totenstill. Das rote Licht der Kamera direkt vor ihm mahnte ihn, dass er immer noch auf Sendung war. Und die Stille, die sich um den Erdball ausgebreitet hatte, schien jetzt bedenklich nah daran, peinlich zu werden.

»Und ich selbst werde den ersten Schritt tun, kein Arschloch mehr zu sein, und möchte deswegen vor allen Leuten sagen: Ich liebe dich, Lena Zimmermann.«

KAPITEL 14

DAS WORT GOTTES II

Schon faszinierend, wie ich mich als Gott mehrere Jahrhunderte – ach was, Jahrtausende – gequält habe, um den Leuten beizubringen, wie man sich als Mensch ordentlich verhalten soll, und dann kommt Jonas daher, gibt drei Worte von sich und hat damit im Grunde alles gesagt.

Der Sinn hinter den Worten war ja wirklich nicht neu. Es gab Sprichworte, die im Grunde dasselbe aussagten. Der große deutsche Denker Kant hatte in seinem kategorischen Imperativ bereits Ähnliches gesagt. *Handle nur nach derjenigen Maxime, durch die du zugleich wollen kannst, dass sie ein allgemeines Gesetz werde.* Und Kant hatte ich nicht erst von den Toten auferwecken müssen. Trotzdem hatte er eine Tendenz dazu, sich undeutlich auszudrücken. Ich meine, er hat im achtzehnten Jahrhundert gelebt. Hätte man einen Bauer auf der Straße gefragt, was Kant damit aussagen wollte, hätte der nur mit »Häh?« geantwortet.

Apropos Kant: Der hat noch andere schöne Bonmots von sich gegeben. Zum Beispiel: *Alles, was außer dem guten Lebenswandel der Mensch noch zu thun können vermeint, um Gott wohlgefällig zu werden, ist bloßer Religionswahn und Afterdienst Gottes.*

Nein, damit ist nicht gemeint, dass mir fromme Leute in den Hintern kriechen, auch wenn die Vermutung naheliegt. Dieser Satz sagt im Grunde nichts anderes aus als: Sei einfach ein guter Mensch, du musst deswegen nicht extra zur Kirche rennen. Wie ich schon sagte, der Kant hätte ruhig etwas deutlicher werden können.

So wie Jonas.

Als er nun seine Worte im Fernsehen sprach, wurde einer breiten Masse schlagartig bewusst, wie man sich ordentlich verhalten sollte.

Eben nicht wie ein Arschloch. Was bis zu einem gewissen Grad die Arbeit von Politikern, Anwälten, Lobbyisten, Versicherungsvertretern und Schaffnern bei der Deutschen Bahn erheblich erschwerte.

Selbstverständlich gab es nun auch im Internet jede Menge Diskussionen. Ach, was rede ich, eigentlich in allen Medien. Generell überall und allerorten. Später wurden ganze Bücher und Doktorarbeiten darüber geschrieben, wie man die drei Worte auslegen könnte und wie genau ein »Arschloch« zu definieren sei. Aber zumindest hat deswegen keiner einen Krieg angefangen, wie es sonst in der Historie so oft der Fall war.

»Gott hat gesagt, dass das mein Land ist!«

»Nein, Gott hat gesagt, dass ich hier siedeln darf!«

Und schon wird rumgeheult, geweint, gemeckert, geschimpft und sich dann mit Steinen der Kopf eingeschlagen – anstatt zusammenzuarbeiten und sich um das Land zu kümmern, denn immerhin handelte es sich dabei fast immer um eine Wüste!

Menschen und ihre Ansichten. Manchmal frage ich mich, von wem sie das haben. War wohl ein schlechter Haufen Lehm an dem Tag.

Aber vermutlich wollt ihr gar nicht, dass ich euch derartig mit meinen Geschichten langweile. Euch interessiert nur, wie es mit Jonas und Lena weiterging, oder? Diese »Glücklich bis an ihr Lebensende«-Nummer wie in den Disney-Filmen. Und am Ende wird geheiratet, getanzt und gesungen, und dann gibt es einen Oscar für den besten Song.

Bullshit!

Ja, ich, GOTT, habe Bullshit gesagt. Kommt drüber hinweg.

Wenn ihr die Nachrichten verfolgt hättet, dann wüsstet ihr ja bereits, was mit Jonas und Lena passiert ist. Jedenfalls die offizielle Version.

Jetzt hätte ich mich doch fast verplappert. Spoiler-Alarm nennt man das wohl.

Darth ist Lukes Vater!

Bruce Willis war die ganze Zeit tot!

Soylent Green ist Menschenfleisch!

Snape tötet Dumbledore!

Island wird Fußballweltmeister 2042!

Ich sollte mich etwas bremsen. Jetzt führe ich mich ja selbst schon wie ein Arschloch auf. Andererseits bin ich Gott und kann mir das erlauben.

Alles, was ich damit zum Ausdruck bringen wollte: Propheten haben meistens eine extrem niedrige Lebenserwartung, weil es immer wieder jemanden gibt, der meint, dass seine Ansichten noch etwas korrekter sind. Man braucht sich ja nur mal alle bisherigen Propheten oder die, die sich selbst so nannten, anzusehen. Die bekanntesten waren wohl Johannes der Täufer – Kopf ab – und dieser Typ, der sich Jeschua nannte.

Jesus halt.

Was mit dem passiert ist, brauche ich wohl nicht zu erwähnen.

Auf jeden Fall sollte wohl klar sein, dass selbst so einfache Worte wie »Sei kein Arschloch« nicht überall auf Gegenliebe stoßen. Und das sollten Jonas und seine Gefährten bald erfahren.

KAPITEL 15

SEI KEIN ARSCHLOCH

Lena saß mit offenem Mund vor dem Fernseher. Der Großteil der Weltbevölkerung hatte einen ähnlichen Gesichtsausdruck, allerdings rührte der weniger von der Tatsache, dass ihnen gerade jemand seine Liebe gestanden hatte, als daher, dass keiner eine rechte Ahnung hatte, wer zum Teufel diese Lena Zimmermann war.

Gudrun hatte aufgehört, eingeschnappt zu schauen, und lächelte Lena mit einem seligen Gesichtsausdruck an, als wäre alles auf der Welt plötzlich tuffig und super. Sie griff nach Lenas Händen und tätschelte sie.

»Siehst du, es wird doch wieder alles gut.«

Aber Lena hatte daran so ihre Zweifel. Sicher, Jonas hatte ihr endlich seine Liebe gestanden, was nach mehreren Jahren Beziehung und einem gemeinsamen Hausstand eigentlich selbstverständlich sein sollte, aber dummerweise hatte er es beim vermutlich größten Fernseh-Event der Geschichte getan. Was die Sache irgendwie süß machte, aber eben auch unangenehm. Um nicht zu sagen peinlich.

Aber der Schock darüber, was das eventuell für sie bedeuten könnte, trat in den Hintergrund, als die Freude über das Liebesgeständnis über sie hinwegschwappte. Sie fand sich sogar kurz darauf in einer Umarmung mit Gudrun wieder, von der sie sich in den letzten Tagen zusehends entfremdet hatte.

»Irgendwann ist er auch so weit, dich zu fragen, ob du ihn heiraten willst, Liebes«, sagte Gudrun.

Während Lena noch darüber nachdachte, ob sie überhaupt heiraten wollte, klopfte es an der Tür. Dann wurde geklingelt. Und wieder geklopft.

Die beiden Frauen wagten sich vor und schauten durch den Türspion, nur um dort eine Masse von Reportern zu entdecken.

Einer der Journalisten bemerkte, dass ein Schatten durch das Okular des Spions huschte. »Frau Carstens, Frau Carstens! Ist die Frau, die bei Ihnen ist, Frau Zimmermann?«

Gudrun starrte Lena an. Die war in Schockstarre verfallen und hatte die Augen weit aufgerissen.

Es hatte begonnen.

***

Markus hatte während Jonas' letzter Worte wieder das Kribbeln im Nacken gespürt. »Sei kein Arschloch« war etwas, das er vermarkten konnte. Ein Spruch, den er auf Kaffeetassen und T-Shirts drucken konnte, um damit Geld zu machen. Allerdings war ihm auch klar, dass er diesen Spruch kaum patentieren lassen konnte, insofern musste noch irgendwas her, was speziell auf Jonas zugeschnitten war und von keinem anderen kopiert werden konnte. Er hatte da auch schon eine Idee …

Als Jonas von der Bühne kam, grinste ihn Markus bis über beide Ohren an, die Daumen in die Höhe gereckt. Der russische Bodyguard verzog nur den Mund und nickte anerkennend, als er sich zu Jonas gesellte. Sigo, der andere Bodyguard, war hingegen so in sein Handy vertieft, dass Markus ihm erst in die Rippen stoßen musste, damit er reagierte.

Sie begleiteten Jonas bis zur geparkten Limousine. Auf dem Weg dahin trafen sie die Assistentin, die der Moderator wegen des Kaffees angeranzt hatte. Sie bedankte sich herzlich bei Jonas und wünschte ihm viel Glück mit Lena, auch wenn sie etwas enttäuscht aussah und wohl bedauerte, nicht selbst Lena zu sein. Markus nutzte die Gunst der Stunde und schwatzte ihr ihre Telefonnummer ab in der Hoffnung, dass sie sich vielleicht auch mit einem guten Freund des großen Jonas einlassen würde.

Auch der Regieassistent bedankte sich überschwänglich und meinte, der Moderator sei, nachdem er sich entschuldigt hatte, wortlos gegangen. Keiner wisse, wohin. Jonas sah daraufhin etwas besorgt aus, aber Markus beruhigte ihn, dass der Mann sich schon irgendwann wieder einfinden würde.

Als sie beim Auto angekommen waren, verfrachtete Markus Jonas und die Bodyguards hinein. Er gab ihnen den Auftrag, Jonas nach Hause zu bringen, und entschuldigte sich, weil er noch ein paar Sachen zu regeln hatte.

Sobald das Auto durch das Tor der Studios und die wartende Menschenmenge gefahren war, hatte Markus sein Handy am Ohr und sprach mit diversen Firmen, deren Bekanntschaft er in den letzten Tagen gemacht hatte. Schon bald würde er eine ganze Armee von Leuten beschäftigen, die diversen Kram herstellten. Und er würde im Geld schwimmen.

Es hatte begonnen.

***

Jonas war einfach nur froh, wieder im Auto zu sitzen. Der ganze Fernsehauftritt war in seinem Kopf nichts mehr als ein merkwürdiger Nebel, der sich langsam lichtete. Obwohl ihm die Bodyguards gegenübersaßen, fühlte er sich einsam und leer.

Ihm ging nur noch im Kopf herum, dass er Lena brauchte. Um das Ganze durchzustehen. Um jemanden an seiner Seite zu haben. Um wieder normal leben zu können. Aber dann wurde ihm klar, dass sein Leben nie wieder normal sein würde.

»Fahrer!«, rief er, aber die Scheibe, die den Innenraum der Limousine vom Fahrerraum trennte, blieb oben. Dmitri saß ganz ruhig da, hob einen seiner massigen Arme und klopfte ganz sachte an das Fenster hinter sich.

Die Scheibe senkte sich, und Jonas nickte Dmitri zum Dank zu. Der Fahrer schaute in den Rückspiegel.

»Könnten Sie nach Haselhorst fahren?«, fragte Jonas.

»Herr Rudzinski hat mir klare Anweisungen gegeben, Sie nach Hause zu bringen«, sagte der Fahrer.

Jonas legte die Stirn in Falten. »Herr Rudzinski ist aber nicht hier. Und ich möchte gern nach Haselhorst, weil ich dort noch etwas holen muss, ohne das ich nicht mehr sein kann.«

»Aber …«, kam es von vorn.

Dmitri wandte sich zu ihm um. »Mann bezahlt dich. Du machst, was Mann sagt.«

Der Fahrer zuckte mit den Schultern, nickte und fuhr die Scheibe wieder nach oben.

Jonas nickte erneut zum Dank, aber Dmitri winkte ab. »Ist kein Problem.«

***

Lena hatte seit dem Vorfall mit den Journalisten an der Tür die Stricknadeln nicht mehr weggelegt. Normalerweise entspannte sie das Stricken, aber jetzt fuhr sie fahrig mit den Nadeln herum und hätte fast den überlangen Schal zerstört, an dem sie arbeitete.

Gudrun hatte immer wieder auf sie eingeredet und verstand immer noch nicht so richtig, warum sie sich so aufregte.

»Kleines, wenn er dich liebt, werden dich auch alle anderen lieben.«

Lena strickte weiter, die Nadeln klackten aneinander. »Eben nicht. Du hast doch die Frauen im Fernsehen mit den Schildern ›Ich will ein Kind von dir‹ und so weiter gesehen. Die werden einfach nur eifersüchtig sein und mich dafür hassen, dass ich mit Jonas zusammen bin.«

»Wenn ihr erst mal verheiratet seid …«

»Wer redet denn von Heirat?«

»Aber ich dachte, ihr …«

Lena winkte ab, und Gudrun verzog das Gesicht.

Durch die Wohnungstür hörten sie, dass das Gemurmel der Paparazzi draußen plötzlich anschwoll. Getrappel, Klicken von Fotoapparaten …

Die beiden sahen sich an und fragten sich, was da los war. Dann wurde die Tür aufgeschlossen.

Jonas stolperte herein und knallte die Tür hinter sich zu. Lena und Gudrun konnten gerade noch einen Blick auf die zwei großen Bodyguards werfen, die sich direkt davor aufgebaut hatten und die Paparazzi davon abhielten, einen Blick in die Wohnung zu werfen.

»Jonas?«, fragte Gudrun.

»Mutter«, sagte er.

»Jonas?«, fragte Lena

»Lena.«

»Jonas?«, fragte Gudrun erneut.

»Wollen wir jetzt die Nacht damit verbringen, uns gegenseitig beim Namen zu nennen?« Jonas ging zielstrebig auf Lena zu, die ihre Stricknadeln umklammert hielt.

»Vorhin im Fernsehen …«, sagte sie.

»Ja, ich weiß.« Jonas gab ihr einen dicken Kuss auf die Lippen.

Zunächst schien sie den Kuss zu genießen, aber nach ein paar Sekunden schob sie ihn weg. »Weißt du überhaupt, was du da getan hast?«, fragte sie.

Jonas war perplex. »Ich dachte, ich hätte unmissverständlich klargemacht, dass ich dich liebe.«

»Ja, das ist ja auch ganz süß von dir, aber du hast meinen Namen vor der ganzen Welt hinausposaunt.«

»Ja?«, fragte er vorsichtig.

»Nun werden sich sämtliche Journalisten, Paparazzi … Freaks auf mich stürzen!«, stotterte sie.

Jonas schaute sie mit gerunzelter Stirn an und bewegte sich zur Couch, um sich hinzusetzen. Gudrun und Lena folgten ihm und nahmen ebenfalls Platz. Lena griff nach ihren Stricknadeln, als müsste sie sich daran festhalten.

»Also, lass mich das noch mal zusammenfassen«, sagte Jonas. »Du verlässt mich, weil ich dir nicht oft genug gesagt habe, dass ich dich liebe. Dann sterbe ich, werde wieder lebendig, sage, dass ich dich liebe, aber es reicht nicht. Daraufhin gehe ich ins Fernsehen, in die größte Live-Übertragung, die wohl jemals in der Geschichte der Menschheit stattgefunden hat, und sage erneut, dass ich dich liebe. Vor allen Menschen auf der Welt. Und du willst mir jetzt sagen, dass es immer noch nicht reicht?«

»So meinte ich das gar nicht«, sagte sie.

»Na, wie denn dann?«, fragte er etwas gereizt.

Lena seufzte. »Ich … ich habe einfach nur Angst.«

»Wovor denn?«

»Als eine dieser Beziehungen in den schmierigen Zeitschriften zu enden, die über Berühmtheiten herziehen. Oder als Freundin des wiederauferstandenen Christus, die von jeder Frau auf der Welt gehasst wird. Oder als eine Person, die nicht gut genug für dich ist. Als die Person, die du als nicht gut genug für dich empfindest.«

Jonas entspannte sich und nahm Lenas Hand. »Wenn mir eines seit meinem Tod klar geworden ist, Lena, dann ist es, dass ich dich an meiner Seite brauche und nicht ohne dich leben kann. Ohne dich ist unser Haus nicht mein Zuhause. Ohne dich schlafe ich heut Nacht nicht ein. Ohne dich fahre ich heut Nacht nicht heim. Ohne dich …«

»Also, bis zu dem Moment, wo du angefangen hast, den Song der Münchener Freiheit zu zitieren, war das geradezu romantisch«, sagte sie und musste lächeln.

»Entschuldige, das ist mir einfach so rausgerutscht.«

»Du bist ein Idiot«, sagte Lena, und eine kleine Träne rollte ihr über die Wange. Aber sie lächelte dabei. Dann stürzte sie sich auf ihn und küsste ihn filmreif.

Der Kuss hörte fast gar nicht mehr auf. Sie lag halb auf ihm, und sie umarmten sich so, als würden sie sich nie wieder loslassen wollen.

Dann räusperte sich Gudrun. »Also, heißt das jetzt, dass ihr heiraten wollt oder nicht?«

KAPITEL 16

PRIVATSPHÄRE FÜR WIEDERAUFERSTANDENE

Lena packte ihre Sachen und verabschiedete sich von Gudrun, die sie noch einmal darauf hinwies, dass vorehelicher Sex eine Sünde sei.

Jonas und Lena zogen schnell von dannen, wobei sich Lena unter einem großen Mantel versteckte. Wirklich bereit, sich der Öffentlichkeit zu stellen, war sie noch nicht, und die Bodyguards versuchten, sie, so gut es ging, abzuschirmen, als sie zur Limousine liefen und schließlich nach Hause fuhren.

Die Fans oder Jünger oder Anhänger, oder wie man sie bezeichnen mochte, die sich vor Jonas' Haus aufhielten, jubelten, als er mit der immer noch verdeckten Lena ausstieg und zum Eingang ging. Jonas meinte hier und dort enttäuschte Gesichter zu sehen, aber die Energie, die sich von der Menge auf ihn übertrug, war überwiegend positiv. Aber selbst wenn ihn alle ausgebuht hätten, hätte er sich großartig gefühlt, denn jetzt war Lena an seiner Seite. Nur die Gruppe, die wieder – oder immer noch – ihr *Kumbaya* sang, ging ihm mittlerweile wirklich auf den Geist.

Sie brachten ihre Sachen hoch ins Schlafzimmer, und die Bodyguards verabschiedeten sich, um es sich im Gästezimmer gemütlich zu machen. Dmitri sagte Jonas, dass einer von ihnen unten über Nacht Wache halten würde, und Jonas erklärte ihm noch mal, wie man Fernseher und Spielkonsole einschaltete. Da es bereits mitten in der Nacht war, gingen Lena und Jonas zu Bett. Er ließ es sich nicht nehmen, Lena beim Ausziehen zu beobachten.

»Starrst du mir jetzt auf meinen Cellulite-Hintern?«, fragte sie amüsiert.

»Cellulite hin oder her, ich mag deinen Hintern.«

»Die richtige Antwort wäre ›Schatz, du hast doch keine Cellulite‹ gewesen.«

»Aber dann hätte ich ja lügen müssen, und ich wollte doch kein Arschloch mehr sein.«

»Ich glaube, dass du da vielleicht doch noch mal an der Kernaussage deiner Religion schrauben musst.«

»Du meinst, dass die Regeln in Bezug auf Cellulite-Hintern nicht klar genug definiert sind?«

Lena hatte bloß noch ihren Slip an und ließ sich neben ihn aufs Bett fallen. »Ich meine, dass die Aussage ›Sei kein Arschloch‹ ja durchaus nett ist, aber noch zu viel Spielraum lässt.« Sie wühlte sich unter die Bettdecke.

»Ich weiß nicht. Ich glaube, ich finde es gut so«, sagte er.

Lena hatte ihre Hand mittlerweile an seinem Bein nach oben bewegt und war nun in seinem Schritt angelangt.

»Du meinst, du findest das gut?«, fragte sie provokativ.

»Ich hab zwar nicht *davon* gesprochen, aber auch das finde ich gut.«

Sie küssten sich, bis Lena den Kuss löste. »Ich fühle mich etwas merkwürdig mit den Bodyguards im Haus.«

»Hast du Angst, sie könnten uns hören?«

»Na ja, es ist halt komisch, mit wildfremden Menschen im Haus Sex zu haben.«

»Du hast ja nicht mit ihnen Sex, sondern mit mir«, sagte Jonas.

»Haarspalter.«

»Dann darfst du eben nicht so laut sein«, sagte er mit einem Grinsen auf dem Gesicht.

»Das kann ich nicht garantieren. Ich hab ja noch nie mit einem Gott geschlafen.«

»Oder einem Zombie. Die genaue Definition steht noch aus. Zumindest kannst du froh sein, dass ich nicht plötzlich eine griechische Gottheit bin. Dann hätte ich mich vorher in irgendein Tier verwandelt.«

Lena verzog das Gesicht.

»Okay, ich merke schon. Das hilft nicht, die Stimmung zu heben.«

Lena schüttelte den Kopf.

»Aber es setzt mich schon ein wenig unter Druck, dass du mich als Gott bezeichnest. Nicht, dass du jetzt irgendwas erwartest, was ich dir nicht bieten kann.«

Lena lächelte. »Ach, ich habe schon gemerkt, dass dein kleiner Freund hier seit der Wiedererweckung größer geworden ist.«

»Ernsthaft?«

Lena verdrehte die Augen. »Quatschkopp.«

Jonas seufzte. »Irgendeinen Vorteil hätte ich davon ja schon gern gehabt.«

»Du meinst, abgesehen davon, wieder zu leben?«

»Wenn du das so ausdrücken willst …«

Sie küssten sich erneut.

»Warum hast du eigentlich das blöde T-Shirt angezogen?«, fragte sie und zog es ihm über den Kopf.

»Na ja, ich konnte ja nicht ahnen …«

»… dass ich mit dir Sex haben will?«

»Immerhin hat meine Mutter ja noch einmal darauf hingewiesen, dass es eine Sünde ist.«

»Deine Mutter ist mir ganz schön auf die Nerven gegangen. Müssen wir uns jetzt wirklich gerade über sie unterhalten?«

Jonas zog eine Augenbraue hoch. »Nein, absolut nein.«

Sie küssten sich erneut, und Lena schwang sich auf ihn.

»Das, was ich will, bist du«, hauchte sie.

Jonas lachte.

»Tut mir leid. Seitdem du diesen blöden Liedtext vorhin zitiert hast, habe ich diesen verdammten Ohrwurm. Man sollte meinen, dass du als Schriftsteller auf etwas Romantischeres hättest kommen können.«

»Besser gut geklaut als schlecht selbst geschrieben.«

»Besser selbst gut geschrieben als geklaut.«

Jonas seufzte. »Werden sie in der Nacht noch Sex haben oder nicht? Die Auflösung erfahren Sie nächste Woche, wenn es wieder heißt ...«

»Halt die Klappe«, sagte Lena, küsste ihn und schaltete das Licht aus.

***

Sie lagen eng umschlungen da, als das einfallende Morgenlicht Jonas weckte. Er gab ihr einen Kuss und ging ins Bad.

Zwanzig Minuten später standen sie in der Küche und machten Frühstück, wobei Jonas sich von den Fenstern fernhielt. Lena hingegen schaute heraus. Ganz leise drang *Kumbaya My Lord* durch die Ritzen.

»Lass mich raten, es sind nicht weniger Leute geworden«, sagte Jonas.

»Nein. Aber jetzt haben sie Plakate, auf denen ›Sei kein Arschloch!‹ steht.«

»Bin ich jetzt ein Arschloch, wenn ich nicht rausgehe und mich zum Affen mache?«

»Ich finde ja, dass eher sie die Arschlöcher sind, wenn sie uns nicht in Ruhe frühstücken lassen.«

Sie gingen mit ihren Tellern ins Wohnzimmer, wo Dmitri saß und in einer Zeitung blätterte.

»Guten Morgen«, sagte der Bodyguard und war drauf und dran aufzustehen, aber Lena bedeutete ihm, sitzen zu bleiben.

»Du musst nicht jedes Mal aufstehen, wenn ich reinkomme.«

»Ist aber höflich«, sagte Dmitri.

»Richtig, aber unnötig.« Sie lächelte ihn an.

Die beiden setzten sich.

»Äh, Dmitri, was ist das für ein Stapel da neben dir?«, fragte Jonas und zeigte auf die Zeitungen, die neben dem Sessel lagen.

»Markus hat mich gestern beauftragt, zu besorgen Zeitungen heute früh. Meinte, es wäre interessant, Reaktionen zu sehen.«

»Äh … okay«, sagte Jonas. »Und was schreiben die so?«

»Reaktion scheint zu sein größtenteils das«, sagte Dmitri und hielt das Titelblatt der größten deutschen Zeitung hoch.

Dort stand in großen Lettern, die quasi die gesamte Seite bedeckten, »WER IST LENA ZIMMERMANN?«.

Lena zog hörbar die Luft ein.

»Von allem, was ich gestern gesagt habe, nehmen die das als Aufhänger?«, fragte Jonas. »Was schreiben die anderen so?«

Dmitri reichte ihm eine Zeitung nach der anderen rüber, aber es war schnell zu erkennen, dass sich die meisten auf die eine Frage einschossen: Wer ist Lena Zimmermann?

Selbst die eher respektablen Blätter, die auch Jonas' Hauptthese aufgriffen, fanden, dass dieser Frage viel Aufmerksamkeit zu widmen sei. Einigen Klatschzeitungen war es sogar gelungen, ein Foto von ihr abzudrucken, allerdings war es nur ein verschwommenes Bild, im Hausflur von Gudruns Wohnung aufgenommen, auf dem sie kaum zu erkennen war.

Lena war von Schlagzeile zu Schlagzeile bleicher geworden und hielt sich am Ende nur noch die Hand vor den Mund. Dann sprang sie auf und lief in den Flur.

»Lena? Lena!«, rief ihr Jonas hinterher, wollte ihr nacheilen, aber da kam sie bereits wieder durch die Tür. In den Händen hatte sie die Tasche mit ihrem Strickzeug.

»Lena, es tut mir leid, dass ich dich da mit reingezogen habe«, sagte er und beobachtete, wie sie das Ende des Riesenschals auspackte und anfing mit den Stricknadeln zu klappern.

Ein verschlafener Sigo kam aus dem Gästezimmer ins Wohnzimmer gestolpert. »Was ist denn hier für ein Aufstand?«

»Du kannst wieder schlafen«, sagte Dmitri. »Ist nicht wichtig.«

»Sieht mir aber so aus, sonst wäre sie ja nicht so aufgeregt«, sagte der Bodyguard.

»Lena?«, fragte Jonas. »Was ist los? Habe ich was falsch gemacht?«

Sie schüttelte den Kopf. »Das ist es nicht. Es wäre ja nicht anders gegangen. Aber ich glaube, dass ich dir etwas sagen sollte, bevor du es aus der Zeitung erfährst.«

Jonas schaute skeptisch drein.

Dmitri und Sigo blickten sich unsicher an, bevor sich Dmitri an Jonas wandte. »Sollen wir gehen?«

»Nein, schon gut. Ihr werdet es ja früher oder später doch erfahren«, sagte Lena, die dabei keine Masche verfehlte.

Jonas war unsicher, was er davon halten sollte. »Ist alles okay?«, fragte er.

»Ich muss dir etwas aus meiner Vergangenheit erzählen, was ich bisher niemandem erzählt habe. Nicht, dass ich mich dafür schäme oder so, und vielleicht ist es auch gar nichts, aber ich glaube, jetzt ist es wirklich an der Zeit, dass du es erfährst.«

Dann fing Lena an, ihre Geschichte zu erzählen, und Jonas wurde auf einmal ganz unbehaglich zumute.

***

Am Nachmittag ließ er Markus durch die Haustür herein, aber beide mussten erst kräftig rütteln, ehe sie aufging.

»Du siehst ja aus wie das Leiden Christi«, befand Jonas.

»Ich hab auch nur eine Stunde oder so geschlafen.«

»Was treibst du nur die ganze Nacht?«

In seiner Tasche klingelte das Handy, aber Markus ratterte trotzdem wie ein Maschinengewehr los. »Ich wünschte, ich könnte dir berichten, dass ich mich mit der netten Dame vom Fernsehstudio vergnügt hätte, aber ich hatte ein paar Telefonate zu führen und Sachen zu klären. Seit du der Messias bist, habe ich quasi gar keinen Feierabend mehr.«

»Ich bin nicht der Messias.«

»Für mich schon, Jonas. Der Messias des Schotters!«

Jonas schüttelte sich bei der Bezeichnung. »Hast du mich gerade mit Jerry Maguire verglichen?«

»So könnte man das ausdrücken. Aber wie bei ihm läuft auch hier nicht alles perfekt.« Er griff in seine Jackentasche und drückte offenbar auf dem Handy herum, denn der Klingelton erstarb.

»Ja, das kann man wohl sagen«, meinte Jonas und seufzte.

Markus zog eine Augenbraue hoch. »Wieso? Was ist? Gibt es etwas, das ich wissen müsste?«

»Komm erst mal herein.«

Er nahm Markus die Jacke ab, hängte sie in die Diele und führte ihn ins Wohnzimmer, wo Lena immer noch mit Stricken beschäftigt war und die Bodyguards untätig in den Sesseln saßen.

»Habt ihr euch schon wieder in der Wolle? Oder hat das was mit den Zeitungen heute zu tun?«, fragte Markus und schaute zwischen Jonas und Lena hin und her.

»Letzteres. Oder vielmehr mit dem, was demnächst vermutlich in der Zeitung stehen wird«, sagte Jonas und runzelte die Stirn.

Markus verzog das Gesicht. »Sollte ich das wissen? Muss ich das wissen? Sollte ich es vielleicht nicht wissen, damit ich plausibel abstreiten kann, irgendwas davon gewusst zu haben?«

Jonas und Lena schauten ihn an, als hätte er gerade dem Dalai-Lama vors Knie getreten.

»Ich glaube, ich will es nicht wissen. Aber es gibt etwas, das *du* wissen solltest«, sagte Markus zu Jonas.

»Sag mal, kann es sein, dass du irgendwas genommen hast?«, fragte Jonas, und Lena nickte zustimmend.

»Ich?«, fragte Markus. »Nicht, dass ich wüsste. Und ich müsste das ja wissen, oder?«

Die Bodyguards sahen sich gegenseitig an, als wäre ihnen Markus nicht ganz geheuer. Dmitri stand auf und bewegte sich langsam auf ihn zu.

»Markus …«, setzte Jonas an, wurde aber unterbrochen.

»Ich hab die Nacht kaum geschlafen, weißt du? Keine Ahnung, wie viele Espressos ich hatte. Und einige Liter Kaffee.«

Dmitri kam immer näher, ganz langsam.

»Was meintest du, als du sagtest, dass ich etwas wissen sollte?«, fragte Jonas.

Markus blinzelte. »Ach, der Sender hat angerufen. Sie sind der Meinung, dass wir ihnen noch eine Sendung schulden, weil wir den Vertrag für das erste Interview nicht erfüllt haben.«

»Was? Aber ich war doch da, wir haben die Sendung doch gemacht!«

»Im Vertrag stand, dass du mindestens eine Stunde zur Verfügung stehen müsstest. Und du hast nur zwanzig Minuten oder so gemacht. Also musst du jetzt noch mal ran. Und du sollst ihre Moderatoren nicht mehr von ihrem Arschlochsein heilen ... Ich glaub, ich hab Rinderwahnsinn!«

Mit dem letzten Ausspruch konnte keiner etwas anfangen. Auch nicht mit der Tatsache, dass Markus auf einmal zusammenklappte. Aber Dmitri fing ihn auf, als hätte er es vorher geübt, stand mit dem schlaffen Körper mitten im Wohnzimmer und schaute Jonas an.

»Was zum Teufel ist da gerade passiert?«, fragte der.

»Zu viel Kaffee nicht gut. Er schläft jetzt«, sagte der Riese und warf sich Markus mit Leichtigkeit über die Schulter.

Jonas trug ihm auf, den Freund ins Gästezimmer zu bringen, damit er erst mal etwas Ruhe finden konnte. Erneut rappelte Markus' Handy und spielte den alten Talking-Heads-Song. Jonas griff in die Tasche und holte es heraus. Die Nummer war nicht gespeichert, also konnte er auch nicht sagen, um wen es sich handelte. Er hatte keine Lust, es herauszufinden. Vermutlich ging es ohnehin um irgendwas, das mit ihm, Jonas, zu tun hatte.

»Und das würde ihn vermutlich nur wach halten«, sagte er, entfernte den Akku des Handys und steckte es zurück in Markus' Tasche, bevor Dmitri ihn forttrug.

»So was habe ich noch nie erlebt«, sagte Jonas.

»Und was sollte das mit dem Rinderwahnsinn?«, fragte Lena, erntete aber nur Achselzucken.

Die Zeitungen lagen noch immer auf dem Tisch, und die Schlagzeile »Wer ist Lena Zimmermann?« schrie ihnen entgegen.

»Ich weiß nicht, was ich wegen dem machen soll, was du mir da erzählt hast«, sagte Jonas.

»Solange es zwischen uns nichts ändert«, antwortete Lena.

»Quatsch, warum sollte es?«

Lena rückte an ihn heran und küsste ihn. »Ich habe trotzdem Angst davor, was passiert, wenn die Zeitungen davon Wind bekommen.«

»Ich schätze, dass wir dann sehen werden, wie ernst sie mein Motto ›Sei kein Arschloch‹ nehmen.«

Er griff nach der Fernbedienung des Fernsehers und musste nicht lange suchen, bis er einen Bericht aus seinem Vorgarten fand. Ein Sprecher kommentierte: »Es ist keine vierundzwanzig Stunden her, seit sich der vermeintlich wiederauferstandene und von vielen als Reinkarnation von Jesus Christus angesehene Jonas Carstens im Fernsehen den Fragen meines Kollegen gestellt hat. Die kontroverse Sendung endete damit, dass der beliebte Moderator wie in einer Art Trance die Sendung verließ, die Carstens anschließend selbst beendete. Verschiedenen Quellen zufolge soll der Moderator heute damit begonnen haben, seine Habe zu verkaufen, und angekündigt haben, sich in Zukunft um Obdachlose kümmern zu wollen. Die Äußerungen, die Carstens in der Sendung gemacht hat, haben im Laufe des heutigen Tages vielfältige Reaktionen hervorgerufen, nicht zuletzt von den Vertretern der etablierten Kirchen, die Carstens scharf angegriffen hatte.«

Der Sender brachte Ausschnitte, in denen ein Pfarrer der Evangelischen Kirche Deutschlands, ein katholischer Bischof, ein jüdischer Rabbi und ein Mitglied der Piratenpartei, anscheinend als Vertreter der Atheisten, zu Wort kamen. Während die Kirchenvertreter sich allesamt wenig wohlwollend gegenüber Jonas' Äußerungen zeigten, bemängelte der Typ von der Piratenpartei, dass Jonas nichts zum Thema Legalisierung von Drogen zu sagen gehabt hatte.

Als wieder zurück zum Sprecher geschaltet wurde, hatten sich einige Leute in selbstbemalten »Sei kein Arschloch«-T-Shirts neben ihn gestellt und winkten fröhlich in die Kamera.

»Wie Sie sehen, bleibt die Stimmung vor dem Haus von Herrn Carstens trotzdem ungetrübt. Man könnte fast sagen, dass es einen Volksfestcharakter hat.«

Der Sprecher fragte einen Mann neben sich, warum er denn so für Jonas schwärme, und hielt ihm dann das Mikro vors Gesicht.

»Weil der einfach cool ist, wuuuuhuuuu!«, sagte der Mann breit grinsend und hüpfte auf der Stelle.

»Sie sind also der Meinung, dass Herr Carstens ...«

»Jonas, Mann! Nenn ihn Jonas! Wuuuhuu!«, blökte der Mann ins Mikro.

»Sie sind also der Meinung, dass Jonas der Welt etwas Wichtiges zu sagen hat?«

»Sicher, Mann, sicher! Wuuuuhuuu!«

Der Sprecher kräuselte die Stirn. »Was, meinen Sie, ist genau der Inhalt der Aussage ›Sei kein ...‹« Ihm wollten die Worte nicht über die Lippen kommen.

»›Sei kein Arschloch‹, Mann! Da ist doch alles gesagt!«

Jetzt machten die anderen Leute um ihn herum »Wuuuhuuu!«.

Der Mann vom Fernsehen schien die Lust verloren zu haben, mit jemandem zu sprechen, dessen Vokabular zur Hälfte aus unverständlichem Johlen bestand. Er wandte sich auf der anderen Seite einer jungen Frau zu und fragte sie, welche Schlüsse sie aus Jonas' Worten zog.

»Na ja«, sagte sie, »im Grunde sagt das doch bereits alles. Wuuuhuu!«

Die Gruppe von Menschen um den Sprecher herum stimmte in den »Wuuuhuu«-Chor ein. Und der Mann vom Fernsehen blickte in die Kamera, als würde er sich mit Mordgedanken tragen.

»Jonas ist einfach total süüüüüß!«, rief die junge Frau, und wieder jubelten ein paar der umstehenden Personen, allen voran die Frauen.

»Aber glauben Sie, dass er der Menschheit wirklich etwas zu sagen hat, oder ist das einfach nur eine Menge heißer Luft? Und offenbar hat er ja bereits sein Herz einer anderen gegeben. Wie ist Ihre Meinung dazu?«

Daraufhin buhte die Menge den Reporter aus.

Die junge Frau griff sich das Mikro, während sich der Reporter noch verwundert umsah. »Jonas, falls du das hörst, wir lieben dich! Und wenn die andere dich nicht will, ich stehe vor deiner Tür!«

Jonas hörte das Klacken der Stricknadeln neben sich und drehte sich um.

Lena sah ihn kurz an. »Du hast Groupies.«

»Scheint so.«

»Muss ich mir Sorgen machen?« Die Stricknadeln klackerten.

»Tust du ja eh schon.«

Sie sagte nichts.

Jonas beugte sich vor und küsste sie. »Keine Bange. Alles wird gut.«

»Ich weiß nicht«, sagte Lena. »Morgen muss ich wieder zur Arbeit.«

»Ja, und?«

»Ich muss da draußen durch.« Sie zeigte aus dem Fenster. »Und ich werde den anderen Lehrern und den Schülern erklären müssen, ob ich die Lena Zimmermann bin, von der du gesprochen hast. Tatsächlich wurde ich das schon gefragt. Die SMS und Nachrichten kamen schon, zehn Minuten nachdem du auf Sendung warst, aufs Handy.«

Jonas kratzte sich am Kopf. »Und was hast du gesagt?«

»Nichts. Ich hab einfach alles ignoriert und weder die Nachrichten beantwortet noch mit irgendwem gesprochen.«

Jonas brachte nur ein »Hm« hervor, als im Fernsehen das laufende Programm unterbrochen wurde, weil es irgendwelche interessanten Nachrichten gab.

»Es sieht so aus, als gäbe es Neuigkeiten hinsichtlich der Frage, wer diese Lena Zimmermann ist, von der Jonas Carstens in seinem Interview gesprochen hat.«

Die Stricknadeln fielen neben Jonas auf den Boden. Er sah, wie Lena mit großen Augen auf den Bildschirm starrte, auf dem ein Bild von ihr zurückstarrte. Eigentlich sah es fast aus wie ein Fahndungsfoto, auf dem sie gespannt geradeaus schaute.

»Das ist mein Ausweisfoto! Wie zum Teufel kommen die an mein Ausweisfoto?«

Im Fernsehen erklärten sie, dass sie Insiderinformationen über die Person Lena Zimmermann besäßen und dass es sich bei ihr um eine dreißigjährige Grundschullehrerin handelte.

»O Gott«, sagte Lena.

»Insiderinformationen?«, sagte Jonas.

»Ein kürzlich auf Twitter aufgetauchtes Bild scheint das jüngst wiedervereinte Paar Jonas Carstens und Lena Zimmermann nach einer gemeinsam verbrachten Nacht zu zeigen«, sagte die Sprecherin im Studio. »Ob das Bild allerdings aktuell ist oder von einem früheren Zeitpunkt stammt, ist derzeit noch nicht bekannt.«

Lena tastete mit der Hand auf dem Boden herum, auf der Suche nach den Stricknadeln, aber ihr Blick blieb auf dem Fernseher kleben.

»Die gleiche Quelle behauptet auf Twitter unter anderem, dass Lena Zimmermann früher bei einer Sex-Hotline gearbeitet hat, um sich ihr Studium zu finanzieren.«

»Scheiße«, sagten Jonas und Lena gleichzeitig.

KAPITEL 17

WICHTIGE BÜCHER UND SCHWEDISCHE DELIKATESSEN

Lena, Jonas und Dmitri standen im Wohnzimmer und schauten in Richtung Sigo, der wie ein Häuflein Elend auf der Couch saß.

Genau genommen stand Lena gar nicht, sondern tigerte durch den Raum und raufte sich ihre roten Locken. Jonas kratzte sich am Bart, und Dmitri sah aus wie eine Statue mit einem sehr ärgerlichen Gesicht, in dem sich Enttäuschung, Ungläubigkeit und göttlicher Zorn widerspiegelten. Nicht, dass Dmitri göttlich wäre, aber mit seiner Statur wäre er durchaus in der Lage gewesen, Flusspferde niederzuringen, um dann mit ihnen nach schlechten Menschen zu werfen. Und in diesem Moment sah er so aus, als würde er genau das am liebsten mit Sigo tun.

»Entschuldigung«, sagte Sigo fast tonlos.

Lenas Kopf fuhr herum. »Ernsthaft? Entschuldigung? Ist das alles? Nicht mal einen Tag hat es gedauert, bis die Medien alles über mich wissen. Vielen Dank auch!«

»Lena, reg dich nicht so auf«, versuchte Jonas zu beschwichtigen.

»Ich soll mich nicht aufregen? Der Typ hat gerade der ganzen Menschheit erzählt, dass ich mal bei einer Sex-Hotline gearbeitet habe, und Bilder von uns im Schlafzimmer auf Twitter gepostet!«

»Ist doch alles halb so wild.«

Lena stöhnte. »Nur weil du glücklicherweise kein Problem damit hast, heißt das nicht, dass deine Groupies da draußen das genauso sehen.«

Jonas seufzte, und Lena lief weiter auf und ab. Dmitri starrte Sigo weiter an, als würde er ihn gleich in seine Einzelteile zerlegen wollen.

Jonas fragte: »Warum?«

Sigo blickte ängstlich zu Dmitri rüber. »Ich hab einfach nicht nachgedacht.«

»Nein, hast du nicht, dummer Junge«, gab der Bodyguard zurück, ohne sich auch nur einen Millimeter zu bewegen. Ernsthaft. Nicht einen Millimeter. Bis auf seinen Mund, natürlich. Aber ansonsten – ich hab da genau drauf geachtet – nicht einen Millimeter. Beeindruckend.

»Meine Cousine ist doch ein großer Fan von Ihnen«, sagte Sigo an Jonas gewandt, »und sie wollte mehr Fotos und etwas über Lena wissen.«

»Und da hast du gedacht, dass du einfach welche von uns beiden machst, während wir schlafen? Und ihr Sachen erzählst, bei denen wir ganz klar gesagt haben, dass sie schädlich für Lena sind?«, fragte Jonas eher rhetorisch. »Nimm deine Sachen und mach, dass du verschwindest.«

»Das kann ich nicht tun, ich wurde von Herrn Rudzinski angestellt«, widersprach Sigo.

»Wer, meinst du, bezahlt Markus dafür, dich zu bezahlen?«, sagte Jonas.

Dmitri stand weiter bewegungslos da.

»Aber …«, setzte Sigo an.

Dmitri sprang vor und griff nach ihm. Sigo versuchte sich zu wehren, was aber völlig zwecklos war. Dmitri hatte ihn so in den Schwitzkasten genommen, dass alle Versuche, sich irgendwie herauszuwinden, so vergeblich waren wie der Versuch einer Feldmaus, einen Elefanten per Handkantenschlag zu zerteilen.

Mir ist klar, dass der Vergleich etwas hinkt. Feldmäuse haben in der Regel keine Handkanten. Oder Hände. Oder kämen auf die Idee, einen Elefanten zu zerteilen. Ich glaube, ich habe das mit den Metaphern und Vergleichen noch nicht so raus wie einige der Propheten. Wahrscheinlich brauche ich die deshalb immer.

Dmitri schleppte seinen Ex-Kollegen zur Eingangstür, riss sie mit der freien Hand auf und warf Sigo hinaus. Dann schloss er die

Tür, sah Lena und Jonas an, die mit weit aufgerissenen Augen dastanden, und sagte: »Problem ist eliminiert.«

»Ich hoffe der Terminus ›eliminiert‹ ist nur eine Folge deines eingeschränkten Wortschatzes«, sagte Jonas.

Lena reagierte, indem sie Dmitri umarmte. Nun, zumindest legte sie die Arme um ihn, so weit es eben ging.

Jonas nickte anerkennend und schüttelte dann den Kopf.

»Wenn du mir nicht mehr vertraust, ich kann auch gehen«, sagte Dmitri.

Jonas schüttelte weiter den Kopf. »Nein, nein. Schon gut. Solange du nicht auch so einen Quatsch machst.«

»Ist meine Aufgabe, zu sein diskret.«

»Am liebsten würde ich dich Yoda nennen«, sagte Jonas.

»Jonas!«, sagte Lena scharf.

»Ich verstehe nicht«, sagte Dmitri und runzelte die Stirn.

Sie gingen wieder ins Wohnzimmer und diskutierten, wie sie mit der Situation umgehen sollten. Der Fernseher lief, und Jonas zappte, während sie sprachen, durch die Kanäle. Hier und da gab es Reporter, die Leute auf der Straße fragten, was sie davon hielten, dass Jonas mit einer Frau zusammen war, die bei einer Sex-Hotline gearbeitet hatte. Ein paar Passanten zuckten nur mit den Schultern, aber die meisten äußerten sich enttäuscht. Dann tauchte plötzlich Gudrun im Fernsehen auf. Offenbar hatte sie ebenfalls davon erfahren, und machte nun ihrem Unmut vor laufenden Kameras Luft.

»Frau Carstens«, sagte ein Mann, von dem man nur die Hand mit dem Mikrofon sehen konnte, »Ihr Sohn ist mit einer Frau liiert, die anscheinend vor Jahren bei einer Firma gearbeitet hat, die – wie soll ich mich da ausdrücken? – Männern sexuelle Gefälligkeiten per Telefon zukommen lässt.«

»Schrecklich, schrecklich«, antwortete Gudrun. »Sie ist ja eigentlich ein liebes Mädchen, aber das ist so schmutzig. Diese Jugend heute und immer dieser Sex, Sex, Sex. Im Fernsehen, im Kino, in den Zeitschriften. Schmutzig. Einfach schmutzig.«

»Sind Sie der Meinung, dass ...«, fuhr die Stimme fort, aber Gudrun machte einfach weiter.

»Früher haben wir uns noch aufgespart. Da gab es Sitte und Anstand. Ich weiß gar nicht, woher mein Sohn das hat, sich mit solchen Leuten abzugeben.«

»Aber haben Sie selbst nicht Frau Zimmermann die letzten Tage beherbergt?«

»Hätte ich das gewusst, wäre mir das doch nie in den Sinn gekommen!«, echauffierte sich Gudrun. »Schmutzig! Einfach schmutzig.«

Lena starrte Jonas an, Jonas starrte den Fernseher an, Dmitri verzog keine Miene.

»Gibt es vielleicht etwas, was Sie Frau Zimmermann oder den Zuschauern sagen möchten, Frau Carstens?«

Das wirkte wie ein Stichwort. Gudrun fing an, aus der Bibel zu rezitieren, und wollte den »jungen Leuten« unmissverständlich klarmachen, wie sie sich zu verhalten hätten.

Jonas wählte ihre Nummer auf dem Handy. Lena hatte sich die Hände vors Gesicht geschlagen und war nahe dran, loszuheulen.

Während Jonas es tuten hörte, klingelte es im Fernsehen. Dort entschuldigte sich Gudrun und schlug den Reportern die Tür vor der Nase zu.

»Das war live?«, schluchzte Lena.

Gudrun nahm ab und meldete sich.

Jonas brüllte sofort los: »Bist du eigentlich noch bei Trost?«

»Wer ist denn da, bitte?«

»Dein Sohn. Der, der mit der Frau zusammen ist, die du gerade im Fernsehen runtergemacht hast.«

»Mit Recht. Das ist ja auch widerwärtig.«

»Mutter, sie ist meine Freundin!«

»Das sollte sie besser bald nicht mehr sein! Du kannst als Messias nicht mit einer solchen Person in Verbindung gebracht werden.«

»Was soll denn das …«, er unterbrach sich selbst. »Ich bin nicht der Messias!«

»Doch, bist du, und es wird Zeit, dass du dein Potenzial nutzt. Du solltest viel öfter im Fernsehen auftreten und zu den Menschen sprechen, ihnen deine Lehre vortragen.«

»Was für eine Lehre? Ich habe gar keine. Ich versuche nur irgendwie die Leute wieder dazu zu bringen, mich in Ruhe zu lassen. Das ist auch völlig egal. Hör auf, mit den Reportern zu sprechen.«

»Manchmal glaube ich, dass Gott vergessen hat, dich zu erleuchten, als er dir diese Kräfte gegeben hat. Dann muss ich eben nachhelfen.«

»Mutter, ich brauche nicht erleuchtet zu werden. Ich bin immer noch ich. Ich liebe immer noch Lena, und das bleibt auch so.«

Auf Lenas Gesicht zeichnete sich der Anflug eines Lächelns ab, aber sie war viel zu mitgenommen, als dass es schön ausgesehen hätte.

»Du solltest dich so bald wie möglich von ihr trennen«, sagte Gudrun. »Sie hat uns alle hintergangen. Aber was soll man schon von jemandem erwarten, der sich zu solchen Taten hinreißen lässt? Oder hast du etwa davon gewusst?«

Jonas seufzte. »Nein, ich habe nicht davon gewusst. Aber sie hat es mir erzählt, bevor im Fernsehen darüber berichtet wurde.«

Er hielt einen Moment inne, weil ihm jetzt erst klar wurde, dass im Fernsehen darüber erst berichtet werden konnte, weil sie es ihm erzählt hatte. Erst dadurch hatte Sigo es in die Welt hinausposaunen können.

»Aber es ist auch egal«, schob er nach. »Es war eben ein Job. Sie hat sich ja nicht prostituiert. Und selbst wenn es so gewesen wäre, wäre das jetzt vorbei.«

»Ich werde das nicht tolerieren«, sagte Gudrun.

Jonas legte die Stirn in Falten. »Jesus hat der fußwaschenden Sünderin auch vergeben. Vielleicht solltest du deinem großen Idol mal selbst etwas nacheifern. Du musst Lena oder ihre Vergangenheit nicht tolerieren. Du musst nur den Mund halten.«

»Ich lasse mir doch den Mund nicht verbieten!«

Jonas zögerte. »Mutter, hör auf, in der Öffentlichkeit über Lena herzuziehen. Es ist keine zwei Wochen her, da habt ihr beide euch noch verschworen, damit ich ihr meine Liebe gestehe. Oder so etwas in der Art. Den Plan habe ich bis heute nicht ganz begriffen.« Er sah Lena an, und sie zuckte mit den Schultern. »Seit Jahren kommt ihr wunderbar miteinander klar. Willst du das alles einfach wegwerfen?«

Für einen Moment war es ruhig. Schließlich antwortete sie: »Ich will mit dieser Person nichts mehr zu tun haben. Und du solltest das auch nicht.«

Jonas' Gesichtsausdruck verhärtete sich. »Wenn das so ist, Mutter, dann sind wir ab heute geschiedene Leute.« Damit legte er auf.

Lena starrte ihn an, wie er da saß und den Blick nicht vom Handy in seiner Hand lassen konnte.

»Hast du gerade mit deiner Mutter gebrochen?«, fragte sie.

»Sie hat mit dir gebrochen. Und ich deswegen mit ihr.«

»Aber …«

»Kein Aber«, unterbrach er sie. »Ihr Fanatismus hat ein neues Level erreicht. Das mache ich nicht länger mit.«

»Aber sie ist deine einzige Verwandte.«

»Und die kann man sich ja bekanntlich nicht aussuchen.«

Lena rückte an ihn heran und umarmte ihn. Sie spürte, dass ihm die Entscheidung nicht leichtgefallen war, auch wenn Gudrun nie eine einfache Person gewesen war. Jetzt fragte sie sich, was das für Konsequenzen nach sich ziehen würde.

Ihre Gedanken wurden unterbrochen, als im Fernsehen plötzlich die Visage von Sigo auftauchte, der von Reportern bestürmt wurde, zu erzählen, was sich im Haus zugetragen hatte. Er berichtete, wie Lena von ihrer Vergangenheit gesprochen hatte, dass Jonas in den ruhigen Momenten immer etwas verunsichert wirkte und wie er Lena und Jonas beim Sex zugehört hatte.

Natürlich stürzten sich die Reporter auf den letzten Teil und fragten sofort nach, wie Lena denn so sei (nett), ob Jonas sie denn wirklich liebe (ich glaube schon), ob Lena einen schlechten Einfluss auf ihn ausüben würde (ich glaube nicht), ob Lena versucht hatte, ihn, Sigo, zu verführen …

»Was?«, brüllte Lena, aber Sigo schüttelte auf dem Bildschirm nur verständnislos den Kopf.

»Herrgott, hört das denn nie auf?«, rief Jonas. »Die machen ja aus jeder Mücke einen Elefanten.«

»Sie lassen mich wie eine billige Nutte aussehen. Ich war jung und brauchte das Geld!«

Jonas zögerte einen Moment. »Du hast aber nie für Geld … du weißt schon.«

Lena riss die Augen auf. »Fängst du jetzt auch noch damit an?«

Jonas hob beschwichtigend die Hände. »Hey, ich wollte nur sicher sein, weil ich in der Tat nicht genau weiß, was du vor unserer Zeit so getrieben hast.«

»Wenn dich das interessiert hätte, hättest du ja fragen können.«

»Na ja, als wir uns kennengelernt haben, warst du ja quasi schon Lehrerin. Ich bin einfach davon ausgegangen, dass du vorher studiert hast. Wie du da zu deinem Geld gekommen bist, wusste ich nicht. Ich bin davon ausgegangen, dass du ganz normal gejobbt hast …«, sagte er und schob ganz kleinlaut »… denn von deinen Eltern konnte ja nichts kommen« nach. »Aber eigentlich geht es mich ja auch nichts an«, sagte er schließlich wieder in normaler Lautstärke.

Lena war sich nicht ganz klar darüber, ob sie sich aufregen sollte oder nicht. »In der Tat habe ich einfach nur gejobbt. Und in der Tat geht es dich was an, denn ohne mich hättest du jetzt vielleicht nicht diese Probleme.«

»Ohne *mich* hättest *du* nicht diese Probleme«, betonte Jonas. »Du kannst ja nichts dafür, dass wegen mir deine Vergangenheit ans Licht der Weltöffentlichkeit gezerrt wird.«

»Egal«, sagte sie. »Du bist mein Lebensgefährte, also sollst du wissen, was ich früher gemacht habe. Aber diese Sex-Hotline war das einzig Außergewöhnliche. Ich war Kassiererin, hab in einem normalen Call-Center gearbeitet, hab Regale aufgefüllt … und eben Kerlen am Telefon dazu verholfen, dass ihnen einer abgeht. Mehr nicht.«

Jonas schaute peinlich berührt. »Tut mir leid, dass ich überhaupt gefragt habe. Das war nicht richtig.«

Im Fernsehen wurden mittlerweile irgendwelche Leute interviewt, die enttäuscht waren, dass Jonas nicht aus dem Haus kam, um mehr Menschen zu heilen. Vereinzelt waren Bilder von Kindern mit körperlichen und auch geistigen Behinderungen zu sehen, die offenbar vor seinem Garten warteten.

Jonas drückte entnervt auf den Aus-Schalter. »Ich werde noch verrückt deswegen. Jetzt hätten wir uns auch beinahe noch gestritten.«

Lena legte den Arm um ihn. »Aber vielleicht haben sie zumindest in dem Punkt recht. Wenn du wirklich Menschen heilen kannst, solltest du vielleicht zumindest ab und an rausgehen und ihnen helfen.«

Neben ihnen räusperte sich Dmitri, und sie wandten ihre Köpfe zu ihm.

Der Bodyguard, der die ganze Zeit neben der Couch im Sessel gesessen hatte, schaute die beiden ernst an. »Rausgehen ist keine gute Idee.«

»Weil mich jemand angreifen könnte?«, sagte Jonas.

»Weil dich jemand angreifen könnte«, bestätigte Dmitri.

»Aber eigentlich brauchen wir uns doch darüber keine Sorgen zu machen«, meinte Jonas. »Du bist doch da, um mich zu beschützen.«

Dmitri beugte sich vor, und es sah beinahe so aus, als würde sein Anzug platzen. Jonas fragte sich, ob Dmitri als kleines Kind mal in den Kessel mit dem Zaubertrank gefallen war. Die Gedanken verflogen allerdings schnell, weil er wirklich beängstigend aussah.

»Ich mache mir nicht Sorgen um dich«, sagte der Riese. »Ich kann dich schützen.«

»Aber?«

»Ich mache mir Sorgen um *mich*. Ich kann dich schützen, aber mich schützt keiner. Und daher, Risiko zu hoch.«

Jonas runzelte die Stirn. »Ist das, weil Sigo weg ist?«

»Nein«, antwortete der Riese. »Aber Bodyguard schätzt Risiken ein. Risiken, wie hoch Chance, selbst verletzt zu werden. Wenn Chance zu hoch, wir gehen nirgendwohin.«

»Das klingt irgendwie einleuchtend«, sagte Lena.

»Bodyguard kann dich schützen, kein Problem«, sagte Dmitri. »Aber Bodyguard ist auch nicht dumm genug, um sich zu bringen selbst in Gefahr.«

»Aber ich will auch schon mal wieder raus, gell?«, sagte Jonas. »Und dabei vielleicht dem ein oder anderen zu helfen, kann ja nicht schaden. Ich will das nicht den ganzen Tag machen, aber zumindest hier und da.«

Dmitri zog eine Augenbraue hoch. »Was hat Mutter gesagt? Lehre verbreiten?«

»Ja …«, sagte Jonas vorsichtig.

»Dann machst du das.«

Lena schlug die Augen auf und setzte sich plötzlich aufrecht hin.

»Was?«, fragte Jonas.

»Du verbreitest Lehre«, sagte Dmitri.

Lena nickte wortlos.

»Was für eine Lehre denn?«, fragte Jonas etwas unwirsch. »Der einzige Punkt, der es wert war, kommuniziert zu werden, war diese »Sei kein Arschloch«-Geschichte. Was ich dann auch getan habe. Das war's.«

»Dann du erfindest eine.«

Jonas sah ihn an, als hätte er ihm vorgeschlagen, den amerikanischen Präsidenten mit einer gepellten Orange umzubringen.

»Das ist verrückt«, sagte er und suchte bei Lena nach Unterstützung, aber die schien von der Idee ganz fasziniert zu sein.

»Kannst du das näher erläutern, Dmitri?«, bat sie und beugte sich interessiert vor.

»Leute brauchen Mann, der ihnen sagt, was sie zu tun haben. Problem ist, dass oftmals Mann nicht Dinge sagt, die gut sind. Wäre Gelegenheit, zu tun das Richtige.«

Lena reagierte mit einem »Hm«.

Jonas sah zwischen den beiden hin und her. »Ernsthaft? Ich meine … wirklich?«

Er konnte kaum fassen, was er da hörte. Lena schien darüber nachzudenken, und Dmitri zog die Mundwinkel nach unten und die Schultern nach oben, als wäre es ein ganz alltäglicher Vorschlag.

»Ich bin der Meinung, dass es schon genug Glaubensgemeinschaften gibt, die von einem Schriftsteller erdacht wurden, um den Leuten das Geld aus der Tasche zu ziehen«, befand Jonas.

Dmitri schaute müde. »Hab nichts gesagt von Geld.«

»Ich habe das ebenfalls nicht so verstanden«, sagte Lena.

Jonas wusste nicht so recht, worauf sie hinauswollten. Er signalisierte mit den Armen, dass er nicht verstand.

»Was Dmitri, glaube ich, sagen wollte, ist, dass du deine Situation dazu nutzen kannst, in der Welt etwas Gutes zu tun, indem du deine Talente benutzt.«

»Leute vom Arschlochsein befreien?«

Lena verdrehte die Augen. »Indem du schreibst, du Klops.«

Jonas wusste immer noch nicht, was die beiden wollten. »Aber wenn ich ein Buch schreibe, in dem ich irgendwelche Richtlinien niederlege, was macht mich dann besser als all die anderen Typen, die vorgeben, Gottes Wort weiterzugeben? Ich hab mit dem – oder der – da oben noch nicht gesprochen.«

Ja, das wäre auch etwas schwierig. Wenn es für mich so einfach wäre, mit Menschen zu sprechen, dann hätte ich Moses sagen können, wo er langlaufen soll, damit er nicht vierzig Jahre lang durch die

Wüste rennt. Und ich hätte nicht, um irgendwelche Nachrichten zu überbringen, alle möglichen Engel beschäftigen müssen, die nicht in der Lage waren, ihre Geschlechtsteile im Talar zu lassen. Was, wie ich zugeben muss, mein Fehler war, denn ich hätte ihnen nie Geschlechtsteile geben sollen, da es gar keine weiblichen Engel gibt.

Jedenfalls war es mir nicht möglich, mit ihm zu sprechen, weil der menschliche Geist nun mal nicht damit klarkommt, wenn praktisch das ganze Universum zu ihm spricht. Das hat buchstäblich ein paar Köpfe zum Platzen gebracht, was zwar zunächst irgendwie lustig aussah, aber eben auch eine richtige Schweinerei war. Und andere Menschen in Panik versetzte. Stattdessen habe ich immer nur Leute ausgewählt, die von ihren eigenen Überzeugungen her geeignet schienen, habe sie einige Wunder wirken lassen, und schon wurde auf sie gehört. Menschen sind wirklich arg zerbrechlich. Und leicht zu beeindrucken.

Lena setzte ihre Argumentation fort. »Du sagst einfach klipp und klar, dass es nur deine Meinung ist und nicht die von Gott. Die Leute können ja ruhig annehmen, dass du im göttlichen Auftrag handelst, aber du bestreitest das einfach.«

Jonas runzelte die Stirn. »Kommt euch das nicht auch ein wenig unehrlich vor?«

Dmitri zog die Mundwinkel nach unten und schüttelte den Kopf.

Lena verneinte ebenfalls. »Solange du die Wahrheit sagst, ist das doch nicht unehrlich.«

»Ich weiß nicht«, sagte Jonas. »Mir ist das etwas viel Verantwortung. Ich habe doch im Interview bereits darüber gesprochen. Wenn ich mich nicht hundertprozentig korrekt ausdrücke, könnte irgendwer den Text falsch interpretieren und irgendwie daraus lesen, dass er eine Kirche anzünden, Schwule ans Kreuz nageln oder Surströmming als akzeptable Speise ansehen könnte.«

»Was ist Surströmming?«, fragte Dmitri.

»Verrotteter Fisch in einer Dose. Buchstäblich. Schwedische Delikatesse«, sagte Jonas.

»Wer isst so was?« Dmitri klang angewidert.

»Schweden, offenbar.«

»Mir ist klar, dass du dich auf sehr dünnes Eis begibst«, sagte Lena. »Aber stell dir vor, was das für eine Auswirkung auf die Welt haben könnte.«

»Genau das tue ich ja«, sagte Jonas. »Ich fürchte eben die Auswirkungen.«

»Du bist Typ, wo Flasche immer halb leer ist«, sagte Dmitri.

»Sagt mir der, der mir andauernd erzählt, wie gefährlich es ist, aus dem Haus zu gehen.«

Dmitri zuckte mit den Schultern.

Jonas lehnte sich zurück und begann nachzudenken, während ihn Lena und Dmitri anschauten. Aber er war gut darin, beim Nachdenken alles um sich herum auszublenden.

Er musste sich selbst eingestehen, dass er die Tendenz dazu hatte, sich alle möglichen negativen Konsequenzen auszumalen. Andererseits fand er nicht, dass dies eine schlechte Eigenschaft war. Sie machte ihn nur vorsichtiger, und deswegen dachte er gründlicher über Dinge nach. Was wiederum eine Stärke wäre, wenn er tatsächlich ein Buch verfassen würde, das in einer Reihe mit dem Talmud, der Bibel, dem Koran, dem Buch Mormon oder anderen religiösen Texten stehen könnte.

Er begann zu lachen. Dmitri und Lena schauten ihn verwundert an.

»Es ist schon witzig«, sagte er. »Alle großen Weltreligionen basieren auf Büchern. Und ausgerechnet mir, einem Schriftsteller, widerfährt so etwas Merkwürdiges wie eine Wiederauferstehung, die mich dazu bringt, ein Buch zu schreiben.«

Für ihn klang das wie ein Zufall. Das war es natürlich nicht. Im Gegensatz zu früher war ich diesmal der Auffassung, dass die Aufzeichnungen direkt von der Quelle kommen sollten. Ein Buch direkt vom Propheten, sozusagen. Ein Buch, die Welt zu verändern.

Ich hatte ja schon mal erwähnt, dass die Menschen leicht zu beeindrucken sind, oder?

»Heißt das, dass du eins schreiben willst?«, fragte Lena.

Jonas blickte zwischen den beiden hin und her. »Ein Buch, das meinen richtigen Namen trägt und tatsächlich von den Leuten gelesen wird? Na klar.«

KAPITEL 18

DIE LEIDEN DER FRAU Z.

Als Lena am nächsten Morgen aufstand, saß Jonas immer noch vor seinem Computer und tippte. Er war hochkonzentriert und merkte gar nicht, wie sie an ihm vorbei zum Badezimmer ging. Sie sah, wie müde seine Augen waren.

Nachdem sie sich gewaschen und angezogen hatte, stellte sie sich neben ihn und gab ihm einen Kuss.

»Geh ins Bett, Schatz. Du musst kein Buch in einer Nacht schreiben.«

Jonas schien wie aus einer Trance zu erwachen. »Was? Oh, ja. Richtig.«

»Was hast du denn geschrieben?«

»Ach, das sind erst mal nur Ideen. Noch weit davon entfernt, druckreif zu sein.« Er bemerkte, dass sie bereits angezogen war. »Du bist ja schon fertig! Habe ich die ganze Nacht ...«

»Ja, hast du.« Lena konnte sehen, wie die Müdigkeit von ihm Besitz ergriff. »Komm, geh ins Bett.«

Er schaltete den Rechner aus und ließ sich von ihr händchenhaltend ins Bett bringen. Sie gab ihm noch einen Kuss, als er die Augen zumachte.

Sie war schon fast an der Tür des Schlafzimmers, als er »Viel Glück in der Schule« flüsterte. Dann war er auch schon eingeschlafen.

Viel Glück. Das würde sie brauchen.

Als sie sich in der Küche etwas zu essen machte, kam Dmitri mit freiem Oberkörper herein und presste ein »Hallo« hervor. Seine Haare waren auf einer Seite plattgedrückt, also hatte er bis eben geschlafen.

»Habe ich dich geweckt? Das tut mir leid.«

»Alles gut«, sagte Dmitri. »Ich brauche nur Moment, um mich fertig zu machen.«

»Ich kann allein gehen.«

»Nein, wir haben besprochen. Zu gefährlich.«

»Eigentlich wollte Markus mir Bodyguards schicken, aber ich schätze, das hat nicht geklappt.«

Der Personenschützer antwortete nicht, sondern verließ die Küche wieder. Lena konnte die Narben auf seinem Oberkörper sehen und fragte sich zum ersten Mal wirklich, wer dieser Mann überhaupt war, was er erlebt hatte …

Keine fünf Minuten später stand Dmitri wieder neben ihr, legte letzte Hand an sein Outfit und richtete seine Krawatte.

Lena zeigte auf ein paar Stullen, die sie für ihn gemacht hatte.

»Danke«, erwiderte er und unternahm gar nicht erst den Versuch, sich auf einen der kleinen Holzstühle des Küchentischs zu setzen. Die erste Stulle verschwand fast gänzlich in seinem Mund.

»Dmitri …«

»Ja?«

»Woher hast du all diese Narben?«

Er atmete hörbar aus. »Krieg.«

»Du warst in der Armee? Und im Krieg? Wo?«

»*Da*. Ich meine, ja. Tschetschenien.«

»Und was ist passiert?«

Dmitri überlegte. Er antwortete nicht sofort. »Ist lange Geschichte. Will nicht drüber reden.« Er schob sich die zweite Stulle in den Mund, diesmal ganz.

Lena wollte nachhaken, traute sich aber nicht. Dmitri schien zu spüren, was in ihr vorging.

»Ich habe Narben, weil ich mal war in Situation ähnlich wie du.«

»Wie soll ich das verstehen?«

Er bewegte seinen Kopf hin und her, als ob er eine Verspannung lösen wollte. »Information über mich kam ans Licht. Leute fanden das nicht gut.«

»Warst du so etwas wie ein Spion?«

Lena konnte nicht glauben, dass so ein Berg von Mann jemals als Spion durchgehen konnte. Dann hätte er gleich eine große Leuchtreklame auf dem Rücken tragen können. Platz genug wäre dort allemal gewesen.

»Nein, ich war nicht Spion. Aber ich weiß, wie es ist, wenn etwas wird bekannt über einen, was man lieber nicht hätte gewollt. Ich weiß, wie du dich fühlst. Wollen wir gehen?«

Lena seufzte. Sie wusste, dass sie nicht mehr aus ihm herauskriegen würde.

Dmitri riss die Eingangstür auf. Die Morgensonne schien ihnen entgegen, als sie ins Freie traten. Auf dem Nachbargrundstück hatte Herbert einen provisorischen Stand aufgebaut, auf dem in großen Lettern *Jesus-Schnittchen* geschrieben stand.

Lena musste lächeln. Eigentlich war es in Ordnung, dass Herbert und Gesine wenigstens etwas Geld damit verdienten, denn auch ihr Grundstück war durch Jonas' Fangemeinde in Mitleidenschaft gezogen worden.

Das Morgenlicht ließ den Garten mit dem frischen Tau aussehen, als hätte hier eine Schlacht gewütet. Jonas hatte nie viel für den Garten übriggehabt, aber sie liebte es, Pflanzen zu setzen und zu pflegen. Aber in diesem Vorgarten würde vermutlich kaum noch etwas zu retten sein.

Vor dem Zaun standen immer noch Polizisten, die für Ordnung sorgten. Dahinter, mitten auf dem Gehweg und der Straße, standen und lagen die Schaulustigen. Nur wenige waren schon so früh auf den Beinen. Viele lagen noch in ihren Schlafsäcken, die sie auf dem kalten Boden ausgebreitet hatten. Die Leute, die bereits auf waren, hatten darauf spekuliert, Jonas zu sehen, als die Limousine vorgefahren war. Stattdessen kam nur Lena heraus.

In ihrer Karriere als Call-Center-Agent und auch bei der Sex-Hotline hatte sie viele Sachen zu hören bekommen. Leute hatten sie angebrüllt, sich über sie geärgert, sie beschimpft. Mal aus Frustration, mal aus purer Lust. Aber sie hatte nie das Gefühl gehabt, dass es dabei um sie selbst ging. Es ging immer um die Firma. Oder um Tiffani, ihr Alter Ego bei der Sex-Hotline.

Das ist richtig. Tiffani mit einem »I«, nicht mit »Y«. Denn so hieß die Schauspielerin in ihrer Lieblingsserie *Beverly Hills 90210*, als sie jung war. Da schaudert es selbst mir, Gott.

Als die Leute vor dem Garten ihr alle möglichen Schimpfwörter und Kraftausdrücke an den Kopf warfen, war es das erste Mal, dass es tatsächlich um sie ging. Und sie wurde dadurch tief im Innersten getroffen.

Nachdem Dmitri sie sicher durch die sich schnell zusammenrottende Menge geleitet hatte, stiegen sie in die Limousine, die sich sofort in Bewegung setzte. Drinnen gelang es ihr zwar, die Tränen zurückzuhalten, aber sie zitterte am ganzen Körper.

»Jetzt du hast auch Narben«, sagte Dmitri.

Vor der Grundschule, in der sie arbeitete, hatten sich einige Eltern zusammengefunden, um dagegen zu protestieren, dass ihre Kinder von einer Frau unterrichtet wurden, die bei seiner Sex-Hotline gearbeitet hatte.

Ihr wurden zwar bei weitem nicht so schlimme Kraftausdrücke entgegengeschleudert wie daheim, aber es schockierte sie dennoch. Der Impuls, sich vor den Eltern zu rechtfertigen, wurde von Dmitri unterdrückt, der sie einfach weiter in Richtung Eingang schob, wo schon die Rektorin wartete.

Die ältere Dame mit dem strengen Gesicht und den grauen Haaren, die sorgfältig hinter dem Kopf zu einem Dutt gebunden waren, sah nicht erfreut aus. »Ich habe mehrmals versucht, Sie zu erreichen«, sagte sie tadelnd und ohne Begrüßung und forderte sie auf, mit in ihr Büro zu kommen.

Im Büro, das bis auf einen Tisch, ein paar Stühle und ein Bücherregal nahezu leer war, fühlte Lena sich noch unwohler. Zudem schien ihr die Sonne durchs Fenster mitten ins Gesicht, weswegen sie dauernd blinzeln musste.

»Muss dieser Klotz dabei sein, wenn ich mich mit Ihnen unterhalte, Frau Zimmermann?«, sagte die Rektorin und meinte Dmitri. Der hob eine Augenbraue und starrte sie nieder.

»Ich würde mich sicherer fühlen«, sagte Lena.

»Na gut«, sagte die Rektorin. »Sie ahnen sicherlich, was ich Ihnen zu sagen habe.«

Lena holte tief Luft. »Sie wollen mich rausschmeißen. Aber wenn ich etwas sagen dürfte …«

Die Rektorin unterbrach sie mit erhobener Hand. Dabei schielte sie hinüber zu Dmitri, ob der das eventuell als Angriff werten würde. »Wenn ich Sie da gleich mal unterbrechen kann, bitte.«

Lena ließ sie gewähren.

»Hören Sie, ich habe vollstes Verständnis für Ihre Situation.«

Lena war überrascht.

»Sie haben als junge Erwachsene nicht viele Möglichkeiten gehabt, und gemessen an den Umständen, unter denen Sie aufgewachsen sind, bewundere ich das, was sie geschafft haben, immens. Ich habe von Ihrer vorherigen Beschäftigung nichts gewusst und …«

Lena wollte etwas sagen, aber die Rektorin hob nur wieder die Hand.

»Und soweit es mich angeht, hätte ich das auch nicht wissen müssen. Wenn es nach mir ginge, würde ich mich keinen Deut darum scheren. Herrgott, ich hab in meiner Jugend auch genug Dummheiten gemacht, die nicht unbedingt jeder erfahren sollte.«

Lena entspannte sich ein wenig.

»Aber dummerweise geht es nicht nur nach mir«, sagte die Rektorin. »Ich hatte noch gestern Nacht einen Anruf von der Bildungssenatorin, die mich persönlich darum gebeten hat, Sie vor die Tür zu setzen.«

Lena rieb sich die Stirn und setzte wieder an, etwas zu sagen, aber die Rektorin hob erneut die Hand.

»Nachdem ich ihr mitgeteilt hatte, dass Sie eine unserer fähigsten und besten Lehrerinnen sind und ich ungern auf Sie verzichten würde, drohte sie mir mit irgendwelchen Konsequenzen. Was mich relativ kaltgelassen hat, weil ich nächstes Jahr ohnehin in Rente gehe. Also habe ich der Senatorin gesagt, dass sie mir den Buckel runterrutschen kann. Und dass sie mich nicht mehr mitten in der Nacht anrufen soll, wenn normale Leute schlafen.«

Lena sprang auf, rannte um den Tisch und umarmte die Rektorin, über deren Gesicht ein Lächeln huschte.

»Das ist die erste gute Nachricht heute Morgen«, sagte Lena, als sie sie wieder losließ.

Die Rektorin bat sie, sich wieder zu setzen. »Sie haben meine volle Unterstützung, aber wie Sie bereits draußen gesehen haben, sind etliche Eltern anderer Meinung als ich.«

Lena nickte.

»Die Frage ist also, ob Sie dem Druck gewachsen sind.«

Das war die Frage, die sich Lena schon seit dem Moment stellte, als Jonas im Fernsehen ihren Namen ausgesprochen hatte.

»Ich liebe die Kinder …«, sagte sie, wurde aber gleich wieder unterbrochen.

»Vermutlich werden Sie in Zukunft im Fernsehen auftreten, wenn Ihr Freund wirklich so besonders ist, wie alle sagen. In dem Fall sollten Sie Ihre Wortwahl dahingehend noch einmal überdenken, besonders wenn man in Betracht zieht, worüber wir uns hier unterhalten.«

»Ich mag die Kinder und liebe es, mit ihnen zu arbeiten.«

»Schon besser.«

»Ich kann mir nicht vorstellen, das aufzugeben. Vielen Dank, dass Sie sich so für mich eingesetzt haben.«

Die Rektorin winkte ab. »Die Frage bleibt: Sind Sie dem Druck gewachsen? Und ich wünsche mir, dass Sie wirklich darüber nachdenken.«

Das wollte Lena tun.

Aber ihre Vorgesetzte fuhr bereits fort. »Ich bitte Sie, Folgendes zu bedenken. Ob Sie wollen oder nicht, Eltern werden ihre Kinder von der Schule nehmen, wenn Sie hier weiter unterrichten. Die Senatorin wird alles daransetzen, sich auf Ihre Kosten zu profilieren. Die nächsten Wahlen kommen bestimmt, und die scheint zu denken, dass sie Karriere machen kann. Zudem werden nicht alle Ihre Kollegen Sie mit offenen Armen im Lehrerzimmer willkommen heißen. Auch wenn Sie und ich denken, dass Sie gar nichts Schlimmes getan haben.«

»Aber ich fühle mich, als würde ich die Kinder im Stich lassen.«

Die Rektorin lehnte sich zurück und legte die Fingerspitzen aneinander. »Ich persönlich halte Sie, wie ich bereits sagte, für eine der Besten hier. Wenn Sie möchten, kämpfe ich für Sie. Aber Sie müssen das auch wollen. Und ich halte es für ebenso legitim, wenn Sie einfach unbezahlten Urlaub einreichen, bis sich die ganze Sache etwas beruhigt hat. So oder so werde ich vermutlich von der Senatorin deswegen drangsaliert werden.«

Lena zögerte einen Moment zu lang.

»Nehmen Sie sich Zeit für die Entscheidung. Für heute und morgen habe ich bereits eine Vertretung eingeplant. Aber ich brauche so bald wie möglich Feedback von Ihnen. Mein Kopf steckt auch schon in der Schlinge, und ich will wissen, ob sich das lohnt.«

»Was würden Sie mir denn raten?«

»Schwer zu sagen«, meinte die Rektorin. »Wenn ich ehrlich bin, würde ich mich wahrscheinlich so rar wie möglich machen. Übelnehmen könnte ich Ihnen das nicht.«

Dmitri räusperte sich. Die Köpfe der beiden Frauen drehten sich zu ihm.

»Würde er jeden Tag mit Ihnen kommen?«, fragte die Rektorin.

»Vielleicht nicht er, aber es sieht so aus, als würde ich bis auf weiteres jemanden wie ihn an meiner Seite brauchen.«

»Also stimmt es, was über Ihren Freund erzählt wird? Ist er wirklich der Messias, kann Leute heilen, Wasser in Wein verwandeln und solche Dinge? Ich kann mich erinnern, dass Sie sich vor kurzem freigenommen hatten, weil es einen Todesfall in der Familie gab.«

Lena schmunzelte. »Mein Freund war tot. Jetzt ist er wieder lebendig. Deswegen herrscht ja überhaupt die ganze Aufregung. Aber Wasser in Wein … das hat er, glaube ich, noch nicht probiert.«

»Demnach glauben Sie nicht, dass schnell Gras über die Sache wächst?«

»Ich befürchte nicht.«

Die Fingerspitzen der Rektorin trommelten in einem undefinierbaren Rhythmus gegeneinander. »Also wenn er wirklich Wunder bewirken kann, fragen Sie ihn mal, ob er nicht irgendwas bei den Lehrergehältern regeln kann.«

Als Lena und Dmitri wieder ins Freie traten, stand die Rotte von protestierenden Eltern immer noch da. Ein paar vereinzelte Journalisten hatten sich eingefunden und versuchten eine Aussage von ihr zu erhaschen, aber Dmitri schob sie einfach weiter.

Nach ein paar Metern flog plötzlich ein Ei auf sie zu und klatschte ihr gegen die Schläfe, woraufhin Dmitri sie noch schneller in Richtung Auto drängte. Ein Blick zurück zeigte ihr allerdings, dass die Meute nun mit sich selbst beschäftigt war, da die Eierwerferin von anderen Protestierenden umringt und angebrüllt wurde.

Ich fand das alles merkwürdig. Nicht die Tatsache, dass die Menschen Lena nicht mochten oder ihr Schimpfwörter entgegenschleuderten. Für Gewalt ist die menschliche Spezies durchaus bekannt. Aber die Tatsache, dass Menschen sich mit dem ungeborenen Nachwuchs einer anderen Spezies bewerfen, um dem anderen zu zeigen, dass sie mit ihm nicht einverstanden sind, grenzt doch ans Verrückte. Besonders wenn man bedenkt, dass die Frau, die Lena mit dem Ei getroffen hatte, eine überzeugte und sehr vokale Vegetarierin war. Es war nicht okay für sie, Tiere zu essen, sehr wohl aber, damit um sich zu werfen. Aber was soll man schon von

Menschen halten, die ihre Kinder Siegenot-Beowulf und Loreley-Delilah nennen.

Im Wagen reichte Dmitri Lena ein Taschentuch, damit sie sich säubern konnte. Sie nahm es dankend entgegen. Dann erklärte Dmitri, dass auch sie nun nicht mehr rausgehen sollte.

Und Lena stimmte ihm zu.

KAPITEL 19

GEBOTE

Lena und Jonas verbrachten den Rest der Woche von der Welt abgeschottet bei sich daheim. Während Jonas mit Schreiben beschäftigt war, widmete sich Lena dem Stricken und Lesen. Und einem gelegentlichen Kartenspiel mit Dmitri, der jetzt faktisch der dritte Hausbewohner war.

Die ersten Tage hatte sie noch das Internet, Zeitungen und Zeitschriften durchstöbert, um zu erfahren, was über Jonas und sie geschrieben wurde, aber ab einem gewissen Zeitpunkt schmerzte es sie nur noch, was dort an Fehlinformationen, Halbwahrheiten und Lügen in die Welt getragen wurde. Alte Schulfreunde, Kommilitonen und andere Weggefährten hatten sich im Fernsehen über sie geäußert. Von den meisten kam nicht mehr als »Mit der hatte ich nicht viel zu tun«. Andere meinten, dass man Rothaarigen generell nicht trauen dürfe. Ihr erster Freund aus dem Gymnasium hatte wenig freundliche Worte für sie übrig. Er beschuldigte sie fehlender Moral, weil sie ihn betrogen hatte. Was schlichtweg nicht stimmte. Sie hatte sich von ihm getrennt, nachdem sie festgestellt hatte, dass *er* hinter ihrem Rücken mit einer anderen rumgemacht hatte. Kurz darauf hatte sie in der Tat einen neuen Freund, Holger, der aber wirklich nichts weiter war als ein Freund. Dass das auch so bleiben würde, wurde spätestens dann klar, als sie sich zusammen *Beverly Hills 90210* ansahen und beide feststellten, wie attraktiv Luke Perry war.

Zumindest hatte Lenas beste Freundin Waris sie nicht im Stich gelassen. Sie hatte sich nicht im Fernsehen oder gegenüber Zeitungsreportern geäußert. Was nicht zuletzt daran lag, dass sie sich für mehrere Wochen in der Heimat ihrer Eltern in Somalia aufhielt, um der Familie einen Besuch abzustatten. Lena hatte eine unterstützende E-Mail von ihr erhalten, in der sie ihr versicherte, dass sie, sollten Reporter sie doch aufspüren, einfach den Mund halten würde.

***

Jonas' Taktik »Nicht rausgehen, bis die Leute vor dem Haus aus Langeweile oder Desinteresse abhauen« war bisher insoweit aufgegangen, als dass die Reihen vor seinem Garten sich nach und nach lichteten. Trotzdem war er, wenn auch unter Dmitris Protest, einmal vor die Tür getreten. Er hatte das Gefühl, Lena vor dem Mob schützen zu müssen, und verkündete vor versammelter Presse, dass das eine Gebot – »Sei kein Arschloch« –, das er in die Welt gesetzt hatte, offenbar noch nicht bei allen angekommen war. Ein paar der Reporter machten betretene Gesichter, aber es dauerte keine zwanzig Sekunden, bis sie ihn wieder mit Fragen zu Lena bestürmten, die er rundheraus ignorierte.

Auf Drängen der Menge – und auch von Markus – ließ er sich schließlich breitschlagen, eine weitere Person zu heilen. Er bereute die Entscheidung schnell, als sich allerlei Rollstuhlfahrer ineinander verkeilten und ein Riesentohuwabohu entstand, als die Heilsuchenden versuchten, zu ihm zu stürmen. Aber er wollte auch für sich selbst herausfinden, ob er immer noch über diese merkwürdigen Kräfte verfügte. Also fasste er die nächstbeste Person in Reichweite an und sagte: »Du bist geheilt!«

Die geheilte Person war ein wenig repräsentatives Exemplar der Hilfesuchenden. Es handelte sich um einen Mann mittleren Alters, dem bei einer Kneipenschlägerei ein Ohr abgerissen worden war.

Wer jetzt der Meinung ist, dass das wirklich eine bemerkenswerte Kneipenschlägerei gewesen sein muss, dem kann ich das nur bestätigen. Selbst Mike Tyson war bei seinem Kampf gegen Evander Holyfield nicht so gründlich mit dem Ohr. Teilnehmer dieser Schlägerei kämpften einige Jahre darum, einen Wikipedia-Eintrag zu bekommen, allerdings wurde dieser wegen fehlender weltgeschichtlicher Relevanz immer wieder gelöscht. Doch allein die Tatsache, dass ein solcher Eintrag in Erwägung gezogen wurde, sollte die Monumentalität des Kampfs unterstreichen.

Der Mann, dessen Ohr für alle gut sichtbar und von Dutzenden Kameras beobachtet wieder nachwuchs, sollte trotzdem später auf Wikipedia Erwähnung finden – inklusive Querverweisen auf die biblische Figur Malchus –, als der Eintrag über Jonas Carstens Form annahm. Letzterer machte sich, nachdem das Ohr zu wachsen anfing, gleich wieder aus dem Staub und verschwand im Haus, immer noch erschüttert über seine neuen Superkräfte.

Natürlich führte die erfolgreiche Heilung des Ohrs zu einem noch größeren Chaos vor dem Haus, da die Versehrten, Behinderten und anderweitig um Verbesserung ihrer Lebensumstände Interessierten erneut versuchten, nach vorn zu stürmen. Da jeder meinte, das alleinige Anrecht auf Heilung zu haben, kam es schnell zu einem Handgemenge, an dem lediglich die ineinander verkeilten Rollstuhlfahrer nicht teilnahmen.

Der Mann mit dem frischen Ohr fand sich kurz darauf im Krankenhaus wieder. Zwar hatte sein neues Ohr alles gut überstanden, aber eine in die Menge geworfene Gehhilfe, hatte ihn sein linkes Auge gekostet. Dafür fehlten dem Werfer der besagten Gehilfe nun etliche Zähne, da er ohne seine Stütze – wenig überraschend – nicht in der Lage gewesen war, sich aufrecht zu halten, und deswegen mit dem Gesicht voran auf den Asphalt gekracht war.

Die Hilfesuchenden hatten also am Ende mehr verloren als gewonnen.

Markus, der sich am Wochenende mit einer guten Portion Schlaf erholt hatte, machte so weiter wie zuvor. Obwohl er diesmal mehr darauf achtete, Ruhezeiten einzuhalten. Er nahm Werbeartikel ab und gab den Reportern ausweichende Antworten auf ihre Fragen.

Seine größte Aufgabe war es, Jonas davon zu überzeugen, noch einmal vor die Studiokameras zu treten. Ein amerikanischer Sender hatte ihm Millionen für ein weiteres weltweit übertragenes Interview angeboten, aber Jonas lehnte ab, weil er Angst hatte, dass er, sollte er aus Versehen den US-Präsidenten treffen und dabei dessen Arschlochsein heilen, auf Jahre in Guantanamo eingesperrt werden würde. Markus versuchte ihm zu erklären, dass der Sender ein Team zu ihm nach Deutschland schicken könnte und die Wahrscheinlichkeit, den Präsidenten der USA zu treffen, recht gering war, aber für Jonas hatte sich das Thema erledigt.

Er wollte kein zweites Interview, also erinnerte Markus ihn daran, dass er noch etwas mit dem Sender, der das erste Interview gebracht hatte, machen müsste, weil sie sonst vertragsbrüchig wurden. Also stimmte Jonas einer Talkrunde zu, bei der er zumindest nicht ganz allein sprechen musste.

Markus kümmerte sich um alle Belange, auf die Jonas keine Lust hatte. Nach dem Ohr-Heilungs-Desaster teilte er den Menschen mit, dass Jonas nun nicht mehr aus dem Haus kommen würde. Allerdings drückte er sich dabei unglücklich aus, so dass die Leute annahmen, er sei derjenige, der Jonas geraten hatte, nicht mehr zu erscheinen. Also wurde er ausgebuht und mit diversem Gemüse beworfen, das irgendwer offenbar vorsorglich mitgenommen hatte, sollte der Fall eintreten, dass Gemüse geworfen werden musste.

Manchmal war ich mir nicht sicher, ob ich bei der Entwicklung des Menschen nicht etwas fundamental falsch gemacht habe.

Zusätzlich äußerte sich Markus in öffentlichen Stellungnahmen, sei es im Fernsehen oder in Zeitungsberichten, dazu, was von Gudrun zu halten war. Die hatte sich der religiösen Vereinigung, die sich »Zeugen von Jonas« nannte, angeschlossen und sich mehrmals in den Medien darüber echauffiert, wie ihr Sohn mit den Gläubigen umging.

Die Gruppe hatte zwar ein paar Mitglieder verloren, nachdem Jonas im ersten Interview die Interpretationen seiner Texte zu Blödsinn erklärt hatte, aber der Zirkel hatte sich trotzdem hartnäckig gehalten, beflügelt von der Überzeugung, die Wiedergeburt Christi sei vonstattengegangen. Die Tatsache, dass die Mutter Gottes – Gudrun – nun ebenfalls zu ihrem Kreis zählte, gab der Bewegung Rückenwind.

Es ist schon bezeichnend, wie mängelbehaftet die menschliche Natur ist, wenn religiöse Narretei gegen Menschenverstand obsiegt.

Markus versuchte Gudruns Äußerungen oder die der Gruppe zu entkräften, aber jegliche Diskussion machte sie nur noch stärker. Zumindest gelang es ihm, der Allgemeinheit klarzumachen, dass Jonas durchaus einen Vater gehabt hatte und nicht etwa eine Jungfrauengeburt war. Die Tatsache, dass sein Vater vor vielen Jahren an einer Gräte erstickt war, weil seine Frau darauf bestanden hatte, freitags Fisch zu essen, hatte er allerdings unterschlagen.

Seltsamerweise nahmen die »Zeugen von Jonas« kaum Bezug auf das, was ihr Prophet bereits gesagt hatte. »Sei kein Arschloch« benutzten sie zwar, hatten es allerdings in ein weniger eingängiges »Sei kein Unhold« abgewandelt.

Findige Reporter und Markus versuchten, Gudrun oder anderen Sprechern der Gruppe zu entlocken, warum sie denn ganz offensichtlich Jonas' Wort derartig verbogen, wenn sie doch glaubten, dass er der Messias wäre. Die Erklärung lief in der Regel darauf hinaus, dass sie ihn als menschliches Gefäß für die Nachrichten Gottes ansahen, die noch in Reinform gebracht werden müssten.

Im Grunde habe ich das schon etliche Male erlebt. Prophet sagt etwas, und seine Anhänger tragen es so weiter, wie es ihnen am besten in den Kram passt. Der Unterschied diesmal war, dass der Prophet noch lebte, als seine Worte verdreht wurden. Oder wieder lebte.

Dieses Wortverdrehen war es auch, was Jonas am meisten Angst machte. Immer wieder wollte er die Arbeit an seinem Buch abbrechen, weil er befürchtete, dass die ein oder andere Zeile fehlinterpretiert werden könnte. Selbst Markus, der weniger an die Wichtigkeit des neuen Buchs als religiöser Leitfaden glaubte, sondern nur an das Geld, das sie damit machen konnten, war sich nicht sicher, ob die Niederschrift überhaupt eine gute Idee war.

Jonas hatte ihm immer mal wieder Teile des Buchs vorab zu lesen gegeben. Bislang beschränkte er sich vor allem darauf, irgendwelche Ungerechtigkeiten in der Welt und historische Fehlentscheidungen anzuprangern, die auf Basis religiöser Überlegungen getroffen worden waren.

An einem Abend beim gemeinsamen Abendbrot mit Jonas, Lena und Dmitri sagte Markus: »Damit wirst du alle etablierten Kirchen vor den Kopf stoßen, Jonas.«

Der zuckte mit den Schultern und schob sich noch einen Löffel Kartoffelsuppe in den Mund.

»Macht dir das etwa keine Sorgen?«, fragte Markus.

»Ich mache mir weniger Sorgen darum, dass ich irgendwelchen Kirchen auf den Schlips trete, als dass irgendwer das zum Anlass nimmt, seinen Blödsinn zu rechtfertigen.«

»Aber du willst es trotzdem durchziehen?«

Jonas runzelte die Stirn. »Von dir hätte ich am wenigsten Widerstand erwartet.«

Lena nickte zustimmend.

»Ich mache mir einfach Sorgen um meinen Klienten«, sagte Markus.

Jonas schaute ihn durchdringend an. »Und ich dachte, dein *Freund* würde dir mehr am Herzen liegen.«

»Du weißt genau, wie ich das meine. Aber das ist ein gutes Beispiel dafür, wie sehr das Übermitteln von Botschaften in die Hose gehen kann.«

»Und es ist ein gutes Beispiel dafür, wie gut ich auf genau solche Nuancen achte.«

»Ist ja gut«, sagte Markus.

Sie aßen weiter, ehe Jonas das gefräßige Schweigen unterbrach.

»Ich habe die Zehn Gebote neu geschrieben.«

Die anderen schauten sich an.

»Was nicht in Ordnung mit alten Zehn Geboten?«, fragte Dmitri.

»Die sind zu … larifari«, sagte Jonas und präzisierte, als ihn der Russe fragend ansah: »Nicht präzise genug.«

»Lass hören«, sagte Markus.

Jonas zog einen Zettel hervor und las: »Erstens: Sei kein Arschloch.«

Alle am Tisch nickten.

»Zweitens: Man ist kein Arschloch, solange man niemanden benachteiligt, niemandem willentlich Schaden zufügt und seinen Mitmenschen, anderen Lebewesen und der Welt im Allgemeinen mit Liebe, Ehrlichkeit, Zuverlässigkeit und Respekt begegnet.«

»Das ist lang«, sagte Dmitri.

»Drittens: Allen Menschen soll die gleiche Liebe, Ehrlichkeit, Zuverlässigkeit und Respekt entgegengebracht werden, gleich welcher Herkunft, Ethnie, Geschlecht oder sexuellen Präferenz.«

Keiner sagte etwas.

»Viertens: Sollte sich mal jemand wie ein Arschloch verhalten, versuche nicht selbst in die Verhaltensweise eines Arschlochs zu verfallen, sondern überzeuge ihn mit Argumenten, wie auch du dich von besseren Argumenten überzeugen lassen solltest.«

Nun beugten sich Markus und Lena vor.

»Fünftens: Sollte sich jemand wie ein Arschloch verhalten haben und seine Taten eingestehen und ehrlich bereuen, sei gerecht in deinem Urteil über ihn und sei bereit zu verzeihen.«

»Das klingt für mich recht schwammig«, sagte Markus. »Aber lies erst mal weiter.«

»Sechstens: Du sollst nicht töten, stehlen oder sonstige Ungerechtigkeiten an anderen begehen, es sei denn, andere Menschen würden ohne dein Einschreiten zu Schaden kommen.«

Dmitri zeigte sich beeindruckt. »Dafür braucht Bibel drei Gebote. Du bist mehr effektiv.«

»Siebtens: Sei offen für neue Erkenntnisse und Kritik und stelle alles in Frage, auch deine eigenen Ansichten, aber stehe zu deinen

Überzeugungen. Ehrlich gesagt bin ich mir hier nicht ganz sicher, ob das nicht mit Gebot Nummer vier schon gesagt ist.«

»Passt schon«, sagte Lena.

»Achtens: Strebe danach, Neues zu lernen.«

Markus schaute skeptisch. »Und das kommt ausgerechnet von dir?«

»Neuntens: Versuche die Welt für die folgende Generation besser zu hinterlassen, als du sie vorgefunden hast.«

»Das finde ich jetzt schwammig«, sagte Lena.

»Zehntens … ja, nun, da habe ich eigentlich nichts. Ich habe schon überlegt, ob ich an zehnter Stelle etwas völlig Schwachsinniges schreiben soll. Irgendwas, das man nicht falsch interpretieren kann und das die Leute, die den Text allzu wörtlich nehmen, dann machen müssten. So etwas wie … Donnerstag ist der Keine-Hosen-Tag. Oder: Hüpfe vor dem Zubettgehen für fünf Minuten auf einem Bein.«

»Iss Suppe mit der Gabel«, schlug Lena vor.

Markus schaute die beiden verwirrt an. »Meint ihr wirklich, dass so etwas hilfreich wäre?«

»Meine Güte, sei doch nicht so ein Gnatzkopf. Wir machen doch nur Spaß«, sagte Jonas.

Markus murmelte irgendwas Unverständliches und aß weiter.

»Klopapier«, sagte Dmitri. »Du schreibst in Buch, dass Klopapier immer muss gehängt werden mit Papier oben liegend.«

»Was?«, fragten Lena und Jonas gleichzeitig.

»Manche hängen Klopapier andersherum. Dann man muss abreißen von unten. Funktioniert nie richtig. Macht mich wahnsinnig.«

Lena nickte zustimmend. Markus zog eine Augenbraue hoch und stimmte dann ebenfalls zu.

»Das ist vielleicht nicht so lustig wie die anderen Vorschläge, aber es ist ein guter Hinweis«, sagte Jonas. »Vielleicht nicht das beste Thema für den Abendbrottisch, aber ich werde es mit aufnehmen.«

Und ich möchte hier klarstellen, dass es auch meine volle Unterstützung hat. Falsch herum aufgehängte Klorollen sind was für Heiden!

»Also gefallen euch die Gebote?«, fragte Jonas.

Markus, Lena und Dmitri schauten sich wechselseitig an und nickten dann.

»Wie gesagt«, meinte Lena, »hier und da ist es vielleicht noch etwas ausbaufähig, aber im Großen und Ganzen …«

»Und viel weniger Schimpfworte, als man annehmen könnte. Dabei fällt mir ein«, sagte Markus, während er den Löffel weglegte und sich den Mund abwischte, »dass ich euch noch die Merchandising-Artikel zeigen wollte.«

»Bitte was?«, fragte Jonas.

»Die Werbeartikel, die ich habe herstellen lassen. Die können Kunden über unsere Website kaufen. Ich dachte, dass du sie vielleicht in der Sendung erwähnen kannst.«

»Was für eine Website?«

»Nun, sie ist noch nicht fertig, aber zum Interview wird sie es sein.«

»Was für eine Website? Was für Werbeartikel? Wovon redest du? Ich habe zu nichts mein Okay gegeben!«

Markus sah überrascht aus. »Nun, ich hatte einfach angenommen … unser Vertrag.«

»Was?«

»In unserem Vertrag steht, dass ich mich um so etwas kümmern könnte. Nur weil es bisher nicht relevant war, habe ich mich deswegen nie an dich gewandt.«

Jonas rieb sich die Stirn.

Lena nahm seine andere Hand und wandte sich an Markus. »Was genau hast du denn gemacht?«

»Kleinen Moment, ich hole es schnell.« Markus sprang auf und rannte aus dem Zimmer.

Sie hörten, wie er im Flur in einem mitgebrachten Karton wühlte.

»Wie soll ich einen Text schreiben, der den Leuten sagt, dass sie das Richtige tun sollen, wenn Markus in meinem Namen Werbeartikel verkauft?«, sagte Jonas leise.

»Erst mal schauen, was es überhaupt ist. Dann fällt uns schon noch was ein«, entgegnete Lena.

Dmitri schlürfte weiter seine Suppe, bis Markus zurückkam und die Teller, Gläser und allen weiteren Kram, der auf dem Tisch stand, beiseiteschob. Dann legte er ein paar Sachen hin.

Jonas und Lena standen auf. Dmitri blieb stoisch sitzen.

»Was ist das denn?«, fragte Jonas und griff nach einem Stück Stoff.

»Eine Flagge. Mit dem Logo drauf.«

»Und was soll das für ein Logo sein?«

Es war ein kleiner schwarzer Kreis, von dem alternierend acht lange und acht kürzere Linien sternförmig abgingen. Ein großer roter Kreis umschloss das Ganze, während ein roter Strich quer durch den roten Kreis ging. Bis auf den Kreis mit den sternförmigen Linien sah es ein wenig wie ein Halteverbotsschild aus.

»Was soll das denn sein?«, fragte Jonas.

»Dein Logo. Quasi dein Markenzeichen.«

»Warum ist die Sonne durchgestrichen?«

»Das ist keine Sonne.«

»Das ist keine … was soll es denn sonst … oh. Oh!« Es dämmerte Jonas.

Dmitri nahm einen der Merchandising-Kugelschreiber vom Tisch und starrte auf das Logo.

»Das kann doch wohl nicht dein Ernst sein, Markus!«, brüllte Jonas.

Lena versuchte zu ergründen, warum er sich so aufregte. »Kann mir einer sagen, was hier los ist?«

Markus verteidigte sich. »Ich hab einen Designer damit beauftragt. In der Kürze der Zeit kam er auf keine bessere Idee als das.«

»Vielleicht hättest du ihm dann mehr Zeit geben sollen!«, sagte Jonas. »Meine Fresse, damit sollen die Leute wirklich rumlaufen?«

»Wir hatten eben keine Zeit. Ich wollte so bald wie möglich etwas haben, damit wir das Geschäft machen und nicht jemand anderes. Ich habe das Zeichen gleich schützen lassen.«

»Du meine Güte«, sagte Jonas und hielt sich die Hand an die Stirn.

Lena fuchtelte mit den Armen und signalisierte, dass sie nicht verstand, was das Zeichen eigentlich bedeutete.

»Das macht auf mich Eindruck von, wie sagt man, Schwulenfeindlichkeit«, meinte Dmitri.

Jonas riss die Augen auf. »Bitte, Markus. Da hast du's. Das kann falsch verstanden werden.«

»So ein Quatsch«, sagte Markus. »Nur weil da ein durchgestrichenes Arschloch drauf ist, hat das doch nichts mit Homosexuellen zu tun. Schwulsein ist schließlich nicht nur Analsex! Außerdem haben die doch schon den Regenbogen vereinnahmt.«

»Wartet«, sagte Lena. »Das soll ein Arschloch sein?«

Markus schaute sie überrascht an. »Ich dachte, es wäre offensichtlich. Der springende Punkt seiner Lehre«, er zeigte auf Jonas, »ist doch: Sei kein Arschloch. Ich fand, ein durchgestrichenes Arschloch wäre ein angemessenes Zeichen.«

Jonas schüttelte den Kopf. »Du findest ernsthaft, dass das ein *angemessenes* Zeichen für mich ist?«

Markus starrte ihn an. »Also, wenn du das so ausdrückst …«

»Markus«, fragte Lena, »wie viele von diesen Sachen hast du denn geordert?«

»Mehrere tausend T-Shirts, Kugelschreiber, Flaggen, Aufkleber … mehr ist mir erst mal nicht eingefallen. Die Schilder brauchen noch ein bisschen.«

»Mehrere tausend?«, rief Jonas.

»Na ja, für den Anfang. Später werden es natürlich mehr.«

»Glaubst du ernsthaft, dass das irgendwer kauft? Und selbst wenn es jemand kauft, was meinst du, wie das auf uns zurückfällt?«

»Das Einzige, was auf uns zurückfällt, sind die satten Gewinne, die wir einfahren.«

Jonas schüttelte den Kopf. »Ich werde mit Sicherheit niemals so ein T-Shirt tragen.«

»Aber warum nicht?«, fragte Markus. »Denk an das Geld!«

»Markus, es geht hier nicht ums Geld. Es geht darum, dass ich, wenn ich diese Rolle als Heiland oder was auch immer annehmen soll, nicht auf der einen Seite ›Sei kein Arschloch‹ predigen und auf der anderen den Leuten das Geld aus der Tasche ziehen kann. Predigen ist vielleicht nicht das richtige Wort, aber du weißt schon.«

»Warum nicht? Das schließt sich doch nicht aus. Außerdem habe ich gedacht, dass das hier so eine ›Tu, wie ich sage, aber nicht, wie ich tue‹-Situation ist. Ich meine, du schreibst doch nur wegen des Geldes.«

Jonas schaute ihn verblüfft an. »Nein, mache ich nicht.«

Nun war es an Markus, verblüfft zu sein.

»Wie kommst du denn darauf?«, fragte Lena. »Du weißt doch, wie sehr ihm *Der Wind in den Datteln* am Herzen lag.«

»Ich hab das immer für einen Ausrutscher gehalten.«

»Ausrutscher?«, empörte sich Jonas.

»Na ja, Brot und Butter waren die Janine-Czerny-Romane. Du willst mir doch nicht erzählen, dass du die wegen der großen Kunst geschrieben hast.«

»Nein, aber ich dachte, dass ich immer sehr deutlich gemacht habe, dass ich …«

»… die nur wegen des Geldes geschrieben habe«, unterbrach Markus. »Das ist ja mein Punkt. Früher war es dir gut genug, für Geld irgendwas zu machen, und nun nicht mehr? Tu nicht so, als wärst du plötzlich ein besserer Mensch.«

Jonas runzelte die Stirn, hinter der es rumorte. Markus beobachtete ihn, machte sich aber offenbar keine Gedanken darüber, ob er ihn gerade verletzt haben könnte oder nicht. Lena hob die Augenbrauen, und ihr Blick wanderte zwischen den beiden hin und her. Sie kratzte sich am Arm. Nur Dmitris Schlürfen unterbrach die Stille.

»Von mir aus verkaufe den Kram«, lenkte Jonas ein. »Aber lass mich damit in Ruhe. Das ist dein persönliches Ding.«

»Aber …«, setzte Markus an, wurde aber von Jonas' erhobener Hand unterbrochen.

»Ich möchte nicht, dass irgendwo mein Konterfei erscheint. Haben wir uns verstanden?«

»Aber wir haben doch im Vertrag klar geregelt, dass …«

Jonas wurde ärgerlich. »Wenn du noch einmal so etwas machst, ohne mich vorher zu fragen, dann haben wir die längste Zeit einen Vertrag gehabt.«

Markus stand der Mund offen. Lena kratzte sich weiter am Arm und wünschte, sie hätte ihr Strickzeug zur Hand.

»Mich haben schon andere Manager angerufen, Markus. Man hat mich auch gewarnt, dass du kein guter Manager seist. Aber ich bin loyal. Und ich interessiere mich nicht nur für Geld.«

»Meinst du denn, die Typen würden das anders sehen als ich?«

»Nein, aber andere Typen sind auch nicht meine besten Freunde. Und ich wäre dann auch nicht so enttäuscht von ihnen.«

Markus ließ die Schultern hängen. »Ich wollte ja nur …«

»… alle Schäfchen ins Trockene bringen. Ich verstehe das schon«, sagte Jonas. »Aber mittlerweile geht es hier nicht mehr nur um den Schriftsteller Jonas Carstens, es geht hier um jemanden, der vielleicht die Welt verändern kann. Und da dürfen monetäre Gedanken nicht das Wasser trüben.«

Markus nickte. »Dir ist aber schon klar, dass deine Sicherheit nicht umsonst ist. Ich meine, Dmitri hier«, er zeigte auf ihn, »arbeitet nicht umsonst. Der Wagen, mit dem du ungestört hin und her fahren kannst, ist nicht umsonst. Eigentlich brauchst du noch mehr Bodyguards, weil Dmitri nicht den ganzen Tag wach sein kann. Ganz abgesehen davon, dass auch Lena geschützt werden muss, weil ein paar deiner verrückteren Freunde sich sehr unschön über sie im Internet äußern. Auch das wäre nicht umsonst. Ich habe die Berge von Fanpost und Autogrammwünschen im Flur gesehen, in die keiner mehr schaut, weil du gar nicht dazu kommst. Eine Sekretärin oder Ähnliches, die sich darum kümmern könnte, wäre nicht umsonst. Vermutlich müsste dein Vorgarten mal wieder in Ordnung gebracht werden. Vielleicht ein neuer Zaun. Der ist auch nicht umsonst.«

»Oder die verdammte Eingangstür, die endlich mal repariert werden könnte«, murmelte Lena.

Markus nickte ihr zu. »Ein paar Nachbarn haben mich angeschrieben, ob man nicht etwas gegen die Menschenmassen vor deinem Haus unternehmen kann, weil auch sie davon betroffen sind, wenn auf der Straße nichts mehr geht. Einige überlegen, dich zu verklagen. Die Anwälte, die sich dann damit beschäftigen müssten, tun das nicht umsonst. Also, meine Frage an dich: Wie willst du das bezahlen? Indem du ernsthaft auf Heiland machst oder indem du die Leute für ihren Fanatismus bezahlen lässt?«

Jonas rieb sich die Schläfen.

»Und wenn wir schon dabei sind … du bist enttäuscht darüber, dass ich mich um deine finanziellen Belange kümmere? Ich dachte, dass ich dafür da wäre.«

»Aber nicht dafür, irgendwas zu entscheiden, ohne mich vorher zu konsultieren!«

»Wenn ich alles erst mit dir absprechen würde, kämst du gar nicht zum Schreiben. Und darf ich mal fragen, seit wann du diese Messias-Sache so ernst nimmst? Ich dachte, du schreibst das neue Buch nur, um die Leute zu verarschen und Geld zu machen.«

»Das Geld wollte ich einem wohltätigen Zweck spenden. Rettet die Manatees oder so.«

»Was haben denn Seekühe mit dem Ganzen zu tun?«

»Na, wenn ich schon Menschen beeinflussen kann, dann, um etwas Gutes zu tun.«

»Und das Erste, was dir dazu einfällt, sind Seekühe?«

»Wir haben neulich diese Doku im Fernsehen gesehen«, sagte Lena.

»Wie auch immer, nimmst du die Sache jetzt auf einmal ernst? Wann ist denn das passiert?«

»Während du schliefst«, sagte Lena.

»Was ist das hier, ein Sandra-Bullock-Film?«

»Als du deinen Kaffeerausch ausgeschlafen hast, hat mich Lena überzeugt, dass ich meine spezielle Situation dazu nutzen sollte, um sie in etwas Gutes zu verwandeln.«

Markus warf die Arme in die Luft.

»Markus, du hast doch gerade selbst gesagt, dass die Bedrohung für Lena und mich real ist. Dann müssen wir es doch auch ernst nehmen.«

Markus seufzte. »Die Bedrohung natürlich, aber deswegen muss ich doch nicht ernst nehmen, dass du plötzlich irgendwie … göttlich bist.«

Jonas stotterte. »Ja … nein … was weiß ich.«

»Hast du eine bessere Erklärung?«, fragte Lena.

»Als was? Dass er von Gott geschickt wurde?«, fragte Markus.

Sie nickte. Dmitri hielt mit einer Hand seinen Teller hoch und wollte den Löffel zum Mund führen, hielt aber mitten in der Bewegung inne.

Alle blickten Jonas an, der sich überhaupt nicht wohl dabei fühlte.

»Leute«, sagte er schließlich, »ich weiß es doch auch nicht. Ich glaube nicht an Gott, aber irgendwie merkwürdig ist das doch schon, meint ihr nicht?«

Also mir ist auch schon durch den Kopf gegangen, dass ich bei der Schöpfung nicht richtig aufgepasst habe, weil ich mit den Menschen nicht direkt reden kann. Es hätte die Sache doch sehr vereinfacht, wenn ich klärend hätte eingreifen können.

»Mich rufen fast jeden Tag Ärzte an, die dich gern untersuchen würden«, sagte Markus. »So wie die aus dem Krankenhaus nach der Messerattacke.«

»Tagelang wollten die mich dabehalten«, ereiferte sich Jonas. »Und sie haben mit meinem Blut experimentiert und auch nichts gefunden.«

»Ja, aber wenn du wissen willst, was mit dir los ist, wen kannst du denn dann fragen? Einen Astrophysiker? Den Bäcker vom Supermarkt um die Ecke? Den Pfarrer deiner Mutter hast du ja gleich vergrault.«

»Ihr meint also, dass ich mich untersuchen lassen sollte?«

Markus nickte.

»Nein«, sagte Jonas schließlich. »Es wird mit Sicherheit rational erklärbar sein. Und wenn sich das herumspricht, werden die Leute nicht auf das hören, was ich ihnen im Buch oder im Fernsehen zu sagen habe.«

»Junge, du heilst Leute von Blindheit oder abgerissenen Ohren. Ich glaube, sie hören in jedem Fall auf dich«, sagte Markus. »Und wie das ansatzweise rational zu erklären sein sollte, erschließt sich mir auch nicht.«

Jonas und Lena sahen sich an. Lena sagte nichts und verzog auch keine Miene, aber Jonas wusste, was sie dachte. Es war das, was auch er dachte. Das, was immer offensichtlicher wurde.

»Selbst wenn diese Gaben wirklich von Gott kommen, was meinst du, würde er – oder sie – zum Thema Arschloch-T-Shirts sagen?«

»Was weiß ich«, sagte Markus. »Sind Gottes Wege nicht unergründlich?«

»Wenn das dein Gewissen beruhigt.«

»Mein Gewissen wird ruhig auf einem mit Geldscheinen gepolsterten Kissen schlafen.«

Jonas seufzte. »Wie gesagt, lass mich da raus. Mach, was du willst. Aber du musst zugeben, dass so ein Kreuz oder Halbmond doch etwas gefälliger für die Augen ist als das, was du als Logo für uns ausgesucht hast.«

KAPITEL 20

IM KREUZFEUER

Am nächsten Abend fand sich Jonas in der Maske des Fernseh-studios ein, wo ihm dieselbe Frau wie zuvor das Make-up ins Gesicht schmierte. Er fragte sich, ob der Kaugummi, auf dem sie kaute, immer noch derselbe war.

Diesmal blökte sie ihn nur dreimal mit »Nicht bewegen!« an, bevor der Regieassistent ihn rettete und an den Bühnenrand zerrte. Das Bühnenbild war ähnlich spartanisch wie beim ersten Mal, aber nun standen gleich mehrere Stühle im Halbkreis dem Publikum zugewandt.

Jonas beobachtete, wie Markus etwas abseits mit einer Frau der Produktion flirtete und ihr ein T-Shirt mit dem Logo gab. Er schüttelte genervt den Kopf, aber Lena schmiegte sich an seinen Arm, und der Ärger verflog wieder. Er merkte, dass sie nervöser war als er.

»Was ist los?«, fragte er. »Du zitterst ja.«

Sie antwortete nicht, und er fragte weiter: »Die Typen von vor-hin?«

Sie nickte.

Auf dem Weg zum Studio hatten ihm wie üblich die Massen zugejubelt, aber ein paar sehr laute Leute mit Transparenten, auf denen keine netten Dinge standen, hatten Lena unschöne Sachen zugerufen. Einer hatte sogar angekündigt, sie umzubringen. Glück-licherweise war ein Polizist in der Nähe und hatte sich den Mann gleich gegriffen.

»Über die Idioten brauchst du dir doch keine Gedanken zu ma-chen«, sagte Jonas.

»Wenn das so wäre, bräuchten wir keinen Bodyguard«, sagte sie und schaute zu Dmitri hinüber, der auf einer Bank in der Nähe gerade eine Banane aß. Eine Tüte mit einem Dutzend weiterer Bananen lag neben ihm. Sie hatten sie auf dem Weg zum Studio noch schnell gekauft.

»Ich weiß nicht, ob ich mich daran gewöhnen kann, dass mich die Leute hassen. Das ist neu für mich.«

»Für mich ist neu, dass mich die Leute mögen. Früher fanden sie mich nervig oder vulgär.«

»Mir ist aufgefallen, dass du viel weniger fluchst.«

»Grund genug hätte ich noch.«

»Solange du dich in der Sendung etwas zusammenreißt, ist alles super.«

»Mal sehen, ob mir das gelingt. Die Gästeliste ist ja wenig inspirierend. Es gibt gar keine offiziellen Vertreter der Kirchen.«

»Weil die erst mal abwarten wollen, ob du überhaupt eine Größe bist, mit der sie rechnen müssen. Sie wollen dich nicht dadurch legitimieren, dass sie sich neben dich in die Sendung setzen.«

»Ich hätte gedacht, der Rummel der letzten Tage wäre Anlass genug. Auf jeden Fall kommt mir die Runde hier wieder mal typisch deutsch vor.«

»Du wolltest es doch nicht anders, mein Schatz.« Lena drückte ihm einen Kuss auf die Wange.

Jonas lächelte und schaute sich weiter um. Bis jetzt hatte er den neuen Moderator nicht erblickt. Als ihm Markus den Namen genannt hatte, war er erleichtert, denn im Gegensatz zu der Föhnfrisur vom letzten Mal konnte er diesen Mann leiden.

Er bemerkte einige Mitarbeiter der Produktion, die in der Ecke standen und tuschelten. Vermutlich über ihn, da sie immer wieder herüberschauten und dann demonstrativ wegsahen, wenn er in ihre Richtung blickte. Eine Mitarbeiterin kam sogar direkt auf ihn zu und wollte ein Foto mit ihm. Sie schaute Lena an, als wäre es unter ihrer Würde, mit ihr zu sprechen, was Lena zum Anlass nahm, zu Dmitri zu gehen, während Jonas, der den längeren Arm hatte, mit dem Handy der Mitarbeiterin ein Selfie schoss. Nachdem das erledigt war, sprang sie freudig erregt und ohne ein weiteres Wort davon.

»Gern geschehen«, murmelte Jonas, gerade als der Regieassistent aus dem Nichts wieder auftauchte und ihn näher an die Bühne scheuchte.

Er fühlte sich irgendwie einsam. Außer dem Regieassistenten, der Selfie-Frau und der Visagistin hatte keiner mit ihm gesprochen. Nun, bei der Visagistin war er nicht sicher, ob die mehr als zwei Worte beherrschte. Ihm waren nicht mal die anderen Gäste vorgestellt worden.

Ein paar Minuten später trat der Moderator ins Rampenlicht und sprach ein paar einleitende Worte. Nach und nach rief er die Gäste der Talkrunde auf die Bühne, wo sie auf den im Halbkreis angeordneten Sesseln Platz nahmen. Jonas sagte keiner von ihnen etwas, auch nicht, nachdem sie vorgestellt worden waren.

Da war zum einen eine Muslima aus dem Ruhrgebiet, die sich laut Moderator für Frauenrechte im Islam einsetzte. Ihr folgte ein Politiker von der CSU, der sich für mehr Einfluss der Kirche in der Politik starkmachte. Als dritten Gast hatte man, quasi als Gegenpol zum CSU-Politiker, eine Frau von den Grünen eingeladen, die sich strikt für eine Trennung von Kirche und Staat aussprach.

Noch bevor Jonas auf die Bühne gerufen wurde, hatte er das ungute Gefühl, hier als Spielball für politische Rangeleien zu dienen. Am liebsten wäre er gleich wieder gegangen, aber Markus hatte ihn eindringlich davor gewarnt, vertragsbrüchig zu werden. Und außerdem würde er zumindest ein paar Leute auf seine Seite ziehen können.

Als der Moderator seinen Namen nannte, trat Jonas auf die Bühne, zum donnernden Applaus des Publikums. Er winkte die Sitzreihen hinauf und wandte sich dann den Leuten auf der Bühne zu. Als er dem Moderator die Hand geben wollte, zögerte der. Für einen Moment stand Jonas mit ausgestreckter Hand herum und wollte gerade den peinlichen Moment unterbrechen, als der Moderator sie doch noch ergriff. Die Muslima nahm seine Hand mit einem festen Griff, aber die beiden Politiker sahen ihn mit einem Blick an, der wohl sagen sollte: »Setz dich bloß hin und lass mich in Ruhe.«

Jonas nahm im Sessel ganz rechts Platz, so dass die Muslima und der CSU-Politiker den Moderator auf der linken Seite flankierten, er und die Grünen-Politikerin rechts.

»Herzlich willkommen bei unserem Talk, der sich heute ganz um das Thema ›Religionen in Deutschland – Brauchen wir die Kirchen noch, oder gibt es eine Alternative?‹ dreht«, sagte der Moderator und hielt die Karten mit seinen Notizen eng an den Körper. »Wir möchten uns dem Thema vor allem in Hinblick auf die Geschehnisse rund um Jonas Carstens nähern, der heute bei uns ist.«

Das Publikum klatschte, und Jonas sah die rote Lampe über einer der Kameras, die direkt auf ihn draufhielt. Er lächelte und nickte.

Ein Moment des Unbehagens entstand, als die Kamera weiter auf ihn gerichtet blieb, er aber nichts sagte. Sein Blick suchte nach einem Hinweis, was von ihm nun erwartet wurde, aber alle starrten ihn nur an.

»Äh, soll ich irgendwas sagen?«

Hier und dort wurde gelacht. Der CSU-Politiker, der ihm schräg gegenübersaß, verdrehte die Augen.

»Herr Carstens«, sagte der Moderator, »schwindende Mitgliederzahlen, immer weniger Gläubige, Messen werden vor halbleeren Kirchen gelesen. Was glauben Sie, woran das liegt?«

Jonas stieß die Luft aus. »Tja, also, ich kann da auch nur Vermutungen anstellen auf Basis meiner Weltsicht.«

Der Moderator nickte ermunternd.

»Meiner Meinung nach passt das klassische Bild der Kirche nicht mehr in die moderne Zeit. Wenn wir mal ganz ehrlich sind, kommt einem so eine Kirche, so modern sie vielleicht von außen aussehen mag, doch immer etwas betagt vor. Und wenn dann noch Texte gelesen werden, die eher auf die Sorgen und Nöte der Menschen vor zweitausend Jahren eingehen, finden sie damit heutzutage vielleicht nicht mehr so viel Anklang.«

Der CSU-Politiker schnaubte.

»Herr Huber, vielleicht möchten Sie da gleich einhaken«, leitete der Moderator über.

Der Bayer räusperte sich. »Ich finde es schon sehr dreist, dass sich ein dahergelaufener Schwindler wie Sie anmaßt, ein Urteil über die Bibel, die Gottes Wort ist, zu fällen. Haben Sie nicht sogar im Fernsehen behauptet, sie seien Atheist?«

Jonas nickte.

»Wieso meinen Sie dann, sich dazu äußern zu können?«

Jonas lächelte. »Ich nehme an, Sie sind kein Fan von mir.« Teile des Publikums lachten. »Also zuerst mal, ich wurde in diese Talkrunde eingeladen, man hat mir eine Frage gestellt, und ich habe geantwortet. Meiner Meinung nach ist es ein Gebot der Höflichkeit, zu antworten, wenn man eine Frage gestellt bekommt. Und Sie scheinen der Meinung zu sein, dass ich mich als Atheist nicht zu Themen wie der Bibel äußern dürfte. Dann frage ich mich allerdings, was diese Talkrunde überhaupt soll.«

Der Moderator ging beschwichtigend dazwischen. »Ich möchte noch einmal betonen, dass wir heute alle möglichen Sichtweisen in Bezug auf die Kirchen in Deutschland hören wollen, weswegen wir eben Menschen mit allen erdenklichen Hintergründen eingeladen haben.« Er wandte sich der Muslima zu. »Frau Erdem, was denken Sie als Muslima über die Rolle des Islams in der Gesellschaft?«

»Der Islam spielt jetzt und auch in Zukunft eine große Rolle in unserem Leben. Ich teile Herrn Carstens' Ansicht, dass unsere Kirchen zum Teil etwas altmodisch erscheinen, aber ich glaube, dass das nur die Folge einer veralteten Auslegungsweise der Schriften ist.«

»Weswegen Sie auch der Meinung sind, dass die Rolle der Frau im Islam nicht so restriktiv ist, wie sie zum Teil interpretiert wird?«, fragte der Moderator.

»Das ist richtig«, antwortete die hübsche junge Türkin mit einem Lächeln in die Kamera.

»Frau Sperber-Butterbrodt«, wandte sich der Moderator an die Politikerin von den Grünen, »finden Sie, dass Religion in unserer Zeit noch ein Thema ist?«

Die Politikerin fuhr sich mit der Zunge über die Zähne, was ein leises schmatzendes Geräusch erzeugte und Jonas irritierte. In Großaufnahme sah das auf dem Bildschirm bestimmt wenig ansprechend aus.

»Meiner Meinung nach ist es gut, wenn die Kirchen an Einfluss verlieren, vor allem in der Politik. Und leider stimme ich mit Herrn Carstens nicht darin überein, dass es eine Reform der Kirche benötigt. Vielleicht ist es eine gute Sache, dass sich die Religionen mit der Zeit selbst überleben.«

Der Bayer richtete sich im Sessel auf. »Wenn wir überhaupt ein Problem in der heutigen Politik haben, dann liegt es daran, dass die Kirche nicht genug Einfluss hat.«

»Aber Sie können doch unmöglich meinen ...«

Der Bayer und die Grüne begannen sich lautstark zu streiten und sich gegenseitig Worte an den Kopf zu werfen. Jonas verstand schon nach zwei Sätzen nichts mehr, während der Moderator, der direkt zwischen den beiden saß, versuchte, mäßigend einzugreifen.

»Ich bitte Sie, sich zu beruhigen und die Diskussion auf zivile Art und Weise zu führen. Wir wollen auch den anderen Gästen die Möglichkeit geben, sich zu äußern.«

Der Bayer schnaubte und verschränkte die Arme vor der Brust, während die Grüne mit hochgezogenen Augenbrauen an die Decke stierte.

Jonas hatte bereits vor der Sendung wenig Lust auf das Ganze verspürt, jetzt saß er unsicher auf dem Sessel, starrte in die Kameras und fragte sich, was er hier sollte.

»Herr Carstens«, fuhr der Moderator fort, »Sie sagen ja von sich selbst, dass Sie Atheist sind ...«

Jonas nickte.

»… und dennoch scheinen Sie so etwas wie eine eigene Religion, eine Alternative zu den etablierten Kirchen aufzubauen. Steht das nicht im Widerspruch zueinander?«

Jonas setzte sich aufrecht hin. »Dass ich im Grunde meines Herzens Atheist bin, ist korrekt, auch wenn ich zugeben muss, dass die Umstände in meinem Leben einen vielleicht recht biblischen Verlauf genommen haben.«

»Damit meinen Sie Ihre Wiederauferstehung?«,

Jonas beugte sich vor und nickte. »Aber ich will klarstellen, dass ich keine neue Religion gründen möchte.«

»Unseren Informationen zufolge«, der Moderator schaute auf seine Karten, »planen Sie allerdings, ein Buch mit Leitsätzen herauszugeben. Ist das korrekt?«

»Ja, durchaus, aber …«

»Manche bezeichnen das bereits als neue Bibel. Sehen Sie darin die von Ihnen angestrebte Reformierung der Kirche?«

Der Bayer echauffierte sich. »So weit kommt es noch.«

»Herr Huber, bitte lassen Sie Herrn Carstens ausreden.«

»Ein Typ mit *Sei kein Unhold*-Gerede, der noch nicht mal an Gott glaubt, soll die Kirche reformieren? Ich bitte Sie!«

»Arschloch«, sagte Jonas.

»Wie haben Sie mich genannt?« Der Bayer wurde puterrot.

»Es heißt *Sei kein Arschloch*, nicht *Unhold*.«

»Ach so.«

»Wir sind hier im öffentlich-rechtlichen Fernsehen, also falls Sie vielleicht mit den Kraftausdrücken …«, warf der Moderator ein.

»Der Leitsatz, den ich den Leuten mitgeben möchte, die an mich glauben, wenn man das denn so nennen möchte, lautet *Sei kein Arschloch*. Das hat nichts mit der Kirche zu tun. Das Ganze ist an Gläubige und Nichtgläubige aller Art gerichtet. Von mir aus kann jeder glauben, an was er will, ich fände es aber schön, wenn er oder sie sich trotzdem an den Leitsatz hält.«

»Also wollen Sie sich mit diesem Spruch über das Wort Gottes setzen?«, fragte der CSU-Politiker.

Alle starrten Jonas an. »Nein, so habe ich das nicht gemeint.«

Der Moderator wackelte mit dem Kopf. »Ich muss Herrn Huber recht geben, es klang schon sehr danach.«

Die Muslima schaltete sich ein. »Wollen Sie auch Muslimen vorschreiben, wie sie sich zu verhalten haben?«

Erneut starrten ihn alle an. Das rote Licht der Kamera verunsicherte ihn zusätzlich. »Ich will niemandem etwas vorschreiben. Das ist lediglich ein Vorschlag.«

Der Moderator hakte nach. »Und sind Sie der Meinung, dass dieser Vorschlag, wie Sie es nennen, in der heutigen Gesellschaft eine Alternative zu den anderen Religionen ist?«

Jonas war sich nicht sicher, was gerade geschah. Irgendwie hatte er das Gefühl, dass es alle auf ihn abgesehen hatten. »Ich glaube, mein Vorschlag ist sowohl eine Alternative als auch eine gute Ergänzung. Wie ich schon sagte, von mir aus kann jeder ...«

»Frau Erdem«, sagte der Moderator, »wie hat die Entwicklung des Phänomens um Jonas Carstens die muslimische Gemeinde beeinflusst?«

»Nun«, sagte die türkischstämmige Frau, »natürlich sind auch bei uns einige Leute der Meinung, dass er von Gott geschickt sein könnte. Ich persönlich bin da eher skeptisch.«

Jonas hörte gar nicht richtig zu. Er drehte sich um, um am Bühnenrand eventuell Markus oder Lena zu entdecken, um zu sehen, wie sie reagierten, aber sie waren nicht da.

***

Die beiden standen hinter der Bühne, beobachteten das Geschehen auf einem Monitor und schauten besorgt drein.

»Das fühlt sich an, als ob er über ein Minenfeld spaziert«, sagte Lena.

»Was zu erwarten war«, meinte Markus. »Viel mehr Sorgen macht mir, dass er bisher die Merchandising-Artikel oder die Website nicht erwähnt hat.«

»Ist das wirklich deine einzige Sorge? Es sieht gerade so aus, als ob er alle Religionen gegen sich aufbringen würde.«

»Wenn, dann höchstens die Christen und Muslime. Nicht alle. Und selbst wenn er das tut, wird die Publicity uns noch mehr einbringen.«

»Aber ein normales Leben wird immer unwahrscheinlicher.«

»Ja, du hast ja recht«, sagte Markus. »Aber so ein Haufen Geld wäre schon nicht zu verachten.«

Lena schüttelte verständnislos den Kopf.

»Es könnte schlimmer sein«, sagte Markus.

»Inwiefern?«

»Noch kam die Rede nicht auf dich.«

***

»Herr Carstens, unseren Informationen zufolge haben Sie Ihren Leitsatz von der Internet-Persönlichkeit Wil Wheaton entlehnt.«

»Wieso, was hat der denn gesagt?«

»Don't be a dick.« Dem Moderator kamen diese Worte nur zögerlich über die Lippen.

»Nun, er spricht da zwar von einem ganz anderen Körperteil, aber im Endeffekt läuft das wohl aufs selbe hinaus.«

Der Moderator wirkte erleichtert, dass Jonas das fragliche Körperteil nicht näher benennen wollte.

»Also ist der Mann noch nicht einmal originell«, polterte der Bayer und suchte Bestätigung im Publikum, das allerdings ruhig blieb.

Jonas versuchte nicht die Nerven zu verlieren. »Der Spruch *Sei kein Arschloch* ist vielleicht nicht originell, bringt aber das Ganze vielleicht griffiger auf den Punkt als das altbekannte *Was du nicht willst, das man dir tu, das füg auch keinem anderen zu.* Da sind wir bei einem der Leitsätze der Ethik, von der wir mehr in unserem Land brauchen könnten als kirchlichen Einfluss.«

Der Bayer lachte. »Ethik. Das ist alles Schmarrn. Ich will hier einmal ganz deutlich sagen, dass es für unsere Demokratie unerlässlich ist, Werte zu erhalten, die wir der Kirche zu verdanken haben.«

»Und was für Werte sollen das sein?«, fragte die Grüne mit hochgezogener Augenbraue.

»Ich bin sehr froh, dass Sie das fragen, Frau Sperber-Butterbrodt«, antwortete der Bayer. »Zum Beispiel Gerechtigkeit, Freiheit, Barmherzigkeit.«

Jetzt war es an Jonas, die Augen zu verdrehen.

»Passt Ihnen etwas nicht, Herr Carstens?«, fragte der Bayer.

»Na ja«, sagte Jonas. »Ich finde es immer ganz witzig, wenn allgemeine humanistische Werte als christliche Werte ausgegeben werden, während in der Bibel des Öfteren darauf hingewiesen wird, wie man möglichst viele Leute in die Sklaverei verkauft. So viel zum Thema Freiheit.«

»Ach, das finden Sie witzig, ja?«, sagte der Bayer wenig freundlich.

Jonas nickte leicht verunsichert.

»Ich finde nicht, dass man sich darüber lustig machen sollte«, fuhr der Bayer fort. »Auf diesen Werten ist unsere Republik aufgebaut.«

Die Politikerin von den Grünen widersprach vehement und wies ihr Gegenüber zurecht, dass laut Grundgesetz eine Trennung von Staat und Kirche vorgeschrieben war, die er offenbar zu ignorieren gedachte. Jonas lag auf der Zunge, ihn zu fragen, ob er mit den Werten, auf die die Republik aufgebaut ist, Sklaverei meinte, hielt sich aber zurück.

Der Moderator schaltete sich wieder ein. »Ich glaube, wir sollten hier durchaus noch einmal einhaken. Herr Huber behauptet, dass wir ohne die Kirche keine Werte mehr hätten. Wie sehen Sie das, Herr Carstens?«

Jonas schaute skeptisch drein. Mittlerweile war er der Meinung, dass ihm hier alles irgendwie negativ ausgelegt wurde. Aber es blieb ihm nichts anderes übrig, als zu antworten. »Ich denke nicht, dass die Kirche, welche Kirche auch immer, den Alleinanspruch auf menschliche Werte hat. Im Zweifelsfall würde ich denken, dass die Werte der christlichen, islamischen und sonstigen Kirchen den menschlichen Werten eher entgegenstehen.«

»Was soll denn das schon wieder heißen?«, polterte der Bayer.

»Nun, die Bibel will eben mehr als nur Freiheit, Barmherzigkeit und Gerechtigkeit, wie Sie es ausdrücken. Ich bin ganz Ihrer Meinung, dass viel Gutes darin steckt. Barmherzigkeit zum Beispiel ist eine gute Sache. Und glücklicherweise scheinen viele Menschen genau diese guten Dinge ihrer Religion zu entnehmen, seien es Christen oder Muslime.«

Der Bayer schnaubte, was ihm einen bösen Seitenblick von Frau Erdem einbrachte.

Jonas fuhr fort. »Aber wenn wir mehr Einfluss der Kirchen hätten, wie sähe es dann mit den weniger beliebten Passagen zum Beispiel der Bibel aus? Wollen wir wirklich die Todesstrafe für Homosexualität, wie sie in der Bibel gefordert wird? Wenn dem so wäre, hätten wir ein paar Bürgermeister und einen Außenminister weniger gehabt.«

Teile des Publikums lachten und klatschten. Andere blickten starr auf die Bühne oder buhten.

»Ich kann Sie nicht ernst nehmen, wenn Sie die Diskussion nicht ernst nehmen«, schmollte der Bayer und verschränkte die Arme vor der Brust.

Die Frau von den Grünen fuhr sich mit der Zunge über die Zähne und wedelte mit dem Finger.

»Frau Sperber-Butterbrodt?«, sagte der Moderator.

»Herr Carstens spricht da ein wichtiges Thema an. Und ich glaube, die meisten Bürgerinnen und Bürger sind ebenfalls der Meinung, dass die Religion sich überholt hat.«

Jonas runzelte die Stirn. »Das habe ich überhaupt nicht gesagt.«

Die Grüne schaute ihn verärgert an. »Also, erst sagen Sie so, dann sagen Sie so.«

Jonas sah erst den Moderator, dann die Kameras und das Publikum an.

»Herr Carstens?«, fragte der Moderator.

»Ich persönlich glaube zwar nicht an eine Religion, aber ich bin nicht der Meinung, dass die einzelnen Religionen sich überholt haben. Viele Menschen werden immer an etwas glauben wollen, und das ist auch ihr gutes Recht. Ich stimme mit Ihnen«, er zeigte auf Frau Sperber-Butterbrodt, »insofern überein, dass der Einfluss der Kirchen auf politische Entscheidungen eingedämmt werden sollte. Mehr aber auch nicht.«

Der Moderator fummelte an seinen Karten herum. »Ich denke, dass wir wieder etwas mehr auf unsere Ausgangsfrage eingehen sollten, die da war: Brauchen wir die Kirchen noch, oder gibt es eine Alternative? Frau Erdem, meinen Sie, dass Jonas Carstens eine Alternative für die Muslime in Deutschland darstellen könnte?«

Frau Erdem beugte sich vor. »Für die Muslime in Deutschland wird es keine Alternative zum Islam geben, auch wenn uns das Phänomen Jonas natürlich sehr interessiert.« Die hübsche Türkin lächelte ihn an, während der Bayer schon wieder mit den Augen rollte.

Frau Sperber-Butterbrodt beugte sich ebenfalls vor, und das schmatzende Geräusch ihrer Zunge auf den Zähnen ließ Jonas zurückzucken. »Ich denke nicht, dass wir Herrn Carstens als ernstzunehmende Alternative in Betracht ziehen sollten. Mir scheint das doch lediglich einer dieser kurzen Hypes der Internet-Generation zu sein.«

Jonas selbst hätte das gut gefunden, war aber ganz und gar nicht davon überzeugt.

»Wie sehen Sie das, Herr Huber?«, fragte der Moderator.

Der Bayer schnaufte. »Also, ich finde nicht, dass es eine Alternative zum Katholizismus geben kann. Schon gar nicht, wenn diese

Alternative ein die Massen beeinflussender Schwindler ist, der nur ein einziges Sprüchlein aufweisen kann.«

Jonas seufzte, hatte aber keine Lust, weiter darauf einzugehen.

»Sie bezeichnen Herrn Carstens als Schwindler, Herr Huber. Was genau macht Sie da so sicher? Zumal seine Heilungen im Fernsehen übertragen wurden.«

»Es ist doch eindeutig, dass damit etwas nicht stimmt. Ich meine, er heilt angeblich die Leute, aber dann passiert hinterher irgendetwas Schlimmes mit denen.«

Jonas horchte auf. »Was meinen Sie damit?«

»Sie haben das Ohr dieses Mannes geheilt, und hinterher verletzten sich mehrere Leute im Tumult. Er selbst hat ein Auge verloren. Und dieses Mädchen, das Sie angeblich von Blindheit geheilt haben.«

»Ja?«

»Ist die nicht eine Woche später vom Auto angefahren worden?«

Jonas wurde bleich. »Das … das wusste ich nicht. Ist das wahr? Hat sie … lebt sie noch?«

Der Moderator wurschtelte in seinen Karten und nickte dann. »Unseren Informationen zufolge schon. Sie ist beim Spielen auf der Straße verletzt worden, aber sie lebt wohl noch.«

»Sehen Sie, das sind so Dinge, wo man sich fragt, wie viel Heiland wirklich in ihm steckt. Wenn überhaupt, bin ich eher geneigt zu glauben, dass er, wie einige Leute behaupten, vom Teufel geschickt wurde. Umso wichtiger ist es uns, den Glauben zu bewahren.«

Jonas rollte mit den Augen.

»Aber Sie müssen doch zugeben«, sagte der Moderator, »dass Herr Carstens für viele Leute, die ganz anderer Meinung sind als Sie, ein Vorbild ist.«

Der Bayer lachte. »Vorbild? Er? Ein Mann, der mit einer Hure zusammenlebt und Menschen, die er berührt, schlimmer zurücklässt, als sie davor waren?«

Jonas kochte innerlich. Er konnte damit umgehen, dass ihn die Leute als Teufel beschimpften. Er konnte damit umgehen, dass Leute in ihm einen Schwindler sahen. Aber Lena als Hure zu bezeichnen, ging weit über das hinaus, was er zu ertragen bereit war.

»Herr Carstens, vielleicht möchten Sie …«, sagte der Moderator, aber Jonas unterbrach ihn.

»Ich will, dass sich Herr Huber sofort und in aller Öffentlichkeit bei meiner Freundin dafür entschuldigt, sie Hure genannt zu haben.«

»Das ist doch wohl ein Witz. Ich benenne die Dinge so, wie sie sind«, sagte der Bayer.

Jonas stand auf und ging auf den Mann zu. Hubers Gesichtszüge entgleisten, als er sah, dass Jonas mit ausgestreckter Hand auf ihn zukam.

»Lassen Sie das!«, schrie der Bayer.

»Entweder Sie entschuldigen sich jetzt sofort bei meiner Freundin, oder ich werde Sie dazu bringen.«

»Lassen Sie ihn nicht an mich ran!«, schrie der Bayer, und der Moderator ging dazwischen.

»Bitte, setzen Sie sich wieder«, flüsterte er Jonas zu.

»Ich will eine Entschuldigung von ihm«, sagte der, ließ sich aber wieder zu seinem Sitz schieben.

Im Publikum erhob sich Gemurmel, und hinter der Bühne nahm Markus Lena in den Arm, die mit vor den Mund geschlagener Hand auf den Bildschirm starrte.

»Herr Huber, bitte nehmen Sie Ihre Bemerkung zurück«, sagte der Moderator.

»Aber wieso sollte ich die Tatsachen verdrehen?«

»Weil es nicht den Tatsachen entspricht«, sagte Jonas laut und deutlich. »Meine Freundin ist Grundschullehrerin und musste wegen solch starrsinniger Menschen wie Ihnen ihren Job aufgeben. Dabei haben Sie keine Ahnung, was für ein Mensch sie eigentlich ist. Sie hat schon in jungen Jahren ihre Eltern verloren und musste sich ohne Unterstützung von irgendwelchen Verwandten ihr Studium finanzieren. Deswegen jobbte sie unter anderem bei einer Telefonsex-Hotline.«

Das Publikum murmelte.

Jonas fuhr fort. »Und obwohl sie viel gearbeitet hat, hat sie ihr Studium mit Bravour abgeschlossen und unterrichtet nun Kinder, so dass diese es einmal besser haben als sie. Und Sie wollen ihre ganze Arbeit und Persönlichkeit in den Dreck ziehen, indem Sie sie vor laufenden Kameras als Hure bezeichnen? Ich bin es seit Wochen gewohnt, dass man mich zum einen lobpreist und zum anderen mit Dreck bewirft. Dabei wollte ich nie ins Rampenlicht treten und habe mir diese Rolle als Erlöser, in die man mich zwängen will, nicht ausgesucht. Sie nennen mich einen Schwindler, finden, ich habe Ihren Respekt nicht verdient. Damit kann ich leben. Aber meine Freundin, die mit der ganzen Sache nichts zu tun hat, die werden Sie respektieren und sich sofort, vor dem Publikum und allen Leuten an den Fernsehern, bei ihr entschuldigen.«

Der Bayer starrte ihn an, als hätte er eine Marienerscheinung gehabt.

»Herr Huber?«, fragte der Moderator.

»Wenn Sie unbedingt wollen«, stammelte der Bayer, »entschuldige ich mich bei ihr persönlich.«

»Sie haben sie vor laufender Kamera beleidigt, also entschuldigen Sie sich auch vor laufender Kamera.«

Der Moderator lächelte gezwungen in Richtung Publikum. »Aber soweit ich weiß, begleitet Frau Zimmermann Sie heute, also können wir gleich zwei Fliegen mit einer Klappe schlagen.« Er wandte sich zum Bühnenrand. »Vielleicht könnte Frau Zimmermann auf die Bühne kommen.« Er winkte dem Assistenten zu, der sich sofort zu Lena begab.

Jonas versuchte noch zu protestieren – »Lassen Sie sie doch in Ruhe!« –, aber schon tauchte Lena am Bühnenrand auf und wurde vom Assistenten sanft hinaufgeschubst.

Im Publikum herrschte ein kleiner Tumult. Die Buhrufe rissen gar nicht mehr ab. Einige Zuschauer schimpften, und von irgendwo kam eine Tomate geflogen, bei der man sich fragen musste, wer frisches Gemüse mit in eine Fernsehaufzeichnung bringt. Ein paar Personen sprangen auf und sammelten sich unten an der Bühne, wo sie von Sicherheitskräften aufgehalten wurden. Jonas stand von seinem Platz auf, damit Lena sich setzen konnte.

»Können wir hier noch einen Stuhl und ein Mikro haben?«, fragte der Moderator, und fast simultan stürmte ein weiterer Assistent heran, der ihm ein Handmikrofon übergab und einen Klappstuhl neben den Sessel stellte, in dem Lena nun saß.

»Frau Zimmermann«, setzte der Moderator an, »Ihr Freund hat Sie vorhin gegen die Vorwürfe, die man Ihnen zur Last legt, verteidigt. Was haben Sie selbst dazu zu sagen?«

Jonas und Lena sahen sich an. Jonas formte mit dem Mund stumm das Wort »Vorwürfe?«, und auch Lena wusste nicht recht, was sie darauf antworten sollte. Sie wollte gerade etwas entgegnen, als aus dem Zuschauerraum eine Frauenstimme schrie. »Vorsicht, er hat eine Waffe!«

Die Sicherheitsleute, die dafür sorgen sollten, dass niemand auf die Bühne stürmte, waren durch den Schrei einen Moment abgelenkt. Sie schauten zu der Frau weiter oben und dann erst zu dem Mann, der nun am Bühnenrand stand und den Arm hob.

Dieser eine Moment war alles, was er brauchte. Der Knall hallte von den Betonwänden neben der Bühne wider. Jonas hatte keine Zeit, sich und Lena in Sicherheit zu bringen. Er spürte den Schmerz an seinem rechten Ohr, noch bevor er aufgesprungen war.

Die Sicherheitsleute überwältigten den Mann, aber der dumpfe Knall eines zweiten Schusses drang bis zu Jonas. Er hielt sich das Ohr und spürte warmes Blut an der Hand.

Als die Sicherheitsleute den Mann unter Kontrolle hatten und Jonas feststellte, dass sein rechtes Ohr nur einen Streifschuss abbekommen hatte, war er erleichtert. Aber einer der Sicherheitsleute lag auf dem Boden und zuckte, während zwei seiner Kollegen versuchten, ihm zu helfen. Die Abstände zwischen den Zuckungen wurden länger, bis sich der Mann gar nicht mehr rührte. Jonas fühlte sich auf einmal sehr schlecht.

Irgendwo im Publikum schrien ein paar Leute vor Entsetzen, und das Getrappel der Füße klang nach einer Panik. All das schien seltsam verzögert, zeitlupenartig auf Jonas einzudringen.

Er sah hinüber zum Moderator, dessen Gesicht die Farbe einer Rauhfasertapete angenommen hatte. Mit offenem Mund starrte er an Jonas vorbei, auf den Platz neben ihm. Jonas drehte sich um. Lena saß noch immer auf dem Sessel, der eigentlich für ihn gedacht war. Ganz ruhig. Still. Sie schaute geradeaus, und von ihrer Schläfe tröpfelte ein Rinnsal Blut.

»Lena?«, fragte Jonas und riss ihre Hand an sich. Aber sie reagierte nicht mehr.

Lena war tot.

KAPITEL 21

DAS WORT GOTTES III

Das hat eine ganz schön üble Wendung genommen, was? Aber natürlich hättet ihr wissen können, dass diese Situation eintritt.

Das Bild, wie Jonas mit Lenas Leichnam im Arm zusammengesunken auf der Bühne sitzt und schreit, ist um die Welt gegangen und zierte die Titelblätter von mehreren Zeitschriften. Also, aus heiterem Himmel konnte das für euch nicht kommen.

Für die, die es nicht richtig erkannt haben: Ja, Lena war tot. Kugel im Kopf. Meistens nicht sonderlich gesund. Obwohl es ja Leute gibt, die jahrelang mit irgendwelchen Fremdkörpern im Kopf überlebt haben. Ein Typ in Argentinien hat mal versucht, sich mit fünf Kugeln umzubringen. Saß in seinem Schaukelstuhl und dachte: »Reicht jetzt auch.« Bang, bang, bang. Bang, bang. Hat nur die Motorikzentren getroffen. Er konnte zwar nicht mehr sprechen, lebte aber noch. Ist dann vier Wochen später an Lungenentzündung gestorben. Na ja, am Ende war er jedenfalls tot, insofern war er wohl erfolgreich. Aber so hatte er es sich bestimmt nicht vorgestellt.

Das war wirklich schade mit Lena, ich mochte sie sehr. Sie war von all den Leuten, die sich um Jonas geschart hatten, vielleicht die Normalste.

Übrigens fand ich es nie gut, dass Jonas mich ständig verleugnete. Eigentlich hatte ich angenommen, dass er, wenn er mal genau nachdenken würde, zu dem Schluss kommen müsste, dass im Grunde genommen nur Gott, also ich, ihm solche Kräfte geben könnte. Aber er weigerte sich standhaft, das anzuerkennen. Sollte ich mich in ihm wirklich so getäuscht haben? Na ja, nicht wirklich, denn offensichtlich bin ich ein ziemlich guter Menschenkenner, und immerhin sorgte er dafür, dass die Leute sich darüber Gedanken machen, was es heißt, ein ordentlicher Mensch zu sein. Im Grunde war das ja alles, was ich wollte.

Ja, ich war trotz allem stolz auf Jonas. Er hatte in drei Worten zusammengefasst, wofür die unzähligen Autoren der Bibel Jahrhunderte gebraucht hatten. Und selbst dann hatten sie es nicht geschafft, sich eindeutig auszudrücken.

All diese Regeln, die von den Propheten aufgestellt worden waren, waren nur ihrem jeweiligen Umfeld geschuldet. Ich persönlich fand Sklaverei nie wirklich toll. Weswegen wurde dann in der Bibel und dergleichen so ein Aufhebens darum gemacht? Weil es eben damals noch üblich war und die Propheten, den Umständen ihrer Zeit geschuldet, meinten, dass man den Status quo nicht total umstürzen kann. Hätte ich mir anders gewünscht, aber immer ein Schritt nach dem anderen.

Opfergaben waren auch nicht immer so mein Ding. Ja, gut, Opfer sind schon toll. Da kriege ich dann direkt mit, dass die Leute mich gut finden. Ich bin ja auch ein ziemlich toller Typ. Aber ob diese seitenlangen Erklärungen darüber, was ich als Opfer akzeptiere und was nicht, wirklich ins Buch Mose gehörten? Eher nicht. Bei all den Lämmern, die mir geopfert wurden, konnte ich bald kein Lammfleisch mehr sehen. In diesen Zeiten habe ich mir manchmal gewünscht, dass endlich einer den Hamburger erfinden würde. Tatsächlich wäre es ausgerechnet in Indien fast mal so weit gewesen. Ein Mann aus Rajasthan war mal drauf und dran, Rindfleisch zwischen zwei Naan-Fladen zu packen. Allerdings war das damals bei den Hindus nicht sehr gern gesehen, weswegen der Mann ein jähes Ende fand. So weit zum Thema friedliebende Religion.

Aber eigentlich wollte ich ja über Lena sprechen. Sie war mausetot. Das ist auch ein merkwürdiger Begriff. Mausetot. Was soll das eigentlich heißen? Sind Mäuse, wenn sie tot sind, irgendwie besonders tot? Falls irgendein Klugscheißer mir jetzt erklären will, dass das Wort eigentlich aus dem Niederländischen kommt und so viel wie »ganz tot« heißt, dann soll der- oder diejenige mir aber bitte erklären, ob es auch etwas wie »ein bisschen tot« gibt. »Ganz tot« ist doch bescheuert. Wenn es etwas Definitives gibt, dann ist es der Tod. Wenn jemand halbtot geschlagen wurde, dann ist er eben nicht tot. Tot ist tot, da gibt es keinen Spielraum.

Lena war mausetot. Also gänzlich. Ich will damit sagen, dass sie aufgehört hatte zu existieren. Ihr Körper war natürlich noch da, aber es steckte kein Leben mehr darin. Sie war hinüber. Über den Jordan. Was auch wieder so eine Redewendung ist, mit der ich meine Probleme habe. Inwiefern über den Jordan? Von welcher Seite des Jordans wird denn da gesprochen? Westlich? Östlich? Also entweder ist das negativ für die Israelis und Palästinenser oder für die Jordanier. Und den Rest von Asien.

Menschen und ihre Redewendungen.

Lena war jedenfalls tot. Basta. Das stellte auch der Arzt fest, der dann irgendwann eintraf. Und da es sich um einen Mord handelte, nahm die Polizei den Leichnam mit und brachte ihn zur Gerichtsmedizin. Genau dorthin, wo Jonas zwei Wochen zuvor aufgewacht war, nachdem er selbst gestorben war.

KAPITEL 22

WUNDER

Jonas' Ohr schmerzte unter dem Verband, den ihm einer der Sanitäter notdürftig angelegt hatte. Es gab eine kleine Diskussion darüber, ob er ins Krankenhaus gehen sollte oder nicht, aber er weigerte sich.

»Vielleicht kann ich das Ohr ja nachwachsen lassen«, murmelte er, ehe er ins Auto stieg und mit Markus und Dmitri dem Leichenwagen hinterherfuhr.

Der Wachmann des Leichenschauhauses wollte sie zunächst nicht hereinlassen, aber er war sich nicht im Klaren über die korrekte Vorgehensweise bei Besuchen eines Messias. Nach einem halbminütigen Gespräch mit einem seiner Vorgesetzten, das hauptsächlich aus den Lauten »Äh« und »Öh« bestand, kam er zu dem Schluss, dass es wohl okay wäre, sie durchzulassen.

»Jonas, ich weiß nicht, ob das eine gute Idee ist«, sagte Markus, aber Jonas reagierte gar nicht auf ihn. Nur Dmitri tauschte einen sorgenvollen Blick mit ihm.

Ein Mann in Zivil, offensichtlich ein Mitarbeiter des Hauses, kam ihnen entgegen, während zwei andere ihre Köpfe in den Gang steckten. Der Mann trug Hemd und Krawatte, hatte diese aber gelockert und die Ärmel hochgekrempelt, was ihn nicht ganz so steril wie das Interieur wirken ließ.

»Bitte, ich kann Sie nicht einfach da hineinlassen«, sagte er.

Jonas ignorierte das. »Wo geht's lang?« Es war klar, dass er keine Widerworte zuließ.

Der Mann sah appellierend zu Markus und Dmitri, aber die zuckten simultan mit den Schultern. Daraufhin seufzte er. »Folgen Sie mir bitte.«

Er führte Jonas und seine Begleiter ein paar Zimmer weiter in einen gekachelten Raum, wo Lena auf einem Tisch lag. Sie war noch voll bekleidet, was Jonas aufatmen ließ. Die Obduktion hatte also noch nicht begonnen.

»Ich verstehe Ihren Schmerz«, sagte der Mann, »aber eigentlich dürfen Sie nicht hier sein.«

Jonas stand wie angewurzelt da, unfähig, ein Wort zu sagen.

Markus legte seinen Arm um ihn. »Jonas, bitte …«

Jonas schloss die Augen und atmete mehrmals tief durch. Er versuchte sich zu beruhigen, aber seine Anspannung wuchs eigentlich nur. In seinem Kopf kreisten die wildesten Gedanken herum. Gedanken, die er nicht verstand. Gedanken, die er nicht einsah. Aber irgendwie war er doch dabei, sie zu akzeptieren.

»Alle raus«, sagte er.

»Wie bitte?«, fragte der Mann vom Leichenschauhaus.

»Alle raus aus dem Raum. Ich will mit ihr allein sein.«

»Aber Sie können doch nicht … ich kann Sie doch nicht …«, protestierte der Mitarbeiter, während Dmitri seine Krawatte packte und ihn aus dem Raum zog.

»Ich hoffe, du weißt, was du da tust«, sagte Markus, bevor auch er den Raum verließ und die Tür hinter sich schloss.

Jonas stand völlig allein und regungslos da. »Ich glaube nicht, dass ich noch irgendwas weiß. Außer eines.«

Er trat an den Tisch und ergriff Lenas Hand. Sie war kalt und leblos wie die metallene Platte, auf der sie lag. Er schmiegte seine Wange an die Hand, während er mit seiner Linken über ihren roten Lockenkopf strich. Er hatte sich fest vorgenommen, nicht zu weinen, aber die Emotionen kochten hoch, und es blieb ihm gar nichts anderes übrig.

»Gott«, sagte er, »wenn du wirklich existierst und meinst, so mit meinem Leben spielen zu können, bist du ein Arschloch.«

Zugegebenermaßen war ich etwas überrascht, Arschloch genannt zu werden. Das passiert mir nicht alle Tage. Andererseits achte ich auch meistens nicht so darauf und höre eher den Leuten zu, die mich lobpreisen. So wie die Menschen vermutlich auch lieber denen zuhören, die ihnen was Nettes sagen.

Sei's drum, er beschimpfte mich. Kann ich ihm nicht wirklich verdenken. Es lief zwar gut für mich – er überbrachte die Nachricht, so wie ich es wollte –, aber sein Leben war etwas aus der Bahn gelaufen.

»Du hast mich dazu gebracht, Leute zu heilen, vermutlich zu bekehren. Ich nehme an, dass alles irgendwie deinem Willen entsprach, auch wenn ich gar nicht wirklich an dich glaube.«

Er sah dabei an die Decke, nach oben. Das tun Leute meistens, wenn sie meinen, mit mir sprechen zu müssen. Oder sie stehen bedächtig mit gesenktem Kopf und starren auf den Boden. Irgendwie vermuten mich alle immer oben oder unten, scheint es. Dabei bin ich doch überall. Um sie herum. Leute, starrt doch einfach geradeaus. Andererseits könnte sich dann jemand anders angesprochen fühlen. Also überlegt vorher, wohin ihr schaut, wenn ihr mich darum bittet, eure Hämorrhoiden zu heilen.

»Nun bitte ich dich um etwas. Zum ersten Mal im Leben übrigens. Wenn man die Autorennbahn, die ich mir mit fünf gewünscht habe, mal weglässt. Ich bitte dich wirklich um ein Wunder. Ein Wunder der Wiedergutmachung. Ein Wunder nur für mich. Gib mir Lena zurück. Bitte … bitte gib mir Lena zurück.«

Er fing an zu weinen.

Und ich kann nun mal keine Propheten weinen sehen.

Jonas hielt Lenas Hand fest umklammert, die andere Hand an ihrem Kopf. Er konzentrierte sich, was grundsätzlich eine gute Sache ist für einen Propheten, denn er sollte sich ja nicht von irgendwelchen dahergelaufenen Weibern oder Snacks ablenken lassen. Er konzentrierte sich, weil er glaubte, dass das eventuell nötig wäre. Bei den Heilungen war er nie wirklich bei der Sache gewesen, aber jetzt dachte er von den Haarspitzen bis zum Ende der großen Zehen an nichts anderes mehr.

Aber nichts geschah.

Also zumindest schien es so, denn, ob ihr das glaubt oder nicht, so ein Wunder geht eben nicht holterdiepolter vonstatten.

Zunächst spürte er das Zucken von Lenas Hand, bevor sich ihr Kopf langsam bewegte. Sein Herz begann schlagartig zu rasen, als sich ihr ganzer Körper bewegte, so als würde sie aus einem schlechten Traum erwachen.

Sie schlug die Augen auf und sah ihn an. »Wo … wo bin ich?«

Jonas war nicht in der Lage, irgendwas zu sagen. Für einen Augenblick starrte er sie an. Dann riss er sie schwungvoll hoch und umarmte sie.

Lena, die nicht wusste, wie ihr geschah, gurgelte etwas schwer Verständliches in seine Armbeuge.

»Was?« Jonas lockerte den Griff.

»Was ist denn los?«, fragte sie.

»Du bist wieder zurück!«

»War ich weg?«

Jonas grübelte. Er wusste nicht recht, wie er ihr erklären sollte, was geschehen war. Und er konnte selbst noch nicht ganz glauben, was er gerade vollbracht hatte.

»Du«, stammelte er, »du warst tot.«

Lena schaute ihn an und legte die Stirn in Falten. Sie blickte sich im Raum um, sah die chirurgischen Instrumente, den metallenen Tisch, auf dem sie saß, bemerkte den merkwürdigen Geruch, der in der Luft hing.

Sie setzte an, etwas zu sagen, dachte dann aber nach. »Da war ein Mann mit einer Pistole«, sagte sie.

Jonas nickte.

»Oh Gott!« Sie schlug die Hände vor den Mund. »Oh Gott!«

Jonas nahm sie in den Arm. »Ich glaube, wir sollten Gott danken.«

Sie löste sich von ihm. »Wie lange war ich weg, dass du jetzt an Gott glaubst?«

Kurz darauf fuhr seine Hand an ihre Schläfe, wo die Kugel sie erwischt hatte. Es war kein Loch mehr zu sehen oder zu spüren.

»Ich … ich glaube immer noch nicht richtig an Gott«, sagte Jonas. »Ich meine, warum sollte er sich überhaupt um die Menschen kümmern?«

Ich finde euch witzig. Ihr seid das einzige Lebewesen, das sich selbst in Frage stellt. Das ist sehr unterhaltsam. Deswegen.

»Aber ich habe einfach keine andere Erklärung für das, was mit mir und jetzt auch mit dir geschehen ist«, sagte Jonas.

Lena sah ihn erschrocken an. Sie nickte kurz, schüttelte dann aber den Kopf. »Jemanden von den Toten zurückholen, das ist nicht richtig. Das ist widernatürlich.«

»Wärst du lieber tot geblieben?«

Lena sagte nichts. Sie wusste nicht, was sie sagen sollte.

»Hätte ich auch lieber tot bleiben sollen?«, fragte er.

»Vielleicht«, antwortete sie. »Vielleicht wäre dann die Welt nicht so aufgebracht, wie sie jetzt ist.«

»Vielleicht wäre die Welt aber auch schlechter«, entgegnete er. »Zum ersten Mal seit Jahrhunderten machen sich die Leute wirklich Gedanken darüber, wie sie sich verhalten sollen. Leute hinterfragen ihre religiöse Erziehung, ihre überholten Ansichten. Wenn ich nur in einem Bruchteil der Bevölkerung ein Umdenken bewirkt habe, war das gut für die Welt.«

»Das Umdenken hat dazu geführt, dass ich umgebracht wurde, Jonas.«

»Willst du mir daran die Schuld geben?«

»Nein, ich … ich bin nur noch etwas verstört.«

Er umarmte sie erneut. Sie schluchzten beide.

Die Tür ging auf. Der Mann vom Leichenschauhaus kam herein und sah, wie Jonas Lena festhielt.

»Also, das geht nun wirklich nicht, dass Sie …«

Er kam nicht weiter, weil sie sich voneinander lösten und Lena ihn überrascht ansah.

»Ach du meine Güte«, sagte er noch, bevor ihm die Beine weg-
sackten und er ohnmächtig wurde. Ehe ihm etwas Schlimmeres
passieren konnte, hatte ihn Dmitri schon am Schlafittchen gepackt
und hielt ihn wie einen nassen Sack in der Hand. Markus folgte ihm
kurz darauf durch die Tür.

»Heilige Scheiße!«, rief er, als er sah, dass Lena lebendig und
wohlauf war. Er stürzte auf sie zu. »Du lebst. Du lebst!« Er umarmte
beide gleichermaßen.

Dann riss er sich plötzlich los. »Du hast doch nicht irgendwie
komische Gelüste, oder? Plötzlich Hunger auf Gehirn, oder so?«

Lena sah Jonas an, der mit den Augen rollte.

»Ich dachte, die Zombiewitze hatten wir schon bei meiner Wiederauferstehung«, sagte er.

»Ich wollte nur sichergehen. Ich hab nämlich keine Lust, gebissen
zu werden.«

»Sie ist kein Zombie, ich bin auch kein Zombie.«

»Ist ja gut, ist ja gut«, sagte Markus. »Aber … wie zum Teufel
sollen wir denn das jetzt der Presse erklären? Ach du meine Güte.
Die Welt wird völlig durchdrehen, wenn sie erfährt, dass du jetzt
auch Tote wiedererwecken kannst.«

Dmitri stand noch immer mit dem Ohnmächtigen da und starrte
Jonas an.

»Dmitri?«, fragte der.

»Du bist ein sehr sonderbarer Mann«, sagte der Riese.

»Und du hältst mit einer Hand einen Bewusstlosen an seinem
Kragen hoch. Du bist ebenfalls ein sonderbarer Mann.«

Markus holte sein Handy hervor und tippte wild drauf herum.

»Markus«, sagte Jonas, aber sein Freund war schon völlig in Gedanken. »Markus!«, rief er erneut.

»Was?«

»Der Presse sagen wir gar nichts. Und auch sonst keinem.«

»Aber …«

»Markus, nein.«

Markus wollte protestieren, aber mittlerweile rührte sich der Mann in Dmitris Griff.

Als er die Augen aufschlug, bemerkte er, dass er in der Luft hing. Seine Beine schleiften über den Boden, und er schaute ängstlich zu Dmitri hoch.

Der hob ihn ein Stück höher, damit er seine Beine ausstrecken konnte, und setzte ihn ab.

»D-danke«, sagte er, und Dmitri nickte nur. Dann sah er zu Lena, die noch immer auf dem Tisch saß. »Ach du meine Güte.«

»Nicht gleich wieder ohnmächtig werden«, rief Jonas, als der Mann anfing zu taumeln. Danach bat er Dmitri, die Tür zum Raum zu schließen und sicherzustellen, dass niemand hereinkam.

Dmitri machte die Tür zu und lehnte sich dagegen.

»Wir … äh … haben was zu klären«, sagte Jonas.

***

»Sie können doch nicht einfach so meine Leichen mitnehmen!«, sagte der Mann, nachdem Jonas erklärt hatte, dass er Lena aus dem Leichenschauhaus schmuggeln wollte.

»Ich bin aber quicklebendig«, sagte Lena.

»Aber … aber das geht doch nicht!«

»Die Presse und auch sonst niemand außerhalb dieses Raums darf davon Wind bekommen. Für alle anderen muss sie weiterhin tot sein«, erklärte Jonas.

»Mir ist schon klar, worauf Sie hinauswollen«, sagte der Mann, »aber es gibt auf der Welt momentan kaum eine bekanntere Leiche als Frau Zimmermann. Was, meinen Sie, passiert, wenn mir plötzlich eine Leiche abhandenkommt? Egal ob so bekannt oder nicht. Wer darf sich dann einen neuen Job suchen, was glauben Sie?«

Jonas wusste dagegen wenig einzuwenden.

Markus schaltete sich ein. »Und wenn wir einfach eine nehmen, die keiner vermisst? Vielleicht von einer Unbekannten?«

»Wo, glauben Sie, sind wir hier? Hier geht es ordentlich zu. Ich habe doch nicht einfach irgendwelche Leichen herumliegen, die man mal eben so austauschen kann. Es gibt für alles Papiere.«

Sie wechselten Blicke untereinander. Nur Dmitri stand an der Tür und rührte sich nicht.

»War vielleicht doch keine so tolle Idee, mich zurückzuholen, was?«, sagte Lena.

»Ich hätte ohne dich nicht weiterleben können«, sagte Jonas.

Als Lena seine Hand ergriff und die beiden sich anlächelten, stöhnte Markus.

»Ja, schön. Wenn wir jetzt mal diesen ganzen Liebesromankitsch für einen Moment lassen und uns auf das Problem konzentrieren könnten.«

»Ich hab keine bessere Idee«, sagte Lena. »Ich fühle mich ja schon schlecht genug, am Leben und euch eine Bürde zu sein.«

»Vielleicht wäre es einfacher gewesen, wenn wir sie auf dem Friedhof ausgebuddelt und wiederbelebt hätten«, sagte Markus.

Der Mann vom Leichenschauhaus schnaubte. »Wenn sie mit ihrem Hirn in der Bauchhöhle besser klargekommen wäre …«

Es blieb still. Alle grübelten, wie man mit einer Frau, deren Tod die halbe Welt gesehen hatte, aus dem Leichenschauhaus verschwinden könnte. Nicht unbedingt das, worüber man jeden Tag grübelte.

Jonas brach das Schweigen. »Und wenn wir die Leiche einfach entführen?« Er wandte sich an den Mitarbeiter des Leichenschauhauses. »Sie könnten auf Nachfrage dann erzählen, dass vermummte Männer gekommen wären, Sie niedergeschlagen und die Leiche gestohlen hätten. Natürlich müssen Ihre Mitarbeiter, die uns gesehen haben, mitspielen. Und Dmitri müsste Ihnen allen ein ordentliches blaues Auge verpassen, so dass es echt aussieht.«

Jonas blickte zur Dmitri, der halb nickend, halb schulterzuckend zustimmte.

Der Mitarbeiter musterte den Riesen von oben bis unten und sagte dann: »Könnten wir vielleicht noch einmal über die anderen Optionen nachdenken?«

***

Im Endeffekt lief es genau so, wie Markus vorgeschlagen hatte. Später in der Nacht wurde tatsächlich eine unbekannte Obdachlose eingeliefert, die keine Papiere hatte und deren Todesursache, nach Begutachtung des Arztes, als natürlich einzustufen war. Die Frau hatte zwar keinerlei Ähnlichkeit mit Lena und war gut dreißig Jahre älter, aber da nur wenige Leute mit der Leiche in Berührung kommen würden, musste das genügen.

Jonas erklärte den Leuten vom Leichenschauhaus, wieso und warum sie Lenas Wiederauferstehung geheim halten wollten, und bat sie, mit niemandem darüber zu sprechen. Er versprach, dass sie dafür entschädigt würden, sobald das Geld der Buch-, T-Shirt- und sonstigen Verkäufe eingegangen war. Markus machte zwar ein Gesicht, als hätte ihm jemand sein Scheckbuch gestohlen, versprach aber, sich darum zu kümmern.

Lena warf ein, dass das die Leute nicht unbedingt davon abhalten würde, zur Presse zu gehen. Daraufhin trat Dmitri vor, legte seine Arme um zwei der Angestellten und sagte in freundlichem Ton, dass er, sollte doch etwas an die Öffentlichkeit gelangen, mal bei ihnen zum Tee vorbeischauen würde. Den Gesichtern der Angestellten nach zu urteilen, kam diese Botschaft an, und das Murren über unethischen Umgang mit Leichen oder die Warterei auf das Schmiergeld verstummte schlagartig.

Aber Jonas war klar, dass damit noch nicht alle Probleme gelöst waren.

KAPITEL 23

LEICHE IM KOFFERRAUM

Dmitri, Jonas und Markus saßen mit betretenen Gesichtern im Passagierraum der Limousine und schwiegen.

Der Wagen schaukelte, als sie über eine Bodenwelle fuhren. Gleich darauf tönte es aus dem Kofferraum: »Übrigens, um das mal festzuhalten, das war eine beschissene Idee, und ich hasse euch.«

Lena war schon im Leichenschauhaus nicht sehr angetan von der Idee, in den Kofferraum zu steigen, und jetzt gefiel es ihr noch weniger.

»Wir sind ja bald da«, rief Jonas und schaute Dmitri an, der kurz aus dem Fenster schaute und nickte.

Etwa zehn Minuten und allerhand Flüche von Lena später kamen sie bei dem kleinen Mehrfamilienhaus an. Der Wagen fuhr auf den Hof, und Dmitri hob Lena aus dem Kofferraum, als würde sie nichts wiegen.

Er beobachtete die Fenster, schob Lena und Jonas schnell ins Haus und sperrte ihnen die Wohnung auf.

Zu behaupten, dass die Wohnung spärlich möbliert war, wäre eine Untertreibung. Man fiel quasi von der Eingangstür direkt ins Wohnzimmer, das nahtlos in die Küche überging. Es war nur deswegen als Wohnzimmer zu erkennen, weil dort ein Fernseher stand und ein paar Rahmen mit Fotos. Der Fernseher war ein kleines Modell, das schon mindestens zwanzig Jahre auf dem Buckel hatte – als noch niemand von High Definition zu träumen wagte. Es gab keine Couch, keinen Tisch, keine Stühle. Lediglich eine Matratze lag in der Ecke, allerdings war das Bettzeug darauf sauber zusammengelegt.

»Gemütlich«, sagte Jonas.

Dmitri sah ihn unbewegt an.

»Aber du hast gar keine Möbel«, sagte Lena.

»Was brauche ich Möbel, wenn ich nicht zu Hause bin ganze Zeit?«

Markus und Jonas nickten.

»Du kannst schlafen auf Bett«, sagte Dmitri und zeigte auf die Matratze. »Ist frisch bezogen. War lange nicht da. Aber ist nichts in Kühlschrank, glaube ich.«

Lena ging in die Küche und schaute in den Kühlschrank, der in der Tat bis auf einige Getränke völlig leer war.

Dmitri öffnete die Küchenschränke, in denen ein paar Fertiggerichte und Dosen standen, ausgerichtet wie mit dem Lineal.

»Toilette ist da drüben«, sagte Dmitri und zeigte auf eine Tür neben der Küche. »Und falls du brauchst Sachen, um zu verteidigen, dann du schaust hier.«

Er öffnete einen Wandschrank, in dem allerhand Gewehre und Pistolen hingen. Daneben war ein Messer in einer Größe, wie Jonas es noch nie gesehen hatte.

»Was ist das denn?«

»Jagdmesser.«

»Was jagt man denn damit? Tyrannosaurier?«

Lena betrachtete das Arsenal. »Was machst du mit den ganzen Waffen? Sind die überhaupt legal?«

Dmitri zog die Mundwinkel nach unten und zuckte mit den Schultern. »Legal, illegal, egal. Vorsicht ist Mutter von Porzellankarton. Man weiß nie, wozu man braucht.«

»Man weiß nie, wann man ein anderes Land annektieren will, was?«, scherzte Jonas.

»Ich schätze, es wird schon gehen«, meinte Lena. »Ich wünschte nur, ich hätte mein Strickzeug hier.«

Jonas trat an sie heran und legte den Arm um sie. »Es tut mir leid, dass du nicht mit nach Hause kommen kannst, aber ich weiß nicht, wie ich dich sonst schützen könnte.«

Lena lehnte sich an ihn und nickte. »Mir ist nur nicht klar, wie du das hinbiegen willst.«

»Ich denke mir noch was aus«, sagte Jonas, klang aber nicht sehr überzeugend.

Markus sah sich um und runzelte die Stirn. »Für das Geld, das du verdienst, solltest du dir aber was Besseres leisten können. Was machst du damit?«

»Schicke es zu Mutter«, sagte der Riese.

»Aber du musst dir doch auch mal selbst was gönnen«, meinte Markus.

»Hab meiner Familie Schande gemacht. Muss, wie sagt man, wiedergutmachen.«

Lena sah sich derweil die Fotorahmen etwas genauer an. Es waren offensichtlich Bilder von seiner Familie. Hier und da war neben den Leuten ein Junge zu sehen, der alle anderen überragte. Sie nahm an, dass das Dmitri als Jugendlicher war. Auf ein paar anderen Bildern war er, etwas jünger, in Militäruniform zu sehen. Dicht an seinem Bett stand ein Bild von ihm mit einem anderen Soldaten, Arm in Arm in die Kamera grinsend.

»Wer ist das?«, fragte sie und nahm das Foto hoch.

»Ilya«, sagte Dmitri.

»Freund von dir?«

Dmitri schien über eine Antwort nachzudenken.

»Sieht zumindest so aus, als wären sie Kumpels gewesen«, sagte Jonas.

»Er war Freund. Jetzt nicht mehr«, sagte der Riese, nahm Lena behutsam das Bild aus der Hand und warf einen langen Blick darauf.

»Dmitri?«, fragte Lena.

»Ilya war Freund. Aber Armee … Vorgesetzte waren nicht gut zu uns.«

»Was ist passiert?«, wollte Lena wissen.

»Hat sich umgebracht«, sagte Dmitri. »Ich wurde, wie sagt man, entlassen. Ist nicht gern gesehen in Armee, zu sein Freunde wie wir.«

Jonas ging ein Licht auf. »Oh«, sagte er, »so ein Freund war das.«

»Was?«, fragte Markus.

»Ilya war Dmitris Freund«, sagte Lena.

»Freund?«

»Mein Gott, und mir wirfst du vor, schwer von Begriff zu sein«, sagte Jonas.

»Du meinst Freund-Freund?«

Lena und Jonas verdrehten gleichzeitig die Augen.

»Das tut mir leid, Dmitri«, sagte Lena schließlich und strich ihm über den Arm.

»Mir auch«, sagte Jonas.

»War der genauso groß wie du?«, fragte Markus. »Denn wenn nicht, wie zum Teufel lief das dann? Also rein physikalisch?«

»Markus, halt die Klappe«, rief Jonas.

Dmitri stellte das Bild wieder hin. »Und wegen solcher Fragen ich nichts wollte erzählen. Menschen überall gleich. Verurteilen mich für Freundschaft mit Ilya.«

»Keiner verurteilt dich, Dmitri«, sagte Jonas. »Wir haben es einfach nicht gewusst. Nur weil Markus so blöde Fragen stellt, heißt es nicht, dass er irgendwas dagegen hätte.«

Markus verschränkte die Arme. »Ist mir doch egal, mit wem er schläft. Aber ...«

Dmitri sah auf ihn herab. »Ich denke, wir sollten jetzt wieder fahren.«

»Richtig«, sagte Markus, winkte Lena zu und ging Richtung Tür.

Jonas gab ihr einen Kuss. »Ich lasse mir so schnell wie möglich etwas einfallen.«

Sie nickte und umarmte ihn noch einmal. »Ich wünschte wirklich, ich hätte mein Strickzeug dabei.« Dann umarmte sie Dmitri und sagte: »Danke.«

»Ist kein Problem.«

***

Auf dem Heimweg schwiegen sie die meiste Zeit. Markus beschwerte sich darüber, dass Jonas den Angestellten des Leichenschauhauses Geld aus den Verkäufen der Artikel versprochen hatte, aber Jonas hatte keinen Nerv für diese Diskussion, weil er gerade darüber hinwegkommen musste, dass er Lena von den Toten zurückgeholt hatte. Dann schauten beide nur noch nachdenklich aus dem Fenster, bis sie bei Jonas daheim ankamen.

Die Meute vor dem Haus hatte sich wieder vergrößert. Reporter, Fans und Anhänger lieferten sich einen Kampf um die besten Plätze, während Polizisten versuchten, einen Gang zum Haus freizuhalten. Einige von Jonas' Fans hatten Kerzen um etwas gestellt, das wie ein Schrein für Lena aussah. Es waren also nicht alle gegen sie.

Dmitri öffnete Jonas die Wagentür, aber bevor er ausstieg, mahnte Markus ihn, dass er niedergeschlagen aussehen musste.

»Daran brauchst du mich nicht zu erinnern«, sagte er. »So oder so ist mein Leben hier vorbei.«

Markus wusste nicht genau, wie er das zu verstehen hatte, und stiefelte ihm hinterher, als er, die Fragen der Reporter ignorierend, zum Haus ging. Der normale Jubel, der ihn sonst empfing, blieb diesmal aus. Bis auf die plappernden Reporter herrschte Stille in der Menge.

Jonas sah im Augenwinkel, dass Herbert in seinem Garten stand, eine Platte mit Schnittchen in der Hand, und ihm traurig zunickte. Er nickte wortlos zurück und verschwand im Haus. Markus blieb im Garten und atmete tief durch, bevor er ein offizielles Statement abgab.

Am nächsten Tag waren die Zeitschriften voll mit Informationen über Lenas Mörder und natürlich den Mord selbst. Was Markus als offizielle Mitteilung im Garten verkündet hatte, wurde ebenfalls gedruckt.

Wie sich herausstellte, war der Mörder tatsächlich einer der »Zeugen von Jonas«, und die Polizei verkündete, dass sie die Gruppe genauer unter die Lupe nehmen würde, bevor es zu weiteren Verbrechen kommen konnte.

Jonas hatte sich schon in den frühen Morgenstunden an seinen Schreibtisch verzogen, konnte sich aber nicht auf den Text vor sich auf dem Laptop konzentrieren. Seine Gedanken drehten sich darum, wie er aus der ganzen Geschichte wieder herauskommen könnte. Und wie er es drehte und wendete … ihm fiel nur eine einzige Lösung ein.

Es klingelte an der Haustür.

Er runzelte die Stirn, da er sich nicht vorstellen konnte, wen die Polizisten da durchgelassen hatten. Markus konnte es nicht sein, denn der war erst vor kurzem mit einer Vollmacht von Jonas weggefahren, um sich um Lenas Beerdigung zu kümmern. Beziehungsweise die der Person, die sie als Lena ausgaben.

Jonas ging die Treppe hinunter und schaute vom Absatz zu, wie Dmitri die Tür öffnete.

Draußen stand eine kreidebleiche Gudrun, deren Gesicht deutlich zeigte, dass sie geweint hatte.

»Ach, Jonas!«, sagte sie und stürmte herein.

Sie kam zum Treppenabsatz gerannt, umarmte ihren Sohn stürmisch, plapperte drauflos, wie leid ihr das alles tat und dass sie sich so etwas nie hätte vorstellen können.

Jonas schob sie dezent ins Wohnzimmer, wo sie sich auf die Couch setzten.

»Lena war wie eine Tochter für mich«, sagte Gudrun.

»Eine Tochter, die offenbar mit deinem Sohn keinen Umgang haben sollte.«

»Ich konnte doch nicht ahnen, dass einer aus der Gruppe sie deswegen gleich umbringt!«

»Was hast du denn gedacht, was dieser religiöse Stuss hervorbringen würde?«

Gudrun schaute betreten zu Boden. »Ich kannte den Mann.«

Damit bestätigte sie Jonas' Befürchtungen, sie könnte irgendwie mit dem Mordanschlag auf Lena in Verbindung stehen. »Wusstest du, was er vorhat? Habt ihr ihm den Auftrag dafür gegeben?«, fragte er mit schneidendem Ton, wohlwissend, dass er ihr nie würde vergeben können, wenn sie etwas damit zu tun gehabt hatte.

»Davon weiß ich nichts. Ich hatte wirklich keine Ahnung«, sagte sie und blickte ihn erschüttert an. »Wir waren alle der Meinung, dass sie nicht der richtige Umgang für dich ist. Es wurde überlegt, wie man euch trennen könnte, aber von Mord war niemals die Rede. Hätte ich gewusst …« Sie blickte stumm auf ihre Hände.

Jonas schüttelte den Kopf. »Ich verstehe es nicht. Erst hilfst du Lena und mir, wieder zusammenzufinden, und dann willst du sie unbedingt von mir fernhalten. Dir muss doch klar sein, dass das für mich absolut bescheuert klingt.«

»Das ließ sich eben nicht mit meinen Moralvorstellungen in Einklang bringen.«

»Deine Moralvorstellungen haben dazu geführt, dass meine Freundin erschossen wurde! Vielleicht wäre es an der Zeit, dass du überlegst, ob deine Moral wirklich noch zeitgemäß ist!«, ereiferte sich Jonas.

Gudrun senkte schuldbewusst den Blick. »Ich hab doch nur noch dich. Bitte vergib mir, ich habe das nicht gewollt …« Sie vergrub ihr Gesicht in den Händen.

Jonas saß neben ihr auf der Couch und wusste nicht so recht, was er tun sollte. Dmitri stand in der Tür und sah zu ihm herüber.

Dann sagte der Bodyguard nur einen Satz. »Gott hat vergeben den Leuten, die umgebracht haben seinen Sohn.«

Jonas dachte über diese Worte nach. Vergebung war etwas, worüber er ohnehin schon nachgedacht hatte. Auch in seinen neuen Zehn Geboten. Er hasste einige der Ansichten seiner Mutter, und die Tatsache, dass sie den Mann kannte, der Lena erschossen hatte, sprach nicht unbedingt für sie. Aber sie war seine Mutter. Und sie bedauerte das Ganze aufrichtig. Er konnte sie nicht einfach ignorieren oder auf Dauer mit ihr brechen, auch wenn sie ihn von Zeit zu Zeit nervte. Und er war sich sicher, dass Lena das verstehen würde.

Also legte er den Arm um sie und tröstete sie. Aber er hütete sich, ihr zu erzählen, dass Lena wieder lebte. Er wollte sich lieber nicht ausmalen, wie sie darauf reagieren würde.

Als die Nacht kam und Dmitri im Gästezimmer verschwunden war, um etwas zu schlafen, während seine Mutter es sich im Wohnzimmer auf der Couch gemütlich gemacht hatte, saß Jonas noch etwas in der Küche. Er fand keine Ruhe, dafür ging ihm zu viel im Kopf herum. Durch die dünnen Vorhänge schimmerte das Licht der Kerzen, die einige Leute aus Respekt für Lena an seinen Vorgarten gestellt hatten. Irgendwer sang *Give Peace A Chance* von John Lennon; vermutlich sollte das die Leute davon abhalten, gewalttätig zu werden. Und es war eine willkommene Abwechslung zu *Kumbaya My Lord*. Dummerweise hatte der Text jedoch Zungenbrecherqualitäten, weswegen im Grunde immer nur die zwei Zeilen des Refrains gesungen wurden. Den Wortlaut kann sich ohnehin niemand merken. Selbst John Lennon, dem irgendwann keine Wörter mehr einfielen, die auf »-ism« endeten, sang irgendwann nur noch die Endung.

Wer das Lied kennt, weiß, dass man es für ein paar Minuten durchaus aushält, wenn man es aber eine Stunde hört, beginnt es zu nerven. Tatsächlich schien auch die Toleranzgrenze einiger Wartender nach der 500. Wiederholung überschritten zu sein, weswegen es zu einem Handgemenge kam. Jonas wurde Zeuge, wie sich erst einige wenige und später Dutzende von Leuten vor seiner Gartentür prügelten. Wieder überlegte er, ob seine Worte, sein ganzes Dasein überhaupt etwas Positives hervorbringen konnten.

Das, worüber er schon den halben Tag nachgedacht hatte, nahm in seinem Kopf langsam Formen an. Er lief in den Keller und begann einige Sachen von der Wand zu räumen. Er war erstaunt, wie viel unbrauchbarer Kram sich über die Jahre angesammelt hatte, von dem er oder Lena dachten, dass sie ihn irgendwann noch einmal benötigen könnten. Es dauerte einige Minuten, bis er genug davon zur Seite geräumt hatte, um sich zu vergewissern. Ja, es war alles so, wie er es in Erinnerung hatte. Jetzt musste er nur noch Überzeugungsarbeit leisten.

KAPITEL 24

DAS VOR–VOR–VORLETZTE ABENDMAHL

Dmitri fuhr den Wagen, den Markus irgendwo organisiert hatte, auf den Hof des Restaurants. Markus stand bereits an der Hintertür und schaute sich nervös um. Weit und breit waren weder Paparazzi noch irgendwelche anderen Schaulustigen zu sehen.

Jonas schnallte sich ab und öffnete die Tür. Dmitri, der am Steuer saß, zog die Luft ein und starrte ihn an.

»Ist schon gut, Dmitri. Wenn du immer vor mir aussteigst, würde das Scharfschützen ohnehin nur ein besseres Ziel bieten, oder?«

»Wäre mir trotzdem lieber, du würdest nicht tun«, sagte der Riese, während Jonas aus dem Wagen kletterte und seiner Mutter beim Aussteigen half.

»Ich weiß immer noch nicht, warum wir uns nicht bei dir daheim hätten treffen können«, sagte Gudrun. »Ich hätte doch was Schönes kochen können.«

»Bisher ist dir das doch noch nie gelungen.«

Jonas ging zielstrebig auf Markus zu. Dmitri blickte in alle Richtungen und checkte die Dächer.

»Kommt schnell rein«, sagte Markus.

»Keine Panik. Unser kleines Ablenkungsmanöver hat geklappt. Wir können ganz beruhigt sein.«

»Dein Bodyguard scheint das anders zu sehen«, sagte Markus und nickte in Richtung Dmitri.

Jonas drehte sich um und lächelte. »Komm schon, Dmitri. Es gibt was zu essen.«

»Vorsicht ist besser als rückwärts zu schauen.«

Markus verstand nicht gleich, was er meinte.

Jonas grinste. »An deinen deutschen Redewendungen müssen wir noch arbeiten. Also, schnell!«

Der Riese nickte und betrat nach den anderen das Restaurant.

Im Gästebereich waren die Lichter aus. In der Tür hing ein Schild, *Geschlossene Gesellschaft*. Das einzige Licht kam vom Mond, der durch die großen Frontfenster schien, und aus dem Hinterzimmer, von wo Licht durch einen Türspalt fiel. Dmitri zuckte jedes Mal zusammen, wenn er im Dunkeln gegen irgendwas stieß.

»Alles klar, Dmitri?«

»Kein Problem. Kein Problem.«

»Du siehst ein bisschen zu gestresst aus, als dass es kein Problem gäbe.«

»Ist nichts. Ist nichts. Nur böse Erinnerungen.«

Jonas verzog das Gesicht. Er wusste, dass er Dmitri um etwas bitten musste. Und diese Bitte würde weitere böse Erinnerungen wachrufen.

Markus stieß die Tür zum Hinterzimmer auf und sagte: »Sie sind da.«

Lena stürmte zu Jonas und fiel ihm um den Hals. »Ich habe dich so vermisst.«

Sie küssten sich und bemerkten daher nicht Gudruns Gesichtsausdruck, die beinahe wirkte, als hätte sie gerade einen Schlaganfall mit halbseitiger Lähmung.

»Ähm«, machte Markus und unterbrach Lena und Jonas, damit sie das letzte Mitglied ihrer Gruppe endlich in das Geheimnis einweihen konnten.

Lena löste sich aus der Umarmung und stellte sich vor Gudrun, die sie immer noch anstarrte, als hätte sie einen Geist gesehen. Was in dem Zusammenhang zwar nicht hundertprozentig korrekt, aber doch korrekter als in neunundneunzig Prozent aller anderen Fälle war.

Lena überlegte, wie sie sich verhalten sollte. Aber als Gudrun nicht reagierte, beschloss sie, auch sie einfach zu umarmen. Gudrun löste sich aus ihrer Schockstarre und hatte plötzlich Freudentränen in den Augen.

»Es tut mir so leid. Es tut mir so leid«, murmelte sie gedämpft. Danach durfte Jonas erst mal erklären, wie er Lena wiedererweckt hatte.

Sie verteilten sich um den großen Tisch im Separee, während Jonas erzählte. Gudrun saß ganz ruhig am Tisch und drückte Lenas Hand. Ab und an sah sie zu ihr hinüber und lächelte. Als Jonas seine Ausführungen beendet hatte, sagte sie zunächst nichts, sondern starrte ihn bloß an.

»Wenn ich jetzt sage«, unterbrach sie schließlich die Stille, »dass du von Gott geschickt wurdest, darf ich mir wieder irgendeinen blöden Spruch anhören.«

Jonas hatte die Ellbogen auf den Tisch gestemmt, das Kinn auf den Händen. Wortlos schüttelte er den Kopf.

»Heißt das, dass du wirklich von Gott geschickt wurdest?«, fragte Gudrun. Als er nicht reagierte, wandte sie sich an Lena. »Heißt das nun, dass er von Gott geschickt wurde?«

Auch Lena sagte nichts. Markus und Dmitri sahen sich an, zuckten mit den Schultern und nickten halb zustimmend. Dann widmeten sie sich wieder dem Essen, das der Restaurantbesitzer ihnen warmgestellt hatte.

»Dann muss überhaupt niemand mehr sterben«, sagte Gudrun ehrfürchtig.

Jonas zuckte zusammen.

»Ja, nun, wollen wir es mal nicht übertreiben«, sagte Lena. »Aber …«

»Jonas will heute Abend etwas anderes klären«, sagte Lena.

»Ich habe bis jetzt noch nicht begriffen, was wir hier überhaupt besprechen wollen«, sagte Markus. »Ich meine, ich ahne, dass es irgendwas damit zu tun hat, dass wir Lena verschwinden lassen müssen.«

»Nicht nur Lena«, sagte Jonas. »Auch mich.«

Gudrun, Markus und Dmitri strafften sich.

»Bevor ihr euch jetzt aufregt, lasst mich erst mal erklären.«

Markus war vor Schreck ein kleines Stück Fleisch aus dem Mund gefallen. Dmitri nutzte den Moment, um sich Nachschlag zu holen.

»Ich habe die letzten Tage darüber nachgedacht«, sagte Jonas. »Habe jedes erdenkliche Szenario durchgespielt. Je mehr ich grüble, umso klarer wird mir, dass dieser Messias-Kram immer schlimmer wird.«

Alle außer Lena fanden, dass das Blödsinn sei.

»Ich könnte jetzt genug Beispiele anführen, die meine Theorie belegen, aber vielleicht belassen wir es einfach dabei, dass ich das Gefühl habe, meine Rolle als Messias erfüllt zu haben. Jedenfalls fast.«

»Du meinst, dass Gott dir eine Rolle zugedacht hatte und du das, was er von dir wollte, erfüllt hast?«, fragte Gudrun.

»Genau.«

»Was soll denn das gewesen sein? Lena wieder von den Toten aufzuwecken?«, fragte Markus.

»Nein«, antwortete Jonas. »Ich glaube, ich sollte der Welt einfach nur sagen, dass wir Menschen uns nicht wie Arschlöcher benehmen sollen.«

Einen Moment lang sagte niemand etwas. Nur Dmitris Schmatzen war zu hören.

»Ich wünsche mir ja immer noch, dass du einen anderen Ausdruck gewählt hättest«, sagte Gudrun.

Markus ignorierte sie. »Und wie bist du darauf gekommen? Ich meine, angenommen es gibt wirklich einen Gott und der hat dir diese … Gaben gegeben, dann hatten und haben die doch sicher einen Sinn.«

Gudrun nickte zustimmend.

»Ich denke, sie sind nur dazu da, dass ich ernst genommen werde.«

Gudrun und Markus wollten das nicht glauben und schüttelten vehement die Köpfe. Dmitri saß ruhig kauend da und blickte Jonas skeptisch an.

Ich hätte an dieser Stelle Jonas am liebsten applaudiert, aber ich wollte die Sache nicht noch komplizierter machen.

»Ihr könnt glauben, was ihr wollt. Das ist völlig egal. Der Punkt ist, dass ich mit meiner Rolle als Messias, Prophet oder dergleichen eigentlich fast am Ende bin.«

»Was soll das heißen?«, fragte Gudrun.

Jonas sah sie an. »Du weißt, was mit den meisten Propheten passiert ist. Oder Jesus, der, wenn man dem Koran glaubt, auch nur ein Prophet gewesen ist.«

Gudrun schaute einen Moment genervt, überlegte dann aber und runzelte die Stirn. »Die meisten Propheten sind gewaltsam gestorben. Soll das etwa heißen, dass du davon ausgehst, demnächst getötet zu werden?«

»Wäre das so unwahrscheinlich?«

Gudrun, Markus und Dmitri murmelten. Lena streckte ihre Hand zu Jonas aus und berührte ihn.

»Ich bin mir nicht sicher«, sagte Jonas, »ob der Mann, der Lena umgebracht hat, überhaupt sie treffen wollte.«

»Aber er war ein Zeuge von Jonas!«, rief Gudrun. »Die würden dir nie etwas antun!«

»Ich habe sie diskreditiert, Mutter, während sie versucht haben, sich als maßgebliche Instanz in Sachen Jonas aufzuspielen. Es würde mich nicht wundern, wenn einige von ihnen dachten, ich würde ihnen tot mehr nützen als lebendig.«

»Viel wichtiger ist doch, dass Lena in Zukunft sicher ist«, sagte Markus. »Für dich müssen wir einfach nur mehr Bodyguards engagieren.«

Jonas lächelte.

»Was grinst du denn jetzt so blöd?«, fragte Markus.

»Weil du immer noch in Lena verknallt bist.«

Lena schaute zwischen den beiden hin und her. »Wie bitte?«

»Markus ist nie wirklich darüber hinweggekommen, dass du dich damals für mich entschieden hast.«

»Die Entscheidung stand doch nie zur Diskussion«, sagte Lena und sah, dass Markus kaum merklich zusammensackte.

»Trotzdem hatte er gehofft. Und nachdem ich mit dir zusammen war, unternahm er keine weiteren Annäherungsversuche, weil er kein Arsch ist.«

»Danke. Immerhin wird das gewürdigt«, sagte Markus.

»Sodom und Gomorra«, murmelte Gudrun.

»Die ganze Zeit?«, fragte Lena. »Aber du hast doch dauernd diese One-Night-Stands …«

Jonas antwortete, bevor Markus es konnte. »Ich glaube, Psychologen würden da von Verdrängungsversuchen oder so was in der Art sprechen.«

Markus verdrehte die Augen. »Könnten wir vielleicht mal zum eigentlichen Thema zurückfinden? Wir können Lena nicht ewig bei Dmitri verstecken.«

Jonas nickte. »Da stimme ich zu. Es ist schon jetzt für jeden von euch zu gefährlich geworden.«

»Was genau meinst du?«, fragte Gudrun.

»Gesetzt den Fall, dass wirklich Lena getroffen werden sollte, ist es durchaus möglich, dass auch ihr auf der Abschussliste steht. Vielleicht nicht du, Dmitri, aber auch du wärst potenziell davon betroffen.«

Dmitri hielt beim Essen inne, überlegte kurz und nickte dann mit heruntergezogenen Mundwinkeln.

»Warum sollte mich irgendwer umbringen wollen?«, wollte Markus wissen.

»Oder mich?«, fragte Gudrun.

»Also bei dir würden mir gleich mehrere Gründe einfallen, Mutter.«

Gudrun stieß ein genervtes Keuchen aus.

»Was dich angeht«, sagte Jonas an Markus gewandt, »könnte irgendwer auf die Idee kommen, dass du nicht gut genug für mich bist. Im Grunde so, wie es bei Lena war. Vielleicht denkt irgendwer, dass du mich zu sehr beeinflusst. Vielleicht denkt irgendwer, dass du alles falsch managst. Wer weiß?« Er wandte sich wieder an alle. »Generell könnte es sein, dass sie versuchen, mir etwas anzutun. Und wenn sie mich nicht erwischen, trifft es eben die, die mir am Herzen liegen.«

»Das ist das erste Mal seit langer Zeit, dass du mir sagst, dass du mich überhaupt magst«, sagte Gudrun.

»Von mögen war nicht die Rede. Trotzdem bist du mir wichtig.«

Gudrun verzog das Gesicht. Die anderen verarbeiteten noch, was Jonas gerade gesagt hatte.

»Du meinst also, dass wir alle umgebracht werden könnten?«, fragte Markus.

»Genau das.«

Markus schaute Lena an.

»Was siehst du mich an?«, sagte sie. »Ich bin doch schon tot.«

Markus grübelte. »Also könnte auch jede Frau, die ich mit zu mir nach Hause nehme, potenziell eine Gefahr darstellen?«

»Ich glaube«, sagte Jonas, »dass früher oder später jemand unsere Schwächen ausnutzt, um an irgendwen von uns heranzukommen. Bei dir wären es die Frauen, Markus. Bei Mutter wäre es ihr Glaube.«

»Aber ...«, wollte Gudrun protestieren, doch Jonas hob eine Hand und sie schwieg.

Gudrun wollte natürlich sagen, dass ihr Glaube sie stark mache. Allerdings ist das erfahrungsgemäß das Argument der Leute, die sonst keine Argumente haben. Wer hätte das auch voraussehen sollen? Ich? Ich bin zwar allwissend – oder könnte es sein –, aber vor Tausenden von Jahren ist mir nicht in den Sinn gekommen, dass die Menschen die geistigen Fähigkeiten, die ich ihnen gegeben habe, so wenig nutzen würden.

»Und wenn es ihnen gelingt, an euch heranzukommen, kommen sie über euch an mich heran«, sagte Jonas.

»Aber im Zweifelsfall kannst du uns doch einfach ins Leben zurückholen, so wie Lena, oder?«, fragte Gudrun und nagte nervös an einem Brot.

Alle Augen waren auf Jonas gerichtet, Lena drückte ihm die Hand.

»Wenn ich euch andauernd wiederbeleben würde, würden sich die Leute sehr schnell fragen, warum ich nicht auch ihre Liebsten zurück ins Leben hole. Zum Beispiel könnten sie sich fragen, weshalb ich den Sicherheitsmann aus dem Fernsehstudio, der ebenfalls erschossen wurde, nicht zurückgeholt habe.«

»Jetzt, wo du es sagst«, meinte Gudrun.

»Ganz abgesehen davon, dass ich das nicht auf der ganzen Welt leisten kann, geschweige denn, dass ich alle Leute heilen kann, würde man mir bald vorwerfen, dass ich mich selbst wie ein Arsch benehme, wenn ich mich nicht um alle kümmere. Und alles, was ich bisher erreicht habe, wäre damit für die Katz. Nein, das kann und werde ich nicht zulassen. Das Ganze muss ein Ende finden. Bald.«

Alle wechselten Blicke untereinander.

»Und wie soll das vonstattengehen?«, fragte Gudrun.

»Ganz einfach. Ich muss sterben.«

KAPITEL 25

PLÄNE FÜR DAS ENDE

Die Stille lag wie ein schwerer Vorhang über dem Hinterzimmer des Restaurants. Als ob ein Vorhang über Leuten liegen würde, was er ja in der Regel nicht tut, es sei denn, er ist heruntergefallen. Dann hört man die Leute aber vermutlich nicht mehr, weil sie bewusstlos sind. So ein Vorhang ist ja schwer.

Metaphern und Vergleiche, meine Achillesferse.

»Äh, wie bitte?«, fragte Markus.

»Hast du gerade gesagt, dass du sterben willst?«, fragte Gudrun.

Dmitri schaute ernst, sagte aber nichts.

»Ich sagte«, setzte Jonas fort, »dass ich sterben *muss*. Von wollen kann keine Rede sein. Wenn es irgendwie anders ginge, wäre es mir auch lieber. Aber die Leute müssen begreifen, dass ich tot bin. Nur dann lassen sie mich … lassen sie uns in Ruhe.« Er drückte Lenas Hand.

Wieder wurden Blicke gewechselt, niemand sagte etwas.

Markus unterbrach die Stille. »Ja, also, wie soll ich das sagen … was genau ist denn dein Plan? Willst du dich mit einem Toaster in die Wanne setzen? Vom Hochhaus springen? Vor einen Zug werfen? Ich kann noch gar nicht glauben, dass wir das ernsthaft diskutieren.«

»Ich weiß«, sagte Jonas.

»Nee, ich glaube, du weißt es nicht. Das ist eine noch beklopptere Idee als *Der Wind in den Datteln*.«

Jonas zügelte sich. »Es ist die einzige Möglichkeit, die mir eingefallen ist, wie wir anonym untertauchen können. Wenn jemand eine bessere Idee hat, immer her damit.«

»Alles ist besser, als zu sterben«, sagte Gudrun.

Markus kratzte sich die Stirn. »Und wozu überhaupt? Wenn man anonym untertauchen will, dann lässt man sich doch nicht umbringen.«

»Doch, wenn man die Leute davon abbringen will, nach einem zu suchen«, sagte Jonas. »Außerdem hatte ich natürlich nicht vor, wirklich zu sterben. Ich will immer noch ein Leben mit Lena führen.«

»Also soll dein Tod nur vorgetäuscht werden?«, fragte Markus. »Platzpatronen oder so was?«

»Nein«, entgegnete Jonas. »Jemand soll mich vor den Kameras der Welt erschießen, und dann soll ich auch richtig tot sein.«

Gudrun schaute ihn an, als hätte ihr jemand gerade das Hirn formatiert. Markus blickte abwechselnd von Lena zu Jonas, und Lena sah ganz so aus, als sei sie über all das bereits informiert.

»Ihr wisst schon«, sagte Markus, »dass Totsein eine ziemlich endgültige Sache ist, oder?«

»Darf ich dich daran erinnern, dass du mit einem Wiederauferstandenen und mit einer von den Toten Zurückgekehrten sprichst?«

Markus hob den Zeigefinger, als wollte er etwas Wichtiges sagen, kam aber über ein Keuchen nicht hinaus.

»Und das funktioniert auch ein zweites Mal?«, fragte Gudrun.

Jonas zögerte einen Moment. »Folgender Plan«, sagte er dann. »Bei Lenas Beerdigung werde ich eine Ansprache halten. Kamerateams aus der ganzen Welt werden da sein. Während ich die Rede halte, werde ich erschossen. Ein paar Tage später wache ich wieder auf und verschwinde mit Lena irgendwohin, wo uns keiner findet. Und dann leben wir glücklich und zufrieden bis an unser Lebensende.«

»Beinhaltet dieser Plan eine Heirat und Enkel für mich?«, fragte Gudrun.

Jonas und Lena schauten sich an und lächelten. »Ja, ich denke schon«, sagte Jonas.

Gudrun sprang auf und umarmte die beiden – was aber eher so aussah, als würde sie sie gleichzeitig erwürgen wollen. »Ich freue mich ja so«, sagte sie.

»Ich will ja nicht die Stimmung kaputtmachen, aber irgendwie sind mir bei dem Plan noch zu viele Fragen offen«, sagte Markus.

Gudrun ließ von Lena und Jonas ab, setzte sich auf ihren Stuhl und sah ein wenig zu glücklich aus in Anbetracht der Tatsache, dass ihr Sohn gerade seinen Tod angekündigt hatte.

»Vielleicht darf ich kurz einhaken«, sagte Jonas kurzatmig. »Wir müssen es bis Donnerstag schaffen, das alles zu organisieren. Also im Grunde heißt das, dass du das organisieren musst.«

»Ich?«, fragte Markus. »Ich soll den Tod meines Freundes organisieren?«

»Du musst dafür sorgen, dass wir irgendwohin können. Wir haben da an ein Haus in Schweden gedacht.«

»Schweden?«, ging Gudrun dazwischen. »Warum nicht irgendwo, wo es warm ist?«

»Weil es sonst nirgends so abgeschieden ist«, antwortete Lena. »Wir können es uns nicht erlauben, in der Öffentlichkeit gesehen zu werden. In Schweden, auf dem Land, ist schlichtweg keiner, der uns über den Weg laufen könnte. Außerdem fand ich Schweden schon immer toll.« Lena und Jonas schauten sich erneut an und drückten sich die Hände.

Markus, der so viel Innigkeit von den beiden gar nicht gewohnt war, schlug das irgendwie auf den Magen. »In der Sahara ist es auch abgeschieden, dafür aber warm.«

»Ernsthaft, Markus?«, fragte Jonas.

»Ich soll euch also ein Haus in Schweden besorgen. Bis nächste Woche Donnerstag, wenn ich Lenas Beerdigungstermin noch richtig im Kopf habe. Außerdem braucht ihr vermutlich auch falsche Pässe, denn irgendwie müsst ihr ja über die Grenze.«

»Das mit den Pässen wäre toll, aber die können auch später kommen. Grenzkontrollen gibt es keine.«

Markus schaute in die Runde. »Was glaubt ihr eigentlich, wer ich bin? Sehe ich aus wie der Pate? Oder Scarface? Bin ich so eine Art kriminelles Supergenie? Ich bin dein verdammter Manager und Agent, Jonas! Wie soll ich an falsche Pässe kommen?«

»Habe ich eigentlich schon erwähnt, dass du nach meinem Tod alle Rechte erhalten wirst und dann so viel Merchandising und Bücher rausbringen kannst, wie du willst?«

Markus schaute ihn entgeistert an. »Ich glaube, ich kenne da einen, der jemanden kennt, der eventuell etwas von Pässen und dergleichen versteht.«

Jonas lächelte. Er wusste, dass Markus kein kriminelles Genie war, aber sein Freund hatte schon immer Verbindungen gehabt oder welche auftun können, von denen man vorher nichts ahnen konnte. Besonders, wenn es dabei um Geld ging.

»Du kriegst außerdem Zugriff auf unser Konto, damit du das Geld für das Haus und die Pässe verwenden kannst. Trotzdem musst du wahrscheinlich beim Verlag noch nach einem Vorschuss fragen.«

Markus machte sich Notizen auf dem Handy und deutete mit der freien Hand an, dass er verstanden hatte.

Gudrun nahm sich noch etwas von dem Essen, das auf dem Tisch stand. »Und wie genau hast du dir das mit dem Erschossen-werden vorgestellt?«, fragte sie, während sie ein kaltes Schnitzel auf den Kartoffelsalat schaufelte.

»Danke, dass du dir solche Sorgen um mein Wohlergehen machst. Und ich dachte schon, die Nachricht, dass ich getötet werde, hat dich gar nicht so recht erreicht.«

»Du sagtest doch, dass du wiederauferstehst.«

Lena kratzte sich am Arm und sah irgendwie besorgt aus.

»Ja, aber dafür muss ich trotzdem erst einmal sterben. Und es wäre schön, wenn du dich dann zu etwas mehr Emotionen hinreißen lassen könntest, weil sonst der Plan nicht funktioniert.«

»Ich für meinen Teil glaube ja immer noch, dass das gar kein Plan ist, aber ich soll ja nur alles organisieren«, sagte Markus und tippte weiter auf seinem Handy herum.

»Du bist der, der profitiert, also freu dich doch mal.«

»Ja, aber ich bin auch der, der seinen Freund quasi gegen Geld eintauscht.«

»Hast du ein Problem damit?«

»Überraschenderweise weniger, als ich vermutlich sollte.«

»Dachte ich es mir doch.«

Gudrun nahm einen Bissen von ihrem Teller und schob ihn sich in den Mund. »Und wer bringt dich jetzt um?«

Jonas hatte die Frage erwartet, aber nicht unbedingt von seiner Mutter. »Irgendwie dachte ich, dass du diejenige wärst, die am meisten Probleme damit hat. Du weißt schon, diese Zehn-Gebote-Sache. Außerdem spricht man nicht mit vollem Mund. Steht zwar nicht in den Zehn Geboten, sollte ich aber vielleicht noch in mein Manifest mit aufnehmen.«

»Du nennst deine Bibel Manifest?«, fragte Markus besorgt. »Du denkst dir immer so blöde Titel aus.«

»Das ist doch jetzt gar nicht der springende Punkt«, sagte Gudrun kauend.

Dmitri saß regungslos am Tisch und beobachtete Jonas.

Der sagte ruhig, fast zögernd: »Ich habe gedacht, dass das einer von euch übernimmt. Meine Erschießung.«

Alle Köpfe fuhren zu ihm herum.

»Er meint mich«, sagte Dmitri. »Er meint, ich sollte das tun.«

Jonas nickte wortlos. Die anderen blickten zwischen den beiden hin und her.

»Das kann nicht dein Ernst sein«, sagte Lena, die davon nichts gewusst hatte. »Ich dachte, irgendeiner von diesen ›Zeugen von Jonas‹-Trotteln sollte dich erschießen.«

Gudrun verzog das Gesicht.

»Ja, nur können wir uns auf die nicht verlassen. Auf Dmitri schon.«

Jonas schaute voller Reue zu seinem Bodyguard hinüber, der niedergeschlagen vor dem Teller saß, auf dem die halbe Fleischplatte Platz gefunden hatte. Er schob den Teller von sich.

»Dmitri, ich …«

»Ich bin nicht engagiert, um zu töten«, sagte er.

»Das weiß ich. Und ehrlich gesagt wollte ich dir schon seit Tagen für deine Loyalität danken. Es tut mir leid, dass ich die nun mit dieser schlimmen Bitte auf die Probe stellen muss«, sagte Jonas. »Aber Fakt ist, dass ich nicht so viele Leute kenne, die erstens Erfahrung mit Waffen und zweitens auch die entsprechenden Waffen zur Verfügung haben.«

Der Riese rutschte unglücklich auf seinem Sitz hin und her und starrte das Fleisch auf dem Teller an, als wäre es plötzlich schlecht geworden.

»Was du im Grunde von Dmitri verlangst«, sagte Markus, »ist, dass er für dich lebenslänglich ins Gefängnis geht. Wenn er es denn bis dahin schafft und ihn nicht irgendeiner, der meint, damit etwas Richtiges zu tun, vorher umbringt. Hast du noch alle Tassen im Schrank?«

Jonas sackte auf seinem Stuhl zusammen. Natürlich waren ihm die Gedanken, die Markus vortrug, nicht fremd. Und ihm war auch klar, dass er nicht nur viel von seinem Bodyguard verlangte, er wusste, dass es eine egoistische Entscheidung war. Denn im Grunde musste jemand dafür büßen, dass er in Ruhe sein Leben weiterleben konnte.

Lena hatte ähnliche Gedankengänge. Jonas hatte sie zurück ins Leben geholt, weil er sie so sehr liebte, dass er sie schlichtweg nicht gehen lassen konnte. Trotzdem hatte er dadurch vielleicht mehr Probleme verursacht als gelöst. Ihre bloße Existenz brachte ihn in Bedrängnis. Sie gab sich die Schuld an allem, was passiert war. Nur ihretwegen war er in der Nacht überhaupt unterwegs, in der der Kirchturm auf ihn gefallen war. Nur ihretwegen hatte er überhaupt die Probleme mit den »Zeugen von Jonas«. Nur ihretwegen hatte er sich die unangenehmen Fragen beim Interview gefallen lassen müssen. Nur ihretwegen wollte er jetzt ein zweites Mal sterben. Für sie. Was sie schon unheimlich romantisch fand, da es etwas aus einer Shakespeareschen Tragödie hatte. Sie dachte an Romeo und Julia, allerdings brachte Julia sich ebenfalls um, weil sie ohne Romeo nicht leben konnte. Sie wusste nicht, ob sie so weit gehen würde, aber ein Leben ohne Jonas kam ihr mittlerweile nicht mehr lebenswert vor.

Übrigens finde ich *Romeo und Julia* eine wirklich bizarre Geschichte. Alle Personen in dem Stück scheinen irgendwie nicht mehr alle Latten am Zaun zu haben, wenn ich das mal so ausdrücken darf. Man muss sich vor Augen halten, dass es sich dabei um ein Teenagerpärchen handelt; das Mädchen ist dreizehn Jahre alt und der Junge vermutlich wenig älter. Beide leben ihren Pubertätsschmerz aus, was zumindest bei ihm dazu führt, dass er Leute umbringt. Sie haben Sex, was von Julias Amme auch noch unterstützt wird, und wollen schon nach dem ersten Mal gleich heiraten. Obwohl alle sehr wortgewandt sind, scheinen sie sich lieber gegenseitig umzubringen, als miteinander zu sprechen. Und es gibt einen Apotheker, der dem Teenager Romeo Gift verkauft. Gift! Ganz abgesehen davon, dass der Gift überhaupt nicht verkaufen sollte, verkauft er es auch noch an einen Jugendlichen!

Zwei liebestolle Jugendliche ohne Lebenserfahrung, die nicht auf den Rat von – zugegebenermaßen – fragwürdigen Erwachsenen hören und sich deshalb lieber selbst umbringen. Und so was nennt sich die größte Liebesgeschichte aller Zeiten. Ich schätze, dass es eher etwas über die Erziehung im sechzehnten Jahrhundert aussagt.

»Kann ich dich mal für ein paar Minuten draußen sprechen?«, sagte Lena zu Jonas. Dmitri horchte auf. »Nur im Nebenraum. Raus aus diesem Raum. Nicht raus aus dem Restaurant«, ergänzte sie und griff nach Jonas' Hand, der sich nach kurzem Zögern in den Hauptspeiseraum des Restaurants führen ließ.

Nur wenig Licht drang durch die Fenster. Eine Straßenlaterne und der Rest Mondlicht verliehen dem Ganzen eine merkwürdige Stimmung. Die Stühle waren umgekehrt auf die Tische gestellt. Lena schloss die Tür zum Hinterzimmer und zog Jonas noch ein Stück weiter, weg von den Ohren, die sie vielleicht durch die Tür hören könnten.

»Ich weiß, was du sagen willst. Glaube ich jedenfalls«, sagte Jonas.

Sie schüttelte den Kopf. »Falls du glaubst, dass es um Dmitri geht, muss ich dich enttäuschen. Die Frage, die mir auf der Zunge liegt: Warum bist du dir überhaupt so sicher, dass du wiederauferstehst, wenn du noch einmal stirbst?«

Jonas schaute ihr ruhig in die Augen. »Bin ich nicht.«

Sie klappte den Mund ein paarmal auf und zu. »Du willst mir damit sagen, dass du dich erschießen lassen würdest, obwohl du dann vielleicht für immer tot bist?«

»Weil ich keine andere Möglichkeit sehe, wie wir aus der Geschichte wieder rauskommen.«

Sie fiel ihm um den Hals. »Tu es nicht. Bitte, bitte tu es nicht. Ich kann das nicht noch einmal durchmachen. Ich kann dich nicht noch einmal tot sehen.«

Er drückte sie und stöhnte resignierend. »Was bleibt uns denn übrig? Entweder wir finden dadurch eine Möglichkeit, zusammenzubleiben, oder wir haben ohnehin keine Chance auf ein Leben miteinander.«

»Aber zumindest würden wir beide leben. Beide. Zusammen.«

»Aber genau das würden wir nicht. Man würde mich instrumentalisieren. Du wärst eine Ablenkung, die mich davon abhielte, andere zu heilen. Sie würden dich immer und immer wieder umbringen. Soll ich dich immer wieder zurückholen? Was, wenn das nicht funktioniert? Und der Zorn der Leute immer größer wird? Unsere Optionen sind begrenzt. Im Grunde entscheiden wir nur, wer von uns beiden stirbt. Und mir persönlich wäre es lieber, es wärst nicht du, weil bei mir die Chance besteht, dass es nicht permanent ist.«

Sie löste sich von ihm und wischte sich das Gesicht mit dem Handrücken ab. »Du glaubst, es gibt eine Chance?«

»Mehr als der Glaube daran bleibt uns wohl nicht.«

»Das ist für mich als Agnostikerin nicht sehr leicht.«

Jonas zuckte unbeholfen mit den Schultern.

»Und was ist mit Dmitri? Du nimmst in Kauf, dass sein Leben zerstört wird, um einen Vorteil für dich herauszuholen?«

»Falls ich wirklich tot bleibe, weiß ich nicht, wo da der Vorteil für mich sein sollte. Ansonsten ist mir klar, dass es viel von ihm verlangt ist.«

»Es ist nicht nur viel verlangt. Es ist arschig. Und du bist doch derjenige, der allen sagt, dass sie kein Arschloch sein sollen. Jetzt sei selbst keins.«

»Glaubst du, ich hätte mir darüber keine Gedanken gemacht? Aber ich bin kein Zauberer, der Leute plötzlich in Luft auflösen kann. Zumindest glaube ich, dass ich das nicht kann. In letzter Zeit bin ich mir nicht mehr sicher, was ich überhaupt kann. Dmitri müsste für die Tat in meiner Nähe sein, und es würde von den Kameras festgehalten. Ich habe einfach keine schlaue Idee, wie er davonkommen könnte.«

»Aber dann müsste man jemand anders engagieren, damit zumindest Dmitri das nicht machen muss.«

»Wenn du mir die Nummer von jemandem geben kannst, der so etwas macht, dann immer her damit. Ich habe unter P wie Profikiller in den Gelben Seiten geschaut und nichts gefunden. Und Dmitri ist der Einzige mit Waffen zur Hand, den ich kenne.«

Lena war wütend, aber auch verzweifelt. Sie wusste, dass Jonas recht hatte, fand es aber trotzdem nicht richtig. Ganz abgesehen davon, dass ganz und gar nicht klar war, ob er überhaupt weiterleben würde.

Die Tür zum hinteren Raum ging auf, und Dmitris Umriss zeichnete sich darin ab. Als er Jonas und Lena entdeckte, kam er zu ihnen.

»Ich mache das nicht«, sagte er.

Jonas sackte zusammen, nickte aber. »Schon okay. Ich verstehe das, und es ist auch völlig okay.«

Lena umarmte Jonas und war insgeheim froh, dass sich der Bodyguard dagegen entschieden hatte. Nicht nur, weil ihr Dmitri leidgetan hätte. Der Gedanke, Jonas möglicherweise noch einmal zu verlieren, und diesmal endgültig, machte ihr eine Heidenangst.

»Ich kenne jemanden, der sich darum kümmern wird«, sagte der Riese.

Jonas wurde hellhörig und richtete sich sofort wieder auf. Lena schaute alarmiert.

»Du meinst, du kennst jemanden, der so was machen würde?«, fragte Jonas.

»Ist nur Frage des Preises«, sagte Dmitri.

»Wie viel?«

»Hunderttausend.«

»Hunderttausend!«, rief Jonas.

Lena starrte ihn an. »Jonas, bitte nicht.«

»Ich gehe nicht davon aus, dass man deinen Kumpel in Reichsmark bezahlen könnte, oder?«

Der Riese verzog keine Miene. »Ist nicht Kumpel von mir. Wir kennen uns vom Militär. Kein guter Mensch. Aber zuverlässig und trifft sein Ziel. Scharfschütze. Wird nicht gesehen bei Tat.«

Jonas wurde nun doch etwas mulmig, und Lena kratzte sich am Arm.

»Ich habe keine hunderttausend. Ich habe nicht mal eine visuelle Vorstellung davon, wie viele Scheine das wären.«

»Ist sein Preis.«

Lena schaute zwischen den beiden hin und her. »Bitte hört auf damit.«

»Zumindest wäre Dmitri damit aus dem Schneider«, sagte Jonas.

Lena schnaubte. Dmitri zog die Mundwinkel nach unten und nickte zustimmend.

»Das ist verrückt«, sagte Lena.

Gudrun und Markus erschienen in der Tür.

»Was ist denn hier los?«, fragte Markus.

»Dmitri kennt jemanden, der mich für hunderttausend umbringen würde.«

»Hunderttausend!«, rief Markus und fasste sich ans Herz. Aber er fing sich schnell wieder und hakte nach: »Hunderttausend was? Rubel? Überraschungsei-Figuren? Zimbabwe Dollars?«

»Euro«, sagte Dmitri.

Markus fasste sich wieder dramatisch ans Herz.

Gudrun stand daneben und schaute verwirrt. »Um was geht es jetzt genau?«

Lena erklärte ihr, dass Dmitri einen Killer besorgen könnte. Der Blick, den Gudrun daraufhin dem Bodyguard zuwarf, wäre es wert gewesen, konserviert zu werden.

»Hat die ganze Zeit ein Krimineller auf meinen Sohn aufgepasst?«, sagte sie vorwurfsvoll in Richtung Markus, der immer noch »Hunderttausend« vor sich hin murmelte.

»Nur weil ich Kriminellen kenne, heißt nicht, ich bin selber kriminell. Ich mag nicht mal Mann, der das macht.«

»Tja«, sagte Jonas, »die Diskussion, ob wir den engagieren oder nicht, dürfte relativ kurz werden, denn so viel Geld können wir so schnell nicht auftreiben. Und ich gehe nicht davon aus, dass sich dein Kumpel auf Ratenzahlung einlässt.«

Der Russe verzog erneut die Mundwinkel und zuckte mit den Schultern. »Vielleicht. Er arbeitet in Bank. Ich kann fragen.«

Alle starrten ihn an.

»Kennen viele schwule Ex-Angehörige der russischen Armee Leute, die in einer Bank arbeiten und hobbymäßig andere für Geld umbringen?«, fragte Jonas.

»Kennen generell viele Russen Leute, die mal eben so andere Leute umbringen?«, fragte Markus, und Lena verdrehte die Augen.

»Wieso schwul?«, fragte Gudrun.

»Wenn das dein einziges Problem mit meiner Frage war, Mutter, dann solltest du wirklich deine Prioritäten überdenken.«

Dmitri zuckte wieder mit den Schultern. »Kenne nicht mehr viele Leute. Aber habe noch so meine Kontakte.«

Markus, der einen Moment mit offenem Mund dagestanden hatte, hob einen Finger und wedelte damit vor den Gesichtern der anderen herum.

»Was, glaubt ihr, soll jetzt eigentlich passieren? Soll ich einen Kreditvertrag mit einem Profikiller-Banker abschließen und ihn von den Beträgen aus den Merchandise-Verkäufen bezahlen?«

Dies war ein Teil aus der Reihe »Sätze, die man nicht alle Tage hört«.

Jonas und Dmitri schauten sich an und nickten zustimmend. »Ja«, sagte Jonas, »das fasst es ziemlich gut zusammen.«

»Ich schätze«, entgegnete Markus, »ich kann mir denken, was passiert, wenn ich mal nicht liquide bin.«

Dmitri zuckte nur mit den Schultern.

»Warum habe ich eigentlich das Gefühl, dass ich das ganze Risiko trage?«, fragte Markus.

»Dürfte ich daran erinnern, dass ich derjenige bin, der erschossen werden soll?«

»Und der sich nicht mal sicher ist, ob er überhaupt wiederaufersteht«, ergänzte Lena.

Alle Köpfe drehten sich zu Jonas.

»Du weißt nicht, ob du wiederauferstehst?«, fragte Gudrun.

»Wisst ihr«, sagte Jonas, »ich schätze, ihr müsst einfach daran glauben.«

KAPITEL 26

DIE LETZTEN VORBEREITUNGEN

Es war nur noch eine knappe Woche bis zu Lenas Beerdigung. Beziehungsweise dem Begräbnis der Unbekannten, die sie als Lena ausgaben.

Jonas hatte ernsthafte Schwierigkeiten, sich beim Schreiben seines Manifests zu konzentrieren. Bis zu dem Zeitpunkt, wo der göttliche Funke – schon wieder dieses Wort – über ihn gekommen war, hatte er niemals auch nur ansatzweise kriminelle Gedanken gehabt. Und in den vergangenen zwei Wochen hatte er andere Leute dazu angestiftet, zu lügen und Berichte zu fälschen, hatte Personen bestochen und bedroht, war dabei, einen Killer anzuheuern, und zwang seinen besten Freund, Geld durch dunkle Kanäle zu leiten.

Obwohl die Zehn Gebote – die alten, biblischen Zehn Gebote – nicht ausdrücklich verbieten, andere dazu anzustiften, gegen die Zehn Gebote zu verstoßen ... nun, bleiben wir einfach dabei, dass man sich an dieser Verhaltensweise vielleicht kein Beispiel nehmen sollte.

Ein Notar nahm Jonas' Letzten Willen auf und füllte alle entsprechenden Papiere aus, so dass Markus der Erbe seines geistigen und auch sonstigen Eigentums werden würde, sobald Jonas das Zeitliche segnete. Gudrun wurde nur mit dem Mindestteil bedacht, allerdings versprach Markus – wenn auch zähneknirschend –, dass er ihr dann und wann etwas Unterstützung zukommen lassen würde.

Zwischen Dmitri und Jonas war in den letzten Tagen vor dem großen Knall die Stimmung nicht unbedingt herzlich zu nennen. Dmitri hatte es ihm doch ein wenig übelgenommen, dass er ihn

273

zum Mord an ihm selbst überreden wollte. Aber er hielt sein Wort, und zwei Tage vor Ultimo tauchte sein alter Bekannter aus Armee-Zeiten auf, um bei einer erneuten geheimen Sitzung im Restaurant den Mordvertrag zu unterschreiben.

»Der Vertrag ist auf Russisch«, maulte Markus.

»Das ist fein beobachtet«, sagte Jonas.

»Ich weiß überhaupt nicht, was da drinsteht. Vielleicht verkaufe ich damit mein Erstgeborenes – möge es noch eine Weile auf sich warten lassen. Vielleicht steht darin auch irgendwas darüber, dass es mit dem Mord an dir zu tun hat. Falls es zu einem Rechtsstreit darum kommt, wird es vermutlich für Aufmerksamkeit sorgen.«

Dmitri sprach mit seinem alten Kameraden, dessen Adlernase und stechende graue Augen, zusammen mit der schlanken Figur und dem schwarzen Anzug, unweigerlich Assoziationen an einen Bestatter in einem Western-Film heraufbeschworen.

»Er sagt, ist nur Vertrag über Betrag als Darlehen. Nichts erwähnt von Jonas«, erklärte Dmitri.

»Ein Darlehen, für das ich nichts bekomme. So was Bescheuertes habe ich noch nie unterschrieben.«

Jonas erklärte ihm, dass er dafür sehr wohl etwas bekam. Nämlich seinen Tod und deswegen all die Möglichkeiten, noch mehr Geld zu verdienen.

»Ich verstehe ohnehin nicht, weswegen ich das unterschreiben sollte. Wenn er Leute umbringt, was hindert ihn dann daran, mich umzubringen, wenn ich nicht zahle?«

Der Mann mit den unheimlichen Augen beugte sich vor und sagte etwas auf Russisch. Dmitri übersetzte, dass er kein Interesse daran habe, jemanden umzubringen, wenn er dafür kein Geld bekäme. Der Vertrag diene lediglich dazu, ihm eine Handhabe bei Nichtzahlung zu geben. Rein juristisch.

»Zusammenfassend könnte man also sagen, dass du in den Knast gehen könntest, wenn du den, der mich umgebracht hat, nicht rechtzeitig bezahlst, weil er im Recht ist.«

»Ich brauche irgendwas mit Alkohol drin«, sagte Markus.

Sie verabschiedeten sich mit Handschlag von dem gespenstischen Mann.

»Bis zum nächsten Mal«, sagte Markus. »Äh, wenn ich es genau überlege, wohl eher nicht.«

Der Mann verschwand mit seinem Aktenkoffer gemessenen Schrittes im nächtlichen Nebel, während die anderen ins Auto stiegen.

***

Als Jonas wieder daheim war, packte er ein paar Sachen, die er unbedingt behalten wollte, in Koffer und Taschen. Darunter ein Belegexemplar von *Der Wind in den Datteln,* worüber Markus nur den Kopf schütteln konnte, und eine Schreibfeder samt Tintenfass, die ihm Lena geschenkt hatte, kurz bevor sein Roman erschienen war.

Markus übernahm Lenas Schrank, um für sie ebenfalls ein paar Sachen einzupacken.

»Meinst du nicht, dass das etwas komisch aussieht, wenn ich lauter Koffer aus dem Haus schleppe? Die Typen draußen werden doch sicher misstrauisch.«

»Deswegen wirst du die auch nicht mitnehmen. Zumindest nicht hier aus dem Haus.«

»Und wie soll ich sie dann zu mir nach Hause kriegen?«

Jonas lächelte nur.

Nachdem sie fertig gepackt hatten, brachten sie die Koffer und Taschen in den Keller. Die Wand, die Jonas vor Tagen freigeräumt hatte, präsentierte nun eine große Doppeltür.

»Drück mir die Daumen«, sagte Jonas.

»Wofür?«, fragte Markus, bekam aber keine Antwort.

Stattdessen kramte Jonas einen Schlüssel hervor, steckte ihn in das dafür vorgesehene Loch in der Tür und schloss sie auf.

Eine Wand von Marmeladengläsern stürzte ihnen entgegen. Jonas fluchte, und Markus sprang aus der Reichweite der zerspringenden Gläser und ihres klebrigen Inhalts.

»Was zum Teufel ist das denn?«, fragte Markus.

Jonas, der vergeblich versuchte, nicht in die Reste von Kirsch-, Erdbeer- und Orangenmarmelade zu treten, antwortete kryptisch, er hoffe nun auf Nachbarschaftshilfe.

Das Licht im Keller auf der anderen Seite ging an, und sie konnten mehr Details im anderen Raum erkennen. Da standen Metallschilder und riesige Blumenkübel, alte Puppenköpfe starrten sie an.

»Hallo?«, fragte eine Stimme vom oberen Ende der Treppe.

»Ja, hallo!«, rief Jonas. Kurz darauf waren schlurfende Schritte auf der Treppe zu hören.

Herbert Finkels Haare standen wie vom Wind zerzaust in alle Richtungen ab. Seine Schürze zeigte klebrige Handabdrücke und Marmeladenreste.

»O nein, o nein! Der Belag für die Marmeladenbrote!«, rief er.

»Das tut mir schrecklich leid, Herbert, aber ich hab nicht gewusst, dass das alles vor der Tür stand.«

»Wo kriegen wir denn jetzt noch so schnell Marmelade her?«, sagte Herbert eher zu sich selbst.

»Ich bin mir sicher, mein Freund Markus hier wird dich dafür entschädigen.«

Markus entglitten die Gesichtszüge. »Soll ich für die kaputten Marmeladengläser etwa auch noch bezahlen? Kannst du da nicht irgendwie dein Ding machen und alles wieder heil werden lassen?«

»Du musst auch mal lernen zu teilen.«

»Und du musst mal lernen, nicht alles auf mich abzuwälzen.«

Sie schauten wieder zu Herbert, der wirkte, als hätte jemand versucht, ihm einen Teilchenbeschleuniger zu verkaufen. Im Grunde war das aber nur sein übliches, ratloses Gesicht.

»Was genau wollt ihr eigentlich hier unten?«, fragte er schließlich und wischte sich die Hände an der Schürze ab.

»Entschuldige, wenn wir auf einmal so in dein Haus platzen, Herbert, aber wir haben eine Frage an dich«, sagte Jonas und trat näher an die Tür.

»Wollt ihr ein paar Schnittchen?«

»Warum eigentlich immer Schnittchen?«, fragte Markus. »Essen Sie nichts anderes?«

»Früher hat Gesine auch mal Suppen gemacht. Oder Buletten«, erinnerte sich Jonas, schauderte aber beim Gedanken an die versalzenen Suppen.

»Schnittchen können wir am besten!«, sagte Herbert mit stolzgeschwellter Brust.

Jonas kam nicht umhin zu nicken. »Eigentlich wollten wir dich um etwas bitten.«

»Also, wenn ihr ein paar Schnittchen wollt, müsst ihr das nur sagen. Gesine macht bestimmt gern welche.«

»Es geht mir im Moment eigentlich weniger um Schnittchen als darum, dass ich dich bitten würde, ein paar Koffer und Taschen zu meinem Freund zu fahren«, sagte Jonas und zeigte mit der Hand auf Markus, der ein Gesicht machte, als würde Jonas in Zungen reden.

»Aber warum nimmt Markus die Taschen denn nicht selbst mit?«, fragte Herbert.

»Weil«, antwortete Jonas, »die Leute draußen vor dem Tor ihn gar nicht zum Auto lassen würden, ohne die Taschen zu plündern oder Fragen zu stellen. Wenn du sie jedoch mit deinem Auto wegfahren könntest, würde das gar keiner merken.«

Herberts Gesicht zeigte keine Regung. Mehr als einmal hatte sich Jonas schon gefragt, ob die einseitige Ernährung mit Schnittchen in den letzten Wochen bei ihm zu so etwas wie Mangelerscheinungen geführt hatte.

»Fährst du in Urlaub?«, fragte der Nachbar.

»So ähnlich«, murmelte Jonas, korrigierte sich aber gleich darauf. »Ich will einfach nur ohne Aufsehen ein paar Sachen vor dem Mob draußen in Sicherheit bringen.«

»Aber das sind doch sehr nette Leute. Viele davon mögen Gesines Schnittchen und …«

»Ja, das habe ich mir schon gedacht, als ich euren Stand gesehen habe«, sagte Jonas. »Sagen wir einfach, dass ich die Sachen woanders brauche.«

»Vielleicht solltest du etwas Verpflegung mitnehmen.«

»Ich nehme an, dass du bereits einen Vorschlag hast.«

Herberts Gesicht glühte vor Begeisterung. »Gesine!«

»Schon gut, schon gut!«, sagte Jonas. »Bitte keine Umstände. Eigentlich wollte ich nur wissen, ob du das erledigen könntest.«

Herbert nickte, wobei sein halber Oberkörper mitwippte.

Markus grinste. »Super. Und keine Bange, da sind keine Leichenteile oder so was drin.«

Herbert und Jonas schauten ihn an.

»Warum sagst du so was?«, fragte Jonas. »Bei solchen Sätzen ist man ja fast gezwungen anzunehmen, dass da irgendwas nicht stimmt.«

Herbert nickte mit offenem Mund und dem halben Oberkörper. Dann sagte er: »Okay.«

Als die beiden wieder nach oben stiegen, hatte Markus allerlei Fragen.

»Weshalb diese Heimlichtuerei? Die Koffer hätte ich doch nach deinem Tod noch holen können. Und warum hast du einen Schlüssel zum Nebenhaus?«

»Den Schlüssel habe ich, weil der Keller irgendwann mal umgebaut und geteilt wurde. Keine Ahnung, warum das so merkwürdig geplant war. Und die Koffer müssen jetzt weg, weil nach meinem Tod das Haus vermutlich bis auf die Nieten geplündert wird. Da will ich den Leuten nicht noch mit fertig gepackten Taschen helfen.«

Markus schaute ernst. »Vielleicht sollte ich lieber auch noch ein paar Stücke in Sicherheit bringen, damit ich all das bezahlen kann, was du mir an den Hals gehängt hast.«

»Herbert hilft dir bestimmt, wenn du ein paar Schnittchen nimmst«, sagte Jonas und verschwand im Wohnzimmer.

***

In der Nacht vor der Beerdigung geisterte Jonas durchs Haus. Das Licht war ausgeschaltet, nur von draußen drang ein Schimmer herein. Er spähte durch das Küchenfenster, um die Leute auf der Straße zu beobachten, als er plötzlich ein Geräusch hörte und herumfuhr.

»Ach, meine Fresse ... du bist das.«

Dmitri stand im wohl größten Pyjama, den Jonas jemals gesehen hatte, vor ihm. Dann drehte er sich um und wollte gehen.

Jonas hatte das Gefühl, dass er ihn seit dem Treffen im Restaurant nur noch enttäuscht hatte.

»Es tut mir leid, Dmitri.«

Der Riese drehte sich um und schaute ihn lange an.

»Wäre mir eine andere Möglichkeit eingefallen, hätte ich alles anders gemacht. Ich wollte dich nicht vor den Kopf stoßen.«

»Kopf stoßen?«, fragte Dmitri.

»Verärgern.«

Der Riese nickte. »Ich bin nur traurig. Hab gemocht euch zwei. Ab morgen dann wieder woanders. Und vielleicht keine Arbeit mehr. Oder bei jemandem, der nicht hat so gute Ideen für Menschen.«

Jonas lächelte ihn an. »Ich mag dich auch, Dmitri.«

Ehe er weitersprechen konnte, hatte ihn der Russe ergriffen und drückte ihn an seine Brust. Jonas überlegte, ob es sich wohl so anfühlte, in einem Auto zu sitzen, das auf dem Schrottplatz in einen kleinen Würfel gepresst wurde. Aber er hatte noch etwas anderes auf dem Herzen.

»Dmitri, wegen deiner zukünftigen Arbeit.«

»Vielleicht ich kann helfen beschützen Markus.«

»Ja, ich hatte da an etwas gedacht, wobei du Markus durchaus helfen kannst, aber es hat nichts mit seinem Schutz zu tun.«

Dmitri legte den Kopf schief.

»Setz dich mal einen Moment«, sagte Jonas und nahm selbst am Küchentisch Platz. Dmitri nahm den anderen Stuhl, der ein wehklagendes Geräusch von sich gab, als er sich auf ihn pflanzte. »Dmitri, du warst, seitdem das hier angefangen hat, fast die ganze Zeit bei mir.«

Der Russe nickte.

»Du hast mich nicht nur beschützt, sondern mir mit Rat und Tat zur Seite gestanden.«

»Wenn du das sagst.«

»Ich glaube, Markus hat mit der finanziellen Seite meines Erbes genug um die Ohren. Er wird sich nicht um gewisse Fragen und – wie soll ich das ausdrücken? – eher spirituelle Dinge kümmern können.«

Der Riese schaute skeptisch. »Was willst du damit sagen?«

Jonas lächelte ihn an. »Dmitri, du bist vermutlich von allen Menschen, die ich kenne, der gutherzigste. Du hast in den richtigen Momenten die richtigen Worte gefunden, um mich zu überzeugen. Ich denke, du solltest nach meinem Tod der Anführer der Jonas-Bewegung sein.«

Zum ersten Mal schaute Dmitri wirklich überrascht aus der Wäsche. Und es war ausgerechnet seine Nachtwäsche.

»Aber, ich kann nicht gut sprechen. Und meine Vergangenheit. Meine … mein … ich mag Mann.«

Jonas lächelte immer noch. »Dmitri, ich glaube, die Tatsache, dass du unsere Sprache nicht gut sprichst, eine bewegte Vergangenheit hast und auch noch homosexuell bist, macht dich perfekt für die Aufgabe.«

»Wie meinst du das?«

»Du sagst, dass du nicht gut sprichst. Also erklärst du meine Botschaft in Russisch. Du haderst mit deiner Vergangenheit, was dich wie einen Büßer aussehen lässt. Und du bist schwul, was die Leute dazu bringen wird, etwas toleranter gegenüber Homosexuellen zu sein.«

Der Russe grübelte.

»Und für all die Leute, die mich mit Jesus vergleichen«, setzte Jonas hinzu, »wärst du die beste Parallele für Petrus. Der Fels, auf dem er seine Gemeinde aufbaute. Und du bist gleich ein ganzer Berg von einem Mann.«

Dmitri lächelte nun ebenfalls. »Mir gefällt das. Aber ich weiß nicht, ob Leute mich werden akzeptieren. Und ich dachte, dass du nicht willst gründen Kirche.«

»Ich will auch nicht, dass daraus eine Kirche wird, Dmitri. Oder eine Sekte. Ich vertraue darauf, dass Markus zwar sein Geld macht, aber damit nicht zu weit geht. Es gibt schon genug Leute, die anderen das Geld im Namen des Glaubens aus der Tasche ziehen. Du kannst dafür sorgen, dass alles in geordneten Bahnen bleibt. Du bist quasi der Beschützer meines Erbes. Und das gute Gewissen. Quasi der Jiminy Grille für Markus' Pinocchio.«

»Den Film ich hab gesehen!«, sagte Dmitri freudig.

Jonas musste nicht mehr lange auf ihn einreden, auch wenn der Russe natürlich noch darüber nachdenken musste.

Als sie sich verabschiedet hatten, rief Jonas Lena an. »Entschuldige, falls ich dich geweckt habe.«

»Hast du nicht, ich kann auch nicht schlafen.«

»Markus hat alles organisiert. Du solltest also morgen abreisen, und ich folge dann in ein paar Tagen.«

»In ein paar Tagen. Richtig.«

Für einen Moment schwiegen sie.

»Hast du mit Dmitri gesprochen?«, fragte Lena.

»Ja. Ich denke, er wird es machen.«

»Markus wird nicht gefallen, dass er nun doch noch jemandem Rechenschaft schuldig ist.«

»Ach, mit dem habe ich auch schon darüber gesprochen. Er fand das merkwürdigerweise gar nicht so schlecht. Ich glaube, manchmal traut er sich selbst nicht ganz über den Weg.«

»Ich werde die beiden vermissen.«

»Wir werden sie ja von Zeit zu Zeit sehen. Und wenn schon nicht persönlich, dann im Fernsehen.«

»Wir … ja.«

Jonas hörte die Unsicherheit in ihrer Stimme. Und die Angst. »Es wird schon«, sagte er.

»Es ist schon merkwürdig. In all den Jahren, in denen ich mir gewünscht habe, dass du endlich mal in die Gänge kommst und irgendwas machst, wäre mir nie in den Sinn gekommen, dass es einen Moment gibt, wo mir das lieber wäre als die Alternative.«

»Gefällt dir mein Plan nicht?«

»Doch, schon. Und mir gefällt auch, dass du Pläne machst und sie umsetzt. Mir gefällt nur nicht, dass ich ab morgen in einer kleinen Hütte in Schweden sitze und darauf hoffe, dass der Sitz im Auto neben Markus nicht leer ist, wenn er das nächste Mal kommt.«

Jonas sagte nichts. Er war sich selbst nicht sicher, was am nächsten Tag passieren würde.

»Deine Stille trägt nicht zu meiner Beruhigung bei«, sagte Lena.

»Tut mir leid. Ich wünschte nur, ich könnte dich in den Arm nehmen.«

»Dito«, sagte Lena.

»Ich liebe dich.«

»Hey, sonst sag ich das immer am Telefon.«

»Ich wollte es unbedingt tun, bevor du die Chance hast aufzulegen.«

»Bis in ein paar Tagen.«

»Bis in ein paar Tagen.«

»Jonas?«

»Ja?«

»Ich liebe dich auch.«

KAPITEL 27

ABSCHIED

Entgegen der Gepflogenheiten, die zu einer dramatischen Beerdigung gehören, regnete es an diesem Donnerstag nicht. Im Gegenteil, die Sonne schien für dieses Frühjahr erstaunlich stark, mit Temperaturen deutlich über zwanzig Grad.

Dmitri stieß die Haustür auf und sah sich um, bevor Jonas heraustrat. Das Blitzlichtgewitter der Fotografen ging auf ihn nieder, und er legte demonstrativ einen Arm um Dmitri, während er zur Limousine lief. Die Reporter drängten sich um ihn und bombardierten ihn mit Fragen, um der Zeitung für den nächsten Tag oder der Online-Redaktion sofort etwas liefern zu können. Aber Jonas schwieg und hing seinen Gedanken nach.

Markus verkündete, dass Jonas nach der Beerdigung ein Statement abgeben würde und bis dahin nicht belästigt werden wollte.

Ein paar der Fans oder Anhänger standen mit Trauerflor oder schwarz gekleidet Spalier, während er zum Auto ging und einstieg. Kurz darauf fuhr die Limousine davon, aber auch am Eingang des Friedhofs hatten sich viele Schaulustige und Reporter eingefunden, die auf ein paar Worte warteten.

»Übrigens war unter den Trauerbekundungen, die per Post gekommen sind, auch ein offizieller Brief des Vatikans«, sagte Markus, kurz bevor sie durch den Torbogen des Friedhofs fuhren.

»Der Papst drückt mir sein Beileid aus?«

»Und fragt außerdem, ob du nicht mal nach Rom zu einer Unterhaltung kommen willst.«

»Wenn er was von mir will, hätte er ja herkommen können. Egal, jetzt ist es eh zu spät.«

Der Wagen hielt. Dmitri stieg wie gewohnt als Erster aus, Jonas folgte.

»Wo ist Gudrun?«, fragte er.

»Die hatte irgendwie keine Lust, dabei zu sein, wenn du erschossen wirst. Ich kann mir auch nicht vorstellen, was sie daran stören könnte.«

»Jetzt sieht es so aus, als würde sie Lena nicht die letzte Ehre erweisen.«

»Ich denke, sie wird schon damit zurechtkommen, falls ihr Reporter das vorwerfen.«

Jonas verzog das Gesicht.

»Du hast dich nicht verabschiedet, oder?«

Jonas schüttelte den Kopf.

»Nun denn, du stehst ja ohnehin bald wieder auf, nicht wahr?«, sagte Markus, wechselte einen Blick mit Dmitri und schob Jonas sanft in Richtung der kleinen Kapelle, wo schon der Mann vom Bestattungsinstitut wartete.

Die Zeremonie war eher kurz. Die Trauergäste waren ohnehin wenige. Ein paar Lehrer von ihrer Grundschule hatten sich eingefunden sowie einige Schüler mit ihren Eltern. Ein paar Kommilitonen aus der Studienzeit waren ebenfalls dabei, obwohl Jonas davon die wenigsten kannte. Waris, Lenas beste Freundin, war noch immer in Afrika.

Gudrun saß daheim am Fernseher und weinte, obwohl sie wusste, dass es nicht wirklich Lena war, die da zu Grabe getragen wurde.

Die Gruppe stand lose um die kleine Grabstelle, als die Urne versenkt wurde. Hier und dort wurde getuschelt, weil man auf eine Äußerung von Jonas wartete. Der aber schwieg.

Erst nach der Zeremonie stieg er auf eine kleine Tribüne, die notdürftig aus ein paar abgedeckten Paletten in der Nähe des Eingangs errichtet worden war, und wandte sich an die versammelte Presse und seine Fans. Dmitri stand die ganze Zeit neben ihm.

»Hallo«, begann er. »Ich hadere damit, Ihnen allen einen guten Tag zu wünschen, weil es kein guter Tag ist. Gerade eben habe ich meine beste Freundin und Geliebte Lena zu Grabe getragen. Wie Sie alle wissen, starb sie eines gewaltsamen Todes durch die Hand eines Fanatikers, der meine Worte offenbar nicht verstand. Diese Worte, die man sicher nicht oft bei Trauerreden auf dem Friedhof hört, lauten ›Sei kein Arschloch‹. Damit ist nicht nur gemeint, dass man nett und freundlich sein soll, sondern auch, dass man nicht durch die Gegend zieht und Leute umbringt. Was, wenn man es genau nimmt, sowieso wenig nett und freundlich ist. Kein Arschloch zu sein bedeutet, dass man andere so behandelt, wie man selbst gern behandelt werden möchte. Da es durchaus Leute gibt, die zum Beispiel dem Sado-Masochismus zuneigen, möchte ich das näher ausführen und sagen, dass es vor allem mit Empathie zu tun hat. Versetzen Sie sich in die Lage, wie Ihr Gegenüber Ihre Handlungen und Worte interpretiert. Wenn Sie das tun und trotzdem denken, das war okay, handeln Sie empathisch. Die Person, die meine Freundin umgebracht hat, verdient sicherlich eine Strafe. Aber auch eine Person, die uns das Liebste auf der Welt genommen hat, verdient es, mit Respekt und Empathie behandelt zu werden. Ich bitte Sie daher, nicht zu versuchen, in meinem Namen Rache zu üben. Nichts läge mir ferner. Der Person soll ein fairer und rechtskräftiger Prozess gemacht werden. Wer in meinem Namen versucht, anderen weh zu tun, ihnen seine Überzeugungen aufzuzwingen, oder generell Andersdenkende wie Menschen zweiter Klasse behandelt, hat mich nicht verstanden und handelt nicht in meinem Sinne. Wenn Sie an einen Gott glauben, wie auch immer der aussehen mag, dann schließen Sie bitte meine Freundin in Ihre Gebete mit ein. Alle anderen erinnern sich bitte nur an Lena, wie sie tatsächlich war. Eine lebensfrohe, freundliche, aufgeschlossene Frau, die versucht hat, Kindern die bestmögliche Ausbildung für ihr Leben zu geben, egal, aus welchem religiösen oder sozialen Hintergrund sie stammten. Wäre ihr nur der gleiche Respekt zuteilgeworden. Lena Zimmermann war …«

Er kam nicht weiter. Er flog auf einmal vom Podest, als hätte ihn jemand von vorn geschubst. Erst dann war der Knall zu hören.

Die Leute schrien, Trauergäste und Schaulustige stoben auseinander. Dmitri stieg vom Podest, um Jonas aufzurichten, der Blut spuckte und auf dem Rücken liegend nach Luft schnappte. Markus und ein paar andere stürmten hinzu. In Jonas' Brust klaffte ein Loch. Er sah noch kurz zu Markus, der seine Hand hielt, und keuchte: »Hätte nicht gedacht, dass die Scheiße so weh tut.«

Dann sackte er zusammen und war tot.

KAPITEL 28

IRGENDWO GANZ WEIT WEG

Lena saß irgendwo in der schwedischen Einöde in einem Haus, das noch wenig gemütlich war. Die wichtigsten Möbel waren zwar vorhanden, aber das war der alte, abgenutzte Kram, den die Vorbesitzer dagelassen hatten, um sich irgendwo anders neu einzurichten. Aber die Küche und der Kühlschrank funktionierten, es gab ein Bett, und ihre Taschen waren auch da. Sie hatte sogar etwas zu essen, denn aus irgendwelchen Gründen hatte sie in ihren Taschen belegte Brote gefunden. Sie konnte sich kaum vorstellen, dass die von Jonas oder Markus stammten. Als der Hunger sie packte, halfen die Stullen wunderbar.

Für ein paar Minuten stand sie draußen auf der Veranda des roten Häuschens und lauschte den Geräuschen der Umgebung. Im Gegensatz zu Berlin, wo sie entweder das Husten der Nachbarn, den Verkehr der Straße ein paar Meter weiter oder die Flugzeuge hörte, vernahm sie hier absolut nichts. Bis auf das Rauschen des Windes in den Baumkronen vielleicht. Ein wenig unheimlich war ihr das schon.

Drinnen setzte sie sich wieder auf den Ikea-Sessel, der schon bessere Tage gesehen hatte. Aber zumindest war er ordentlich zusammengebaut, dachte Lena. Im Gegensatz zu dem Regal in der Küche, das offenbar jemand aufgestellt hatte, der weder die Anleitung gelesen hatte noch über ein gesundes Augenmaß verfügte.

Sie schaute zum ausgeschalteten Fernseher. Sie ahnte, was sie sehen würde, wenn sie ihn einschaltete. Und sie war sich nicht sicher, ob sie dafür bereit war. Aber am Ende siegte die Neugier.

Die Nachricht von Jonas' Tod war auf fast allen Sendern das Thema Nummer eins. Der Ausschnitt, wie Dmitri den Leichnam auf seinen Armen trug, während Markus neben ihm lief, wurde überall wiederholt. Dummerweise verstand Lena kein Schwedisch, und die paar Fernsehsender, die sie empfangen konnte, waren offenbar alle entweder schwedischen oder sonstigen skandinavischen Ursprungs.

Trotzdem sprachen die Bilder für sich.

Kameras hatten den Moment eingefangen, als den Fans und Anhängern, die vor dem Haus campierten, gesagt wurde, dass Jonas soeben gestorben war. Es gab entsetzte Gesichter, dann brach eine Stampede los, die zum Haus stürmte, um sich dort die Devotionalien zu sichern. Lena sah mit an, wie die Leute an der Polizei vorbei zur Tür stürmten und daran scheiterten. Also schlugen sie die Fenster ein und kletterten hindurch.

Im Grunde sah es aus wie in einer amerikanischen Kleinstadt, wenn gerade mal wieder ein Polizist freigesprochen wurde, der einen unbewaffneten schwarzen Jungen erschossen hatte.

Tatsächlich wurde Jonas' Haus so gründlich demontiert, dass am Ende das einzige intakte Teil die Vordertür war.

Lena bekam aber auch die Szene zu sehen, in der Jonas erschossen wurde. Ihr schossen die Tränen in die Augen, und sie schaltete den Fernseher aus.

In den darauffolgenden Tagen wurde immer mal wieder darüber berichtet, dass Leute hofften, Jonas würde wiederauferstehen. Aber es vergingen zwei Tage, dann drei, und Jonas stand nicht wieder auf.

Im Fernsehen baten Wissenschaftler namhafter Universitäten darum, den Leichnam untersuchen zu dürfen. Sie wollten eine wissenschaftliche Erklärung dafür finden, was mit Jonas geschehen war. Aber nach der initialen Leichenbeschau hatte Jonas' nächste Angehörige, Gudrun, jegliche weitere Untersuchung abgelehnt. Manche Politiker dachten über eine Gesetzesänderung nach, damit man sie zwingen könnte, den Leichnam freizugeben. Nach etlichen Protesten aus der Bevölkerung und den entsprechenden Schlagzeilen in den Zeitungen zogen sie das Ansinnen zurück, um nicht als pietätlos dazustehen.

Jonas wurde, wie es in seinem Letzten Willen festgehalten war, eingeäschert, was ebenfalls zu etlichen Diskussionen führte. Manche waren der Ansicht, dass er wie Lenin in eine Art Mausoleum gehörte. Wenn man das, was dort noch liegt, überhaupt als Lenin bezeichnen möchte.

Jonas' Asche wurde neben Lena auf dem Friedhof beigesetzt. Die Zeremonie war schlicht. Erst hielt Dmitri eine kurze, stolpernde Rede darüber, wie man Jonas' Andenken pflegen könnte: mit Respekt und Empathie anderen gegenüber. Ihm folgte Markus, der alle noch einmal darauf aufmerksam machte, dass Jonas nicht gewollt hätte, dass sie sich wie Arschlöcher benehmen, und daher alle T-Shirts, die sonst 24,99 kosteten, jetzt für nur 19,99 Euro erhältlich waren. Außerdem gab er bekannt, dass in Kürze das Jonas-Manifest in drei verschiedenen Versionen erscheinen würde: als billige Taschenbuch-Ausgabe für 14,99 Euro, als gute Hardcover-Ausgabe für rund 30 Euro und als edle Spezialanfertigung mit dem Faksimile einer handschriftlichen Seite von Jonas für unglaublich günstige 129 Euro, die sich kein Fan entgehen lassen sollte.

Dann kündigte er an, dass er nach den Strapazen der letzten Wochen erst mal Urlaub machen müsste, die Nummern für die telefonischen Bestellungen aber geschaltet blieben und von seinen Assistentinnen bearbeitet werden würden.

***

Etwa eine Woche später verfluchte er das Navi in seinem Mietwagen, weil es ihn beinahe direkt in einen See gelotst und ein zweites Mal fast in eine Kiesgrube geführt hätte. Er hatte die Nachtfähre genommen und kaum geschlafen, aber er wollte keinesfalls zu spät kommen. Irgendwann fand er endlich den richtigen Weg und bog nach ein paar weiteren Kilometern auf das Grundstück ein, das schon festlich geschmückt war.

Er stellte den Wagen ab, als eine blonde Frau mit kurzen, glatten Haaren auf ihn zukam. Das figurbetonte rote Kleid wirkte seltsam unpassend in der Umgebung.

»Du hast dir aber ganz schön Zeit gelassen«, sagte die Frau und umarmte ihn.

»Ist schön, dich zu sehen«, sagte Markus, der die Umarmung genoss. »Auch wenn ich mich an den neuen Look erst mal gewöhnen muss.«

»Stehen mir die kurzen Haare nicht?«

»Doch, schon, aber in Rot hätten sie besser ausgesehen. Aber das Kleid reißt es wieder raus.«

Ein kurzhaariger Anzugträger mit dunklen Haaren trat aus dem Haus. An der Art, wie er sich in dem Anzug bewegte, war abzulesen, dass er ihm nicht behagte.

»Flirtest du schon wieder mit meiner zukünftigen Frau?«

Markus schaute auf die Uhr. »Wenn ich das richtig sehe, darf ich das noch für circa eine halbe Stunde.«

Der Mann trat herunter und umarmte Markus ebenfalls. »Wir wollten schon Suchmannschaften losschicken, weil mein Trauzeuge nicht kommt.«

»Das Scheiß-Navi hat mich von Pontius zu Pilatus geschickt.«

»Oh, eine Bibel-Referenz. Und ein Schimpfwort. Wie ungewohnt von dir.«

»Habe ich alles von dir gelernt, Jonas. Oder muss ich jetzt Daniel sagen?«

Jonas lächelte. »Vor dem Standesbeamten nennst du mich wohl besser Daniel.«

»Daniel und Judith Krawinkel. Daran muss ich mich erst einmal gewöhnen.«

»Ja, wir uns auch«, sagte Lena. »Warum denn ausgerechnet Krawinkel?«

»Das hat der Typ, der die Pässe gemacht hat, so beschlossen. Was weiß ich.«

»Komm schon, es geht gleich los«, sagte Jonas beziehungsweise Daniel, legte den Arm um Markus und schob ihn in Richtung Haus. »Hauptsache, du hast die Ringe nicht vergessen.«

Markus machte ein erschrockenes Gesicht, was bei den beiden kurz Panik aufkommen ließ, aber dann lächelte er und holte die kleine Schachtel aus der Jackentasche.

»So etwas vergesse ich doch nicht.«

»Und an den Alkohol hast du hoffentlich auch gedacht. Den kann man sich hier ja überhaupt nicht leisten.«

Diesmal entgleisten Markus' Gesichtszüge wirklich. »Schei-ße.«

»Nein, oder?«, sagte Lena.

»Als ich in Berlin losgefahren bin, habe ich noch dran gedacht. Aber dann auf dem Weg …«

»Na, das wird eine trockene Party«, sagte Lena. »Im Grunde haben wir nur Wasser und …« Sie stoppte mitten im Satz. Dann sah sie Jonas an.

Der schaute skeptisch. »Nein, du meinst doch nicht wirklich, dass ich …«

»Ich mache mal die große Schüssel voll«, sagte Lena und verschwand im Haus.

Fünf Minuten später stellte sie eine große Küchenschüssel voll mit Rotwein aufs Buffet. Gudrun, die zur Feier des Tages ein Kleid in hellen Pastellfarben und einen breiten Hut trug, kam auf sie zu. Sie sah aus wie die Karikatur einer Dame aus den 1920ern.

»Wo bleibt ihr denn? Alle warten!«

»Was heißt hier alle?«, sagte Jonas. »Dmitri, sein Freund und du werdet doch wohl noch einen Moment Geduld haben. Wir hatten ein kleines Alkoholproblem.«

Dmitri und sein deutlich kleinerer Freund schauten vom Ende des Gartens herüber und winkten. Der Standesbeamte saß hinter einem festlich geschmückten Tisch, um den ein paar Stühle standen, und schien in ein Buch vertieft.

»Ist das Rotwein? In einer Salatschüssel?«

»Wäre dir ein Mülleimer lieber gewesen, Mutter?«

»Macht einfach hinne. Oh, hallo, Markus«, sagte sie und stakste davon.

Markus schaute ihr hinterher. »Trägt deine Mutter jetzt die Kleider ihrer Großmutter auf?«

»Ich glaube, es ist das, was sie als dem Anlass angemessen ansieht.«

»Vielleicht hätte ich im Frack kommen sollen.«

»Und ich in so einem weit ausladenden Kleid wie Marie Antoinette«, sagte Lena.

»Da hättest du aber auf deinen Kopf aufpassen müssen«, witzelte Jonas.

»Dafür hätte ich nach Beendigung der Zeremonie ›Lasst sie Kuchen essen!‹ sagen können.«

»Vielleicht sollten wir das Ganze verschieben, wo wir doch gerade so tolle Ideen haben«, sagte Jonas und lächelte.

Lena hakte sich bei ihm unter. »Kommt gar nicht in Frage. Ich kann es gar nicht abwarten, offiziell Krawinkel zu heißen.«

Dann traten sie an den Tisch des Standesbeamten.

EPILOG

Geht das nur mir so, oder enden unglaublich viele Geschichten damit, dass die Hauptpersonen heiraten? Unvorstellbar kitschig, oder? Und dann lebten sie glücklich und zufrieden bis an ihr Lebensende. So was in der Art. Zumindest in diesem Fall ist es angebracht.

Ja, das war's dann eigentlich. Die Geschichte von Jonas wäre damit am Ende. Also nicht wirklich am Ende – er ist ja nicht tot –, aber die für dieses Buch wesentliche Geschichte ist zu Ende.

Manch einer mag sich fragen, ob das ganze Tohuwabohu um Jonas überhaupt irgendwas gebracht hat. Wäre nicht alles genauso gekommen, wenn er nicht wiederauferstanden und Leute geheilt hätte? Nicht sein Sprüchlein vom Arschlochsein aufgesagt hätte?

Die Religionen gibt es immer noch. Aber Jonas' Lehre hat ihre Spuren hinterlassen. Manche Pfarrer sind dazu übergegangen, die Religion mit seinen Worten zu verknüpfen. Es ist immer wieder interessant, ein Schimpfwort in einer Kirche zu hören.

In Israel und den umliegenden arabischen Ländern haben die Leute begonnen, ihre Führer zu hinterfragen. Natürlich gibt es immer Unbelehrbare, die versuchen, an alten Traditionen festzuhalten, und alles andere als neumodischen Kram abtun. Wenn man mich fragt, ist in der Gegend besonders viel nachzuholen, und das, obwohl die Leute dort in der Regel viel religiöser sind als irgendwo anders. Oder vielleicht gerade deswegen.

Selbst der amerikanische Präsident hat in einer Rede an die Nation Jonas zitiert, und ein mexikanischer Drogenboss hat sich von Gewalt und seinem Geschäft losgesagt, weil er sich wegen Jonas' Worten selbst hinterfragt hat. Das hat natürlich einen blutigen Nachfolgekrieg losgetreten, aber ein Schritt nach dem anderen.

Generell haben viele Leute beschlossen, sich gesünder zu ernähren, mehr Sport zu treiben, weniger Drogen zu nehmen und weniger Aktienbetrügereien zu machen. Wenn das so weitergeht, arbeitet bald niemand mehr an der Wall Street.

Aber natürlich ist das nicht überall so deutlich. Wandel vollzieht sich langsam. In Nordkorea wurde eine Frau erschossen, nachdem sie den dicken Kim gefragt hatte, warum er sich wie ein Arschloch verhält. Das hätte sie vielleicht etwas freundlicher formulieren sollen.

Und Opportunisten, die sich auf Kosten anderer bereichern, wird es auch immer geben.

Apropos: Markus ist natürlich dabei, das Manifest zu vermarkten. So oft, wie er deswegen im Fernsehen zu sehen ist, sollte man meinen, dass er auch gleich Tele-Evangelist hätte werden können. Faszinierenderweise scheint das ganze Geld, das er mittlerweile angehäuft hat, dazu geführt zu haben, dass er neue Herausforderungen sucht. Er ist jetzt schon mehrere Monate mit ein und derselben Frau zusammen. Er hat sogar schon über das Wort *Hochzeit* nachgedacht, es aber nach zehn Minuten wieder seinlassen.

Dmitri hat als spiritueller Nachfolger von Jonas mehrere Termine gemeinsam mit Markus im Fernsehen absolviert, bei denen er aus Jonas' Buch zitierte. Mittlerweile ist er sogar öfter als Markus zu sehen, da der sich um die ordentliche Anlage der Gelder kümmern muss. Von seiner Waffensammlung hat er sich mittlerweile getrennt, dafür lebt er in einem vollmöblierten Haus mit seinem neuen Freund, den er auf einer der Lesungen kennengelernt hat, und einem Pudel-Schnauzer-Mischling namens Mishka.

Gudrun ist übrigens nicht die Frau an Markus' Seite, auch wenn sie verständlicherweise viel miteinander zu tun haben. Als Mutter Gottes oder des Propheten hatte sie ebenfalls einen Marathon durch die Fernsehsender zu absolvieren. Sie musste sich erst daran gewöhnen, dass Dmitri auf einmal gefragter war als sie, nutzte die Ablenkung aber, um sich rarzumachen und nebenbei Philosophie an der Abendschule zu studieren. Ihre Mitschüler beschreiben sie größtenteils als »ganz goldig«, ihre Lehrer eher als »nervig«. Sie hat seitdem keine Kirche mehr aufgesucht.

Herbert Finkel und seine Frau Gesine haben erst vor kurzem nach harten Verhandlungen mit Markus die Bewirtschaftung im Jonas-Carstens-Museum übernommen. Ihren Kunden nach zu urteilen, schmecken die Marmeladenbrote himmlisch.

Zum Thema Essen fällt mir ein: Der Moderator, den Jonas während des Interviews vom Arschlochsein geheilt hatte, arbeitet mittlerweile in einer Suppenküche für Obdachlose und wird auch nicht laut, selbst wenn ihn jemand anbrüllt.

Pfarrer Dohrenkamp ist in seiner neuen Badewanne ausgerutscht und hat sich dabei den Meniskus verletzt. Die Behandlung dauert an und ist sehr schmerzhaft für ihn.

Was eigentlich mit Jonas und Lena ist, fragt ihr euch?

Lena arbeitet wieder mit Kindern, diesmal allerdings in einem Kindergarten. Sie ist sehr glücklich dabei, und die Kinder mögen sie sehr. Daheim kümmert sie sich um den Garten, von dem Jonas lieber die Finger lässt.

Ach ja ... Jonas.

Er hat sich nicht wirklich geändert. Während Lena in kürzester Zeit Schwedisch lernte, war er bald zu faul, weiter zu pauken. Lena konnte ihn erst überzeugen, als sie daheim nur noch schwedisch sprach. Mittlerweile hat er sogar eine Kurzgeschichte in einer schwedischen Zeitschrift veröffentlicht und schreibt am ersten Roman von Daniel Krawinkel.

Darin wird es um einen Missionar im siebzehnten Jahrhundert gehen, der in einer Höhle in Afrika einen weiblichen Roboter aus der Zukunft entdeckt, der sich dort seit Jahrhunderten vor intergalaktischen Roboterjägern versteckt hat. Beide verlieben sich ineinander, obwohl sie Jahrhunderte und Schaltkreise trennen. Das Buch soll übrigens *Sand in unseren Lenden* heißen.

Offensichtlich habe ich Jonas mit genug Weisheit für lediglich eine Wiederauferstehung gesegnet.

Wie ihr also seht, geht es allen ganz gut, und die Welt ist auf einem guten Weg, ein etwas besserer Ort zu werden. Jonas' Manifest hat die Menschen auf der ganzen Welt bewegt, und die generelle Arschlochquote scheint rückläufig zu sein. Man könnte also sagen, dass mein Plan ein voller Erfolg war. Mehr wollte ich ja gar nicht. Nun, zumindest hatte ich nicht mehr erhofft. Trotzdem gibt es natürlich immer noch viel Leid im Namen von Religionen, und nur der gute alte gesunde Menschenverstand wird über kurz oder lang vermögen, das zu ändern.

Hoffentlich.

Ihr Menschen seid euch gar nicht richtig bewusst, dass ihr in einem Zeitalter lebt, wo ihr mehr über die Welt, das Leben und das Universum wisst als jemals zuvor. Trotzdem verhaltet ihr euch in manchen Belangen immer noch so wie eure Höhlenverwandtschaft vor ein paar zehntausend Jahren oder meint, die Wissenschaft ignorieren zu müssen.

Einer von eurer Spezies, der etwas schlauer war als die meisten anderen, hat mal gesagt, dass zwei Dinge unendlich sind: das Universum und die menschliche Dummheit. Beim Universum war er sich aber nicht ganz sicher.

Einstein hat das gesagt. Komischer Vogel, aber definitiv nicht dumm. Er wurde zum Beispiel wegen seiner Religion verfolgt. Das hingegen war ziemlich dämlich.

Immerhin hatte er recht mit der Annahme, dass das Universum endlich ist. Ist es nämlich. Es gibt sogar ein Schild, das darauf hinweist. Also nicht nur eines, das wäre ja albern. Wenn man zum Rand kommt, dann sollte man irgendwo eines dieser Schilder sehen, auf denen »Entschuldigen Sie die Unannehmlichkeiten, aber bitte kehren Sie wieder um« steht. Das steht da in circa vier Millionen fünfhundertdreiundachtzigtausend Sprachen. Entsprechend groß ist das Schild. Eure Teleskope können es nur nicht sehen, weil ihr euch lieber gegenseitig die Köpfe einschlagt, anstatt das Geld, das ihr dafür aufwenden müsst, in die Forschung zu stecken.

Mit anderen Worten: Ihr verhaltet euch wie Arschlöcher.

Macht ja nichts. Sollte dann hoffentlich bald vorbei sein. Deswegen war Jonas ja da.

Ich hingegen … ich finde, dass ich mich mal um etwas anderes kümmern sollte. Vielleicht mache ich ein Mittagsschläfchen. Oder ich mache mir ein Schnittchen. Oder ich erschaffe einfach ein neues Universum neben dem eurigen. Vielleicht plane ich es diesmal etwas besser. Vielleicht erschaffe ich diesmal eine Spezies, die ihre Genitalien auf der Stirn trägt. Stellt euch das mal bildlich vor! Das wäre ziemlich lustig. Aber auch infantil. Vor allem infantil. Ja, ich glaube, ich lasse das lieber.

Aber so ein neues Universum? Neue Regeln? Neues Leben? Ich glaube, das könnte mir gefallen. Noch mal ganz von vorn anfangen.

Halt, halt, mögen jetzt vielleicht einige einwenden, Gott will uns verlassen?

Ja. Schon. Doch. Ihr habt ja alles, was ihr braucht.

Ihr habt noch Fragen, meint ihr?

Die große Frage nach dem Warum?

Welche Religion die richtige ist?

Was das mit dem Schnabeltier sollte?

Der Sinn des Lebens?

Ernsthaft? Na gut, dann sollt ihr eure Antworten haben.

Warum? Darum.

Welche Religion ist die richtige? Die von Karl-Heinz Bröchterbraake. Der ist allerdings schon im Krieg 1632 gestorben. Wird also schwierig, ihn zu fragen.

Das Schnabeltier? Weil es einfach putzig ist. Aber giftig. Es war ja nicht zum Knuddeln gedacht.

Der Sinn des Lebens? Tja, das ist wohl die große Frage, was? Wollt ihr das wirklich wissen? Ganz ehrlich?

Okay.

Der Sinn des Lebens ist … Käsekuchen.

Damit habt ihr nicht gerechnet, was?

Was heißt hier »Wie jetzt, Käsekuchen? Und wenn ich gar keinen Käsekuchen mag?«

Ist doch nicht mein Problem. Ich glaube, ihr habt das noch nicht richtig verstanden. Vielleicht seid ihr noch nicht so weit. Ihr kommt schon noch drauf. Irgendwann.

Macht's gut, Nachbarn!

NACHWORT

So ein Nachwort ist immer der Platz, wo man ganz zum Schluss so Sachen wie »Danke, dass Sie das Buch gekauft haben« und »Ich danke der Academy« oder so was in der Art sagt bzw. schreibt. Also sage ich: Danke, dass Sie dieses Buch gekauft haben. Oder ausgeliehen. Sie sind nicht jemand von denen, die das Buch auf irgendwelchen fadenscheinigen Internetseiten kostenlos heruntergeladen oder es physikalisch aus der Buchhandlung gestohlen haben. Nein, Sie sind ja kein Arschloch. Denn wenn Sie das Buch gelesen haben, dann wissen Sie ja, was mit Arschlöchern passiert. Ewige Verdammnis und so weiter. Was im Grunde dasselbe ist wie nachmittägliches Fernsehen auf Privatsendern. Für immer.

Aber ich wollte natürlich nicht nur Ihnen Danke sagen, sondern auch all jenen, die mich irgendwie dabei unterstützten, dieses Buch auf den Weg zu bringen.

Danke an dotbooks und Schwarzkopf & Schwarzkopf, die meinen Kram toll genug finden, um ihn zu verlegen.

Dank meiner Lektorin & Agentin Ilona und meinem anderen Lektor Ralf, dass das Buch so gut geworden ist, wie es ist.

Danke an Bianca und Liv, die mir daheim unter die Arme greifen und meine kruden Ideen als Erste ausbaden müssen.

Danke an die Ex-Kollegen bei myToys, die auch so ein Interesse an meiner Schreibe gezeigt haben.

Danke an André, Marko, Alexandra, Inga, Carsten, Angela, Ivonne, Stephan und alle anderen vom Autorenstammtisch für die anregenden Gespräche über die Jahre!

Danke an alle Fans auf Facebook für die sehr amüsanten und erfreulichen Stunden!

Und falls Sie mir noch nicht auf Facebook folgen, können Sie das gerne nachholen: https://www.facebook.com/SebastianNiedlich.Autor

Sebastian Niedlich

MIT HERZ, CHARME UND REICHLICH TOD

Überall, wo es gute eBooks gibt – und auf dotbooks.d

Der eBook-Verlag.

SEBASTIAN NIEDLICH, 1975 in Berlin-Spandau geboren, ist Autor aus Überzeugung und hat bereits zahlreiche Graphic Novels und Drehbücher geschrieben. UND GOTT SPRACH: ES WERDE JONAS ist nach dem Bestseller DER TOD UND ANDERE HÖHEPUNKTE MEINES LEBENS sein zweiter Roman.

Sebastian Niedlich
UND GOTT SPRACH: ES WERDE JONAS
Roman

Genehmigte Lizenzausgabe | © der Printausgabe
Schwarzkopf & Schwarzkopf Verlag GmbH, Berlin 2015
ISBN 978-3-86265-499-4

KATALOG
Wir senden Ihnen gern kostenlos unseren Katalog.
Schwarzkopf & Schwarzkopf Verlag GmbH
Kastanienallee 32, 10435 Berlin
Telefon: 030 – 44 33 63 00
Fax: 030 – 44 33 63 044

INTERNET | E-MAIL
www.schwarzkopf-schwarzkopf.de
info@schwarzkopf-schwarzkopf.de